STEPHANIE JANA & URSULA KOLLRITSCH
Sommerträume auf Sylt

GOLDMANN

Buch

In einer Sommernacht auf Sylt schworen sich Lucy,
Mado, Sonja und Rieke als Jugendliche, sich stets bei
der Erfüllung ihrer Träume zu helfen. Fünfundzwanzig
Jahre später sind die vier Hamburgerinnen immer noch
beste Freundinnen. Nur ihre Wünsche haben sich verändert. Lucy, die in der Alstermetropole ein kleines
Blumencafé führt, träumt davon, ihren Freund Vince zu
heiraten. Die geschiedene Anwältin Mado dagegen
scheut eine feste Bindung und stellt sich eine heiße
Liebesnacht mit einem gut aussehenden Fremden vor.
Lehrerin Sonja, verheiratet und Mutter dreier Kinder,
sehnt sich nach Zeit für sich und will kitesurfen lernen.
Und Rieke, Fotografin und Weltenbummlerin, möchte
endlich irgendwo ankommen. Also beschließen die vier,
erneut nach Sylt zu fahren und dort ihren Träumen auf
die Sprünge zu helfen. Doch der Sommer auf der Insel
hält so manche Überraschung bereit und rückt alles in
ein neues warmes Licht …

Weitere Informationen zu
Stephanie Jana und Ursula Kollritsch
sowie zu lieferbaren Titeln der Autorinnen
finden Sie am Ende des Buches.

Stephanie Jana & Ursula Kollritsch

Sommerträume auf Sylt

Roman

GOLDMANN

Sollte diese Publikation Links auf Webseiten Dritter enthalten, so übernehmen wir für deren Inhalte keine Haftung, da wir uns diese nicht zu eigen machen, sondern lediglich auf deren Stand zum Zeitpunkt der Erstveröffentlichung verweisen.

Penguin Random House Verlagsgruppe FSC® N001967

7. Auflage
Originalausgabe März 2022
Copyright © 2022 by Stephanie Jana und Ursula Kollritsch
Copyright © dieser Ausgabe 2022
by Wilhelm Goldmann Verlag, München,
in der Penguin Random House Verlagsgruppe GmbH,
Neumarkter Str. 28, 81673 München
Umschlaggestaltung: UNO Werbeagentur, München
Umschlagmotive: Strandmotiv: GettyImages/PPAMPicture;
Dünengras, Picknickdecke: Stocksy/BONNINSTUDIO;
Blumen im Korb: Stocksy/Screen moment
Redaktion: Hannah Brosch
KS · Herstellung: ik
Satz: KCFG – Medienagentur Neuss
Druck und Bindung: GGP Media GmbH, Pößneck
Printed in Germany
ISBN: 978-3-442-49013-4

www.goldmann-verlag.de

*Für Coco und Sophie
und alle unsere Herzensmenschen*

Die schönsten Wege führen ans Meer.

Trenne dich nie von deinen Träumen.

Mark Twain

Vor vielen Jahren ...

Das Meer rauschte schwarz und schäumend heran. Es war so dunkel wie der Nachthimmel darüber. Nur die Sterne leuchteten hell. Und das Feuer. Die Betreuer des Feriencamps auf der Insel hatten es bei Einbruch der Dämmerung angezündet. Unten am Strand, hinter den hohen Dünen. Die Kinder waren den ganzen Nachmittag unterwegs gewesen, um dafür Äste und Strandgut zu sammeln. Es war das größte Feuer, das die vier Mädchen aus der Stadt je gesehen hatten. Einfach riesig. Außerdem war es für alle das erste Mal, dass sie ohne ihre Eltern zwei Wochen in den Sommerferien verreist waren.

Sie hatten sich erst vor ein paar Tagen kennengelernt und waren trotzdem schon so eng verbunden, als wären es Jahre. Vier Mädchen, wie sie unterschiedlicher nicht sein konnten: Lucy Baumeister, die eigentlich Luzia hieß nach der nordischen Lichtgöttin, war schmal und zart, mit langen blonden Haaren, und sah aus wie ein Engel. Auch weil sie am liebsten helle, weiße Kleider und Röcke trug. Mado Mancini war ein typisches Pferdemädchen, athletisch und diszipliniert, mit braunem Zopf, immer ihr Ziel vor Augen. Dann gehörte

Sonja Peters zu dem neu entstandenen Glückskleeblatt, ein rotblond gelocktes Pummelchen mit lustigen Sommersprossen, das immer ein offenes Ohr für alle hatte und das ansteckendste Lachen der Welt. Schließlich schloss sich ihnen Rieke Müller an, mit elf zwei Jahre jünger als die anderen. Mit ihren kurzen, zerzausten Haaren und den schief abgeschnittenen Hosen konnte man sie auf den ersten Blick für einen Jungen halten.

Die vier Freundinnen saßen im Sand und blickten gebannt auf das prasselnde Feuer. Sie waren die Letzten am Strand. Die restlichen Kinder waren schon in die Jugendherberge zurückgekehrt. Steen, ihr Betreuer, saß etwas abseits am Meer und spielte auf seiner Gitarre einen Song nach dem anderen: »Country Roads«, »If I Had a Hammer«, »Penny Lane«, »Hey Jude«, »Über den Wolken«. Dazu sang er leise, während im Hintergrund das Meer rauschte.

Die Geisterstunde hatte fast begonnen, es war Mittsommer, der 24. Juni. Steen war Schwede, kam aus Vimmerby, dem Geburtsort von Astrid Lindgren. Er hatte den Mädchen vorhin erzählt, dass in seiner Heimat am Mittsommerabend die Elfen tanzten und sich hinter jedem Baum ein Troll versteckte. Die Luft wäre dann voller Magie, und Wunder könnten geschehen. Davon sei jeder in seinem Land überzeugt. Das gefiel ihnen, und sie hofften sehr, etwas von dem Zauber dieses außergewöhnlichen Tages abzubekommen.

Heute war Lucys dreizehnter Geburtstag. Daher strahlte sie sowieso schon seit dem frühen Morgen. Mit dem Sonnenaufgang waren die Mädchen aus ihren

Etagenbetten gehüpft, hatten ihr mit lautem Geschrei gratuliert und viele Küsse auf die Wange gedrückt. Nun hockte sie mit ihren neuen Freundinnen ganz nah an den Flammen. Es war aufregend, ihre Kraft und Hitze unmittelbar zu spüren. Das Knistern des Feuers und das Rauschen der Wellen vermischten sich mit der Musik zu einer ganz eigenen Melodie. Glitzernde Funken stoben in die Dunkelheit. Wie Wunderkerzen sah das aus, fand Lucy, oder Sternschnuppen, aber solche, die von unten nach oben fliegen.

»Schaut mal«, rief Rieke und deutete darauf. »Das sind bestimmt lauter kleine Wünsche. Die schickt jemand hoch ins Universum, und dann werden die geheimsten Träume wahr!«

Die anderen lachten. Typisch Rieke. Ihre Mutter besaß ein »Studio«, in dem sie Leute beriet und mit ihnen sang und tanzte. Mit ihrem bunten, langen Kleid und einem Tuch auf dem Kopf war sie den Mädchen sofort aufgefallen, als sie und ihre Familien am Hamburger Hauptbahnhof auf den Zug nach Sylt gewartet hatten. Wie ihre Mutter sagte Rieke oft solche Sätze wie den mit den Wünschen. Ganz selbstverständlich, so als wüsste das jeder mit dem Feuer, den Funken und dem Universum.

Lucy, die neben Rieke auf einem Baumstumpf saß, dachte nach. Heute war eine ganz besondere Nacht, das war klar. Vielleicht eine, an die sie sich ewig erinnern würden. Aufgeregt zog sie ihr Micky-Maus-Longshirt über die Knie und sagte: »Das ist eine super Idee! Los, wir wünschen uns was. Sternschnuppen sieht man erst im August, das dauert mir viel zu lang, schließlich habe ich heute Geburtstag!« Sie blickte strahlend in die Runde. Sonjas Augen weiteten sich begeistert, Mado zwirbelte an ihrem Pferdeschwanz und kaute auf der Unterlippe.

Auf einmal lag so ein Knistern in der Luft, was nicht nur am Feuer lag, alle vier spürten das und wechselten einen prüfenden Blick.

»Au ja!«, riefen sie dann gleichzeitig, sprangen auf, nahmen sich an den Händen und hüpften aufgeregt herum.

Schließlich zog Rieke ein zerknittertes Blöckchen aus der hinteren Tasche ihrer Jeans. Sie löste den Minikugelschreiber an der Seite von seinem Gummiband und sagte feierlich: »Lasst uns unsere Wünsche aufschreiben und ins Feuer werfen. Dann schicken wir sie wie Sternschnuppen zurück in den Himmel. Einverstanden?«

»Genial«, fand Sonja.

»Wartet, das geht noch besser.« Lucys Augen leuchteten. »Jede von uns schreibt ihren geheimsten Traum auf. Den *aller*geheimsten, den wir bisher nie jemandem verraten haben. Keiner außer uns darf davon wissen! Und dann verbrennen wir die Zettel, wie Rieke gesagt hat.«

Die anderen stimmten jubelnd zu. So laut, dass Steen kurz den Blick von seiner Gitarre löste und zu ihnen herübersah.

Mado ergänzte verschwörerisch: »Wenn die Träume *wirklich* wahr werden sollen, müssen wir einen Pakt schließen.«

»Was für einen Pakt?«, fragte Sonja.

»Na, den ultimativen Mittsommernachtsfreundinnenträumepakt, so was wie Blutsbrüderschaft bei den Jungs. Versteht ihr?«, antwortete Mado, die Arme wie so oft in die Seiten gestemmt.

»Nee!«, kam es im Chor zurück.

»Mensch Mädels, ihr steht auf dem Schlauch«, stöhnte Mado. »Ein Pakt, das ist so eine Art Schwur, ein Versprechen. Daran müssen sich alle halten. Okay?« Sie schaute feierlich in die Runde.

»Ja! Und wir versprechen alle ganz fest, jeder Freundin dabei zu helfen. Mit vereinten Kräften.« Sonja war ganz entflammt für die Idee und strahlte aufgeregt.

»Genau!« Mado klatschte in die Hände.

»Super! Versprochen – hoch und heilig«, rief Rieke.

Lucy lachte und schaute ins Feuer. »Und heiß und innig«, schloss sie mit ihrem neuen Lieblingsausdruck, den sie auf einer Zeitschrift ihrer Mutter gelesen hatte. »Ich fange an, okay?« Ohne eine Antwort abzuwarten, riss sie Rieke den ersten Zettel aus der Hand. Schließlich war sie das Geburtstagskind, und ihren Traum kannte sie in und auswendig: *Einmal eine wunderschöne Braut sein.* Nachdem sie das schnell aufs Papier gekritzelt hatte, reichte sie den Block Mado. Die lächelte unsicher und notierte schließlich: *Lenny küssen, den tollsten Jungen der Schule.*

Nun war Sonja an der Reihe. Entschlossen nahm sie Block und Stift. Sie wusste sofort, was sie schreiben wollte: *Vom Fünfmeterturm springen!*

Als Letzte kam Rieke dran. Nervös biss sie auf dem Stift herum, während sie angestrengt nachdachte. Ihren größten Traum herauszufinden war gar nicht so leicht. Schließlich erhellte sich ihr Gesicht, und sie schrieb schwungvoll auf das kleine Blatt: *Einen Hühnergott finden.* Sie fügte hinzu: *So einen Stein mit einem Loch in der Mitte. Den gibt es nur am Meer, und der soll Glück bringen, sagt Steen.*

Die vier Mädchen stellten sich mit ernsten Mienen nebeneinander. Während sie vorlasen, sagte keine etwas dazu, niemand lachte oder stellte Fragen. Schließlich waren sie selbst so aufgeregt, und die Magie dieser Nacht tat das ihre.

Steen schaute schmunzelnd zu den Freundinnen herüber, die ihre Zettel zusammenknüllten und sie nacheinander in die lodernden Flammen warfen. Dann setzte er zum nächsten Song an, der passte perfekt: »Let It Be« von den Beatles.

Mado legte eine Hand aufs Herz und hob die linke, wie sie es aus amerikanischen Gerichtsfilmen kannte. Nur ihr wippender Pferdeschwanz verriet, wie aufgeregt sie war, als sie schwor: »Die Syltschwestern schließen hiermit den ›Pakt der geheimen Träume‹. Mögen unsere Träume in Erfüllung gehen! Und wir versprechen uns absolute Unterstützung und Geheimhaltung. Großes Ehrenwort! Ich schwöre!«

Die anderen drei taten es ihr nach, und jede rief mit fester Stimme: »Ich schwöre!« Danach fassten sie sich schweigend an den Händen und schauten mit glänzenden Augen zu, wie ihre Zettel in sich zusammensanken und leuchtende Funken in den schwarzen Himmel stiegen.

MITTSOMMERPAKT 2.0

#dieglücklichstebrautderwelt

Lucy pustet die Kerzen aus. Das macht sie immer als Erstes, wenn eine Feier im Blumencafé vorüber ist. Im ganzen Raum sind Laternen mit Teelichtern verteilt. Weiße Kerzen zieren zudem die hellen Holztische. Sie stehen auf dem alten Küchenschrank zwischen dem dänischen Porzellan in Blau-Weiß und auf der Theke. Dort sind sie um die Vorratsgläser mit Cookies, Herzgummis und Minibaisers platziert.

Plötzlich ist es still geworden im *Heiß & Innig*, wo noch vor wenigen Minuten eine Gruppe bestens gelaunter Frauen Junggesellinnenabschied feierte. Mit ihrem »Hier-kommt-die-Braut-Brunch« samt Tanzen, Spielen und allem Pipapo hat Lucy einen echten Coup gelandet. Auch die anderen Events wie das »Mädelsfrühstück de luxe«, »Kuchen und Kaffee aus aller Welt« oder »Blumenbinden mit Brioches« kommen bestens an und füllen die Seiten ihres Reservierungsbuchs.

Die Hamburger lieben Lucys Blumencafé, das die Floristin aus Leidenschaft vor gut acht Jahren im Stadtteil Ottensen in einer Seitenstraße eröffnet hat. Es passt optimal in das ehemalige Handwerkerviertel, das be-

17

kannt ist für seine kleinen Geschäfte und Ateliers. Hinten im Laden verkauft sie Blumen, vorne ist ein kleines Café untergebracht, mit Vintage-Möbeln und ein paar Tischen auf dem Gehweg. Einerseits liegt die Beliebtheit bestimmt an dem gemütlichen und liebevoll eingerichteten Laden, geht es Lucy erschöpft und zufrieden durch den Kopf. Aber sicher auch an ihren wunderschönen Freiland-, Feld- und Wiesenblumen, die man wirklich nicht überall bekommt. Sie stehen in großen Vasen vor einer himbeerrot gestrichenen Wand und verwandeln das Blumencafé in eine duftende, farbenfrohe Welt.

Lucy empfindet Stolz bei dem Gedanken, dass ihr Schritt in die Selbstständigkeit so gut geklappt hat. Möglicherweise liegt der Erfolg auch ein bisschen an ihr, die, solange sie sich zurückerinnern kann, einfach alles liebt und zelebriert, was mit Dekorieren, Feiern und ganz besonders mit Hochzeiten zu tun hat. Vielleicht kann sie deshalb so gut ihre Kunden glücklich machen und ihnen hier einen Ort schenken, wo sie sich wohlfühlen. Schwungvoll wischt sie mit einem Handtuch über die Ablage.

Nach all dem Trubel von heute Mittag genießt es Lucy sehr, dass sie nun in Ruhe ihren Gedanken nachhängen kann. Wenn es bald bei mir so weit wäre, überlegt sie sehnsüchtig, wie würde mein Brautkleid aussehen? Was wäre der ultimative Blumenschmuck für mein eigenes Hochzeitsfest? Wie wäre es mit Steinen als Namensschilder, die könnte sie mit ihren Freundinnen an der Elbe sammeln …

Das Für und Wider abwägend räumt sie die Kuchenteller ab und sortiert sie in die Spülmaschine. Jetzt ist die Pyramide aus Sektschalen dran, das Highlight aller hier ausgerichteten Feste. Die mit Blüten verzierten Kristallgläser hat sie mühsam auf Flohmärkten zusammengesucht. Wie gemacht für diesen Ort. Lucy stellt ein Glas nach dem anderen auf ein Tablett, um sie nachher sorgsam von Hand zu spülen, und macht sich dann daran, den übergelaufenen Winzersekt vom Tisch zu entfernen. So schön das Bauwerk aussieht, ohne Verluste klappt die Schampusaktion nie.

Immer wieder kommt ihr das Bild von sich als Braut in den Sinn: Sie sieht sich in einem weißen A-Linien-Kleid aus Seidensatin, ihre langen blonden Haare sind zu einem eleganten Dutt hochgesteckt, mit einem glitzernden Diadem wie eine Prinzessin. In der Hand hält sie lange weiße Lysianthus, mit fliederfarbenem Band zusammengebunden. Oder würde ein kurzes Petticoatkleid mit kompaktem Fünfzigerjahre-Strauß vielleicht doch besser zu ihr passen?

Leider sind ihre Überlegungen bis jetzt nichts als Tagträume. Wann wird Vince ihr endlich einen Antrag machen? Sie sind nun schon fast so lange ein Paar, wie es das Blumencafé gibt, und übermorgen wird sie achtunddreißig. Sie blickt zum Eingang.

Dort ist Vince bei ihrer ersten Begegnung hereingekommen. Früh am Morgen und, wie sich später herausstellte, vor seinem Seminar als Dozent für Vergleichende Literaturwissenschaften. Der große Blonde gefiel ihr auf Anhieb, er trug Jeans und Jackett und fragte sie mit verschmitztem Lächeln, ob sie ihm eher etwas Heißes oder lieber etwas Inniges empfehlen könne. Auch vor und nach ihm versuchten es Männer mit ähnlichen Sprüchen, doch keiner hat dabei so charmant und schelmisch gelächelt wie er.

»Am besten beides!«, antwortete Lucy Vince zwinkernd und empfahl ihm einen Cappuccino XXL mit weißen Schokoraspeln und dazu ein Stück Hefekranz mit selbstgemachter Himbeermarmelade.

Seufzend rückt sie die Margeritensträuße auf den Tischen zurecht.

»Meine Güte! Liebes. Was stöhnst du denn so laut an diesem herrlichen Sommertag?«, reißt eine Stimme Lucy aus ihren Gedanken.

»Rieke! Du hast mich richtig erschreckt!«

»Du warst ganz abwesend. Lass mich raten, es geht um …« Rieke unterbricht sich, legt die Finger in Denkerpose unter ihr schmales Kinn und inspiziert den Raum. »Oh, hier hat es wieder eine Wahnsinnige krachen lassen, bevor sie sich in das Unglück ihres Lebens stürzt.« Sie bückt sich, um eines der Post-its eines Brautspiels vom Parkett zu ziehen, das Lucy beim Aufräumen übersehen hat.

Rieke liebt es, alles mit Hashtags zu versehen, und hat ihre Freundinnen erfolgreich damit infiziert. Leise liest sie das Post-it und pappt es Lucy kurzerhand auf die Stirn. Bevor diese kapiert, wie ihr geschieht, zückt Rieke schon ihre geliebte Polaroidkamera, drückt ab und reicht der Freundin grinsend das Foto. Lucy zieht sich den Klebezettel von der Stirn und sieht zu, wie auf dem

Bild langsam ihr verdattertes Gesicht zum Vorschein kommt, mit der Aufschrift *#dieglücklichstebrautderwelt.*

»Du bist doof.« Sie muss trotzdem lachen. »Ich sehe nicht aus wie eine Braut, sondern wie ein Huhn, wenn's blitzt.« Als könnte sie rückwirkend etwas an der Aufnahme ändern, löst sie die Spange um ihre langen blonden Haare, streicht diese mit den Fingern glatt und bindet sie neu zusammen.

»Sorry, Luzia! Berufskrankheit.« Von Lucys drei besten Freundinnen ist Rieke diejenige, die sie am häufigsten mit ihrem Taufnamen anspricht, es passe einfach, hat sie ihr schon oft bestätigt: Wo Lucy ist, sei es einfach hell. Hinzu kommt ihr »Romantik-Gen«, wie Mado das nennt, neben Sonja die dritte im Bunde ihrer engsten Freundinnen. Und wenn sie, so wie jetzt, eine sieht, fehlen ihr sofort die anderen.

»Vergiss es!« Lucy streckt Rieke die Zunge heraus, kann sich aber das Lachen nicht verkneifen, denn auf ihre Mädels, und ganz besonders auf Rieke, die Jüngste von ihnen, kann sie nie wirklich sauer sein. »Kaffee schwarz mit einem Klecks Sahne?«, fragt sie dann. Es ist eher eine Feststellung, natürlich kennt sie die Vorlieben ihrer Engsten genau, auch wenn sie sich im ausgefüllten Alltag nicht so oft sehen. Schon gar nicht zu viert. Nur Rieke schneit mindestens einmal pro Woche ins Café herein. Sie ist die Einzige von ihnen, die völlig ungebunden ist, privat wie beruflich. Eine Beziehung hatte sie schon länger nicht mehr, höchstens ab und an mal eine Affäre. Bei ihrem derzeitigen Job in einem Callcenter für verschiedene Reiseanbieter kann sie sich ihre Zeit flexibel einteilen. So bleibt genug Raum für ihre Leidenschaft, das Fotografieren.

Bei Mado und Sonja sieht das ganz anders aus. Mado ist zwar seit ein paar Jahren wieder Single, aber als erfolgreiche Scheidungsanwältin mit eigener Kanzlei in Eppendorf dauerbeschäftigt. Auch Sonja hat als Lehrerin und Mutter von drei Kindern mit meist abwesendem Ehemann, Chirurg und Oberarzt in der benachbarten Park-Klinik, plus großem Haus und Garten in Großhansdorf keine freie Minute.

»Hast du vielleicht noch einen ›Innigen Wrap‹ übrig? Ich habe Hunger wie ein kanadischer Grizzly.« Mit dieser für sie typischen Bildsprache lässt sich ihre Freundin auf den grünen Fifties-Sessel am Fenster fallen. Entspannt legt sie den Kopf mit dem wilden Bob nach hinten auf die Lehne und streckt ihre langen, schlanken Beine aus, die aus ausgefransten Jeansshorts ragen. Am liebsten mag Rieke legere, sportliche Klamotten, mit denen sie immer noch aussieht wie ein Teenager. Und sie lebt auch so, als hätte sie alles noch vor sich. Frei wie ein Vogel, in jeder Hinsicht. Die Reeperbahn um die Ecke und die Elbe vor der Nase, wohnt sie in einem WG-Zimmer auf St. Pauli, und das sowie ihr Job ermöglichen es ihr, mit Schnäppchenangeboten um den Globus zu reisen. Ihr Herzensprojekt ist nämlich ihr Instagram-Blog @riekeknipstdiewelt, in dem sie tausend Geheimtipps von hier und überall festhält: Ein versteckter Gebirgssee, in den Rieke offensichtlich nackt hineingesprungen ist, glitzert dort in der Morgensonne mit dem Hashtag *frostyisthenewhot*, ein Gruppentrip mit Trampeltieren in der Wüste steht unter *#einkamelkommtseltenallein*, darunter sitzt ein neapolitanischer Fischer rauchend in seinem Boot zu dem Hinweis *#wartenkönnenistsexy*.

Die Kaffeemaschine gibt ein lautes Zischen von sich und holt Rieke aus ihrem nie lange andauernden Chillmodus. Schon kramt sie die Kamera aus dem Rucksack und knipst die Tischdeko vor sich.

»Wehe, du lädst das bekloppte Brautfoto von mir auf deinem Account hoch!«, warnt Lucy beim Spülen. Vorsichtshalber schnappt sie sich das Polaroid und steckt es in die Schublade unter dem Tresen.

»Wo denkst du hin, Süße? Als Braut lichte ich dich erst in echt ab. Dann vermarkten wir dich als Starmodel in allen einschlägigen Brautwahnmagazinen, und schwups ist eure Traumhochzeit bezahlt. Wirst sehen.« Rieke zwinkert frech. »Wann ist es denn bei euch zwei Hübschen endlich so weit? Gibt's was Neues zu berichten?« Sie nippt an ihrem Kaffee, den Lucy ihr zusammen mit dem Snack gebracht hat.

»Der Plural ist nicht angebracht. Das musst du leider Vince fragen. An mir wird es nicht scheitern.« Lucy zuckt mit den Schultern. Der Gedanke daran, dass ihr Freund seit acht Jahren keine Anstalten macht, stimmt sie traurig. »Aber *er* muss fragen, darauf besteh ich.«

»Macht Vince bestimmt bald, er weiß doch, wie gerne du Braut spielen würdest.« Rieke nimmt einen großen Bissen und kaut mit vollen Backen.

»Ich will nicht *spielen*«, erwidert Lucy und wirft den feuchten Spüllappen nach ihrer Freundin. Dieser trifft

Rieke am Arm, die aufquiekt und das Ding zurückschießt.

»Ja, schon klar. Du weißt, wie ich es meine.«

Sie nickt. Das ganze Freundinnen-Kleeblatt weiß das. Schließlich hat alles damals mit ihren Träumen angefangen.

»Übrigens, Lucy, übermorgen ist schon dein Geburtstag und außerdem unser fünfundzwanzigster Jahrestag! Wir vier haben so was wie Silberhochzeit! Hast du jetzt eigentlich was geplant? Willst du nicht doch ein bisschen feiern?«, fragt Rieke und steckt sich ein Stück Tomate in den Mund.

Lucy überlegt, während sie weiter Sektschalen spült. »Um ehrlich zu sein, nein. Vince hat zurzeit so viel zu tun. Seit er die Option auf eine Professur hat, kommt er meistens spätabends heim. Wir sehen uns kaum. Auch im Café wird es mir nicht gerade langweilig. Siehst ja, was hier los ist.« Sie zeigt um sich. »Und dann haben wir ja seit November noch den Garten angemietet. Der nimmt mehr Zeit in Anspruch, als ich dachte. Ich muss gestehen, da hab ich gar nicht mehr übers Feiern nachgedacht.« Lucy wischt sich eine Strähne aus dem Gesicht und zuckt mit den Schultern. »Ist ja kein runder.«

»Na und? Jeder Geburtstag sollte gefeiert werden! Mensch, Lucy, der Garten, das ist es! Du willst doch nicht etwa unser Freundschaftsjubiläum übergehen, ausgerechnet du? Außerdem ist das Wetter gerade so herrlich. Wir haben erst Ende Juni, und es ist schon wie im Hochsommer – besser geht's nicht!« Zur Sicherheit loggt sich Rieke rasch in die Wetter-App auf dem

Handy ein. »Siehste, und es soll auch so bleiben. Pass auf: Wir treffen uns einfach in deiner Laube. Ganz unkompliziert! Wann haben wir uns zuletzt zu viert gesehen? Alle Syltschwestern vereint? Das ist Ewigkeiten her.« Sie macht eine große Geste mit dem Arm. »Es wird echt mal wieder Zeit!«

»Ach Rieke, ich weiß nicht, wie ich das schaffen soll. Das Blumencafé ist bis siebzehn Uhr offen. Auch samstags«, erwidert Lucy.

»Ja prima, passt genau. Du musst auch gar nichts vorbereiten. Du bringst einfach die Essensreste von hier mit. Mado besorgt wie immer die sündhaft teuren Schnapspralinen in der belgischen Chocolaterie neben ihrer Kanzlei und diese verboten guten Antipasti von Luigi. Sie wird eh sagen, sie habe es leider nicht geschafft, etwas vorzubereiten, dabei wissen wir alle, dass sie null kochen kann. Ich packe ein paar Flaschen Sekt in meinen Rucksack« – wie zur Verdeutlichung, dass noch Platz darin ist, rüttelt Rieke daran – »und Sonja, unsere Vorzeigemama der Nation, reißt uns ohnehin alle raus. Wetten? Sie taut die halbe Gefriertruhe auf, um uns zu verköstigen. Außerdem lädt sie ihren VW-Bus voll mit Astra, selbstgemachten Limonaden und wer weiß was noch. Komm, gib dir einen Ruck. Wir können doch nicht immer nur funktionieren!« Rieke streckt den Daumen hoch und schaut Lucy erwartungsvoll an.

Nachdenklich blickt sie aus dem Fenster, wo die Sonne hell am klaren blauen Himmel steht, die Vögel in den Bäumen zwitschern und die Farben so verheißungsvoll leuchten, dass sie ihr eigenes Zögern plötzlich nicht mehr nachvollziehen kann.

»Vielleicht hast du recht.« Lucy schaut ihrer Freundin in die Augen und grinst.

»Natürlich hab ich das!«

Rieke saust hinter die Theke, um Lucy zu umarmen und geschickt ein Grinse-Selfie mit wedelndem Handtuch zu schießen. Prompt flutscht das entsprechende Beweisfoto aus dem Apparat.

»Ich freu mich, ich freu mich! Los, Lucy, piep die beiden gleich mal an. Sonja hatte mich letztens schon gefragt. Was hältst du von Samstag um acht? Wenn das für Vince okay ist, dass du nicht mit ihm feierst … Das wird ein Fest.«

Dann nimmt Rieke den wasserfesten Stift, den sie traditionell an einem Lederband um den Hals trägt, und schreibt mit gleichmäßigen Lettern *#bestfriendsbestdays* auf den unteren Rand des neuen Polaroids. Lucy wird es später an die Pinnwand hängen, neben dem Regal mit den alten Gläsern, und immer schmunzeln, wenn sie es sieht.

#allesunterkontrolle

Mado gähnt, reibt sich erschöpft die Augen und streckt sich ausgiebig. Hoffentlich stellt Frau Meier-Hoppenstedt, ihre Assistentin, jetzt keine Anrufe mehr durch.

Immerhin ist schon fast Feierabend. Sie kann wirklich nicht mehr geradeaus denken, geschweige denn fehlerfrei formulieren.

Seit fünf Uhr früh ist sie wach. Nach ihrer Joggingrunde um die Alster und ein paar Dehnübungen auf ihrem Balkon, anschließend einem schnellen Müsli plus grünem Tee im Stehen ist sie direkt in die Kanzlei geeilt, um die Unterlagen für die erste Gerichtsverhandlung noch mal durchzugehen. Puh! Daran möchte sie auch gar nicht mehr denken. Ihr Mandant, ein prolliger Soapschauspieler mit Boxervisage, ist im Gerichtssaal völlig ausgerastet, nachdem das Urteil zu Unterhalt und Ausgleichszahlungen zugunsten seiner Exfrau verkündet worden war. Die Ordner mussten ihn festhalten, es brach völliges Chaos aus, und der Richter verhängte anschließend eine saftige Geldstrafe. Kein Wunder, dass der Typ zum dritten Mal geschieden ist.

Die anderen Verhandlungen liefen heute zwar Gott sei Dank erfolgreicher ab, waren aber nicht minder anstrengend und zogen sich bis in den Nachmittag. Es blieb nur Zeit für einen kurzen Imbiss mit Werner – ihrem vierundzwanzig Jahre älteren Exmann, Gründer der noblen Sozietät *Länz & Partner* in Uhlenhorst –, mit dem sie ein paar wichtige juristische Fragen zu klären hatte. Auch seit ihrer Scheidung vor vier Jahren verstehen sie sich gut, und Werner hat die Trennung sowieso mit viel Gelassenheit und Lebensklugheit aufgenommen, wofür ihm Mado bis heute dankbar ist. Er hilft ab und zu in ihrer Kanzlei aus, die sie voller Stolz führt. Sie war ein Glücksgriff, denn sie liegt im Erdgeschoss eines der wunderschönen alten Etagenhäuser in der Curschmannstraße. Mado hat die Kanzlei modern eingerichtet, alles ist in Cremefarben gehalten und mit Holz und Marmor ausgestattet. Schicke Designermöbel zieren die Räume, ein paar ausgewählte Kunstwerke die Wände, und frische Rosen stehen als Farbtupfer auf den Tischen.

Gelangweilt von dem Aktenberg vor ihr fährt sie mit dem Drehstuhl ein bisschen hin und her. An nach Hause gehen ist nicht zu denken. Bei dem Berg an Arbeit, der heute noch vor ihr liegt, muss sie noch mal gähnen. Da bleibt ihr Blick an dem Bild gegenüber hängen, das einzige nicht abstrakte Gemälde in ihrer Kanzlei. Sie liebt das Bild sehr, ein phänomenaler Sonnenuntergang am Weststrand von Sylt, *ihrer* Insel.

Sobald sie als Kind ans Meer kam, wollte sie sich immer sofort im weichen Sand wälzen und darin mit Armen und Beinen einen Engel machen wie andere im Schnee. Mado liebte den Sand. Liebt ihn bis heute. Sie fragt sich, wann sie bloß aufgehört hat, sich im Sand wälzen zu wollen. Das ist doch das, was man instinktiv tun möchte, sobald man die Millionen winziger Körner mit den nackten Füßen berührt: ihn spüren. Überall. Vor allem wenn er warm ist und trocken, so wie auf dem Bild vor ihr, nach einem langen Hochsommertag, wenn die Sonne ihn aufgeheizt hat und er sich anfühlt wie eine kuschelige Decke. Als Mädchen wünschte sie sich nichts sehnlicher, als sich in den Sand hineinzulegen, mit ihm zu spielen, ihn anzufassen, durch die Finger rieseln zu lassen, die Füße darin zu verbuddeln,

Burgen zu bauen und Dämme, verziert mit Muscheln, Steinen und Hölzern. Wenn dann im Hintergrund das Meer rauschte, die Wellen gleichmäßig ans Ufer schlugen, die Sonne auf dem Wasser glitzerte und der Nordseewind ihr um die Ohren pfiff, dann, erinnert sich Mado, war sie einfach nur glücklich.

Sie muss an ihr erstes Feriencamp auf Sylt denken, als sie Lucy, Rieke und Sonja kennenlernte. Wieder hört sie das laute Lachen der Sonja von damals, die am Strand ein Rad nach dem anderen schlug und bei jedem Schwung fröhlich jauchzte. Bis sie sich erschöpft in den Sand plumpsen ließ und Mado lachend mit Rieke und Lucy zu ihr lief, sich alle drei auf sie warfen, sie durchkitzelten und dabei kreischten, wie man es nur in diesem Alter kann. Überall hatten sie damals Sand hängen, und zu jeder Zeit sprangen sie ins Meer, wollten die Wellen bezwingen. Oder sie unternahmen einen Ausritt am Strand, in die Dünen, ins Wäldchen. Das war *ihr* Sommer, die Zeit, in der alles begann.

Schade, dass man sich nicht in vergangene Zeiten zurückbeamen kann, als die Tage noch Überraschungen und Abenteuer in sich bargen.

Pling, pling, durchbricht es plötzlich Mados Sinnieren. Eine Nachricht von Lucy.

Hallo Mado!
Rieke hat mich gerade überzeugt, doch meinen Geburtstag bei mir im Garten zu feiern. Außerdem haben wir Freundinnen-Silberhochzeit, stell Dir vor! Das können wir nicht unter den Tisch fallen lassen. Wir haben

uns sowieso lange nicht mehr gesehen, alle zusammen. Also: Ihr seid am Samstag ab 20 Uhr herzlichst eingeladen! Es wird ganz unkompliziert, jede bringt was mit. Ginge das? Ich habe nämlich irre viel zu tun. Vince geht zum Dart-Abend, wir sind also unter uns. Ja? Bittebittebitte komm, ich würde mich sooo freuen!

Wie bitte? Was ist denn in Lucy gefahren, dass sie erst jetzt damit kommt? Sie wollte doch eigentlich dieses Jahr gar nicht feiern. Die Nachricht bringt Mados ganzen Zeitplan durcheinander. Da klingelt das Bürotelefon laut und fordernd.

Sie hebt genervt ab. »Frau Meier-Hoppenstedt, was gibt es denn noch? Ich muss die Anklagen und Berichte schreiben, das Zeitfenster ist sehr eng heute Abend. Also?«, pampt sie die Arme an.

»Bitte entschuldigen Sie, Chefin, aber Sonja Peters hat sich nicht abwimmeln lassen und sagt, es ist dringend!«

»Meinetwegen, stellen Sie sie durch. Und dann brauche ich Sie nicht mehr, gehen Sie ruhig nach Hause. Bis morgen! Neun Uhr reicht völlig«, sagt Mado, milder gestimmt und in dem Versuch, es bei ihrer Assistentin, die kurz vor der Rente steht, wiedergutzumachen. Diese bedankt sich wie immer nordisch-kühl und verbindet sie mit Sonja.

»Mado, Liebes? Ist die Müller-Lüdenscheidt jetzt aus der Leitung? Hast du auch schon die Einladung von Lucy bekommen? Damit hab ich ja überhaupt nicht mehr gerechnet! Gehst du hin? Ich hätte richtig

Lust. Außerdem muss ich hier mal raus, sonst drehe ich durch. Ob Schule oder zu Hause, immer nur Kinder um mich rum! Ich komme mir vor wie im Knast. Dauerbelagerung, Tag und Nacht! Am Samstag könnte meine Mutter die Kinder hüten, Mark ist ja auf einem Ärztekongress. War klar. Aber viel wichtiger: Was *schenken* wir Lucy? Was bringen wir mit? Kann ich dann bei dir pennen? Was meinst du?«

»Meier-Hoppenstedt, Sonja. Nicht Müller-Lüdenscheidt.«

»Ist doch das Gleiche. Na, was sagste?«

»Tja, so richtig passt es eigentlich nicht in meine Planung, und es ist sehr spontan, aber ehrlich gesagt könnte ich einen Freundinnenabend auch ziemlich gut gebrauchen. Ich hetze nur noch von Termin zu Termin.« Mado überlegt kurz. »Ja, ich bin dabei! Hm, wir könnten Lucy einen kleinen Obstbaum für ihren Garten schenken. Pfirsich, Birne, Orange? Da kenn ich mich nicht aus. Frag Rieke, ob sie mitmacht. Kümmerst du dich darum? Bitte, bitte! Passt sicher in deinen Bus. Und klar schläfst du bei mir. Wenn ich es schaffe, bereite ich was zu essen vor und besorg 'ne Flasche Schampus. Holst du mich ab, gegen Viertel vor?«

Während Sonja noch jubelt, überlegt Mado, wie lange die Chocolaterie nebenan samstags geöffnet hat und ob Luigi kurzfristig Vorbestellungen für die gemischte Antipastiplatte annimmt.

»Mamaaaaaaa! Edwin hat seinen Ranzen wieder einfach auf den Boden geschmissen! Und dabei ist seine Flasche ausgelaufen ... Aua!«, hört Sonja Mina, ihre Jüngste, im Flur schimpfen, und dann folgt wildes Gerangel samt Kampfgeschrei.

»Du fiese Petze! Kleine Schleimwachtel! Häng dich nicht rein, das geht dich nix an!«, ruft Edwin stinksauer.

»Hey, hör auf, lass mich! Maaaamaaaa! Autsch!« Es poltert und rumpelt unaufhörlich.

Sonja bekommt Angst um die wertvolle alte Kommode im Flur, ein Erbstück von Marks Großeltern. Bei einem Streit vor ein paar Tagen hat Edwin eine dicke Kerbe reingeschlagen. Davon weiß Mark noch gar nichts ... Schon allein deswegen müsste sie dazwischengehen, stattdessen bleibt sie an der Spüle stehen, dreht den Hahn auf und weicht das schmutzige Geschirr ein. Nur ein paar Sekunden durchatmen.

»Spinnt ihr? Könnt ihr mich vielleicht mal durchlassen? Ey Leute, weg da, ihr seid so cringe!«, vernimmt Sonja dann auch noch ihre Älteste im Flur, schon pubertierend, aber immerhin minimal vernünftiger als die anderen.

»Halt's Maul, Lola, mach die Fliege!«, brüllt Edwin. Warum er in letzter Zeit häufig diesen aggressiven Ton hat, ist Sonja ein Rätsel. Vielleicht zockt er zu viel, steht in der Schule zu sehr unter Druck. Oder seine neue Fußballmannschaft übt diesen Einfluss auf ihn aus.

»Hilfe, Mama! Edwin haut mich! Gib mir Bella zurück! Hey, du Arsch, neeeeiiin, nicht werfen, die geht kaputt, hör auf!« Mina scheint den Tränen nahe, und dann schlägt etwas brutal auf die Fliesen.

»Das ist deine Strafe, du Verräterin. Blöder Zwerg! Da hast du sie! Leck mich.«

Seufzend stellt Sonja das Wasser ab. Wie kam sie damals bloß auf die Idee, es würde ihr gelingen, drei Kinder in den Griff zu bekommen, nur weil sie Lehrerin war? Äquivalent zur Anzahl ihrer Kinder ist sie zugegebenermaßen etwas erziehungsmüde geworden.

Mina fängt jetzt zu heulen an und rennt ihre Puppe retten. Edwin verschwindet die Treppe hoch in sein Zimmer und knallt die Tür zu. Sonja kann sich nicht erinnern, wann es einmal keinen Streit zwischen den beiden gab. So in etwa muss es ebenso ihrer eigenen Mutter mit ihren älteren Brüdern und ihr gegangen sein. Kein Wunder, dass ihr Vater meistens im Gemeindebüro verschwunden ist.

»Mama? Wo bist du? Ich hab mega Huuunger! Ist noch was da? Was Warmes? Nudeln? Aber keine Suppe!«, ruft Lola von irgendwoher. Instinktiv duckt sich Sonja, als könne sie dadurch nicht gesehen werden. Jetzt wie bei Harry Potter einen magischen Tarnumhang überwerfen und sich unsichtbar machen! Das wär's. Wie landet man eigentlich freiwillig im Dschungelcamp? Geht das? Nach dem Motto: Ich bin eine Frau, die nur noch als Mutter, Ehefrau, Lehrerin, Haushälterin und Kummerkasten funktioniert, holt mich hier raus. Und rein ins Camp? Ich ess sogar fiese Heuschrecken oder Tierhoden, wenn's sein muss. Bitte!

Während sie die Spülmaschine ausräumt, bemerkt Sonja wieder einmal, dass sie so dringend eine Pause braucht wie noch nie in ihrem Leben. Endlich mal allein sein, nicht erreichbar, nur lesen, schlafen, Musik hören, träumen, schwelgen, baden, rumliegen, essen, verlottern, sich betrinken, für nichts verantwortlich sein … Hach, wäre das schön. Aber wer kümmert sich dann um die Kinder, das Haus, den Garten, die Kaninchen, die Schildkröte, und, und, und? Die würden alle verwahrlosen, verhungern, verdursten – allen voran vermutlich ihr Mann.

Sonja seufzt erneut und schielt auf die Uhr. Freitagnachmittag, vier Uhr. Alle ihre Kinder sind nun aus der Schule zurück, sie selbst hatte heute nur vier Stunden an der Gemeinschaftsschule Großhansdorf, wo sie als Lehrerin für Englisch und Religion arbeitet. Inzwischen ist Lola dreizehn Jahre alt, Edwin zehn und Mina sieben. Endlich kein Kindergartenkind mehr im Haus!

Ihren Job als Lehrerin liebt Sonja, ihre Schule ist solide, mit netten Kollegen – auch wenn der Direktor manchmal ziemlich konservativ ist, was neue pädagogische Konzepte angeht. Doch daran hat sie sich gewöhnt, sie kann sich schließlich nicht um alles kümmern.

Sie stapelt die Teller aufeinander und räumt sie in den Küchenschrank. Das macht außer ihr hier meistens keiner. Mark ist ihr im Alltag keine große Hilfe. Das war früher nicht anders, aber jetzt als Leiter der orthopädischen Chirurgie der benachbarten Park-Klinik glänzt er die meiste Zeit durch Abwesenheit.

»Mama!« Lola stürmt in die Küche.

»Ja, bitte? Ich bin nicht schwerhörig!«

»Du sagst gar nix! Ich habe einen random Hunger, wie verrückt. Gibt es noch Nudeln?« Ihre große Tochter schaut sich suchend um.

»Nein, Liebling. Du weißt, dass ich heute Abend für uns koche. Bis dahin ist es nicht mehr lange, und ich wäre dir sehr verbunden, wenn du dir jetzt schnell mal selbstständig etwas zu essen machen würdest. Zum Beispiel Müsli oder ein Käsebrot. Ich muss einen Kuchen für Lucys Geburtstag morgen backen«, erwidert Sonja.

»Is ja gut, chill mal«, motzt Lola, schüttet sich Cornflakes mit Milch in eine Schüssel und schnappt sich dazu eine Cola. Sonja verdreht innerlich die Augen – igitt, was für eine Kombi.

»Mina hockt übrigens im Flur und flennt!«, ruft Lola ihr zu und verschwindet in ihrem Zimmer.

Wie sehr sich Sonja danach sehnt, wenn heute Abend alle Kinder im Bett sind und sie ein wenig Zeit für sich haben wird. Ein wohltuendes Ölbad, die Füße auf der Couch und ihrer Lieblingsmusik lauschen, sich mit einer amerikanischen Thrillerserie zerstreuen, ein Glas Eistee im Garten oder mit einer Gurkenmaske meditieren? Oder doch einen Wein? Am besten alles zusammen.

Sie verstaut das letzte Besteck in der Schublade und klappt die Spülmaschine zu. Wenigstens sieht die Küche jetzt wieder einigermaßen aus. Sie braucht klar Schiff, bevor sie sich gleich an die Zubereitung des Kuchens macht. Aber zuerst geht sie zu ihrer schluchzenden Jüngsten, zieht sie liebevoll vom Parkett hoch und setzt sie mit Puppe Bella, die etwas lädiert aussieht, vor den Fernseher ins Wohnzimmer. Sie stellt Mina den Kinderkanal an und drückt ihr eine selbstgemachte Melonenlimonade in die Hand.

»Jetzt beruhigst du dich erst mal, Maus. Gleich hast du Turnen, bis dahin kuschelst du hier ein bisschen. Edwin ist oben, der tut dir nichts mehr, und ich pass auf.« Zärtlich streicht sie Mina über die rotblonden Haare, die aussehen wie ihre eigenen, nur etwas feiner, und gibt ihr einen Kuss. »Um Bellas Verletzungen kümmern wir uns nachher. Wir bringen sie zum Bärendoktor, und sie bekommt ein Prinzessin-Lillifee-Pflaster, einverstanden?«

Mina nickt mit großen Augen und steckt sich den Daumen in den Mund. Na gut, Glotze und Lutschen, ausnahmsweise, Sonja lässt sie gewähren. Dafür hat sie nun mindestens eine halbe Stunde Ruhe. Sie geht zurück in die Küche und sucht die Zutaten für den Kuchen zusammen. Kirschstreusel in Herzform, der wird Lucy gefallen.

Auf ihrem Smartphone geht eine Sprachnachricht von Mark ein. Was will der denn jetzt schon? Haben die auf dem Kongress Kaffeepause? Sonja drückt auf Start und schlägt geschickt die Eier in die Schüssel.

»Liebling, mein Sonjascheinchen, ich sprech dir schnell drauf, weil wir gleich wieder reinmüssen und

das Dinner sich später direkt anschließt. Vielleicht wird es dann zu spät zum Telefonieren. Weißt ja, wie der Hase hier läuft. Also kann berichten, alles so weit gut, die Vorträge sind ziemlich langweilig, aber meiner lief einwandfrei heute, und ich habe viel positive Resonanz von Kollegen bekommen. Und auch schon eine Einladung für Mitte Oktober nach Berlin, Charité, da soll ich meinen Vortrag vor einem internationalen Plenum halten. Da ist doch nichts geplant, oder? Tja … äh … und sonst ist auch alles wunderbar, das Wetter ist traumhaft, und das Hotel ist wirklich eins a, liegt direkt am Bodensee, das Kongresszelt sogar auch, in der Pause kann man dort spazieren gehen. Ja, und … äh … du, dann habe ich tatsächlich einen alten Studienkollegen wiedergetroffen, erinnerst du dich an Paul Breitbach? Zwanzig Jahren habe ich ihn nicht mehr gesehen, er leitet inzwischen eine renommierte Klinik in der Schweiz. Tja … Duuu, Sonni, deshalb wollte ich auch … äh, also … wir haben dann gestern spontan beschlossen, nächste Woche noch zwei Tage zum Wandern in den Alpen dranzuhängen. Ist das nicht toll? In der Klinik habe ich schon Bescheid gesagt, da ist alles geregelt. Und … äh … Sonni, du hast sicherlich nichts dagegen? Ich käme nämlich erst Mittwochabend zurück …«
Mark räuspert sich. »Denn du verstehst das sicher, zwanzig Jahre, eine verdammt lange Zeit, und wo wir schon mal zusammen hier sind, und Paul ist frisch geschieden, er …«

Den Rest hört Sonja gar nicht mehr. Ja, sie weiß, wie der Hase läuft, gerade bei ihm. Immer nur er, er, er.

Nicht einmal kommt die Frage, wie es ihr und den Kindern zu Hause geht oder ob an der Schule alles gut ist. Hier könnte die Welt untergehen, das würde ihn gar nicht interessieren. Er geht einfach davon aus, dass sie alles im Griff hat. Was zugegebenermaßen meistens zutrifft, sie ist selbst schuld: Zu nichts sagt sie Nein, immer macht sie alles möglich, hat für alles Verständnis. Das hat sich jetzt so eingespielt, dass Mark es als selbstverständlich nimmt, wie sie funktioniert und ihm den Rücken freihält. Sie hat es inzwischen aufgegeben, auf sich zu achten und darauf, was *sie* eigentlich will.

Traurig und hilflos schickt sie ihrem Mann eine kurze Sprachnachricht, sie freue sich für ihn, und es sei in Ordnung, wenn er verlängere. Sie darf sich im Grunde nicht beschweren, denn sie leben hier natürlich sehr komfortabel. Sie haben beide ein überdurchschnittliches Einkommen, eine Putzfrau und sogar ihre Mutter vor Ort. Omi Marlis springt immer ein, wenn Not ist und auch so. Nach dem frühen Tod von Sonjas Vater ist sie von St. Peter-Ording in eine Wohnung um die Ecke gezogen und unterstützt die Familie jederzeit.

Warum also fehlt ihr trotzdem etwas? Und was genau? Warum geht Mark ihr auf die Nerven, obwohl er nie da ist? Warum hat sie Fluchtgedanken, wenn sie doch immer eine Familie wollte? Und sie liebt Mark – mit all seinen Macken –, die Kinder und ihren Job. Was ist nur los mit ihr?

Vielleicht braucht sie endlich mal was ganz Neues, anderen Input. Eindeutig ein Thema für einen Freundinnenabend. Gut, dass Lucy nun doch feiert. Das kommt ihr so was von recht. Da darf morgen nichts, rein gar nichts dazwischenkommen.

Sonja wäscht sich die Hände, wischt sie an ihrer Jeans trocken. Dann beginnt sie, den Teig kraftvoll zu kneten.

Wenn sie morgen Abend nicht hier rauskommt, lässt sie sich tatsächlich ins Dschungelcamp einweisen. Koste es, was es wolle. Mark zahlt.

#diebesteideeseitlangem

Rieke läuft hoch zu ihrer WG, in der sie im mehrstöckigen Klinkerhaus lebt. »Ich darf nicht das Wichtigste vergessen«, murmelt sie und schließt mit einem gekonnten Ruck die Wohnungstür auf. Ihre beiden Mitbewohner fahren am Wochenende meistens zu ihren Partnern und Familien, sodass sie die große Wohnküche und das Bad für sich hat.

Auch heute am Samstagabend ist keiner da, als sie durch den langen Korridor in ihr Zimmer stürmt. Sie wirft ihren Rucksack aufs Bett, das spartanisch in Hellgrau bezogen ist. Dafür hängt die Wand voll mit Fotos, die Gott und die Welt und immer wieder auch ihre Freundinnen zeigen. Automatisch muss sie lächeln, als sie mit schnellem Blick die Schnappschüsse scannt: Lucy im Blumenkleid im Café, Sonja, das üppige Vollweib auf einem Parkplatz, winkend und auf dem

Sprung, Mado in schickem Kostüm mit gespielt strengem Blick, doch die Lachfältchen um ihre Augen verraten ihre warmherzige Seite. Und dann die Selfies, auf denen sich alle vier verbiegen, um die Gesichter grinsend in die Kamera zu recken. Natürlich ist jedes der Bilder mit einem passenden Hashtag versehen.

Mit den Fotos und dem Riesenschreibtisch voller Bastelutensilien sieht ihr Zimmer eher aus wie eine Werkstatt als ein gemütlicher Wohnraum. Ein Grund, warum sie sich mit ihren Freundinnen lieber unten im Ausgehviertel trifft. Oder wie heute in Lucys blühendem Garten.

Rieke kniet sich auf den Boden und fängt an, in einer Kiste zu wühlen. Sie wirft Bücher, CDs und Stifteboxen beiseite, bis sie findet, was sie gesucht hat, und sich zufrieden aufs Bett plumpsen lässt. Das lederne Büchlein mit dem nachgedunkelten Messingschloss legt sie neben sich. Ein Glück, es ist noch da. Sie sucht weiter, bis sie entdeckt, was sie braucht. Eins, zwei, drei, vier … zählt sie aufgeregt.

Rieke schaut auf die große Bahnhofsuhr über ihrem Schreibtisch, schon zwanzig vor acht, allerhöchste Zeit. Sie saust in die Küche, wo sie sich zwei gekühlte Flaschen Sekt schnappt und ein paar Servietten sowie etwas Haushaltskordel aus der Krimskramsschublade. Dann packt sie ihre Funde damit notdürftig ein. Entschlossen drückt sie alles in den olivfarbenen Rucksack und ihren Kapuzenpulli mit dem Anker obendrauf, bevor sie die breiten Gurte über die Schultern zieht und zurück ins Treppenhaus stürmt. Jetzt aber los. Lucy hat

Geburtstag, zudem jährt sich ihre Mittsommernacht zum fünfundzwanzigsten Mal. Unglaublich. Rieke hat an die Überraschung gedacht. Sie freut sich jetzt schon auf die Reaktion der anderen – die werden Augen machen!

Vorm Haus schwingt sie sich auf ihr Rennrad, auf dem himmelblauen Rahmen steht in silbernen Lettern: *Große Freiheit Nummer unbekannt.* Darauf ist sie besonders stolz. Mit Hans Albers auf modernen Beats im Ohr radelt sie die Reeperbahn und Königstraße entlang Richtung Altona und muss daran denken, wie selbstverständlich Willkommen und Abschied hier nebeneinander wohnen.

#mittsommernachtsfeeling

»Vince, bitte, nur noch den schweren Holztisch, den schaff ich nicht alleine. Er muss da auf die Wiese.«

Lucy geht zu der ausgewählten Stelle, dreht sich um die eigene Achse und inspiziert fachkundig die Lage. Gut, dass sie schon vor ein paar Wochen zwei Lichterketten mit bunten Glühbirnen um das Gartenhaus herum aufgehängt hat. Und die Solarlampions liegen auf der altmodisch geblümten Hollywoodschaukel daneben bereit. Diese gleich im Garten zu verteilen wird schnell gehen.

Obwohl die große Wiese mit den Blumenrabatten

und langen Staudenreihen zu einer Schrebergartenkolonie gehört, hat man in Lucys Garten das Gefühl, ganz für sich zu sein. Das liegt zum einen an der Größe von über tausend Quadratmetern und zum anderen daran, dass die Fläche, als Lucy sie vor allem zum Anbauen von Feldblumen und Stauden übernahm, total überwuchert war und sie die mannshohen, undurchdringlichen Himbeer- und Brombeerhecken drum herum einfach stehen ließ. Ein natürlicher Sicht-, Schall- und Abgasschutz, der ihren Garten zu einer wildromantischen Oase macht.

Sie ist versucht, einfach die Augen zu schließen und sich weiterzudrehen, wie früher als Mädchen. Ist diese Nacht, als sie ihren Pakt schlossen, wirklich schon so lange her? Ihr größter Traum hat danach zumindest im Kleinen geklappt, denn sie durfte bei einer Schulaufführung tatsächlich eine Braut sein. Sie erinnert sich genau, wie großartig und erhaben es sich anfühlte, in diesem feinen Spitzennachthemd auf der Bühne zu stehen und einen endlos langen Schleier aus Vorhangstoff hinter sich herzuziehen.

Die Bilder, das Gefühl und die Sehnsucht sind geblieben, wie sie zugeben muss. Ihr Traum jedoch ist seit den Kindertagen erwachsener geworden. Er ist jetzt nicht mehr dieser Kleinmädchenwunsch, ein Prinzessinnenkleid zu tragen und zu strahlen, dass man alle Blicke auf sich zieht. Nachdem sie sich beruflich durch die Ausbildung kämpfte, das Café fand, einen Kredit aufnahm, um den Schritt in die Selbstständigkeit zu wagen, sehnte sie sich irgendwann sehr danach, den

Richtigen zu finden und ihn zu heiraten. Als Zeichen dafür, zusammenzugehören, gemeinsam durch dick und dünn zu gehen. Den einen, the one and only Mr Right, der für sie bestimmt war. Und sie für ihn. Am Hochzeitstag will sie neben ihm stehen, ihre Hand in seiner, und sicher sein: *Mit dir will ich mein ganzes verrücktes Leben leben, den langen Weg gehen.* Und seit sie Vince kennt und liebt, sieht sie diesen Tag heller und klarer vor Augen denn je.

Einfach weiterdrehen, am liebsten so lange, bis er mich auffängt, denkt Lucy. Doch dann ist ihr schwindelig, sie hält abrupt an und fällt fast ins Gras.

»Lucy, hilf mir bitte, du musst schon mit anpacken«, hört sie Vince' tiefe, warme Stimme. »Ich bin ja nicht Superman.«

Bestimmt hängen die Studierenden an seinen Lippen, vor allem die weiblichen. Verliebt schaut sie zu ihm rüber. Gerade sieht er jedoch ziemlich genervt aus, wie er verschwitzt, im ehemals weißen Shirt und beigen Bermudas den Holztisch anhebt. Lucy schüttelt den Kopf und sammelt sich, dann läuft sie rüber zum Gartenhäuschen, wo Vince die Holzstühle mit Korbgeflecht bereitgestellt hat.

»Was treibst du denn da drüben?«, fragt er ungeduldig. »Du weißt doch, die Jungs warten schon. Ich muss auch noch duschen.« Er schaut an sich herunter.

»Es ist richtig schade, dass wir uns heute kaum gesehen haben, an meinem Geburtstag«, seufzt Lucy hin- und hergerissen.

»Du bist mir eine. Du hast mich ausgeladen, nicht

umgekehrt, erinnerst du dich? Um mit deinen Freundinnen zu feiern. Schon vergessen?«

Seinen Blick kann sie nicht deuten. Will er sie foppen, oder ist er wirklich beleidigt? Nein, da ist es wieder, dieses verschmitzte Vince-Lachen, das er nicht verbergen kann.

»Ach, Schatz, wir sehen uns doch jeden Tag. Außerdem hat Rieke mich regelrecht bequatscht, weil heute unser Freundinnen-Jahrestag ist, weißt du. Genau heute vor fünfundzwanzig Jahren haben wir …« Sie stoppt, immerhin war der Pakt damals geheim. Also sagt sie stattdessen: »Morgen, lass uns morgen anstoßen, ja? Nur wir beide!«

Lucy klettert auf den Tisch, kommt ihm auf allen vieren entgegen und küsst ihn auf den schönen, warmen Mund. Sollen doch alle an seinen klugen Lippen hängen. Hauptsache, sie ist diejenige, die sie berührt. Sie spürt ein kurzes Zögern, bevor er ihren Kuss erwidert. Das liegt bestimmt an dem schweren Tisch, den er hält, mit ihr drauf. Vielleicht sorgt er sich, dass sie abstürzt.

»Natürlich, wir holen das nach«, sagt er. »Jetzt aber los, wir müssen alles aufbauen und das Lagerfeuer richten.«

Sie küsst ihn ein letztes Mal. Dann springt sie mit den Worten »Aye, aye, Sir!« vom Tisch und hilft Vince beim Tragen. Dabei spürt sie plötzlich eine Vorfreude in sich aufsteigen wie als Kind. Bald kommen ihre drei Herzensfrauen, und sie wird es ihnen im Garten richtig schön machen.

Wie sehr hat sie die Freundinnen vermisst.

#dasfalschemetall

Mit lautem Hupen bremst Sonja knapp vor der hohen Hecke auf dem Gehweg, der die gesamte Schrebergartenanlage umschließt.

»Pass doch auf!«, ruft Mado erschrocken, denn beinahe wäre ihre Freundin auf Lucys himbeerfarbenen Kastenwagen draufgefahren. Das Auto mit dem weißen Logo des Blumencafés – eine Kaffeetasse, aus der zarte Blumenranken emporsteigen – parkt direkt vor ihnen.

»Ja doch. Schau, ich hab alles im Griff!« Sonja lässt sich augenscheinlich nicht beirren, schlägt noch ein paarmal ein, bis sie mit dem VW-Bus gerade an der Straße steht.

»Mir ist schlecht«, schimpft Mado, »du fährst wie eine gesengte Sau!«

»Danke für das Kompliment!«, lacht Sonja selbstironisch. »So, du Nöltante, raus hier, Lucy wartet bestimmt schon.« Sie lässt das Lenkradschloss einrasten, schnallt sich ab und springt mit Elan aus dem Auto. Mado schüttelt stöhnend den Kopf und steigt dann auch aus dem Familiengefährt. Nie im Leben würde sie so ein Monstrum fahren, selbst wenn sie alle Kinder einzeln herumkutschieren müsste. Zum Glück hat sie weder Kind noch Hund noch Mann, dafür aber einen schicken silbernen Alfa Romeo Spider, einen Oldtimer.

Sonja macht sich am Kofferraum zu schaffen. »Hier deine Antipastiplatte – hmmm, sieht ja lecker aus – und die Schokopralinen und … o toll, Champagner!« Freudig begutachtet sie das Etikett. »Wow, Moët & Chandon Impérial. Signora Mancini, das haben Sie sich aber was kosten lassen!« Sie zwinkert ihrer Freundin zu und schwenkt die Flasche.

»Gib her, was denkst du denn! Ist immerhin unser Jubiläum und Lucys Ehrentag. Überhaupt tut der uns sicher allen gut.« Mado grinst, dabei leuchten ihre großen braunen Augen, und sie zieht ihrer Freundin ruppig die Flasche aus der Hand. »Nicht weiterschütteln! Die schäumt sonst gleich über.«

Mado versucht, in ihrem sündhaft teuren mokkafarbenen Jumpsuit und den neuen schwarzen Jimmy-Choo-Lackpumps möglichst unversehrt und ohne Verlust der aufgetürmten Köstlichkeiten samt Champagner in der Hand, in den Garten zu stolzieren.

Sonja kommt in locker-leichtem Sommerkleid mit buntem Blumenmuster und flachen Ballerinas wesentlich schneller voran. Und das, obwohl sie zuerst das Weinbergpfirsichbäumchen, das sie Lucy schenken, den Kuchen, einen Nudelsalat, ein Baguette, eine Kiste selbstgemachte Melonenlimonade sowie eine mit Astra samt Rosato und Quittensaft im klappbaren Bollerwagen verstauen und hinter sich herziehen muss.

Als die beiden Freundinnen den Weg von der Rückseite der Schrebergartenkolonie geschafft und alles ins offene Gartenhäuschen getragen haben, in dem es auch eine kleine Küchenzeile gibt, schauen sie sich fragend an. Keiner da.

»Komm«, sagt Sonja und macht ein Zeichen. Sie gehen auf der anderen Seite des Häuschens hinaus auf die kleine Veranda, die schon liebevoll geschmückt ist. Die Bäume im Garten sind mit knallbunten Lampions behängt, und auch die Büsche hat Lucy mit unterschiedlichen Lichterketten dekoriert. Vor der Veranda steht der große Holztisch, der bereits mit Geschirr aus dem Café eingedeckt ist. Außerdem hat Lucy köstliche Donuts und Muffins, ein paar ihrer Spezialwraps und Knabberzeug auf der weißen Leinentischdecke verteilt.

Ein Highlight ist der auf einer mit Obst und Keksen bestückten Etagère montierte Blumenkranz, von dem lauter bunte Bänder über den Tisch hängen – eine Adaption der skandinavischen Mittsommerdeko. Typisch Lucy alles. An drei Plätzen am Tisch liegen kleinere Blumenkränze als Haarschmuck. In der Mitte der Tafel steht ein wunderbarer Wildblumenstrauß aus Korn-, Butterblumen und Margeriten in einer Glasvase. Daneben ein Servierwagen mit ersten Getränken. Ganz fürsorgliche Gastgeberin hat Lucy auf jeden der vier Korbstühle noch eine kuschelige weiße Wolldecke gelegt, für später.

»Ist das schööön …«, stößt Sonja begeistert aus und lässt den Blick umherschweifen. »Ich wusste gar nicht, dass sie mit dem Garten schon so weit ist.« Etwas weiter hinten ist ein kleiner Haufen Holz für ein Lagerfeuer aufgetürmt, davor stehen eine weiße Bank und zwei Klappstühle.

»Das kannst du laut sagen«, ergänzt Mado. »Andererseits ist es kein Wunder, dass wir nicht auf dem neuesten Stand sind. Du bewegst dich ja kaum noch vor die Hütte, wenn du aus der Schule kommst, und ich hetze zwischen Kanzlei und Gericht hin und her. Wann waren wir das letzte Mal hier? Ist bestimmt ein halbes Jahr her.«

»Oder länger«, gibt Sonja ihr recht. »Aber wo ist Lucy?«

»Hallo! Da seid ihr ja endlich!«, erschallt es fröhlich hinter ihnen. Die beiden fahren zeitgleich herum, da fällt ihnen das Geburtstagskind bereits um den Hals.

»Schatz, wo kommst du denn her?! Alles, alles Liebe und Gute zum Geburtstag! Ich freu mich so, dass wir uns heute sehen und dass du doch noch feiern wolltest. Lass dich umarmen und knutschen!« Überschwänglich drückt Sonja Lucy an ihr tiefes Dekolleté und verteilt mehrere dicke Schmatzer auf ihrem Gesicht.

»Danke, Sonja! Danke«, antwortet Lucy sichtlich gerührt. Dann wendet sie sich Mado zu. »Wow.« Sie geht einen Schritt zurück und sieht glücklich von einer zur anderen. »Ihr seht super aus! So schön, dass ihr da seid.«

»Happy Birthday, Lucy! Ich wünsche dir ein erfolgreiches, wundervolles Lebensjahr.« Mado umarmt Lucy fest, küsst sie auf die Wange und schiebt sie mit beiden Händen von sich, um sie ebenfalls zu betrachten. »Du aber auch, cara mia. Lucy, du siehst fantastisch aus!«

Diese strahlt bis über beide Ohren. Sie trägt ein langes weißes Trägerkleid und sieht mit dem Blumenkranz auf den blonden Haaren aus wie eine aus Schweden eingeflogene Elfe.

»Setzt euch, habt ihr schon gesehen, ich hab auch für euch Blumenkränze gebunden! Die müsst ihr nachher unbedingt aufziehen, man fühlt sich direkt viel …« Sie sucht kurz nach dem richtigen Wort, bevor Sonja er-gänzt: »…mittsommerlicher.«

»Ganz genau!«, stimmt Lucy heiter zu. »Und die Blumen bringen Glück. Heute feiern wir alles ganz stil-echt! Wir kennen uns schon fünfundzwanzig Jahre, könnt ihr das glauben?« Lucy lacht und schiebt die Freundinnen zum Tisch.

»Du hast dich mal wieder selbst übertroffen, Lucy. Hat Vince dieses Wahnsinnsfeuer vorbereitet? Wo ist er überhaupt? Wohin hast du ihn ausquartiert?«, fragt Mado amüsiert, während Sonja sich einen Keks von der Etagère stibitzt.

»Vince ist beim Dart-Turnier mit seinen Kumpels, wie geplant. Er hat mir hier geholfen, dann ist er los. Ein bisschen schade ist es ja schon …« Lucy schaut etwas traurig.

»Schatz, du hattest zunächst gar nichts an deinem Geburtstag geplant, ihr wohnt zusammen und seht euch immer – und er hat bestimmt mehr Spaß beim Darten als mit uns! Dieses Hobby habe ich übrigens noch nie verstanden, erwachsene Menschen, die Pfeile durch die Gegend werfen. Wenn ihr mich fragt: be-scheuert!« Sonja wedelt mit der Hand vor ihrem Ge-sicht herum.

»Auf eine Scheibe, Liebes. Sie werfen Pfeile auf eine Scheibe, nicht durch die Gegend«, korrigiert Mado amüsiert.

»Ist doch das Gleiche!« Sonja lacht und wendet sich wieder Lucy zu. »Auf jeden Fall sind wir jetzt bei dir und lassen es so richtig krachen!« Kaum hat sie das ausgesprochen, lässt sie sich auch schon auf einen der Holzstühle fallen.

»Ja, stimmt schon«, gibt Lucy schließlich zu und stellt drei der Sektgläser nebeneinander, »ihr habt mir auch echt gefehlt!«

»Es kann losgehen, Mädels. Time to drink champagne and dance on the table«, ruft Mado weltgewandt. »Wo bleibt unsere Lütte eigentlich, ts, ts, ts, wieder zu spät?« Sie zwinkert den anderen zu, dann läuft sie, so schnell es auf ihren High Heels nur geht, ins Gartenhaus.

»Tadadadaaa!« Wieder am Tisch präsentiert ihnen Mado die mitgebrachte Flasche und erklärt: »Der edelste Tropfen für meine Besten.«

»Wenn Rieke da ist, gibt es Geschenke!« Sonja klatscht in die Hände.

»Und dann eröffnen wir die Tafel.« Bei diesen Worten der Gastgeberin strahlen sie alle erwartungsvoll.

»Apropos: Ich wollte auch etwas vorbereiten, aber ich hab es einfach nicht geschafft!«, sagt Mado bedauernd, aber ihre Freundinnen rufen nur: »Das verstehen wir, Mado!« und »Jaja, is klar!« Sie müssen laut lachen.

Dann öffnet Lucy die Champagnerflasche und lässt den Korken knallen. »Ein Hoch auf uns, auf eine wunderbare Nacht und …«, sie überlegt kurz, dann grinst sie und ergänzt: »… gut, dass es Luigi gibt!«

»Lucy, du hast dich ja mal wieder selbst übertroffen. So schön alles! Du bist unglaublich, Luzia Lichtkönigin.«

Inzwischen ist auch Rieke mit ihrem Rennrad im

Garten angekommen, nachdem sie noch einen Abstecher in den Altonaer Supermarkt gemacht hatte und »Stuuunden« in der Schlange stehen musste, nur um Chips und Nachos zu kaufen.

Gerade haben sie das Geschenk übergeben und zusammen »Happy Birthday« geschmettert. Lucy freut sich wahnsinnig über den Weinbergpfirsich, weil sie Geschenke mag, die »bleiben und wachsen«. Sie weiß schon genau, an welcher Stelle sie den Baum einpflanzen wird. Das *Lieblingsplatz*-Schild baumelt bereits an der Hollywoodschaukel.

Nun sitzen die vier Freundinnen mit ihren Blumenkränzen auf dem Kopf plaudernd am Tisch. Nach der Flasche Champagner ist jetzt Sonjas neuer Spezialcocktail aus Prosecco, Rosato und Quittensaft dran, Kir Quitte. Die köstlichen Antipasti waren im Nu aufgegessen, ebenso die Wraps und der Fisch. Beim Duft von Sonjas Streuselkuchen wird Mado warm ums Herz. Auch Lucy war beim Anblick der entsprechenden Form ganz gerührt. Als die Dämmerung einsetzt, zündet Rieke, ehemals engagierte Pfadfinderin, das Lagerfeuer an. Es herrscht eine mystische, fast abenteuerliche Stimmung, so abgeschlossen vom Rest der Welt, in diesem geheimen Gartenidyll. Das Knistern der Flammen zieht die Frauen in seinen Bann und lässt sie zur Ruhe kommen. Mado ist zum ersten Mal seit Monaten vollkommen gelöst. Auch Lucy hat rote Wangen und sieht richtig glücklich aus. Sonja bekommt einen Lachanfall nach dem anderen. Und Rieke hat fröhlich plappernd die hübschen Beine in den obligatorischen Hotpants auf den Tisch gelegt. Im Hintergrund läuft Clubmusik, sanfte elektronische Beats schwingen mit Latino-Einflüssen um die Wette. Gerade tönt »Despacito« aus dem Bluetooth-Lautsprecher in die Sommernacht.

»Was hast du denn eigentlich von deinem Liebsten bekommen?«, fragt Sonja plötzlich neugierig.

»Ja richtig, hat der Herr Dozent was springen lassen?«, klinkt sich Mado ein.

»Hat er ... Diese Kette hier.« Lucy greift an ihren Hals und zeigt ihnen eine goldene Kette mit drei kleinen Sonnen, jeweils mit einem gelben, orangefarbenen und roten Stein in der Mitte.

Rieke schwingt ihre Beine hinunter und beugt sich vor, damit sie das Schmuckstück besser erkennen kann. »Trägst du nicht lieber Silber?«, überlegt sie laut.

»Eigentlich schon ...«, antwortet Lucy etwas verunsichert.

»Sollte Vince nicht langsam wissen, was du für Schmuck magst?« Rieke bleibt hartnäckig.

Sonja versucht zu vermitteln: »Also mir gefällt die Kette sehr! Hat er die alleine ausgesucht? Ist das süß. Das würde Mark niemals hinbekommen. Lass mal sehen. Drei Sonnen, alle mit Stein, und passend zu deinem Namen, Luzia, die Sonnenkönigin sozusagen! Ist doch toll!« Sie legt Lucy, die neben ihr sitzt, den Arm um die Schulter und streichelt sie sanft.

»Sie ist die Schutzpatronin des Lichts, bedeutet ›die Leuchtende‹«, verbessert Mado.

»Bestimmt hat er ganz bewusst Gold genommen, weil du sein Goldstück bist – und unseres auch«, ignoriert Sonja Mados Kommentar, klopft Lucy aufs Knie und gabelt sich anschließend etwas Räucherlachs auf den Teller.

Lucy schaut trotzdem leicht bedröppelt.

Mado fährt unbeirrt fort: »Kinder, mit so was kenne ich mich aus. Ketten schenken Männer, weil sie meinen, wir Frauen erwarten Schmuck, aber in Wahrheit wollen sie sich so um den *einen* Ring drücken!«

»Mensch Mado!«, schimpft Sonja und verdreht die Augen.

Rieke lacht los und lenkt für alle ein: »So einen Quatsch habe ich ja noch nie gehört. Ist doch ein super Geschenk. Bloß eben das falsche Metall.«

Lucy nimmt einen Schluck vom Spezialcocktail. »Meinst du wirklich, Mado?«

»Ja sicher. Sorry, aber ihr glaubt nicht, was Männer sich alles einfallen lassen, um sich nicht angeln zu lassen.« Mado guckt dramatisch-vielsagend und trinkt ihr Glas aus.

»Glaub ihr kein Wort, Süße!«, sagt Rieke, vermutlich hoffend, dass Lucy diese komischen Gedanken schnell wieder aus dem Kopf bekommt. »Ist doch im Grunde egal, ob Gold oder Silber, Kette, Armband oder Ring. Hauptsache, das Gefühl stimmt. Ist doch so, Luzia?« Mit diesen Worten zieht sie das Geburtstagskind hoch. »Hey Mädels, genug spekuliert. Wir drehen jetzt die Musik lauter – schnappt euch eure Drinks und dann rüber zum Feuer! Es wird Zeit für einen Mittsommernachtstanz. Wie früher!« Rieke läuft bereits mit ihrem Glas und einer neuen Sektflasche, die sie mit Schwung aus dem Eiskübel gezogen hat, ans andere Ende des Gartens.

#derpaktdergeheimenträume

Was für eine magische Nacht mit so vielen Sternen! Und dann auch noch der glänzende Mond am Himmel, eine elegant geformte Sichel. Er hängt am Himmel wie eine Spieluhr, findet Mado.

Es ist Mitternacht. Lucys Garten sieht in diesem Moment aus wie ein riesiges Gemälde, das vom Feuer angestrahlt wird. Die Freundinnen singen und tanzen barfuß durch den Garten. Mado muss darüber lächeln. In den Hecken leuchten die Lampions mit verliebten Glühwürmchen um die Wette. Rieke hat sich eine dunkelgrüne Tischdecke aus dem Gartenhaus geholt und um die Hüften gebunden, sie brauche einen wehenden Rock zum Tanzen. Denn natürlich trägt sie ihre Hotpants nur mit einem engen, gestreiften Marineshirt darüber. Wie sie sich so auf der Wiese dreht, sieht sie aus wie ein junges Mädchen.

Bob Geldofs »Great Song of Indifference« ist zu Ende, dreimal hintereinander haben sie ihn gehört und sich ganz schwindelig getanzt. Jetzt sind alle aus der Puste und brauchen eine Pause. Lucy und Sonja lassen sich auf die Bank vor dem Feuer fallen, die anderen beiden auf die Stühle, die dicht danebenstehen.

»Schwestern, jetzt passt auf. Zur Feier des Tages hab ich uns was mitgebracht!« Rieke atmet kräftig ein und grinst verschmitzt. Sie greift hinter die Gartenbank und holt ein in Servietten und Wurstkordel verpacktes Bündel aus dem Rucksack, das Lucy öffnen soll, was sie sich nicht zweimal sagen lässt. Ein altes Buch mit Ledereinband und ein zerknittertes Notizblöckchen tauchen auf.

»Unser Block von damals!«, ruft Lucy aufgeregt. »Die berühmten Wunschzettel der Syltschwestern!«

»Stellt euch vor, es sind noch genau vier Blätter übrig. Ist das nicht verrückt?« Rieke blickt erwartungsvoll in die Runde. Dann schnappt sie Lucy das Buch aus der Hand, das sich als ihr Ferientagebuch von damals erweist. Sie blättert darin, sucht und stoppt knapp über der Hälfte. Dort steht etwas in geschwungener Kinderschrift, die im Dunkeln schwer zu entziffern ist. Sonja zückt ihr Smartphone, das sie neuerdings an einem hippen Band trägt, »falls die Kinder anrufen«, und stellt die Taschenlampe an.

»Passt auf, Mädels, das ist total süß«, sagt Rieke, dann fängt sie laut an zu lesen: »›Sylt, Mittsommer 1996. Heute ist Lucys Geburtstag, jetzt ist sie schon dreizehn, und ich bin immer noch elf. Zum Glück macht das den anderen nichts aus. Wir machen trotzdem alles zusammen, essen, reiten, schwimmen, Beachvolleyball spielen. Wir kennen uns noch nicht lange, aber ich finde, wir sind die besten Freundinnen der Welt.‹«

Unglaublich, denkt Mado, dass Rieke den Abend

festgehalten und ihr Tagebuch aufgehoben hat. Jetzt zahlt sich ihre Dokumentierleidenschaft tatsächlich aus.

Rieke liest weiter: »Wir haben heute einen streng geheimen Pakt geschlossen, Mado meint, das sagt man so. Er heißt *Der Pakt der geheimen Träume.*« Sie schaut auf und schluckt.

Mado ist, was selten vorkommt, sprachlos und spürt einen Kloß im Hals. Auch Lucy, schräg gegenüber, hat Tränen in den Augen.

»Das gibt's ja nicht, Rieke, du hast das aufgeschrieben? Der Wahnsinn! Gib mal her!« Sonja fasst sich als Erste und zieht ihr das Tagebuch aus der Hand. Dann übernimmt sie begeistert, was Rieke bestimmt ganz recht ist, denn beim Lesen war ihre Stimme von Satz zu Satz brüchiger geworden.

»Erstens«, liest Sonja nun mit kräftiger Stimme, »Lucy.« Sie legt den Arm mütterlich um die Freundin, die neben ihr auf der Bank sitzt, die Beine angewinkelt und das Kleid schützend darüber gezogen. »Na, erinnerst du dich? Wie dein Brauttraum ausging?« Die nickt.

»Jaaa, damals hast du es geschafft, Lucy, so hübsch hast du ausgesehen!«, meint Rieke enthusiastisch. »Du hast die Rolle der schönen Prinzessin tatsächlich bekommen, obwohl die hochnäsige Tine von der Bäckerei schon viel länger in der Theatergruppe der Schule war und immer die Hauptrollen spielen durfte. Wir haben dir jeden Tag beim Üben geholfen. Du hast dir damals schon selbst einen kleinen Brautstrauß gebunden, weißt du noch? Und Mado hat dich toll geschminkt. Bei der

Aufführung saßen wir in der ersten Reihe! Im großen Finale bist du dann als Braut aufgetreten, alle Kinder haben Blumen auf die Bühne gestreut. Das war der Knaller. Mado musste losprusten vor Lachen, ich heulen, und Sonja hat so laut geklatscht, dass alle zischten und zu uns rüberschauten!« Rieke schwelgt in Erinnerungen, und Mado tippt Lucy an. »Der dünne Thorsten als dein Bräutigam hielt dich im Arm wie ein Ritter.«

»Ein richtiges Traumpaar«, schwärmt Sonja lachend.

»Ihr seid ja verrückt, der war mindestens einen Kopf kleiner und hatte eine Riesenzahnlücke.« Lucy wischt sich eine Träne weg – vor Lachen und bestimmt auch ein bisschen vor Rührung.

»Passt auf, jetzt kommt Mado. Ich sag nur: Lenny…«, fährt Sonja grinsend fort und schaut zu ihrer Freundin, die ungläubig ins Feuer blickt. Sie kann es nicht fassen, damals dabei gewesen zu sein. Wie aus einem anderen Leben kommt ihr das vor. »Er war aber auch wirklich bildschön!«, sagt sie schnell zu ihrer Verteidigung.

»Und so cool. War er nicht Amerikaner? Du warst seit der Fünften in ihn verschossen und hast ihn immer beim Basketball beobachtet. Alle Mädchen der Schule waren in ihn verknallt, aber er wollte keine.« Verzückt nimmt Lucy einen Schluck aus ihrem Glas. »Als wir wieder in Hamburg waren, haben wir mit dir trainiert, wie du ihn ansprechen kannst, was du sagen und wie du gucken musst. Wir haben die *Bravo* nach Tipps durchforstet. Sogar knutschen haben wir geübt.« Lucy unterbricht prustend bei der Erinnerung daran, wie sie nebeneinander vor dem Spiegel standen und versuchten, die Zunge im Mund irgendwie sexy zu bewegen.

»Genau! Irgendwann habe ich es nicht mehr ausgehalten und mich dann echt getraut, ihm zu gestehen, dass ich in ihn verliebt bin.« Mado fühlt sich plötzlich wie neu belebt, ihre Wangen glühen, ihre Augen leuchten. Sie streift die hohen Hacken von den Füßen und spielt den Dialog von damals nach: »Duuuu, Lenny …«

Sie lacht herzlich, und Rieke spielt mit: »Er hat doch daraufhin so was gesagt wie: ›Du bist mir auch schon aufgefallen!‹« Anerkennend klopft sie Mado auf die Schulter.

»Ja, stimmt. Ich bin mit ihm Eis essen gegangen, und ihr habt gegenüber hinterm Busch Wache geschoben. Beim Abschied hat Lenny mich zu sich gezogen und mir einen ganz langen Kuss auf den Mund gegeben!« Sie muss grinsen. Wie gerne würde Mado so etwas wieder erleben, geht es ihr durch den Kopf.

»Mann, war das romantisch! Wir haben zugeschaut und in unserem Versteck gejubelt ohne Ende«, sagt Sonja nostalgisch.

»Und bei dir ist es auch super ausgegangen. Du bist tatsächlich vom Fünfmeterturm gesprungen! Ich konnte gar nicht hinsehen, schon von unten wurde einem schwindelig.« Lucy strahlt Sonja an und schüttelt sich.

»Da wollte ich es meinen Brüdern mal zeigen. Seit ich denken kann, war ich für die Dösbaddel nur das Moppelchen. Immer haben die auf mir rumgehackt, ich wäre feige und fett. Dabei war ich nur …?« Sonja sucht nach dem passenden Wort.

»Weich und kuschelig?«, schlägt Rieke amüsiert vor.

»Ja, genau!« Sonja zieht ihr Kleid glatt, sodass ihr Dekolleté noch mehr von ihrem wunderbar üppigen Busen freigibt. »Ein bisschen pummelig war ich, aber trotzdem sportlich. Und mutig! Viel mutiger als meine Brüder zusammen. Diese vorlauten Angeber. Aber die wollten mich kleinhalten.«

»Dann hast du es denen gezeigt! Wir haben mit dir trainiert. Dafür gesorgt, dass deine Brüder den Sprung auch definitiv sehen«, erinnert sich Mado genau.

»Es war ein super Sprung, souverän und elegant. Einen knallroten Badeanzug à la *Baywatch*-Pamela-Anderson hattest du an. Deine Brüder waren so platt, denen stand der Mund offen.« Lucy, die sich damals als Einzige ernsthaft sorgte, dass Sonja sich durch den Aufprall verletzen könnte, nickt. Sie war so erleichtert, als die Aktion gut ausging. Wie unfassbar sich alle für Sonja gefreut haben. Diesen Erfolg trägt sie bis heute in sich.

»Und du, Rieke? Was war noch mal dein Traum?«, ruft Mado ihr zu.

Rieke hebt ihr Handgelenk, um das sie ein schwarzes Lederarmband trägt, ein kleiner Stein baumelt daran.

»Ach ja! Rieke wollte den Hühnergott finden. Hat sich gut gehalten, dein Glücksbringer.« Lucy begutachtet ihn.

Es ist verrückt gewesen. Nachdem die Mädchen tagelang auf der Insel nach diesem ominösen Stein gesucht hatten, lag er auf einmal neben einer großen Muschel vor Rieke am Strand, wo eine Welle ihn angespült hatte.

»Wunderschöne Zeiten waren das, in jeder Hinsicht«, schwärmt Sonja. »Mado, du hattest damals diesen ewig langen Pferdeschwanz. Lucy sah aus wie das leibhaftige Christkind, wie auf der Lebkuchendose meiner Mutter, und Rieke beinahe wie ein Junge, mit den löchrigen Jeans und Schlabbershirts.«

»Und du warst die Pippi Langstrumpf aus St. Peter!«, lacht Rieke, holt ihre Kamera heraus und macht ein Freundinnen-Selfie vor dem Lagerfeuer. »Hashtag *einhochaufdiesyltschwestern*!«, ruft sie aus. Dann legt sie das Bild zwischen Sonja und Lucy auf die Bank.

»Und Hashtag *echtefreundschaft*«, ergänzt Mado, während sie den anderen zuprostet.

Lucy wird plötzlich melancholisch. »Mensch, das ist wirklich ewig her. Mal ehrlich: Was ist eigentlich heute, im Hier und Jetzt, aus unseren Träumen geworden? Den größten, geheimen, innigen? Was wünscht ihr euch denn inzwischen, so ganz tief drin, im Verborgenen? Wir sind richtig vernünftig geworden, findet ihr nicht?«

Die anderen drei schauen etwas betreten und nachdenklich.

»Wann haben wir zum letzten Mal alles für unsere Träume gegeben, etwas riskiert, wirklich was verändert in unserem Leben?«, fragt Lucy mit ernstem Blick, und ihre Augen funkeln dabei wach, ungeachtet der späten Stunde. »Oder bleibt im Hamsterrad des Alltags keine Zeit mehr zum Träumen?«

»Tja«, erwidert Mado einsilbig und hebt die Schultern.

Sonja schaut stumm ins lodernde Feuer.

Lucy lässt nicht locker: »Na los. Raus damit! Was ist mit euren Sehnsüchten?«

»Okay!« Rieke ergreift die Initiative, als hätte sie nur auf diesen Moment gewartet. Sie nimmt das Blöckchen mit den letzten verbliebenen, schon etwas knittrigen Seiten. »Macht euch bereit! Dann aber auch richtig.«

»Was meinst du?«, fragt Sonja irritiert.

»Mädels, das ist es! Wir sitzen genau wie damals zusammen am Feuer! Warum nicht den Pakt der geheimen Träume erneuern? Jetzt. Sofort!« Riekes Wangen glühen.

Mado ist skeptisch. »Ich weiß nicht, ist das nicht etwas albern? Was denn für Träume? Immerhin sind wir jetzt um einiges älter und wissen, dass das Leben kein Feriencamp ist und auch kein Wunschkonzert. Es geht ohnehin seine eigenen Wege, da kann man sich wünschen, was man will, und …«

»Au ja!«, unterbricht Sonja begeistert. »Nein, Mado, das ist nicht albern, sondern ziemlich nötig. Riekes Vorschlag ist super! Über so etwas haben wir lange nicht gesprochen. Ich brauche endlich mal wieder ein neues Ziel vor Augen.«

»Ich bin auch dabei!«, stimmt Lucy zu, und als Mado komisch guckt, ergänzt sie: »Außerdem ist heute mein Geburtstag, da habe ich ohnehin einen Wunsch frei. Und dann diese magische Nacht. Wenn das nicht passt. Das muss uns doch Glück bringen.«

Bei drei Pro-Stimmen kann Mado mit ihren Zweifeln nichts ausrichten. »Wenn ihr meint«, gibt sie sich geschlagen und überlegt kurz: »Aber alles läuft ab wie damals, einverstanden? Gleiche Regeln, gleiches Spiel, gleiches Versprechen, absolute Geheimhaltung, okay?«

Die Freundinnen nicken zustimmend. Also reißt Rieke Blatt für Blatt ab und verteilt sie an die anderen. Dann bekommt jede abwechselnd den Umhängestift in die Hand und schreibt, nach etwas Bedenkzeit, ihren größten, geheimen Traum auf. Hier und heute. Fünfundzwanzig Jahre später. Als erwachsene Frau, mitten im Leben.

Feierlich platzieren sie sich um das Feuer, jede hält aufgeregt ihren Zettel in der Hand.

»So, alle bereit zur Offenbarung? Wie gehabt: Jede von uns liest laut vor. Niemand lacht. Keine sagt was dazu oder bewertet die anderen. Danach werfen wir alle unsere Zettel ins Feuer und erneuern mit einem Schwur unseren Pakt. Lucy, fang an«, übernimmt Mado das Kommando.

Lucy räuspert sich verlegen, dann gibt sie sich einen Ruck: »Ich ... ich möchte Vince endlich heiraten ... weil ich weiß, dass er der Richtige ist. Einfach mein Mann fürs Leben.« Sie atmet tief durch. »Und eine riesige Traumhochzeit will ich mit ihm feiern, alle sollen kommen und sich mit uns freuen, sogar meine tausend Tanten und Onkel und ...« Lucy schluckt, bevor sie fortfährt: »...und dann will ich eine Familie mit ihm gründen.«

Mado stöhnt innerlich auf, aber lässt sich nichts

anmerken. Mit Hochzeitsträumen kennt sie sich leider bestens aus, vor allem mit geplatzten, doch einen Kommentar kann sie sich gerade noch verkneifen. »Jetzt Sonja«, fährt sie fort.

Diese stellt sich kerzengerade hin und liest fast trotzig ab: »Ich träume heimlich davon, aus meinem Alltag auszubrechen, nur was für mich zu erleben, etwas Neues zu machen. Ich möchte mich mal wieder frei fühlen, ohne Verpflichtungen.« Sonja richtet ihren Blick auf die Flammen. »Versteht ihr? Und wo geht das besser als am Meer?« Sie grinst. »Deshalb ist mein sehnlichster Wunsch: Ich will Kitesurfen lernen! Und zwar ohne meine Familie, nur die Wellen, der Wind und ich!« Sie schaut entschlossen hoch und sieht erleichtert aus, dass die anderen sie liebevoll anlächeln.

»Rieke?«, fragt Mado weiter.

Die druckst auf einmal herum. »Nee, du zuerst, ich bin mir nicht sicher …«

Sie will das näher ausführen, aber Mado legt den Finger an die Lippen und macht: »Schscht … du brauchst nichts erklären. Du kannst in Ruhe nachdenken.«

Rieke schaut dankbar und öffnet noch mal ihren Zettel. Liest ihre Zeilen erneut, sieht unschlüssig aus. Typisch Rieke, bringt erst das Ding in Gang und kann sich dann selbst nicht entscheiden.

»Okay«, spricht Mado mit fester Stimme weiter, »dann also ich. Ich halte ja nichts mehr von festen Beziehungen, und die Sache mit der Liebe ist wirklich nicht meine!« Hier macht sie eine kurze Pause und schwankt einen Moment. Sie räuspert sich, dann fährt sie fort: »Erstens war ich ja schon mal verheiratet«, vielsagend blickt sie dabei zu Lucy. »Dazu erlebe ich auch in der Kanzlei zu viel … nun ja … ihr kennt das alles. Aber wenn ihr wissen wollt, von was ich … träume … so ganz geheim …« Mado wird rot, gießt sich rasch ihr Glas voll und trinkt es in einem Zug aus, bevor sie weiterspricht. »Es ist so … Ich wünsche mir einen *echten* One-Night-Stand. Nicht nur in meiner Fantasie …« Bei diesen Worten streicht sie sich mit den Händen durch ihre kurzen Haare. Sie ignoriert besser Lucys erstaunten Blick sowie Sonja, die amüsiert wirkt und abwartend von einem Fuß auf den anderen tritt, und ergänzt mutig: »Eine heiße Nacht mit einem Fremden. Einem schönen, aufregenden, unwiderstehlichen Typen. Mit einem Kerl, bei dem es nur um Leidenschaft geht, um reinen Sex, die pure Lust, bei dem ich nichts sein und nicht gegenhalten muss! Und einfach den Kopf ausschalten kann.«

Weil keine der Freundinnen reagiert, genau wie vereinbart, fasst sie zusammen: »Ein erotisches Abenteuer, unverbindlich, wild, ohne Liebesgedöns und ohne Streit am Morgen danach. Und am besten *nicht* in Hamburg!« Jetzt ist es raus. Mado ist erleichtert.

Lucy zieht überrascht die Augenbrauen hoch. Sonja grinst.

Rieke kann sich ein »Wow!« nicht verkneifen. Sonja stößt sie zwinkernd mit dem Ellenbogen an. »Pst! No comment!«

»Jetzt du, Rieke«, fordert Lucy die Freundin auf.

»Ja, hmmm, ich weiß nicht so recht.« Die Jüngste des

Kleeblatts blickt unsicher auf den Boden und tippelt etwas herum, als wollte sie sich aufwärmen.

»Du musst doch irgendeinen heimlichen Traum haben, irgendetwas, das du dir ganz besonders wünschst?«, versucht Lucy sie zu animieren.

Rieke, die eben noch so tatkräftig die Zettel gezückt hat, sieht unschlüssig hoch, dann überlegt sie ein letztes Mal, streicht auf ihrem Blatt etwas durch und schreibt es neu. Auf einmal ruft sie: »Endlich irgendwo ankommen!«

»Das ist doch kein Traum, Rieke!«, findet Mado.

Auch Sonja lässt nicht locker. »Stimmt, das ist viel zu allgemein. Rieke, du musst schon richtig mitmachen, konkreter sein.«

»Na gut«, gibt Rieke zu. »Tja, … mein Traum ist, dass …«, wieder streicht sie auf ihrem Zettel herum, »… okay, dann sagen wir: Noch einmal einen Hühnergott finden, der weiß, wo es langgeht!«

Mado verdreht die Augen. Das ist ja merkwürdig, und dann auch eine Wiederholung des alten Mädchentraums. Sie schaut prüfend zu den anderen beiden, Lucy nickt.

»Das geht, zur Not«, bestätigt Sonja.

»Okay. Seid ihr bereit?«, fragt Mado daraufhin feierlich, nachdem sie ein Zeichen gegeben hat, dass sie so nahe wie möglich ans Feuer kommen sollen. Dann fährt sie wie eine geübte Zeremonienmeisterin fort: »Wir, die Syltschwestern, schließen einen neuen Pakt. Auf dass unsere Träume in Erfüllung gehen! Wir versprechen uns hiermit wieder absolute Unterstützung und bedingungslose Geheimhaltung. Eine für alle – alle für eine! Großes Syltschwestern-Ehrenwort! Ich schwöre.«

Alle knüllen ihre Zettel zusammen und werfen sie mit einer Hand auf dem Herzen ins lodernde Feuer. Dabei rufen sie laut: »Ich schwöre!« Und: »Lebe deinen Traum!«

Die Flammen lodern auf, als die Zettel verbrennen. Alle vier stehen still am heißen Feuer, keine rührt sich.

Plötzlich bricht Rieke das Schweigen: »Mir kommt gerade noch eine Idee! Hört mal: Wir hatten doch sowieso überlegt, in den Sommerferien zusammen ein Wellnesswochenende am Meer zu buchen. Was wäre, wenn wir aus diesem Plan einfach einen längeren Urlaub machen? Zwei Wochen, nur wir vier? Und in dieser Zeit können wir mit aller Kraft dafür sorgen, dass unser Pakt für jede in Erfüllung geht. Wäre das nicht super?« Ohne eine Antwort abzuwarten, ergänzt sie: »Und zwar, na, ratet wo …«

»Auf Sylt!«, ergänzt Lucy aufgewühlt.

»Genau! Auf *unserer* Insel, wie früher! Die hat uns schon mal Glück gebracht. Wo ginge das mit den Träumen besser als dort, wo alles begann? Warum sollte es nicht ein zweites Mal funktionieren?«

Rieke und Lucy sind sofort Feuer und Flamme, während Sonja offensichtlich unsicher ist. Mado geht im Geiste ihre anstehenden Termine durch, passt das in ihre Sommerplanung?

Rieke spricht trotzdem weiter und schaut sie eindringlich an: »Fakt ist: Wir drei haben die nächsten

Monate, zumindest in den Sommerferien, keinen Urlaub geplant, nur Sonja fährt die letzten beiden Wochen mit der Familie nach St. Peter-Ording. Mado, du wolltest doch erst im Herbst nach Südtirol, stimmt's? Und Lucy, du brauchst sowieso dringend eine Auszeit. Seht ihr. Außerdem waren wir ewig nicht mehr zusammen weg. Das passt auch prima zu unserem Jubiläum – quasi unsere Silberhochzeitsreise!«, sagt sie lachend. »Was meint ihr? Kriegt ihr das geregelt? Ich kümmere mich um die Reiseplanung. Ihr müsst euch nur loseisen.«

Das Schweigen der anderen wertet Rieke offenbar als Ja: »Gleich morgen früh checke ich die Lage und gehe meine Kontakte durch. Einige sind mir noch was schuldig, und ich plädiere auf seeehr dringend. Das wäre doch gelacht, wenn ich keine Unterkunft herbeizaubern könnte! Jetzt sagt doch endlich was! Was meint ihr? Ich finde das super, und wir haben das alle mehr als verdient!« Dann ruft Rieke: »Deal?«

Ob es am erhöhten Alkoholpegel, der feierlichen Erneuerung des Gelübdes, der magischen Nacht in Lucys Zaubergarten liegt oder daran, dass sie sich plötzlich so stark miteinander verbunden fühlen wie lange nicht mehr, ist Mado schleierhaft. Auf jeden Fall willigen alle begeistert ein.

Rieke jubelt und hebt siegesgewiss die rechte Faust. Und erinnert Mado in diesem Moment ein bisschen an Captain Jack Sparrow auf der Black Pearl mit seiner Crew kurz vor einer Meuterei.

Das gefällt ihr. Sehr sogar.

Vince hat sich ein paarmal neben ihr bewegt. Ob er schon wach ist? Die weiße Decke liegt nur halb über ihm, sodass sein Rücken frei ist. Vince liebt es, in Boxershorts mit nacktem Oberkörper zu schlafen. Lucy sitzt im kurzen weißen Nachthemd neben ihm. Das Magazin *HochZeiten* in ihrer Hand hat sie schon seit Minuten nicht umgeblättert, geschweige denn darin gelesen. So sehr beschäftigen sie die Erinnerungen an ihr gestriges Mittsommerfest. Sie kann nicht glauben, was letzte Nacht alles passiert ist. Haben sie wirklich ihren Freundinnenpakt erneuert?

Die Morgensonne scheint hell und vielversprechend durch die dünnen Vorhänge, die sich vor dem offenen Fenster leicht bewegen. Was war das für eine magische Nacht, fast wie damals. Seitdem sind sich die vier Syltschwestern verbunden geblieben. Doch wie kann es sein, dass die Träume ebenfalls noch da sind, sich auf eine irgendwie traurige, aber treue Weise kaum verändert haben? Nur erwachsener sind sie geworden, ihre Wünsche wie sie selbst.

Vince atmet etwas lauter, Lucy muss immer wieder zu ihm schauen, zu dem Mann, den sie nun schon seit acht Jahren liebt. Sie streicht ihm zart über den Rücken und die blonden Härchen auf seiner Haut. Sie liebt fast alles an ihm, auch seine winzigen Sommersprossen. Wann hat sie ihm das eigentlich das letzte Mal gesagt? Sie arbeiten beide so viel, dass die Paarzeit so schnell zerrinnt wie das Innenleben einer Sanduhr. Und jetzt will sie zudem noch mit den Frauen nach Sylt. Was wird Vince davon halten?

An seinen blonden Schläfen blitzen ein paar graue Haare durch, sie beugt sich hinüber und küsst seinen Arm. Wenn er sie doch fragen würde, ob sie jeden Morgen neben ihm aufwachen möchte, mit ihm bis zum Mond fliegen und wieder zurück. Sie würde »Ja, ja, ja!« rufen, ihm um den Hals fallen und ihn nicht mehr loslassen.

Bei der Frage, ob sie zusammenziehen, war er nicht so zögerlich gewesen. Das ging außergewöhnlich schnell nach ihren ersten Verliebtheitswochen, in denen sie jede freie Minute miteinander verbrachten. Er kam damals ins Café, wann immer er es schaffte, und sie schaute an der Uni vorbei, sobald sie frei hatte oder sich dank Aushilfen eine Pause auftat. Einmal haben sie sogar im Institut die Tür zu seinem kleinen Büro abgeschlossen, die schweren Samtvorhänge zum Hof zugezogen, Bücher und Schnellhefter zur Seite geschoben und sich auf dem altehrwürdigen Schreibtisch geliebt. So etwas hatte sie bis dahin noch nie erlebt. Und die Abende waren sowieso füreinander reserviert. Wie gerne denkt sie an diese ersten Wochen zurück, als alles noch neu und aufregend und möglich war.

Lucy lehnt sich an die Rückwand mit der zarten Paisley-Tapete und blättert in der Zeitschrift zur Seite mit den Spitzenkleidern. Die würden ihr bestimmt gut stehen. Vielleicht würde sie die Haare doch nicht hochstecken, sondern offen tragen, wie Vince es am liebsten mag, und nur zwei Strähnen hinten zusammenbinden mit einem langen Flatterband. Natürlich bräuchte sie auch einen sexy Strumpfhalter in Hellblau, und ihre Hochzeitsnacht würde sicher schöner sein denn je. Sie schaut wieder zu Vince, der ruhig und regelmäßig atmet. Kleine Tortenuntersetzer würden sie als Platzkärtchen nehmen, Rieke könnte sie ja kennzeichnen. Mit ihrer ausgefallenen Handschrift. Und die Blumen … In Gedanken versunken lehnt sie sich zurück, um einen Moment die Augen zu schließen.

Pling. Pling. Pling. Ihr Handy in der Nachttischschublade lässt sie hochschrecken.

Chat_Syltschwestern

Rieke, 09:27
MÄDELS!!! Ich war schon eine Runde an der Elbe joggen. Haltet euch fest: Danach habe ich alle meine Reisekontakte angepiept, die Nordsee im Portfolio haben. Seid ihr noch dabei? KLARO! Ihr müsst.

Was Reisen und Fotografieren betrifft, ist sie wirklich rasend schnell bei der Sache. Bei Jobs, Männern, Wohnungen wagt sie sich nie so vor und gibt sich gerne und lange mit Übergangsvarianten zufrieden, schießt es Lucy durch den Kopf. Gleichzeitig wird ihr ganz flau. Rieke macht echt ernst. Sie muss unbedingt mit Vince reden, sie haben bisher noch gar nicht richtig über Urlaub gesprochen. Und natürlich mit ihren zwei Aushilfen.

Du meine Güte. Ob die anderen auch schon wach sind und die Nachricht gerade lesen?

Rieke, 09:29

Ich fasse zusammen. Gesucht wird: Hotel auf Sylt, vier Sterne plus, mindestens! Zwei Doppelzimmer inkl. Halbpension, schöne Aussicht (nicht zu den Mülltonnen im Hinterhof!), mit Wellness und nah zum Strand, für zwei Wochen, das Ganze natürlich erschwinglich und in etwa einem Monat.

Rieke, 09:30

Zack! Die Anfrage ist raus. Jetzt heißt es abwarten und Latte trinken, ich melde mich, Ladys. As soon as possible. Und ihr sprecht das in der Zeit mit euren Liebsten ab, ja? #seesüchtig, R.

Unzählige Küsschen, Smileys und Kleeblätter folgen.

Uff. Lucy setzt sich auf. Die gibt aber Gas. Sie möchte so gerne mit den Mädels verreisen und das mit den Träumen angehen. Vielleicht ist jetzt genau die Zeit dafür, wissen die anderen Rat oder unterstützen sie, Vince dazu zu bringen, sie endlich zu fragen. Und dann …

Sie dreht sich zu ihrem Liebsten und küsst zärtlich seinen Nacken, streicht über den Dreitagebart. »Liebling. Bist du wach?«

Vince streckt sich langsam, sodass sie zurück in Deckung geht, er brummt ein kurzes »Mmmm«. Dann dreht er sich wie im Schlaf zu ihr, schiebt die Decke nach unten, legt seinen Kopf auf ihren Bauch und schlingt die Arme um sie. Für einen Moment tanzen die Schmetterlinge in ihr Cha-Cha-Cha, fast wie in ihrer Anfangszeit. Das hat Vince früher oft morgens getan, bevor er ganz zärtlich ihr Nachthemd hochzog, ihre Beine sanft, aber eindeutig auseinanderschob und anfing, ihre Schenkel mit seinen weichen Lippen zu küssen, dass sie nur so dahinschmolz. Die Erinnerung schickt ein warmes Kribbeln wie Stromschübe durch Lucys Körper, sie streichelt seine Haare und flüstert: »Vince? Du-uu?«

Er rollt sich auf seine Seite zurück, nimmt einen Schluck aus der Wasserflasche neben dem Bett und zieht seine Brille auf, die ihn aussehen lässt, als wäre er noch ein junger Student. »Boah, brummt mir der Schädel«, stöhnt er. »Das war gestern ein Glas Jever zu viel.«

»Haben die Jungs dich so herausgefordert, du Armer? Und das an meinem Geburtstag.«

»Die Jungs? … Äh ja, genau. Das war heftig! Und verloren habe ich auch noch, beim Dart«, setzt er nach einer kurzen Pause hinzu und hält sich die Stirn. »Und wie war es bei euch Grazien? Ihr habt bestimmt auch ordentlich gefeiert. Habe mich schon gewundert, dass die Schreber-Nachbarn gar nicht mobil angerufen haben, um sich zu beschweren«, sagt er schmunzelnd.

»Quatsch, was denkst du denn, dass wir nackig grölend durch den Garten springen und das ganze Viertel aufmischen? Kennst uns doch.«

»Ja, eben«, erwidert Vince, schwingt sich auf die Bettkante.

Lucy verfolgt mit Bedauern, wie er ins Bad geht, hört

ihn bei offener Tür die Zähne putzen. Etwas enttäuscht zieht sie die Decke zu sich, dreht sich auf die Seite und stützt sich auf. Ihr Blick fällt auf Vince' Nachttisch, auf dem sich Bücher stapeln. Sie hält den Kopf schräg und liest dort Byron, Joyce, Kundera, Shakespeare, Bulgakow … Früher saßen sie oft abends zusammen am Küchentisch, tranken Weißwein, und Vince hat »seiner Fee« Gedichte vorgelesen oder seine Lieblingsautoren zitiert. Dann legte Lucy ihre Beine auf seinen Schoß, schloss die Augen und lauschte.

Bei dem Gedanken muss sie lächeln und kuschelt sich wehmütig in sein Kissen. Es riecht nach seinem Aftershave, nach Meer und Gras. Aus dem Bad surrt es monoton, Vince ist zum Rasieren übergegangen. Wie hießen die schönsten Küchen-Blumengedichte? Da war was mit Rosen, natürlich … und Rilkes Hortensien … Hortensien, die wären auch wunderschön als Tischdeko, mit ihren zarten Lila- und Rosatönen. Hochzeitsdeko – ihr Stichwort.

»Du, Vince«, ruft sie und springt aus dem Bett. »Ich muss dir dringend was erzählen.« Sie läuft ins Bad, hinter sich hört sie ihr Handy vibrieren, bestimmt Sonja oder Mado wegen der Reise. Das muss warten, erst sollte sie mit ihm reden.

»Liebling, ich muss schnell duschen und dann in die Fakultät.«

»Was, am Sonntag?«, fragt Lucy irritiert. Immerhin ist heute ihr einziger freier Tag in der Woche, und sie ist fest davon ausgegangen, dass sie zu zweit ihren Geburtstag nachfeiern.

»Ja, du weißt doch …«, druckst Vince rum. »Ich habe zurzeit Berge von Hausarbeiten auf dem Tisch und Klausuren en masse. Und dort kann ich viel zügiger arbeiten. Dann bin ich auch schnell wieder zurück. Wie wär's, wenn wir heute Abend was zusammen kochen?«

»Ja, das wäre schön. Dann haben wir Zeit zu zweit und können endlich anstoßen. Auf mich. Und uns. Nur du und ich.« Lucy blüht direkt wieder auf. »Und, Vince«, er schaut kurz rüber. »Ich muss dir unbedingt was erzählen, es ist wirklich wichtig. Von gestern.«

»Ja, das passt. Machen wir heute Abend. Okay?«, sagt er zum Spiegel gewandt. Ohne eine Antwort abzuwarten, spült er sein Kinn mit Wasser ab, küsst Lucy auf die Stirn, lässt die gestreiften Boxershorts auf den Boden fallen, dann zieht er eilig den Duschvorhang hinter sich zu.

#derschnapperdestages

Chat_Syltschwestern

Rieke, 18:53
Ladys! Ich habe DAS (!) Hotel für uns gefunden! In Westerland. https://www.bookhotels.com/hotel/de/frischebrise.html?aid=3607
Es ist perfekt! Sooo schön! Und zu einem sagenhaften Insiderpreis. Absoluter Last-Minute-Geheimtipp von

einem Kunden. Ich habe eine Reservierung raushauen können. Um Mitternacht schlägt die Stunde der Wahrheit, nee, der Träume. Also, meine drei Schönen, meldet euch, dann buche ich.

Und: Klickt mal <u>hier</u>. Ich hab uns schon die ultimative Urlaubsplaylist zusammengestellt. Mit ganz viel Meer, Love und überhaupt. Go, Mädels!

#einenversuchisteswert

Was für ein Wahnsinnsangebot, das Rieke da für sie aufgetan hat. Da muss man doch einfach zusagen.

Lucy sitzt am gedeckten Abendbrottisch in der Küche und wartet auf Vince. Im Backofen hinter ihr schmort Lachs in Weißwein. Da er sich verspätet, hat sie das Kochen alleine übernommen. Als echter Hamburger Jung liebt er Fisch, und Lucy will mit diesem Candle-Light-Dinner den Weg ebnen für ihre Urlaubspläne und – den Traum.

Während sie wartet, scrollt sie das Display ihres Tablets hoch und runter. Was für ein wunderschönes Hotel, das Rieke, diese Verrückte, *Schuppen* nennt. *Frische Brise*, allein der Name klingt schon nach Erholung. Genau wie Lucy es mag, romantisch, mit Geschichte.

Sie schaut auf die Uhr am Herd, Vince müsste jetzt wirklich bald da sein, er meinte vorhin, es würde nur eine Stunde später. Eigentlich ist er sehr pünktlich und zuverlässig. Der Curry-Koriander-Reis auf dem Rechaud vor ihr hält auch nicht mehr lange durch. Sie lupft den Deckel, warme Luft strömt ihr entgegen. Sie pickt ein Stück Gurke aus dem Sommersalat, den sie mit Kräutern aus dem Garten dekoriert hat. Dann, gerade als sie ihren Freundinnen antworten will, hört sie, wie sich der Schlüssel im Schloss der Wohnungstür umdreht.

»Da bist du ja«, sagt sie.

Vince kommt eilig in die Küche, sein Gesicht ist gerötet und verschwitzt. Seine Haut schmeckt salzig, als er Lucy einen flüchtigen Begrüßungskuss gibt, bevor er den mitgebrachten Wein zum Kühlen ins Eisfach schiebt. Lucy vergisst sofort, dass sie über eine Stunde gewartet hat. Ihr Freund hat sich sichtlich beeilt und an den Chardonnay gedacht.

»Sorry, Fee. Einen besseren Wein gab es am Kiosk neben der Uni nicht. Wochenende.« Bedauernd zieht er die Schultern hoch. Dann schnuppert er, »hmmm, hier riecht es ja gut!«, und wirft sein hellbraunes Jackett aus feinem Cord über die Holzlehne des Küchenstuhls. »Entschuldige bitte, dass du alles alleine zubereiten musstest.« Er nimmt Lucy kurz in den Arm. »Komm, lass uns loslegen«, sagt er hektisch. »Ich hab einen Bärenhunger. Wasch mir nur schnell die Hände.«

Lucy ist froh, dass er endlich da ist, und hat keine Lust auf Streit. Sie holt das Essen aus dem Ofen, für ihren Liebsten mehr Fisch, für sie mehr Reis. Da sind sie ein eingespieltes Team.

Vince setzt sich zu ihr und fängt begeistert an zu essen. Lucy brennt ihr Thema auf der Seele. »Du Vince, ich muss dir dringend was erzählen«, legt sie los und berichtet von ihrer Geburtstagsfeier. Als der Pakt an der Reihe wäre, erinnert sie sich an Mados Worte »streng geheim«, nimmt einen Schluck Wasser und kommt direkt zu der Idee, mit den Frauen zusammen nach Sylt zu fahren. »Ich möchte gerne mitfahren, aber wir beide haben noch gar nicht über unsere Urlaubspläne gesprochen. Was meinst du?«

Vince überlegt einen Moment, bevor er antwortet. Wie eine kleine Ewigkeit kommt Lucy das vor.

Doch dann sagt er neutral: »Natürlich, du musst mitfahren. Das ist gar keine Frage. Ich bin diesen Sommer sowieso raus. Am Institut ist kein Land in Sicht, ich muss das kommende Semester vorbereiten, Hugo fällt immer noch aus für die Summerschool in *Einführender Komparatistik*, und überdies steht der Austausch mit den niederländischen Absolventen an. Kann sein, dass ich sogar noch ein paar Tage nach Amsterdam muss, um alles abzuklären. Da hatte ich auch schon ein schlechtes Gewissen.« Er nimmt sich ein Stück Weißbrot, mit dem er die Soße auftunkt. »Ich weiß doch, wie wichtig dir deine Freundinnen sind, und du hast so viel im Café geschuftet. Könnten denn die beiden Aushilfen in der Zeit übernehmen?«

»Ich denke schon, ich muss noch mit ihnen reden. Bei Evi geht es bestimmt, sie hatte mich schon gefragt, ob sie im Sommer Stunden erhöhen könnte. Indra kann sicher auch ab und an. Und wenn du vielleicht …?«

»Ja, natürlich kümmere ich mich um den Garten.«
Vince nickt. »Wenn ich es abends mal nicht schaffe,
dann schicke ich einen meiner Studenten hin oder rufe
die Nachbarn an, dass die den Rosen und Obstbäumen
Wasser geben.«

»Und meinem Staudengarten!«, ergänzt Lucy nachdrücklich. »Wenn die Blüten kaputtgingen, wäre das
ein Fiasko.«

»Und deinen Stauden, ist klar. Im Café schau ich
auch mal nach dem Rechten, dass die Damen keine
Dummheiten machen«, verspricht Vince und geht zum
Kühlschrank, um den Weißwein herauszuziehen. Er
schenkt Lucy und sich ein und prostet ihr im Stehen
zu: »Jetzt aber erst mal auf dich, Lucy. Auf ein tolles
neues Lebensjahr!«

Ein bisschen hört sich das an, als hätte dieses Jahr
nicht auch etwas mit ihm zu tun. Daher stößt sie mit
einem dumpfen Klirren ihr Weinglas an seins und ergänzt: »Auf uns. Wir sind ein gutes Team, Vince. Du
weißt sogar meistens, was ich sagen will, ohne dass ich
es ausspreche.«

Er lächelt. »Kein Wunder, wir kennen uns ja auch
schon eine Weile, Fee«, sagt er, trinkt und schenkt sich
direkt Wein nach.

Lucy tut es ihm gleich und überlegt … Eigentlich hat
sie ja gestern noch darauf bestanden, dass er sie fragen
muss, aber sei's drum, immerhin hat sie es den Freundinnen und dem Universum versprochen, dass sie ihren
Traum jetzt angehen wird, endlich … und dann gibt sie
sich, angefixt vom Midsummerfeeling, einen Ruck. Sie

räuspert sich. »Ich meine, ich wollte sagen, was hältst du denn davon, wenn wir beide auch … offiziell zueinander gehören würden. Als …«

»Als Ehemann und Ehefrau, meinst du …?« Er sieht sie fragend an. »Ach Lucy, ich weiß doch, wie gerne du heiraten möchtest. Ich bin zwar ein Kerl, aber nicht doof. Es ist nur …« Er schiebt seinen Stuhl etwas vom Tisch zurück.

Lucy, die sich diesen Augenblick immer ganz anders vorgestellt hat, klopft das Herz bis zum Hals. Schon bereut sie, dass sie vorgeprescht ist. Sie beobachtet, wie er ein Bein über das andere schlägt und wieder runternimmt.

»Jaaa?«

»Lucy, du, ich weiß, wie wichtig dir das Thema ist. Du willst das perfekte Hochzeitsfest mit allem Tamtam, und ich … ich weiß gerade gar nicht, wo mir der Kopf steht.« Angespannt hält er den Stiel seines Weinglases und dreht es hin und her.

»Aha. Tamtam also«, stößt Lucy verletzt aus und rückt jetzt ebenfalls vom Tisch weg.

»Komm, sei nicht beleidigt. Ist ja auch okay, wenn das dein Wunschbild ist. Aber …«

»Aber?«

»Aber … der Zeitpunkt … die Uni … Wie wär's: Jetzt mach doch erst mal Ferien, und dann sehen wir weiter. Aktuell prasselt sehr viel auf mich ein, weißt du, ich … kann mir zurzeit nicht vorstellen, mich auch noch damit beschäftigen zu müssen …«

»Interessant, *müssen*.« Wenn sie ihn so reden hört,

kann sie einfach nicht gelassen reagieren. Jetzt haben sie sich richtig in eine Sackgasse manövriert, ärgert sie sich über sich selbst. Warum hat sie überhaupt gefragt? Hastig steht sie auf und beginnt, das Geschirr abzuräumen.

»Komm, Fee, lass mich das machen. Du hast schon so wunderbar gekocht für uns. Und dreh mir bitte nicht das Wort im Mund herum. Du weißt, wie ich das meine.« Vince kommt zu ihr, stellt sich hinter sie an die Spüle, sodass sie ihn riechen kann.

Klar weiß sie, was er meint, aber er umgekehrt auch. Sanft umfasst er ihre Schultern, sie lehnt den Kopf zurück an seine Brust und atmet tief durch. Warme Abendluft weht herein und lässt das offene Küchenfenster an die Wand klackern. Lucy denkt an Riekes Nachricht und an Sylt. Wahrscheinlich war es einfach nicht der richtige Zeitpunkt, um Vince aufs Heiraten anzusprechen. Auf einmal sehnt sie sich nach dem Meer. Mit frischem Wind können vielleicht auch alte, komplizierte Träume wahr werden.

»Vielleicht hast du recht«, bricht Lucy als Erste das Schweigen. Eigentlich wollte sie heute nur endlich mal wieder einen schönen Abend mit Vince verbringen und mit ihm über die Reise sprechen. Und nicht über ihren Herzenswunsch. Sie weiß, dass sie ihn damit überfordert. Sie muss das Ganze anders angehen. Aber wie? Gut, dafür sind ja ihre Freundinnen da, die haben versprochen, ihr zu helfen.

Und während sie sich an die Nordsee träumt, schlägt die Kränkung in Tatendrang um.

»Und wie stellst du dir das bitte vor, Sonja Peters?«

Mark ist außer sich. Immer wenn er sauer ist, nennt er sie mit vollem Namen. Es ist Dienstagabend nach acht, die Kinder sind schon im Bett beziehungsweise in ihren Zimmern verschwunden. Sonja sitzt mit einem Glas Rotwein – den brauchte sie zum »Mutantrinken« – auf der großen Couch im Wohnzimmer und hält den Hörer etwas weiter vom Ohr weg, so laut motzt Mark hinein. Soeben hat sie ihrem Mann, der immer noch in den Alpen weilt, eröffnet, dass sie diesen Sommer gleich zwei Wochen Urlaub mit ihren Freundinnen plant. Sie hat es für eine sehr gute Idee gehalten, ihm den Entschluss telefonisch mitzuteilen und ihn vor vollendete Tatsachen zu stellen, weil sie sonst sicher beim Blick in seine Dackelaugen eingeknickt wäre.

»Wie soll das ablaufen, wenn du so lange weg bist? Soll ich das Krankenhaus schließen? Die Kinder in ein Heim geben? Hund und Hasen freilassen, oder was? Das ist wohl nicht dein Ernst?«, fährt Mark sie erneut an. »Und das Ganze auch noch, ohne es mit mir abzusprechen!«

»Das tu ich doch gerade, Mark. Überhaupt siehst du jetzt mal, wie das ist. Seit Jahren machst du Fortbildungen, planst Vortragsreisen, Workshops oder Fahrten mit deinen Arztkumpels, ohne mich zu fragen! Du setzt einfach voraus, dass die liebe, gute Sonja da ist und zu allem Ja und Amen sagt. Ich halte dir immer, hörst du,

I-M-M-E-R den Rücken frei! Findest du das selbstverständlich? Jetzt bin ich dran. Übrigens hab ich das *dringend* nötig, falls dich interessiert, wie es mir in letzter Zeit geht!«, faucht Sonja zurück, den Tränen nahe. Sie hört ihn schnaufen, dann schlucken. Er hüstelt.

»Sonni ... Sonni, ich versteh dich ja. Aber hör zu, das geht nicht so einfach. Ich kann mich nicht so mir nichts, dir nichts zwei Wochen loseisen, das weißt du. Ein Krankenhaus ist kein Amt, da werde ich gebraucht, Tag und Nacht! Und ich weiß doch überhaupt nicht, wie das mit den Kindern alles funktioniert. Da mangelt es mir an Routine. Dann fehlen Edwin und Lola im Training oder Mina bei Geburtstagen, weil ich mir die Zeiten nicht merken kann. Du bist alleine in den ganzen WhatsApp-Gruppen. Oder sie essen nur ungesund, weil ich nicht koche. Und das Haus, die Viecher, wer soll sich denn kümmern, wenn du weg bist? Du bist schließlich eine Verpflichtung eingegangen. Als Mutter. Und Ehefrau! Sonnilein, mein Sonjaschein, das kannst du nicht machen, wir brauchen dich hier ...«, säuselt ihr Mann.

Das bringt Sonja nur noch mehr aus der Fassung. Meint er ernsthaft, sie durchschaut das nicht? Mark zieht echt alle Register, Hauptsache, er bleibt in seiner Komfortzone und behält jegliche Freiheiten, und sie steckt brav zurück. Nicht mit ihr!

Seit dem Abend in Lucys Garten wächst ihr Traum vor ihren Augen, als sei er nicht zu Asche geworden im sengenden Feuer, sondern vielmehr daraus auferstanden wie der sprichwörtliche Phönix. Sie wird auf jeden Fall mit dem Wind und über die Wellen reiten, mitten auf der Nordsee. Aber das wird sie ihm nicht auf die Nase binden. Das ist allein ihr Ding. *#followyourdream* stand vorhin auf einer digitalen Postkarte, die Rieke geschickt hat und auf der einem die rauschenden Wellen förmlich entgegensprangen.

»Sonni – Schatz, bist du noch da?«, fragt Mark.

»Mark, vergiss es, komm mir nicht auf diese Tour. Pass auf, ich habe alles geregelt: Meine Mutter könnte hier in der Zeit einziehen. Besprich alle Details mit ihr. Marlis würde sich sogar freuen. Für Haushalt und Garten haben wir helfende Hände, falls du dich erinnerst. Du hast in den ersten Sommerferienwochen nur Bereitschaftsdienst, und *du* wolltest dir in dieser Zeit sowieso ein paar Tage frei nehmen für die Kinder. Du hast nämlich welche, es sind drei. Und die würden ihren Vater gerne mal wiedersehen, bevor sie vergessen haben, wie er aussieht. Die letzten beiden Wochen fahren wir wie geplant alle zusammen mit Mama in Tante Trudes Ferienwohnung nach St. Peter. Seit ...«, sie rechnet kurz nach, »... vierzehn Jahren habe ich dich nie um etwas gebeten und war niemals länger als zwei Nächte am Stück weg. Jeden Tag bin ich so zuverlässig wie der Hamburger Regen, kümmere mich um alles hier, und einen Beruf habe ich übrigens auch. Ich kann nicht mehr! Nein, falsch, ich *will* nicht mehr! Das muss auch mal ohne mich gehen. Deshalb, bitte leb damit: Ich fahre nach Sylt! Es wird bestimmt wunderbar klappen.«

Bei diesen Worten muss sie kurz stoppen, denn wie hier irgendetwas ohne sie gehen soll – sie schaut sich kurz im aktuell relativ aufgeräumten Wohnzimmer um –, dafür fehlt ihr völlig die Vorstellungskraft. Sie streckt den Rücken durch, wie um sich selbst zu überzeugen.

»Du kannst dich auf den Kopf stellen, ich werde das tun. Und weißt du, *warum*?«, fragt Sonja innerlich ziemlich aufgelöst, nach außen hin aber fest entschlossen. Sie sieht sich über die Wellen gleiten, auf dem Kiteboard, gezogen von einem bunten Lenkdrachen, der Wind weht durch ihre Haare, sie wird immer schneller und schneller und fühlt sich endlich frei. Ganz frei und leicht. Sie weiß plötzlich, das ist ein ganz wichtiger Punkt in ihrer Ehe, sie muss das unbedingt durchfechten.

»Nein! Warum muss das denn ausgerechnet jetzt sein?« Mark versteht die Welt nicht mehr.

»Weil ich es *mir* schuldig bin. Sonst verliere ich mich. Wenn ich so weitermache, bin ich irgendwann gar nicht mehr da.« Sonja legt auf. Das hat sie noch nie getan. Dann nimmt sie einen großen Schluck Wein.

Puh, es ist raus. Sie atmet tief ein und aus. Ihr Blick folgt der geöffneten Terrassentür hinaus in den Garten, auf den kleinen Teich mit den Seerosen und hohen Trauerweiden dahinter, die ihr Grundstück von einem Bachlauf abtrennen. Da draußen ist es, das Leben. Bei dem Gedanken daran muss sie lächeln. Ganze vierzehn Tage frei sein. Nur in den Tag hineinleben. Sie und die Mädels. Plötzlich spürt sie die Vorfreude auf diesen Urlaub überwältigend in sich aufsteigen.

Sie nimmt noch etwas Wein, steht mit dem Glas in

der Hand auf, geht barfuß zur Terrassentür. »Dir werd ich's zeigen!«, ruft sie und weiß dabei gar nicht so genau, ob sie damit Mark oder sich selbst meint oder auch ihre Zukunft, und fühlt eine schelmische Überlegenheit. Sie zieht ihre Kopfhörer auf, nimmt ihr Smartphone vom Wohnzimmertisch, klickt den Song »Dance Monkey« von Tones and I auf Riekes Playlist an und tanzt in ihrem geblümten Kleid und mit offenen Haaren ausgelassen in den Garten.

#dieinselruft

Drei Wochen später hängt Mado das *Wir-machen-Urlaub*-Schild an die Eingangstür der Kanzlei und prüft ein letztes Mal das Datum. Zufrieden nickend geht sie wieder hinein.

Ihr großer Koffer steht schon fertig gepackt im Flur. Bei seinem Anblick muss sie laut stöhnen. Die gute Frau Meier-Hoppenstedt, die freundlicherweise an diesem Samstagmorgen zum Verabschieden der Chefin kurz in die Kanzlei gekommen ist, musste sich mit ihr zusammen auf den Koffer werfen. Unter größter Kraftanstrengung und nachdem Mado eine Leinenhose und zwei Paar Schuhe aussortiert hatte, konnten sie ihn gerade so schließen.

Ihre Assistentin sitzt nun konzentriert hinterm Empfangstresen und geht noch einmal Mados Anweisungen durch. Heute ist sie im Freizeitoutfit erschienen: in einem rosa-hellblauen Seidenblouson-Trainingsanzug und Turnschuhen. Mado fragt sich, ob sie im Anschluss vielleicht um die Alster joggen will oder im hiesigen Turnverein ihren Quigong-Kurs hat.

»Gibt's noch Fragen, Frau Meier-Hoppenstedt?«

Diese lugt mit kleinen grauen Kulleraugen über ihre Brille. »Sie sind ja im Zweifelsfall auf dem Handy zu erreichen, nicht wahr, Frau Mancini?«

»Selbstverständlich! Meine Mailbox ist an, Nachrichten und Mails checke ich regelmäßig. Sie wissen Bescheid. Bei fachlichen Fragen oder anderen dringenden Angelegenheiten wenden Sie sich bitte an Herrn Dr. Länz. Er übernimmt die Urlaubsvertretung.«

»In Ordnung.« Frau Meier-Hoppenstedt legt ein paar Blätter zusammen und stellt den Stift in den Halter zurück, steht auf und reicht Mado förmlich die Hand. »Gut, Frau Mancini, dann wünsche ich Ihnen einen schönen Urlaub! Erholen Sie sich, kommen Sie gesund wieder.«

Sie schütteln sich umständlich die Hände, wobei die Meier-Hoppenstedt keine Miene verzieht.

»Vielen Dank, Frau Meier-Hoppenstedt. Passen Sie ebenso auf sich auf. Wenn was ist, melden Sie sich bitte bei mir. Auf Wiedersehen und noch ein schönes Wochenende.« Mit einem breiten Lächeln entlässt sie ihre Assistentin.

Diese nickt ernst, schnappt sich ihren Einkaufskorb unter dem Schreibtisch – also doch kein Sport – und verschwindet mit den Worten »Adieu, Frau Mancini.

Genießen Sie Sylt, solange es die Insel noch gibt« zur Tür hinaus.

Mado atmet durch, sie ist froh, nun allein zu sein. Sie merkt, wie ihr beim Gedanken an Sylt ganz warm wird. Wird sie es schaffen, mithilfe der anderen ihren Traum Wirklichkeit werden zu lassen? O Gott, wäre das aufregend! Wie wird er aussehen, ihr potenzieller One-Night-Stand? Sie stellt sich eine Art James Bond vor, in schickem Smoking, der sie nach dem Dinner in sein Zimmer entführt und leidenschaftlich küsst und ... *Genug jetzt!* So einer ist ihr leider noch nie begegnet, und die Chancen dafür stehen vermutlich eher schlecht.

Kopfschüttelnd räumt Mado die restlichen Unterlagen weg, dann geht sie in die Teeküche, trinkt einen Schluck Wasser, spült das Glas aus und stellt es in den Schrank zurück. Gleich wird das Taxi da sein.

Sie treffen sich alle vor Lucys Café. Von dort aus wollen sie mit ihrem himbeerfarbenen Caddy starten. Die Farbe und das Blumencafé-Logo findet Mado zwar zum Vorfahren bei einem Sternehotel definitiv etwas deplatziert, aber in ihren Sportwagen passen nur zwei Leute, Sonjas Familienbus brauchen Mark und Marlis, und Rieke hat nur ihr Rennrad.

Schnell flitzt sie noch mal aufs Klo.

»Haaalllooo?!«, erklingt es plötzlich laut aus dem Flur. »Mado? Bist du da?«

Ach, herrje, Werner! Was will der denn jetzt noch?

»Ich bin hier, komme gleich!«, ruft sie ihrem Exmann aus der Toilette zu.

Strahlend und ladylike öffnet Mado kurz darauf die

Klotür und tritt scheinbar gelassen in Gerichtsschritttempo in den Flur. »Werner, mein Lieber, was machst du denn hier? Mit dir hab ich ja gar nicht mehr gerechnet!« Als sie ihm zur Begrüßung zwei Wangenküsschen geben will, stutzt sie, denn er hält ihr etwas baumelnd vor die Nase.

»Was ist das, Chérie?«, fragt er amüsiert.

Er nennt sie immer noch so, obwohl sie längst geschieden sind und sie das nicht leiden kann. Grinst über beide Ohren und schwenkt das Ding hin und her. Jetzt erst erkennt sie, was es ist.

»Seit wann trägst du Rot?«

»Gib her!« Mado reißt ihm ihren neuen Spitzentanga aus der Hand, ihre Wangen glühen vermutlich in nahezu der gleichen Farbe. Der muss ihr beim Kofferzumachen rausgepurzelt sein, wie peinlich.

»So, so. Rote Reizwäsche. Wo wolltest du gleich hin ... Sylt? Und mit wem genau ... deinen *Freundinnen*? Bist du sicher? Du kannst mir ruhig seinen Namen verraten. Ich bin da sehr tolerant«, sagt er, als ob ihn das noch irgendetwas anginge.

Mados Gesichtsfarbe wechselt langsam, aber sicher in Richtung Lila.

»Auch wenn ich finde, Rot steht dir nicht. Es macht dich blass.« Werner grinst bis über beide Ohren und erinnert Mado in diesem Moment an Käpt'n Iglo. »Lass das, Werner. Sei nicht albern. Das geht dich gar nichts an.«

Ihr Exmann war schon immer ein arroganter, spießiger Jurist. Natürlich durchaus mit Qualitäten, wie zum Beispiel seinem beeindruckend sicheren Auftreten sowie seiner Belesenheit und seinem Humor. Als frischgebackene Anwältin hat Mado ihn bewundert. Was ihm als langjährigem Witwer sehr guttat, sodass sie nach zwei Jahren gemeinsamer Arbeit ein Paar wurden und relativ schnell heirateten. Werner war Gentleman durch und durch und machte Mado einen klassischen Heiratsantrag: bei Luigi, mit roten Rosen, Kniefall, arrangiertem Geiger und wertvollem Diamantring. Die Hochzeit war dann allerdings eher unspektakulär, und langfristig beschränkte sich ihre Beziehung auf die geistige Ebene. Doch trotz allen Ehrgeizes – für ein vollkommen spaßbefreites Leben zwischen Fallstudien, Gerichtsverhandlungen und Infokanal fand Mado sich eindeutig zu jung.

»Da du Sexualität zudem für völlig überbewertet hältst, bist du ganz sicher kein Experte auf diesem Gebiet. Überhaupt kann auch *ich* mich verändern. Und deshalb, ja: Rot!« Verärgert stopft sie den Slip in ihre Tasche.

Er grinst immer noch, reißt sich aber zusammen und geht auf sie zu. »Chérie, Schwamm drüber. Ich wollte mich nur kurz verabschieden. War gerade in der Gegend und habe die Meier-Hoppenstedt unten auf der Straße getroffen. Gute Reise!«

Betont großmütig nimmt er Mado an den Schultern und zieht sie zu sich. Warum hat sie eigentlich das Gefühl, dass er weiterhin bei jeder Gelegenheit ihren Beschützer spielen muss?

Nach einer viel zu langen Umarmung gibt er ihr

einen Kuss auf die Stirn, schiebt sie wieder von sich und begutachtet sie. »Gut siehst du aus. Stimmt das wirklich – Sylt mit Sonja, Lucy und Rieke? *Das* ist dein Reiseziel? Warum denn nicht die Malediven oder Südafrika? Läuft die Kanzlei nicht?«

»Werner!« Mado fehlt jetzt jegliche Geduld für solch eine Diskussion. »Wenn du es unbedingt wissen willst: Es ist eine Jubiläumsreise. Für uns vier hat die Insel eine persönliche Bedeutung.«

»Welchen Zweck erfüllt dann die Reizwäsche?«

»Finito! Schluss damit. Ich muss los, die anderen warten.« Sie haucht ihm ein Küsschen neben die Wange und öffnet die Tür, um ihn hinauszukatapultieren. »Über alles Weitere habe ich dich ja informiert. Bei Fragen kannst du mich anrufen. Danke, dass du das übernimmst. Ciao und arrivederci! Bis bald.«

Im Gehen ruft Werner ihr noch ein ironisches »Gern geschehen, Chérie!« zu. Jetzt aber nichts wie weg.

#endlichinselatmen

Rechts und links fliegt die flache Landschaft vorbei, durch das halb geöffnete Fenster riecht es nach Salz und Meer. Sie stehen in ihrem Van auf dem Autozug, der über den Hindenburgdamm von Niebüll nach Sylt fährt. Lucy fühlt sich wie bei Drehaufnahmen zu einem Film, wo die Fahrzeuge stillstehen und die Kulissen vorbeirauschen. Auf der Beifahrerseite sitzt Mado, hinter dem Fahrersitz Sonja und rechts daneben Rieke. Ihr Kofferraum ist randvoll mit Gepäck. Von hier oben haben sie freien Blick über das Wattenmeer. Wasser und Wellen, im Meer wie auf dem feuchten Sandboden, so weit das Auge reicht. Grau, blau, grün, braun, die Farben verschwimmen im Vorbeifahren. Zum Träumen schön. Doch es rattert und rattert, draußen wie in Lucys Kopf.

Gestern Abend hat Vince noch spät am Computer gearbeitet. »Du hast es gut, Fee«, hat er gesagt, »dass du mal hier rauskommst. Im Sommer muss man einfach ans Meer.« Obwohl sie beide die Küste lieben, schaffen sie es leider ganz selten, an die See zu fahren. Als sie ihn so erschöpft am Schreibtisch sah, hat sie es ein bisschen bereut, dass sie so spontan mit den Freundinnen gebucht hat, ohne mit ihm nach Alternativen zu suchen. Heute Morgen half er ihr dann, ihr Gepäck im Auto zu verstauen, etwas ungeduldig wirkte er dabei. Nach einer festen Umarmung und einem schnellen Kuss ist sie schließlich losgefahren. Kurz darauf trudelten alle mit großem Hallo am Blumencafé ein, Sonja mit ihrem ganzen Clan, Mado wie immer perfekt gekleidet im Casual-Marine-Look. Rieke knipste wie wild Abschiedsfotos, die sie sofort mit Slogans wie *#zeitfürahoi* und *#auchmütterbrauchenmalpause* beschriftete.

»Ich bin froh, wenn wir gleich da sind. Es ist schrecklich, so lange zu sitzen«, holt Mado Lucy aus ihren Erinnerungen. Sie stöhnt theatralisch, die Hand am Griff über der Beifahrertür, den Kopf angelehnt.

Ein Personenzug kommt ihnen zischend entgegen. Mado schreckt hoch und schließt noch rechtzeitig das Fenster auf ihrer Seite.

»Ach was! Drei Stunden, das ist doch nicht lange. Ich gurke ständig den halben Tag durch die Gegend, von Großhansdorf nach Hamburg und zurück, Fußballtraining, Ballett, Physio, Kindergeburtstag, Einkaufen. Ihr glaubt nicht, wie sehr ich es genieße, einfach nur hier zu sitzen und durch die Lande chauffiert zu werden. Ist das herrlich! *Nichts* tun müssen. Das Allerbeste.«

Im Rückspiegel sieht Lucy, wie Sonja selig lächelt und sich zurücklehnt. Rieke hält daneben die Kamera bereit, vermutlich um die Idylle aus Wasser, Himmel und Watt festzuhalten, die sie von beiden Seiten flankiert. Auch Lucy ist beeindruckt, wie viel Ruhe das flache, menschenleere Land ausstrahlt, und mag wie Sonja die Tatsache, einmal nichts tun zu müssen.

»Abgesehen davon sitze ich ja auch weich«, konstatiert Sonja selbstironisch. »Aber im Ernst, das ist noch ein Grund, endlich mal rauszukommen aus meinem Familienbau. Auf Sylt geh ich es an! Viel Bewegung, Sport, mehr Schlaf und frische Luft. Dazu noch gesund essen, mehr Gemüse, Salat und Fisch, Omega hoch fünf, wegen mir auch hoch fünfzig. Alle Komponenten, die Kinder hassen. Ich habe nämlich schon wieder fünf Kilo mehr drauf. Jeden Tag Nudeln, Pfannkuchen oder Bratkartoffeln mit Würstchen, wahlweise Chicken Nuggets oder Fischstäbchen, das hält doch kein Mensch aus.«

»Du schon, du bist unsere Supermum«, lacht Rieke liebevoll und schießt prompt ein Foto, das sie vielleicht später mit Wonderwoman-Cape faken und Sonja unter der Tür durchschieben wird.

Jetzt schon genießt Lucy jeden Moment mit ihren Mädels, es ist einfach schön. Voller Vorfreude schweift ihr Blick über das Meer. Während es größer wird, rückt das Bild von Vince, der jetzt in seinem Büro schwitzt, immer weiter weg. Das glänzende Watt lässt sie stetig ruhiger werden. Die See verschluckt es mehr und mehr und zieht ihren Zug auf dem schmalen Grat dazwischen hinüber, zur für sie schönsten Nordseeinsel. Lucy wünschte, sie könnte dort hinten am Horizont, dem die Insel mit jedem Rattern und Ruckeln näher rückt, in die Zukunft schauen.

Doch bevor sie weiter sinnieren kann, besingen schon die Ärzte ihr »Westerland« aus Riekes mobiler Box. Mado und Sonja grölen sofort mit. Lucy schiebt ihre Gedanken fort, und Rieke drückt auf Repeat, bis endlich weit vorne der erste Zipfel der langgezogenen Insel und die Häuser von Morsum zu sehen sind.

#sehnsuchtaufdenerstenblick

»Stopp, hier geht's lang«, ruft Rieke. Inmitten des dichten Verkehrs entdeckt sie rechts hinter den blühenden Heckenrosen versteckt das Schild *Hotel Frische Brise*.

Sie hat die Scheibe runtergelassen und reckt den Kopf aus dem Fenster. Da sieht sie hinter einer Biegung ein herrschaftliches weißes Haus mit Sprossenfenstern und einem geschnitzten Jahrhundertwendebalkon über dem Eingang. Es ist genauso wunderschön wie im Internet: ein richtig altehrwürdiger Kasten mit Geschichte und Tradition. Wie sie es liebt. Hinter dem Haupthaus scheint der beschriebene Park mit englischem Rasen zu liegen – ab und zu lugen große Bäume heraus. Links und rechts erstreckt sich jeweils ein stilvoller Neubau. Die langgezogenen Teile sind sehr stimmig dem Haupthaus angepasst.

Mit Schwung stoppt Lucy auf einem der letzten Gästeparkplätze, Rieke öffnet die Schiebetür des Blumenwagens. Sie will direkt die Lage checken. Nach der überfallähnlichen Last-Minute-Buchung fühlt sie sich dafür verantwortlich, dass der Vier-Sterne-Schuppen ein erfolgreicher Schnapper wird. Voller Elan fängt sie an, das Gepäck aus dem Kofferraum zu wuchten, und läuft dann mit ihrem Seesack über der Schulter los Richtung Eingang.

»Worauf wartet ihr noch?«, fragt sie und dreht sich um, als sie merkt, dass die Freundinnen ihr gar nicht folgen. Daher lässt sie eine Familie zuerst die Tür passieren, die gerade mit nassen Haaren, Flipflops und einem Riesengummiseehund vom Strand zurückkehrt. Kurz darauf kommen die anderen aber schon hinterher.

»Schaut nur, wie wundervoll das hier ist!« Alle vier heben die Köpfe. Lucys Augen glänzen, Mado blickt wertschätzend nach links und rechts, und Sonja ist an ihrem ersten Tag in Freiheit sowieso nicht zu bremsen. »Auf geht's, ihr Hübschen!«, ruft sie. »Sylt, zieh dich warm an. Deine Schwestern sind wieder da.«

Rieke gibt der Freundin, die heute wirklich leuchtet wie die Sonne selbst, einen Kuss auf die Wange und schleppt sie samt Gepäck mit sich. Sonja schnappt sich Mado, und die hakt Lucy unter. So schreiten sie feierlich-fröhlich über den roten Teppich durch das Entree.

Das Foyer ist ein Traum, mit großer Lobby und einer Lounge mit hellblauen Clubsesselchen, Bücherregal und den neuesten Tageszeitungen und Magazinen aus aller Welt. Von oben strahlt das Licht eines spektakulären Lüsters in Bootsform auf sie herab, während sie ihre Koffer über die glänzend gebohnerten Dielen ziehen. Überall sind Kompasse, Anker, Steuerräder und Schiffe dekoriert oder zu sichten. Auf Vorhängen, Bildern, versteckt zwischen den Büchern und auf einem Verkaufsregal mit Souvenirs, in dem auch der Syltfisch in allen Varianten zu erwerben ist. Die große Originalskulptur am Strand muss Rieke in den nächsten Tagen unbedingt ablichten. Jetzt atmet sie erst mal innerlich auf, prüft die Gesichter ihrer Freundinnen und ist absolut sicher, dass die ebenfalls alle zufrieden sind.

Mado hat im Auto schnell Lippenstift aufgetragen und immer noch ihre Sonnenbrille auf. Kosmopolitisch inspiziert sie die Lage, mit dem Anflug eines Lächelns um die Mundwinkel. Schick und lässig sieht sie aus. Lucy, in ihrem weißen Sommeroutfit, wirkt etwas erschöpft von der Reise und noch zierlicher als sonst, scheint aber ziemlich froh, endlich angekommen zu sein. Sonja kleben die rotblonden Locken im Gesicht, das gerötet ist und ihre Sommersprossen noch mehr hervortreten lässt. An ihrem bunten Tupfenkleid zeigen sich dunkle Schweißränder. Mit offenem, freundlichem Blick nimmt sie sich erst mal einen grünen Apfel aus einer Obstschale vom Tisch in der Sitzecke. Sofort beißt sie hinein, dass der Saft herausspritzt.

»Sonja, iiihhh!«, ruft Mado erschrocken, die eine Ladung klebrigen Fruchtsaft auf Brillengläser und Wange abbekommen hat. Sie wischt sich die Tropfen mit dem Handrücken weg und schüttelt grinsend den Kopf. »Typisch, dass du gleich wieder futtern musst.«

Sonja kaut ungerührt weiter. »Wieso? Grünzeug geht immer. Ihr wisst doch: An apple a day keeps the doctor away.«

»Auch wieder wahr.« Mado nimmt sich ebenfalls einen Apfel, den sie jedoch in ihre Tasche steckt.

An der Rezeption sitzen eine hübsche blonde Frau mit Dutt und ein sommersprossiger rothaariger Mann mit gut gestutztem Bart, einheitlich gekleidet in weiße Kurzarmhemden und marineblaue Westen. Rieke überlegt noch, bei wem von beiden sie lieber einchecken möchte, als plötzlich eine angenehme Bassstimme hinter ihnen das Wort ergreift: »Einen wunderschönen guten Tag, die Damen!«

Alle vier Freundinnen drehen sich um und müssen die Hälse recken. Vor ihnen steht ein ziemlich attraktiver, fast zwei Meter großer Mann. Hellgrauer Anzug, sportliche Figur. Die glatten Haare modisch im Seitenscheitel zurückgegelt, ein paar Strähnen machen trotzdem, was sie wollen, und fallen strubbelig in die Stirn. Dazu ein gepflegter Sechstagebart.

Mado wirkt plötzlich nervös, ihr blasses Gesicht bekommt rote Flecken, als er einer nach der anderen die Hand schüttelt. Aus seinen grünbraunen Augen lächelt er sie spitzbübisch und irgendwie verwegen an. Das bemerkt Rieke genau. Lucy erwidert höflich sein Lächeln, und Sonja knabbert weiter ungerührt an ihrem Apfel.

»Hallo und herzlich willkommen in der *Frischen Brise* – dem schönsten Hotel in Westerland, zumindest für mich. Mein Name ist Claas Lindström. Und ja, den Namen trage ich nicht ohne Grund: Ich bin halb Schwede, halb Däne. In Hamburg geboren. Ich bin der Hotelmanager. Manchmal auch Mädchen für alles. Sie sind bestimmt …«

»Rieke Müller, wir haben zwei Doppelzimmer gebucht. Für zwei Wochen. Und das sind Sonja Peters, Lucy Baumeister und Mado Mancini«, stellt Rieke dem freundlichen Hünen die Syltschwestern vor.

»Angenehm! Fühlen Sie sich bitte ganz wie zu Hause. Nutzen Sie alle Angebote, genießen Sie unser Restaurant, den Strand, besuchen Sie unsere Bars. Wir haben auch ein Abendprogramm arrangiert. Heute zum Beispiel spielt eine Jazzband Songs aus dem New York der Zwanziger- und Dreißigerjahre. Stilecht mit Absinth.« Er zwinkert in die Runde, und sein Blick bleibt dabei etwas länger auf Mado haften. Sie hat sich inzwischen wieder gefangen, registriert Rieke, ist dennoch ungewohnt zurückhaltend.

»Nun wünsche ich Ihnen einen unvergesslichen Aufenthalt bei uns! Wenn Sie Fragen oder Wünsche haben, scheuen Sie sich nicht, mich anzusprechen. Natürlich sind auch die anderen Mitarbeiter jederzeit für Sie da! Haben Sie Lust auf einen Begrüßungssekt und kleinen Gruß aus der Küche?«

»Gerne!«, rufen alle bis auf Mado.

»Wunderbar.« Er nickt erfreut, dreht sich um und geht.

»Oha. Was war das denn für ein random Typ – wie Lola es teenagerlike ausdrücken würde«, entfährt es Sonja direkt.

»Wäre mir zu groß«, meint Lucy, »aber nett ist er.«

»Ein echtes Brett, finde ich auch!« Rieke stimmt zu. Dann wendet sie sich an die bisher sprachlose Freundin. »Mado! Hallo? Sag doch was! Der hat ja fast mit dir geflirtet – für einen Nordländer.«

Mados rote Flecken dunkeln prompt nach. »So ein Quatsch! So einer flirtet mit jeder, die nicht bei drei am FKK-Strand ist! Schließlich ist das sein Job.«

»Wenn du meinst … Jetzt checken wir jedenfalls mal ein, und dann gibt's ein Kaltgetränk!« Rieke wählt intuitiv den jungen Mann mit dem Hipsterbart an der Rezeption.

Als sie fertig sind und in Richtung der Zimmer im Seitentrakt gehen wollen, wie es auf dem Hinweisschild aus Strandgutholz geschrieben steht, werden sie von einem auffällig aussehenden älteren Paar gestoppt.

Der Herr mit blondgrauem Pagenkopf führt einen weißen Königspudel an einer pinken Glitzerleine, dessen wuschelige Hochfrisur wiederum der seines Frauchens gleicht. Im Gegensatz zu dem Vierbeiner hat sie ihre wilden Locken mit zwei Borstenpinseln hochgesteckt, an denen gelbe, pinke und goldene Farbreste kleben. Mit ihrer dunklen Riesenbrille erinnert sie Rieke an Puck die Stubenfliege aus *Die Biene Maja*.

»Meine Damen. Dürfen wir uns kurz vorstellen?«, fragt der adrette Mann im blauen Fischerhemd und mit Kapitänsmütze. »Irene und Friedbert van der Ulmen.« Er deutet auf den Hund. »Und das ist Herr Bödefeld. Ohne ›von‹. Sind Sie zum ersten Mal hier gestrandet? Wir haben schon vor Jahren Anker geworfen«, quatscht er weiter mit maritimer Rhetorik, ohne die Antwort abzuwarten. »Sylt hat das Ruder unseres Lebens komplett herumgerissen und schickt uns seitdem Lebensstürme und kreative Wellen, die wir mit Bravour meistern. Nicht wahr, Irenchen? Unser Motto ist stets: Schiff ahoi und volle Kraft voraus!«

Er tätschelt seiner Gattin die Schulter. Allerdings wohl etwas zu fest, sodass sie sich verschluckt, nach einem kräftigen Räuspern jedoch unberührt weiterlächelt. Sein schwäbischer Akzent lässt sich nicht verbergen. »Dürfen wir Sie einladen, zu unserer Finissaaasch am Wochenende?«, fährt er beherzt fort und drückt ihnen allen einen Flyer in die Hand. »Wir sind nämlich Künstler. Unsere Ausstellung heißt ›Hunde und Menschen am Meer‹. Sie wird hier im Hotel gezeigt, gleich dahinten im *Chez Fiffi*, unserem Beauty-

salon für Vierbeiner erster Klasse. Zugleich auch gut-
gehende Kunstgalerie.« Er reckt sich stolz.

Rieke und Lucy unterdrücken ein Lachen und betrachten zur Ablenkung den Flyer, von dem ihnen allerlei skurrile Hundeporträts entgegenblicken: Hunde von
vorne, von hinten, sich auf dem Rücken wälzend, mit
wehenden, aufrecht stehenden oder hängenden Ohren
und fliegenden Pfoten. Das Ganze in Öl und Aquarell.

»Wir haben die Informationen auch auf Englisch
oder auf Russisch, wenn Sie mögen?« Mit diesen Worten fängt die kleine Frau sofort an, in ihrer großen
Strandtasche zu kramen.

Jetzt hilft Rieke nur noch ein Hustenanfall, bevor sie
platzt. »Nein danke!«, antwortet Lucy schnell. Zum
Glück rettet sie der Nette an der Rezeption: »Meine
liebe Frau und verehrter Herr van der Ulmen, vielleicht
lassen Sie die Damen zunächst man in Ruhe ankommen? Sie haben doch gerade erst auf unserer schönen
Insel Anker geworfen.« Ein Glück, die Rettung.

»Selbstverständlich! Ahoi zusammen. Man sieht
sich!« Die van der Ulmens nicken verständnisvoll und
gehen samt Riesenhund zum Eingang zurück.

»Alle Mann in die Kojen«, zischt Rieke ihren Freundinnen zu. Sie greift sich ihre Sachen und läuft zum
Seitentrakt.

Als die vier in dem dunklen Flur untertauchen, bricht
ihr Lachen wie eine Sturmflut hervor. »Mädels, ich
brech zusammen!«, ruft Sonja, und Mado: »Wer zuerst
an den Zimmern ist, darf aussuchen.« Die Wette gilt.

Es fühlt sich an wie mit dreizehn. Mado ist die Trainierteste von ihnen, aber der schwere Koffer macht ihr einen Strich durch die Rechnung. Sonja schafft es in den engen Gängen mit Sack und Pack plus sehr weiblich wippender Hüfte nicht vorbei. Lucy will sicher gar nicht wirklich gewinnen, um niemanden vor den Kopf zu stoßen. Das weiß Rieke genau, stürmt vorweg und schlägt als Erste am Ende des langen Flures auf. Das zweite Zimmer liegt direkt daneben. Die anderen kommen lachend hinterher, werfen ihre Sachen ab und beugen sich schnaufend nach vorne.

»Gewonnen«, hechelt Rieke und überlegt kurz: »Ich nehme die Braut! Die braucht bestimmt ein paar tipptopp To-do-Listen.« Sie zieht an ihrem Umhängestift und zwinkert Lucy zu.

»Perfekt, Mado, dann sind wir Ladys unter uns, und ich kann dir ein bisschen Nachhilfe in Sachen Männer geben«, freut sich Sonja.

Die Freundinnen schauen sie erstaunt an.

»Na klar, warum nicht?«, sagt Sonja selbstbewusst. »Immerhin bin ich die Einzige von euch, die schon seit Ewigkeiten mit einem Prachtexemplar von Kerl zusammenlebt.«

Als Rieke sich durch die Tür schiebt, ruft Lucy noch: »Chilltime Mädels! Fenster auf und Füße hoch. Nächster Programmpunkt: Abendessen. Neunzehn Uhr?«

»Das passt. Dort können wir ja schon mal nach einem Traummann für Mado Ausschau halten. Oder wir fragen Claas, ob er einen geeigneten Kandidaten kennt«, ergänzt Rieke.

Mado antwortet von draußen: »Danke für eure Fürsorge, aber das wird nicht nötig sein. Das schaffen wir auch ohne den feinen Herrn. Und Rieke, denk dran, der erste Abend ist so etwas wie das Captain's Dinner. Wenn du also irgendetwas in deinem Seesack hast, das nicht Shorts heißt und weniger als zwei Meter Bein freigibt, zieh es an, Schatz!«

#heilbuttundfischköppe

Sonja und Mado stehen kurz vor sieben frisch geduscht, hübsch geschminkt und schick gemacht – Mado mit hellblauer Marlenehose, eleganten Pumps und cremefarbenem Top, Sonja mit offenen Haaren, die langen Locken passend zum neuen Blumenkleid im Hippielook gestylt – vor der verschlossenen Tür ihrer Freundinnen. »Die treulosen Tomaten sind wohl schon unten. Na, dann los!«, sagt Mado belustigt. Also haken sie sich unter und machen sich auch bestens gelaunt auf den Weg nach unten.

Je näher sie dem Restaurant kommen, desto lauter wird das Gemurmel der anderen Gäste, Tellerklappern, Gläserklirren und gedämpfte Loungemusik. Einladend und fröhlich wirkt das sofort auf Mado. Viel zu oft in ihrem durchorganisierten Kanzleialltag vergisst sie zu trinken, zu essen oder die gute Gesellschaft von Freunden wertzuschätzen, bei einem Wein und ausgelassenen

Gesprächen. Sie vermisst es, das echte Leben, ohne Fälle und Aktenordner.

»Das riecht aber lecker!«, ruft Sonja begeistert und zieht Mado zu den weißen Flügeltüren.

»Hey, Vorsicht!« Mado wäre beinahe über die Weintafel gestolpert, die auf dem Gang die Empfehlungen des Tages präsentiert. »Wenn's ums Essen geht, wirst du immer richtig euphorisch, Liebes!«

»Guten Abend, die Damen! Ihre Zimmernummer, bitte?«, begrüßt sie eine freundliche junge Mitarbeiterin.

Mado nennt sie, und die Hotelangestellte schaut prüfend auf ihre Liste. »Sie sitzen an Tisch zehn, dort hinten im Saal«, erklärt sie und deutet in die Richtung. »Ihre Begleiterinnen sind schon da.«

»Wusste ich's doch!«, schmunzelt Sonja, während sie den großen Saal durchqueren und dabei die stilechte maritime Einrichtung bewundern, die sich in jedem Detail widerspiegelt: Steuerräder an den Trennwänden zwischen den Sitzgruppen, eine kleine Reling an der Seite, zig gerahmte Fotos von Schiffen und ein echter Anker an der Wand. Die runden Tische sind geschmackvoll in Weiß-Blau eingedeckt, auf jedem von ihnen steht ein silberner Kerzenleuchter und eine kleine Vase mit frischen Blumen. Die meisten Hotelgäste sind schon versorgt und sitzen kauend und plaudernd an ihren Plätzen, die Teller gefüllt mit allerlei Leckereien. Mado läuft das Wasser im Mund zusammen.

»Hier sind wir!«, hören sie plötzlich Rieke rufen, sodass sich einige Gäste erschrocken zu ihr umdrehen.

Sie hat sich von ihrem Platz erhoben und fuchtelt wild mit ihren Armen herum, um die Freundinnen zu sich zu lotsen.

»Das darf doch nicht wahr sein, guck mal, was die anhat.« Mado zupft Sonja am Ärmel und deutet auf Rieke, in knappem taubenblauem Ledermini und silberner, tief ausgeschnittener Glitzerbluse. Am Tisch angekommen kann Mado sich nicht verkneifen: »Gewagtes Outfit, cara mia! Ist das ein Minirock de luxe oder eine glänzende Unterhose? Gehen wir heute Abend etwa noch in eine Großraumdisco?«

»Wie war das mit der angemessenen Kleidung?«, schließt sich Sonja auch grinsend an, während Lucy, in zartem weißem Sommerkleid und rosa Bolero darüber, ihnen einen entschuldigenden Blick zuwirft und die Hände vors Gesicht legt, nach dem Motto: Sorry, Leute, ich konnte nichts tun.

»Was habt ihr denn, Mädels, ich sehe zum Anbeißen aus!«, Rieke zeigt selbstbewusst an sich hinunter und lacht. »Die Nacht ist noch jung! Und Mado, so kann ich dir super helfen, potenzielle Kandidaten anzulocken.« Dabei zieht sie eine frivole Billy-Idol-Oberlippe hoch.

»Ach was!« Mado schüttelt den Kopf und nimmt dann amüsiert Platz.

»Ist ja gut. Du bist einfach, wie du bist, Lütte.« Sonja streckt Rieke den Daumen hoch und setzt sich ebenfalls.

Ihr runder Tisch steht ganz hinten in der Ecke, wirklich schön. Daneben gelangt man durch eine offene Glastür zum Wintergarten, über dessen Eingang in geschwungenen Lettern *Kajüte* steht. Ein Stück rechts von ihnen kommt man auf die großzügig angelegte Restaurantterrasse, die dann in den Park führt. Wenn das nicht perfekt ist, um diskret zu beobachten und nach geeigneten Kerlen Ausschau zu halten.

Mado wird ganz grummelig im Magen. Seit dem Abend in Lucys Garten hat sie schon hundert Mal bereut, dass sie ihren geheimen Traum gestanden hat. Oder hat sie Angst vor der eigenen Courage? Mit einem prüfenden Blick überfliegt sie den Saal. »Hoffentlich gibt es hier nicht nur Fischköppe«, stellt sie lakonisch fest.

Links hinter ihnen winken die van der Ulmens, gerade mit voll beladenen Tellern vom Büfett zurückgekehrt. »Hallöchen!«, ruft Hundekünstlerin Irene, jetzt adrett im lila Maxikleid und wieder mit schräger Hochsteckfrisur. Ihr Mann Friedbert, allen Ernstes im weißen Anzug wie der *Traumschiff*-Kapitän, prostet ihnen mit seinem Weinglas zu. Und Herr Bödefeld, mit einer lila Schleife geschmückt, drückt sich unterm Tisch an die Slipper seines Herrchens.

Mado scannt weiter die Gäste an den Nachbartischen: Gleich nebenan sitzt eine dreiköpfige Familie, alle mit rotblonden Haaren, die gekleidet ist, als käme sie direkt vom Golfplatz. Der kleine Junge, Kategorie verzogener Rotzlöffel, scheint die genervten Eltern ziemlich in Schach zu halten, denn sie kommen kaum zum Essen. Rechts vor ihnen, kurz vorm Ausgang zur Terrasse, sitzen zwei attraktive Hipster, der eine blond mit Bart, geschätzt Mitte dreißig, der andere schwarzhaarig und älter, etwas moppelig. Sie unterhalten sich laut. Dem Dialekt nach zu urteilen aus Berlin und bestimmt in der

Kreativbranche tätig. Warum eigentlich nicht? Eine Liebesnacht mit so einem wäre ein erfrischender Gegensatz zu ihren bisherigen Erfahrungen. Aber eher den Blonden.

Einen Tisch weiter dann drei junge Sportlertypen in den Zwanzigern, mit muskulösen Traumkörpern, braungebrannt und bestens gelaunt, zwei mit wilden längeren Haaren, der dritte mit Glatze, Tattoos und Fünftagebart. Sicher Surfer. Okay, zehn Jahre jünger wäre auf jeden Fall noch im Beuteschema.

Bei den van der Ulmens hat eine siebenköpfige Gruppe am Nebentisch Platz gefunden. *Yoga-Retreat* sagt das Schild auf dem Tisch. Da könnte vielleicht auch jemand dabei sein. *Yoga macht gelenkig.* Prompt errötet sie und nimmt rasch einen Schluck Wasser.

Einer aus der Gruppe sticht Mado direkt ins Auge. Er sitzt zwischen einem rothaarigen, pickligen Freilufttypen in Holzfällerhemd, der aussieht, als würde er nur das essen, was freiwillig von den Bäumen fällt, und einer kahlrasierten Frau, die es vom Körperbau mit den Surfern aufnehmen könnte. Er trägt eine schicke schwarze Designerbrille und ein hellblaues Polohemd, hat die braunen Haare in einem modernen Undercut geschnitten und zeigt ein gewinnendes Lächeln, bei dem zwei Grübchen zum Vorschein kommen.

»Einen wunderschönen guten Abend die Damen!«, wird Mado aus ihren Gedanken gerissen. Sie wendet ihren Blick der hageren Gestalt mit sympathischen Krähenfüßen um die Augen zu, die mit leicht gebeugtem Oberkörper vor ihnen am Tisch steht.

»Mein Name ist Charly. Ich bin Ihr zuständiger Kellner und hoffe, Sie fühlen sich in unserem Hause wohl. Scheuen Sie sich nicht, mich jederzeit zu rufen, wenn Sie einen Wunsch haben.« Charly lacht krächzend. Der ältere Mann trägt einen eleganten schwarzen Anzug mit Fliege und eine lange weiße Schürze darüber, hat grau melierte kurze Haare und ein spitzbübisches Lächeln. Sonja bedankt sich, bestätigt, dass alles bestens ist, und strahlt zurück.

»Sehr angenehm«, antwortet Charly galant und verbeugt sich noch einmal. »Darf ich Ihnen die Wein- und Cocktailkarte reichen? Und hier lasse ich Ihnen noch eine Karte mit speziellen Menüangeboten da. Ansonsten bedienen Sie sich gerne an unserem Büfett.« Die eine Karte überreicht er Sonja und Rieke, die zweite gibt er Mado und Lucy. »Darf ich Ihnen schon eine Flasche Wasser bringen?«

»O ja, gerne still!«, ruft Sonja sogleich aus.

»Sehr wohl, die Damen!« Er nickt freundlich in die Runde und eilt zurück zur Bar.

»Charly also. Nicht schlecht, Mädels«, bringt es Rieke auf den Punkt, »so angenehm kann es ruhig weitergehen.«

Dann konzentrieren sie sich auf die Karten. »Gegrillter Heilbutt an Paprikaschaum mit gedämpfter Zucchini«, liest Lucy vor. »Hmmm lecker, ich glaube, den probier ich. Was für einen Wein trinkt man dazu am besten?«

»White wine with the fish. Chardonnay oder Silvaner«, antwortet Mado, ganz Frau von Welt. Aus ihrer

Lederhandtasche zieht sie eine Lesebrille und studiert damit die Karte.

»Frau Mancini, seit wann brauchen Sie eine Lesebrille?«, zieht Rieke sie auf.

»So alt bist du doch noch gar nicht«, kann sich Sonja nicht verkneifen.

»Da sieht man mal, wie ihr auf mich achtet. Ich bin schon mein ganzes Leben lang weitsichtig.« Mado tut empört, grinst aber.

Lucy drückt Mado an sich. »Wir lieben dich mit oder ohne Brille, keine Sorge!«

»Absolut«, ergänzt Sonja und springt auf. »Jetzt aber endlich zu diesem grandiosen Büfett!«

Als Mado den Stuhl auf dem sandfarbenen Teppichboden nach hinten rückt, um ihr zu folgen, fühlt sie sich beobachtet. Sie schaut zur Tür, die in den Saal führt, aber dort steht nur Kellner Charly im Gespräch mit dem Hotelmanager Claas Lindström. Auch von den Gästen scheint niemand sie zu beachten.

»Also, was für einen Wein nehmen wir?«, fragt Rieke.

»Nur keinen Riesling, bitte, der hat oft zu viel Säure für mich!«, antwortet Mado hastig. Beim Hochschauen treffen ihre Augen auf die von Claas. Ein Blitz durchfährt sie. Erschrocken blickt sie zu Boden. *Du meine Güte, das war jetzt keineswegs souverän.* Cool bleiben. Sie winkt Charly heran und bestellt einen leichten Chardonnay mit Pfirsicharoma.

»Kommt ihr mit, ich hab Hunger«, sagt sie nun zu Lucy und Rieke. Sie stehen gemeinsam auf und folgen

Sonja zum Büfett, die ihnen bereits selig mit einem voll gehäuften Teller entgegenkommt. Auf dem Weg sucht Mado das ganze Restaurant ab, wo der Hotelmanager abgeblieben sein könnte.

Aber nichts zu sehen. Lindström ist verschwunden.

#ankommenundfesthalten

Nach dem Abendessen sind die Freundinnen auf die Terrasse umgezogen. Draußen hat es merklich abgekühlt, es weht ein frischer Wind. Sie kuscheln sich mit den bereitliegenden Decken in die bequemen weißen Korbsessel und lassen sich vom unermüdlichen Charly noch eine zweite Flasche Wein bringen, als Sonja das Gespräch auf den Anlass ihres Urlaubs lenkt. Den Pakt. Ihre Träume. Sie sind zusammen zurück auf *ihrer* Insel. Höchste Zeit für einen Schlachtplan.

»Die vierzehn Tage hier werden sicher wie im Flug vergehen. Wir sollten strategisch vorgehen.«

Sie hat ihren Kitesurfkurs bereits von zu Hause aus gebucht, er startet am Montag. Was Lucys Herzenswunsch betrifft, sind die Freundinnen sich einig, dass diese zunächst ein paar Urlaubstage auf Sylt genießen soll. Viel zu viel Stress hat sie in letzter Zeit gehabt.

»Wenn du erst etwas Abstand von deinem Alltag hast, wirst du wissen, wie du es konkret angehen willst. Wir helfen dir auf jeden Fall dabei, euch zwei Hübschen unter die Haube zu bekommen«, verspricht Sonja. »Ihr seid wie füreinander gemacht. Schicksal ist das.«

»Na, ich weiß nicht«, Mado ist skeptisch, »Schicksal? Ist doch eher Zufall, wenn man sich begegnet und verliebt.«

Charly schenkt ihnen Wein nach. Er stellt die Flasche zurück in den Kühler, verbeugt sich und verschwindet wieder ins Restaurant.

»Hey Mado, was ist eigentlich mit dem?«, fragt Rieke belustigt. »Der würde eine Frau sicher von Anfang bis Ende verwöhnen. Stets zu Diensten, sozusagen.«

»Oder er ist privat ein Riesenarsch. Oder ein Sadomasofetischist oder einer, der nur mit weißer Schürze und Häubchen kann!«, gibt Sonja lachend zu bedenken.

»In *Downton-Abbey*-Garderobe«, macht Rieke mit.

»Um Gottes willen, der ist nichts für mich! Ich bin ja selbst eher zugeknöpft, da fehlt mir im Bett gerade noch ein Oberkellner!« Mado schüttelt sich und rümpft ihre kleine, zierliche Nase.

»Wer weiß ... was noch alles in dem steckt. Stille Wasser ... Ihr wisst schon!« Lucy lacht. »Wo waren wir stehen geblieben?«

»Bei Riekes Traum«, sagt Mado.

»Irgendwo ankommen und noch einen Hühnergott finden. Wie hast du das genau gemeint?«, fragt Sonja.

»Ach, das war das Erste, was mir in den Sinn kam. Noch einen Hühnergott als Glücksbringer finden, ganz einfach. Denn Glück kann man immer gebrauchen.« Rieke lächelt leise mit ihren graublauen Augen.

»Jetzt hast du abgelenkt, Schätzchen«, stellt Mado trocken fest.

»Das stimmt allerdings«, lässt sich auch Sonja nicht so leicht täuschen. »Na los, sag es uns, Hühnergott hin oder her. Was meintest du mit ›ankommen‹?«

Rieke seufzt. »Wisst ihr, bei mir ist es anders als bei euch. Lucy, du gehörst zu Vince und hast dein Blumencafé. Du, Sonja, gehörst zu deiner Familie und bist als Lehrerin safe und glücklich. Und Mado, du hast deine Kanzlei und eine schöne Altbauwohnung. Ihr seid alle drei längst angekommen, stimmt's? Und ich? Immer auf der Suche. Was glaubt ihr, warum ich so viel reise und fotografiere? Ich suche etwas, das mir den richtigen Weg weist, mir eine Antwort gibt auf meine Fragen.«

Schweigen. So ein Geständnis hat Rieke ihnen noch nie gemacht, die Insel samt frischer Brise zeigt bereits Wirkung, staunt Mado.

»Wow!«, stößt Sonja berührt aus. Lucy streichelt Rieke über den Arm.

»Schätzchen, du wirst deiner Mutter immer ähnlicher«, schmunzelt Mado und hebt ihr Glas. »Um die Stimmung nicht zu sentimental werden zu lassen: Ich bin jedenfalls sehr glücklich, mit euch hier und jetzt angekommen zu sein. Das ist doch schon mal was, oder nicht?«

»Das kannst du laut sagen«, freut sich Rieke und hält ebenfalls ihr Glas hoch. »Es ist auch ohne unsere Träume ein Traum hier, schaut euch nur um. Und wir endlich wieder gemeinsam unterwegs. Lasst uns darauf anstoßen!«

»Auf die Syltschwestern!«, ruft Rieke.

»Auf unseren Pakt der geheimen Träume!«, ergänzt Mado.

»Auf das Glück!«, sagt Sonja, und es glitzert ein wenig in ihrem Blick.

»Und auf die Liebe!«, sagt Lucy. Feierlich stoßen sie an.

»Sobald wir am Strand sind«, kehrt Lucy zum Thema zurück, »machen wir uns alle auf die Suche nach deinem Glücksstein, Rieke. Bestimmt finden wir einen bei unseren Spaziergängen oder einer Wattwanderung. Schließlich hat es beim ersten Mal auch geklappt. Und dann hast du dein neues kleines Glück zum Festhalten, das dir die Richtung zeigt!«

Ein paar Schlucke Wein später klatscht Rieke in die Hände, und ihre Glitzerbluse leuchtet changierend auf. »Jetzt aber Butter bei die Fischköppe! Wir sichten jetzt für Mado die Männerlage. Jede sucht einen potenziellen One-Night-Stand aus.« Sie schaut die hübsche Freundin an, die die Tischdecke fixiert, als höre sie gerade zum ersten Mal von diesem Traum, der merkwürdigerweise ihr zugeschrieben wird.

»Langsam, bitte! Ich bin total aus der Übung!«, bekundet Mado lautstark ihre mit Wumms auftauchenden Zweifel.

»Was meinst du damit?«, fragt Lucy.

»Sie hat Schiss!«, übersetzt Rieke.

»Nein! Nur aus der *Übung*! Ich bin einfach unsicher, was das Flirten angeht. Seit Urzeiten war ich nicht mehr verliebt, im Nachhinein frage ich mich sogar, ob ich es je in Werner war. Geknutscht habe ich auch ewig nicht. Ich weiß gar nicht mehr, wie das geht. Alle meine männlichen Kontakte beschränken sich seit Jahren auf Rechtsanwaltskollegen, Richter, Klienten oder Staatsanwälte!« Mado wirkt fast hilflos und seufzt.

»Und Staatsanwälte küsst man bekanntlich nicht«, zitiert Sonja den gleichnamigen Film, in dem sie irgendwann mal bei einer Robert-Redford-Woche mit Mark in der letzten Kinoreihe gefummelt hat, was das Zeug hielt oder eben auch nicht. Schon nach den ersten Szenen war ein Knopf an ihrer Bluse geplatzt.

»Robert Redford. Ggggrrrr. Der Typ ist längst Opa und der Film aus den Achtzigern«, erklärt Lucy.

»Na und? Der war lange Zeit schärfer als so mancher Jungspund«, erwidert Sonja. »Ich fand auch immer, dass er meinem Mark ein bisschen ähnlich sieht. Oder?« Sie blickt in die Runde, die den Vergleich mit einem knappen Stöhnen kommentiert.

»Egal«, befindet sie dann. »Mado braucht passende Typen, wir müssen ihr helfen, die Beute zu finden. Denn das Erobern gehört ja noch dazu und kostet womöglich etwas Zeit. Und Mado, keep cool, Küssen ist wie Fahrradfahren oder Schwimmen, verlernt man nie.«

»Das habe ich auch schon lange nicht mehr getan!«, ruft Mado, was Lucy zum Lachen bringt, während Sonja die Augen verdreht und Rieke den Kopf auf den Tisch fallen lässt. »Schwerer Fall, ich weiß!«, gibt Mado grinsend zu.

Plötzlich unterbricht ein schrilles Klingeln die chillige Atmosphäre. Die Blicke treffen sich bei Sonja, die verdattert merkt, dass es ihr eigenes Handy ist, das so unerbittlich bimmelt.

»Hallo! Geh endlich ran!«, sagt Lucy.

Sonja fischt das Telefon aus den Tiefen ihrer Handtasche. »Ja-haaa?!« Sie versucht, leise zu sprechen, was ihr misslingt. »Mark, was soll das – wo die Seekuh ist? Das ist nicht dein Ernst? Sag Mina, sie soll sofort aufhören zu weinen, ich verstehe mein eigenes Wort nicht!«

Mit der freien Hand wischt sie sich gestresst über die Stirn, wo sich Schweißperlen gebildet haben.

»Jaja, ist gut. Mark! Jetzt halt mal die Luft an! Hast du unterm Bett geschaut? In der Spielkiste? Unter der Couch? Hat Edwin was damit zu tun? Nicht dass er die Seekuh in den Backofen gesteckt hat ... Doch, glaub mir, ist alles schon vorgekommen ... Ich weiß, dass Mina ohne sie nicht schlafen kann!«

Rieke macht das Handzeichen für Guillotine und formt mit den Lippen ein »Schluss!«. Sonja nickt und hört weiter ihrem Ehemann zu, der am anderen Ende der Leitung anscheinend eine ziemlich verzweifelte Tirade loslässt. Minas Heulen ist im Hintergrund deutlich zu hören.

»Mark!«, unterbricht Sonja wütend. »Such auf der Stelle mit allen zusammen diese blöde Seekuh! Sie wird irgendwo sein. Weggeflogen ist sie bestimmt nicht. Ich bin hier im Hotel! Ja, verdammt ... Tschüss!« Sie legt auf.

»Eine Seekuh?«, fragt Mado sarkastisch. Rieke traut sich aus der Deckung und rutscht wieder etwas höher auf ihrem Stuhl.

»Minas Lieblingskuscheltier«, weiß Lucy, die zu Sonjas Jüngster eine ganz besondere Bindung hat, »ohne die Seekuh kann sie nicht einschlafen. Was Mark nun endlich mal selbst mitbekommt.«

»Geschieht ihm recht.« Sonja wirft ihr Handy achtlos zurück in die Tasche. »Was für ein Blödmann. Wie kann er mich um diese Uhrzeit wegen so einem Mist anrufen? Aber lasst uns weitermachen.... Rieke, du hast von uns allen die meisten Männer geküsst. Irgendwelche Tipps für Mado?«

Rieke lächelt. »Carpe diem ... Also, wenn du einen Kerl ansprechen willst, darf der nicht merken, dass du aufgeregt bist. Du solltest ganz mit dir im Reinen sein, auch wenn du abblitzt. Es liegt an der Chemie, ob sie stimmt oder nicht. Oh, genau, und dein Gang. Du brauchst in jedem Fall einen sexy Gang.« Rieke schaut vielsagend zu Mado und nickt aufmunternd.

Diese starrt sie fragend an.

»Sie meint, du sollst ordentlich mit deinem schönen Hintern wackeln!« Sonja knufft die Freundin fröhlich in die Seite.

»Nein, so platt nicht!« Rieke verdreht die Augen und wendet sich wieder Mado zu. »Der Stolz der Frau zeigt sich schon in ihrem Gang: Schultern zurück, Brust raus, gerade Haltung, Kopf leicht in die Höhe. Den Schwerpunkt in die Hüfte legen.«

Mado guckt verständnislos. »Wie beim Yoga?«

»Mensch, Rieke, so wird das nichts, um Mado wieder in die Spur zu bringen. Am besten, du zeigst ihr, was du meinst. Mach es ihr doch vor«, hat Sonja die zündende Idee.

Rieke lässt sich das nicht zweimal sagen. »Gerne! Wie ihr wollt.« Sie hüpft von ihrem Korbsessel hoch, zieht die Glamourbluse zurecht und den engen Mini-rock runter, was eigentlich gar keinen Unterschied macht. Und an Mado gewandt: »Pass auf, Darling.« Lucy prustet los. Sonja erhebt ihr Glas und prostet ihr fröhlich zu. Rieke fummelt noch mal schnell an ihrem tiefen Ausschnitt herum und ordnet ihre langen Ketten. Dann wirft sie den Kopf zurück und fährt sich durch die Haare. »Los geht's!« Auf den hohen Hacken ihrer schwarzen High Heels und mit ihren endlos langen, schlanken Beinen stolziert sie über die Terrasse durch die geöffneten Schiebetüren ins Restaurant, sodass sich sämtliche Gäste nach ihr umdrehen. Mado wirkt be-eindruckt. »Diese Frau ist unglaublich«, murmelt Lucy belustigt. Wie Synchronschwimmerinnen kippen die drei Freundinnen im Becken nach vorne und recken gleichzeitig die Köpfe, um Rieke drinnen weiter beob-achten zu können.

Nach einem kurzen Stopp mitten im Saal marschiert diese modelartig zu einem größeren Stehtisch, wo ver-schiedene Grappas und Schnäpse aufgebaut sind. Sie nimmt mal die eine, mal die andere Flasche in die Hand und studiert das Etikett. Es dauert keine Minute, da eilt ein dunkelhaariger Kellner herbei, um ihr die Auswahl vorzustellen, wobei man sogar aus der Ferne erkennt, dass er den Blick nicht von ihrem Dekolleté abwenden kann.

»Den hat sie schon mal«, kommentiert Sonja.

»Wie macht sie das nur?«, fragt sich Mado. »Das sieht so leicht aus. Ich vermeide es schon, einen Mann nach dem Weg zu fragen.«

Lucy nickt wissend. »Ihr ist es einfach egal. Sie hat nichts zu verlieren. Das strahlt sie auch aus.«

Es dauert nicht lange, da gesellt sich einer der jungen Surfertypen zu Rieke, der mit Glatze und Tätowierungen, und tut so, als begutachte er ebenso die Grappasorten. Er sagt etwas Witziges und tippt seinen Ellenbogen an ihren. Rieke lacht und streicht sich verspielt eine Haarsträhne hinters Ohr. Der Kellner lässt sie nicht aus den Augen, vielleicht sieht er seine Felle davonschwimmen. Sie unterhalten sich eine Weile angeregt zu dritt.

»Was reden die da?« Mado kommt aus dem Staunen nicht mehr heraus.

Dann bereitet der Kellner ein paar Proben vor. Rieke und der Surfertyp greifen sich jeweils ein Glas, stoßen an und prosten dem Kellner zu. Sie plaudern weiter, bis sie das nächste ergreifen, erst daran riechen und erneut probieren. Dem Kellner wird wohl auch schon ganz heiß. Mado sieht, wie er sich umdreht und mit einer Stoffserviette über die Stirn wischt.

»Sie wählt den Glatzkopf, jede Wette. Sie steht auf Tattoos«, raunt Sonja Lucy und Mado amüsiert zu und stopft sich eine Handvoll Erdnüsse in den Mund.

»Wolltest du nicht im Urlaub abnehmen?«, hakt Mado nach.

Sonja kaut ungeniert weiter. »Mach ich doch. Ich nehme euch die Erdnüsse ab.« Mado schüttelt den Kopf. Lucy grinst.

Da kommt die zufrieden lächelnde Rieke langsamen Schrittes wieder zur Terrasse. Dabei stößt sie beinahe mit dem blonden, bärtigen Berliner zusammen und nutzt direkt die Gelegenheit, um ihn in ein Gespräch zu verwickeln. Ob sie mit voller Absicht oder aus Versehen in ihn hineinmarschiert ist, können die Freundinnen nicht sagen.

Rieke stöckelt absolut cool und lässig zurück zu ihnen an den Tisch. »Voilà, Mädels. Gut aufgepasst, Mado?« Sie schaut fragend zu ihr rüber und lässt sich entspannt auf ihren Platz plumpsen – ganz und gar nicht ladylike. »Boah, hab ich einen Durst nach dem Zeug da«, stöhnt sie und trinkt ihr Glas Wasser in einem Zug leer.

»Erzähl schon!« Sonja ist ungeduldig.

»Tja, also: Der smarte Kellner hat mir seine Nummer zugesteckt.« Sie holt einen zusammengefalteten Zettel aus ihrem Ausschnitt und wirft ihn auf den Tisch. »Und Andi, das ist der Glatzkopf – sie sind übrigens wirklich Surfer –, hat mich gefragt, ob ich nachher auch an der Bar bin, wo die Bigband spielt. Anschließend will er mit seinen Jungs noch in einem Club weiterfeiern. Wenn ich Lust hätte, könnte ich mitkommen. Und dann … war da eben noch Dennis, das ist der Blonde mit dem Bart. Auch sehr nett, er hat eine Agentur in Berlin-Schöneberg. Sein Freund, der Schwarzhaarige, heißt Malte. Ich habe ihm erzählt, dass wir hier Urlaub machen, weil Sylt quasi *unsere* Insel ist, und Mado und ich Singles sind. Bäm.«

Rieke zwinkert Mado zu, und die stöhnt. »Oh, wie peinlich.«

»Nix da. Man muss sich was trauen beim Jagen und am besten gleich alle Karten auf den Tisch legen«, meint Rieke.

»Ich fand das super, wie du das gemacht hast. Das zeigt doch wieder, dass man möglichst unverkrampft an die Sache rangehen sollte. Natürlich und locker bleiben! Es geht ja um einen One-Night-Stand, Mado. Du willst den Kandidaten weder heiraten noch mitnehmen. Nur vernaschen!«, fasst Sonja die Lage zusammen, als hätte sie die Bedienungsanleitung einer Waschmaschine vorgelesen, den Mund halb voll mit einer neuen Ladung Erdnüsse.

»Das stimmt«, gibt Mado zu, »ich will einfach mal alles vergessen, Leidenschaft spüren, die Aufregung, wenn man nicht genau weiß, küssen wir uns jetzt gleich, später oder gar nicht, sind unsere Berührungen zufällig oder nicht …?« Sie seufzt. »Hach, das wäre echt schön.«

»Wir suchen dir jetzt einen Kandidaten Nummer eins aus. Und dann probierst du das mit dem Anquatschen. Oder du taxierst ihn so mit Blicken, dass er letzten Endes auf dich zukommt. Welcher gefällt *dir* denn überhaupt?«, fragt Rieke ganz lösungsorientiert, Stift und Block bereits in der Hand.

»Hm. Ich mag den Blonden mit dem Bart. Wie heißt der, sagst du? Dennis?«, überlegt Mado. »Er wirkt offen für einen Flirt. Und ist bestimmt auch Single, sonst wäre der doch nicht mitten in den Sommerferien mit einem Freund hier, oder?«

»Ja, das ergibt Sinn.« Rieke setzt eine Eins vor Dennis auf die Kandidatenliste. »Noch wer? Vielleicht einer von der Yogatruppe?«

Mado zögert und beißt sich aufgewühlt auf der Unterlippe herum. »Na ja … da ist mir schon einer aufgefallen. Einer mit braunen Haaren, Brille und Polohemd.«

»Das ist doch super! Den behalten wir als Nummer zwei im Hinterkopf. Ist notiert. Also, Schlachtplan für deinen Traum: Dennis aus Berlin in ein Gespräch verwickeln. Heute an der Bar. Oder morgen, wenn er alleine ans Büfett geht oder am Strand zu finden ist. Darauf trinken wir, Mädels!«

Wie oft darf man eigentlich auf das Glück anstoßen?, denkt Mado. Bringt es Unglück, wenn man es zu oft tut?

Bei jedem Anstoßen erschallt jedes ihrer Gläser in einem anderen, neuen Ton, aber nur zusammen in der Mehrstimmigkeit ergibt es den schönsten Klang. Das hört Mado ganz genau.

#ichwürdmichfreuen

Eine Weile herrscht Schweigen, keine sagt etwas. Der salzige Nordseewind weht ihnen leicht um die Köpfe.

»Wisst ihr was?«, fragt Mado nun doch etwas rührselig. »*Ihr* seid mein Zuhause. Bei euch fühle ich mich ganz bei mir, heimisch, wohl und sicher. Aufgehoben. Wie in einem *echten* Zuhause, una famiglia. Heimat, das muss kein Ort sein. Es können auch Menschen sein.« Ihre Augen schimmern plötzlich, und sie senkt den Blick.

»Oh, wie schön!«, ruft Sonja gerührt und gibt Mado einen dicken Kuss auf die Wange. »Du sprichst viel zu selten über deine Gefühle.«

»Mir geht das auch so. Ist das nicht das beste Geschenk, das es gibt? Wir?«, meint Lucy lächelnd. Auch sie muss fast weinen und streichelt sanft Mados Arm.

Rieke wirkt leicht abwesend. Sie fährt sich mit der Hand übers Kinn und murmelt nachdenklich: »Dennis – der Schöne aus Schöneberg«. Dann schreibt sie sicherheitshalber die Ziffern 2 mit *Yogityp* und 3 mit einem Fragezeichen daneben unter den Namen von Kandidat eins, bevor sie den Block endlich zuklappt.

»So, damit haben wir die ersten Schritte für Traum Numero uno.« Sonja klatscht in die Hände und ruft für Mados Geschmack viel zu laut: »Bleibt uns nur noch zu sagen, Mado-Liebes, wir helfen dir, wo es nur geht. Denn ab jetzt heißt es: Ran an den Mann!«

»Na, da komm ich ja scheinbar genau im richtigen Moment. Einen wunderschönen guten Abend, meine Damen!«, tönt auf einmal ein tiefer Bass von der Seite, und Claas Lindström stellt sich zu ihnen an den Tisch. In einem wirklich sehr eleganten schwarzen Abendanzug steht er da, der perfekt auf seine Größe zugeschnitten ist.

Hilfe, muss der denn gerade jetzt auftauchen!, stöhnt Mado innerlich auf. Hoffentlich hat er eben nicht mitbekommen, dass es um *sie* ging ...

Auch die anderen drei schauen ihn überrascht an. »Ich hörte ›Ran an den Mann‹, also: Hier bin ich!«, ruft er schlagfertig, tippt auf seine Brust und schenkt jeder von ihnen ein unwiderstehliches Lächeln.

Mado würde am liebsten im Erdboden versinken und ist wahrscheinlich so rot wie die Tomaten auf der Antipastiplatte vorhin am Büfett.

»Hat Ihnen das Abendessen geschmeckt? Mögen Sie Ihre Zimmer, haben Sie sich zurechtgefunden? Und Charly hat Sie auch ausreichend verwöhnt? Er war bestimmt nervös bei so viel weiblicher Schönheit und Klasse auf einmal«, plaudert Claas Lindström unsagbar gewinnend und bleibt mit seinen strahlend grünbraunen Augen einen Tick bei ihr hängen. Oder täuscht sie sich? Er wartet keine Antwort ab, nimmt ungefragt die Weinflasche aus dem Kühler und schenkt ihnen galant nach.

Ein Profi, denkt Mado, eindeutig auch im Frauenbezirzen. Aber wir sind für den eine Tischnummer von vielen.

»Herr Lindström, guten Abend! Ja, das ist aber lieb von Ihnen, vielen Dank!« Lucy, ganz Gastronomin, übernimmt. »Wir fühlen uns pudelwohl hier. Es ist wirklich ein sehr schönes Hotel.«

Als würden sie bei dem Wort »Pudel« automatisch hellhörig, winken ihnen Friedbert und Irene van der Ulmen von drinnen zu und schicken sich samt Königspudel zum Gehen an. Lindström grüßt kurz hinein, bevor er Lucy antwortet: »Das ehrt mich. Uns ist es sehr wichtig, dass unsere Gäste keine Kompromisse eingehen müssen. Wenn Sie etwas brauchen, wie schon gesagt, ich Ihnen irgendwie helfen kann, melden Sie sich bitte jederzeit.« Wieder strahlt er alle an, dann fragt er, bereits im Aufbruch: »Sie wissen ja, gleich gibt es Livemusik in unserer Bar. Die Band ist legendär. Kommen Sie?« Erwartungsvoll blickt er in die Runde und zuletzt zu Mado, die glücklicherweise spürt, dass sie ihre normale Gesichtsfarbe wiedergewonnen hat.

»Natürlich! Das hört sich großartig an. Ein bisschen New York können wir auch auf Sylt gut vertragen, nicht wahr, Mädels?«, antwortet Rieke freundlich. »Waren Sie schon mal dort?«, will sie neugierig von ihm wissen. Mado kommt es so vor, als verwickle sie ihn extra länger in ein Gespräch.

»Leider nein, aber es steht auf meiner Liste ganz oben. Außerdem suche ich noch die passende Begleitung.« Er zuckt mit den Schultern und lächelt. »Also dann bis gleich, in der Bar?« Lindström wird unruhiger, muss sicher los.

»Bis gleich!«, antworten Rieke, Sonja und Lucy fasziniert. Im Gehen hält er inne, neigt sich leicht zu Mado und flüstert: »Ich würde mich freuen.« Er zwinkert ihr zu und verschwindet.

Mado bleibt der Mund offen stehen. Hat er das jetzt nur zu ihr gesagt? Eigentlich ziemlich frech für einen Hotelmanager.

»Schätzchen, wenn der nicht mit dir flirtet, heiße ich

Daniela Dumpfbacke und bin überzeugt, Cellulitis ist die neue Eissorte bei Giacomo.« Sonja starrt dem feschen Claas hinterher.

Lucy und Rieke bekommen einen Lachanfall.

»Ihr seid so bescheuert!«, schimpft Mado, überlegt aber insgeheim, ob Sonja vielleicht ein bisschen recht haben könnte.

IMMER DEM RAUSCHEN NACH

#sunsetbeach

Endlich mal ganz allein. Was für ein großartiges Gefühl. Sonja zieht ihre Ray-Ban-Brille auf und schlendert bester Laune Richtung Westerländer Strand. Es ist schon kurz nach zehn an diesem wunderschönen Sonntagvormittag, zeigt ihr Handy, das sie nun auf lautlos stellt und in die Innenseite ihrer geflochtenen Strandtasche steckt. Die Sonne strahlt hell und steht schon ziemlich hoch am Himmel, über den ein paar weiße Wolken ziehen. Sonja assoziiert einen Drachen, ein Segelschiff und ein Feuerwerk. Beschwingt summt sie vor sich hin. Ihr weht eine Windböe ins Gesicht, und sie geht schneller. Sie muss zum Meer. Viel zu lang ist sie nicht mehr hier gewesen, das letzte Mal wohl mit Mark vor Lolas Geburt.

Ihr buntes Strandkleid umspielt leicht ihren Körper. Sie genießt es, nicht eingeengt zu sein, nicht die für ihr Alltagsleben praktischen Jeans und Pullover zu tragen. Der Nordseewind bläst ihre Locken durcheinander, und Sonja erklimmt den Weg zur ersten Düne. Oben bleibt sie einen Moment stehen, breitet die Arme aus und betrachtet das Meer, während sie sich vom Wind umwehen lässt.

»Ich fliege!«, ruft sie.

Im selben Augenblick ist ihr der Gefühlsausbruch auch schon peinlich, und sie lässt schnell die Arme wieder sinken. Hat sie jemand gesehen? Keiner scheint sie zu beachten. Dennoch muss sie über sich selbst schmunzeln. Offenbar machen sich an ihr schon erste Erholungseffekte bemerkbar. Schnell geht sie weiter. Vielleicht liegt es auch am Restalkohol. Der gestrige Abend ist ja sehr lustig in der Hotelbar ausgeklungen. So viel gelacht hat sie lange nicht mehr, sie haben wild zu den Dixieland-Klängen der tollen Band gegroovt und Gin Tonics bestellt, die in rosa Gläsern serviert wurden und nach Himbeere und Rosmarin schmeckten. Rieke hat mit Andi, dem Glatzkopf-Surfer, geschnackt, der sichtlich seinen Spaß hatte, obwohl er und seine Kumpels rein optisch gar nicht zur Musik passten. Sogar Mado hat ein nettes Gespräch mit dem Typen vom Yogatisch geführt. Fiete Kampmann, wie sie herausgefunden hat, ein gut aussehender Dunkelhaariger mit Brille, Sixpack und guter Frisur, dessen Namen Rieke prompt auf Mados Liste unter Nummer zwei ergänzte.

Sonja hat es richtig genossen, mit Lucy zu tanzen, die Leute zu beobachten und laut mitzusingen. Lucy sah so glücklich aus. Obwohl sie so strahlte, sprach sie keiner der männlichen Gäste an. Früher auf Unipartys war der engelsgleichen, hübschen Lucy das immer passiert. Heute hat sie vermutlich einfach das imaginäre *Glücklich-vergeben*-Schild umhängen. Ob man ihr Mark und den ganzen Clan auch ansieht? Sonja blickt an sich herunter. Doch die nächste frische Brise lässt ihre

Haare vors Gesicht wehen und verscheucht alle anderen Gedanken.

Sie schaut die berühmte Flaniermeile Westerlands entlang. Auf der rund zwei Kilometer langen Strandpromenade tummeln sich bereits einige Spaziergänger mit Hunden, Jogger, Familien mit Kindern und Straßenkünstler. Das ungewöhnlich sonnige Wetter hat viele Urlauber direkt nach dem Frühstück hinausgelockt, in die Natur, die Dünen, an den Strand.

Hinter der Promenade sieht sie die vielen Strandkörbe kreuz und quer im Sand stehen. Ganz in strahlendem Weiß wirken sie wie frisch gestrichen, innen sind sie klassisch maritim blau-weiß gestreift.

Ihr Blick schweift weiter, das Meer jetzt ganz nah. Sie inhaliert den Geruch. Immer und ewig wird sie ein Nordseemädchen bleiben, da kommt sie her, dort ist sie geboren, und das spürt sie jedes Mal mit voller Wucht, wenn sie an *ihr* Meer zurückkehrt. Wie Mado gestern Heimat in Menschen verortet hat, so empfindet das Sonja mit dem Meer, hier ist sie zu Hause und frei. Es liegt dort am Horizont, in tiefem Dunkelblau, das sich vom heute fast grellblauen Himmel noch stärker abhebt als sonst, und begrenzt den breiten, scheinbar endlosen Strand. Die Wellen schlagen regelmäßig ans Ufer, die helle Gischt schäumt und hinterlässt Ränder im nassen Sand. Möwen kreischen und fliegen über dem Wasser, ganz weit entfernt erkennt Sonja ein paar Segelboote, Surfer und einen Dampfer. Nur ein paar einzelne Strandkörbe sind schon mit Urlaubern belegt.

Ohne Eile steigt sie die Treppen zur Promenade

hinab. Ihr Blick bleibt sehnsuchtsvoll am Meer hängen. Ein paar Kitesurfer sind schon unterwegs. Sie geht ein Stück zum Strand, zieht ihre Flipflops aus und beobachtet eine Weile das Treiben auf dem Wasser. Je länger sie zuschaut, desto größer wird ihr Respekt. Wie hoch die springen. Kein Wunder, dass es bei dieser Sportart schon zu gefährlichen Unfällen kam. Was hat sie sich da nur vorgenommen? Ob sie es schafft, das zu lernen? Sie, Sonja, dreifache Mutter, ziemlich eingerostet und mit Glückspfunden um die Hüften. Andererseits ist sie keine Anfängerin und hat so wahnsinnig große Lust, wieder auf den Wellen zu reiten! Sie liebt das sehr. Windsurfen hat sie als Mädchen mit ihren Brüdern am Strand von St. Peter-Ording gelernt. Nun hat sie ewig nicht mehr auf einem Brett gestanden. Die Kinder, ihr Bauch, alles war im Weg, auch Mark, der jeden Sommer lieber ins Gebirge wollte. Was Sonja wiederum schrecklich fand. Berge wirken auf sie beklemmend – aber ihm zuliebe hat sie mitgemacht. Immer. Warum eigentlich?

Und jetzt Kitesurfen, das bedeutet sicher eine gewaltige Herausforderung. Vielleicht ist sie sowieso zu dick dafür. Der Lehrer ist womöglich geschockt, wenn er sie sieht. Sie hat sich bisher ja nur online angemeldet. Am besten geht sie gleich mal hin zur Surfschule am Sunset Beach. Vielleicht steht da irgendwo eine Gewichtsbeschränkung. Dann kann sie sich wegen Halsschmerzen oder Ähnlichem krankmelden, und keiner merkt etwas. Zeit hat sie genug. Sie wollen sich erst später an den Strandkörben treffen. Pragmatisch marschiert Sonja weiter durch den feinen Sand.

Neben dem berühmten Restaurant *Sunset Beach*, das sich an eine von sanft grünem Gras und pinkfarbenen Syltrosen überzogene Düne schmiegt, findet sie die Surfschule *Westerland*. Auf einem Geländer daneben hängen schwarze Neoprenanzüge zum Trocknen, und vor den Dünen liegen ein paar Boards bereit. Bunte Getränkekisten stapeln sich unter einem Pavillon. Aus Lautsprechern tönen leise Reggaeklänge. Gerade läuft »No Woman, No Cry«. Ein bisschen fühlt sie sich wie in einer Beachbar in der Südsee. Sonja hat zehn Privatstunden gebucht. Nicht ganz billig, aber sie hat sich so ewig nichts mehr gegönnt, dass es ihr so was von wert ist. Mark fand ihre Idee völlig albern und war total dagegen. Aber als sie ihm haarklein vorgerechnet hat, auf was sie ihm oder den Kindern zuliebe in den letzten vierzehn Jahren verzichtet hatte, wurde er irgendwann still. Ihr kam der Verdacht, er wollte im Grunde nur nicht zwei Wochen mit den Kindern alleine sein. Wie mit den anderen Syltschwestern abgesprochen verriet Sonja ihm natürlich auch nichts von dem Pakt und dass dieser Kitesurfkurs eine notwendige Investition in ihren geheimen Traum ist. Abgesehen davon würde er das alles sowieso nicht verstehen. Genauso wenig wie diese gesamte Reise hier.

Am Westerländer Strand findet der alljährliche »Surf World Cup« statt, liest Sonja auf einem Plakat am Eingang der Surfschule. Die restliche Zeit wird hier alles unterrichtet, was es so gibt: Windsurfen, Wellenreiten, Kitesurfen und Stand-up-Paddling. Kajaks und Bodyboards kann man auch mieten. Sonja traut sich noch näher ran und schaut sich weiter um. Echte Surfer, die haben das, was sie tun, komplett verinnerlicht. Es ist für sie viel mehr als nur ein Sport – ein Lifestyle, eine Weltanschauung.

Zwei Surflehrer, eine zierliche, durchtrainierte junge Frau, Anfang zwanzig vielleicht, und ein etwas älterer Schönling räumen gerade Boards und Segel aus der Hütte und legen sie in den Sand. Sie tragen Neoprenanzüge und Namensschilder. Wahrscheinlich bereiten sie die nächsten Kurse vor. Die Frau bemerkt Sonja. »Hi! Kann ich dir irgendwie helfen?«

Das gefällt ihr, man duzt sich unter Wellenreitern. Sie stellt sich kurz vor und erklärt, sie sei ab morgen angemeldet zum Kitesurfen bei … Mist, jetzt fällt ihr der Name nicht ein. Doch die Dunkelhaarige mit Pferdeschwanz scheint Bescheid zu wissen. Sie zeigt zur Tür, Sonja solle einfach »Aiden anquatschen«.

»Okay, vielen Dank!« Sonja geht neugierig hinein. *Anquatschen* hat ihr lange niemand mehr empfohlen.

Der Typ steht an einer provisorischen Theke und blättert in einem großen Ordner. Der, findet Sonja belustigt, sieht aus wie sein eigenes Klischee. Einen Augenblick bleibt sie am Eingang stehen und checkt ihn ab. Er ist braungebrannt, vielleicht ein paar Jahre jünger als sie selbst, hat halblange gelockte, leicht nasse blonde Haare, ein paar Strähnen sind von der Sonne gebleicht. An seinen Armen klebt feiner Sand. Er trägt einen blonden Bart, sie sieht eine Tätowierung vom Hals bis zu den Ohren, und der enge Surfanzug betont seinen Traumbody.

Lässig blättert er weiter in seinen Unterlagen, schreibt ein paar Zeilen, dann nimmt er einen Schluck aus einem wild beklebten Kaffeebecher und sieht zu ihr auf. Seine Augen sind helltürkis – karibikfarben, *wie passend*, schießt es Sonja durch den Kopf – und schauen sie freundlich-herausfordernd an.

»Hey«, sagt er. »How are you? Willst du zu mir?«

Ein reizender Akzent. Ja richtig, sie erinnert sich, was auf der Webseite stand. Ursprünglich kommt er aus Australien, hat dort an der berühmten Gold Coast Surfen gelernt. Anschließend lebte er erst längere Zeit in Kalifornien und zog dann nach Sylt. Die umgekehrte Reihenfolge wäre Sonja persönlich lieber.

»Hi, ich bin Sonja Peters. Ich habe einen Kitesurfkurs bei dir gebucht. Morgen um drei geht's los. Ich wollte mal kurz Hallo sagen.« Sie lächelt mutig und streckt ihm die Hand entgegen.

»Hey Sonja!« Die Karibikaugen schauen sie amüsiert an. Sonja sieht einen Funken Wiedererkennen darin. »Bist du also zu *mir* geflogen, this morning?«, schäkert er und schlägt ein. Sein Händedruck ist fest und rau.

»Wie bitte?«, fragt sie irritiert und zieht ihre Hand zurück.

»Vorhin auf der Düne sah es aus, als wolltest du fliegen.« Er lacht und zwinkert ihr zu. »Und, kannst du es? Da bist du hier genau richtig, Sunny.«

O mein Gott, ist das peinlich. Sonja würde am liebsten direkt verschwinden. Aber Aiden unterbricht ihre Gedanken: »Don't worry. Ich mache manchmal Purzelbäume im Sand, wenn mich keiner sieht.« Er zeigt mit den Daumen auf sich. »Ich heiße Aiden Bennet. Just call me Aid oder Aiden. Schön, dass du da bist.«

Eine so angenehme Begrüßung hat Sonja selten erlebt, schon gar nicht im wortkargen Norden. Fast vergisst sie, dass er sie vorhin beobachtet hat.

»Tell me, Sunny, freust du dich aufs Meer?«

Sonja weiß gar nicht so recht, was sie antworten soll, eigentlich wollte sie ja etwas fragen, und dass der Trainer sie jetzt fast so nennt wie Mark – Sunny – Sonni –, bringt sie irgendwie leicht aus der Fassung.

»Kitesurfen ist super«, sagt er und grinst. »Du wirst nie mehr was anderes wollen, wenn du einmal über die Wellen geflogen bist.« Mit beiden Händen streicht er sich die feuchten Haare aus dem Gesicht. Jede seiner Bewegungen wirkt leicht und selbstsicher, was sie einerseits fasziniert. Andererseits tauchen gerade deshalb in ihr plötzlich wieder Bedenken auf. Ihr wird ganz mulmig. Apropos leicht.

»Gibt es für das Kiteboard eigentlich ein Maximalgewicht?«, platzt es aus ihr heraus, und im selben Moment schießt ihr die Röte ins Gesicht, dass sie jeden Millimeter Hitze davon spürt.

Aiden schaut sie erstaunt an, begreift und fängt dann so laut an zu lachen, dass sie nicht weiß, ob sie einfach mitlachen oder die Flucht ergreifen soll.

»No, no! Mach dir keine Sorgen! Es ist egal, wie viel du wiegst! Spielt keine Rolle. Wenn man Kiten lernen möchte, sollte man nur ein bisschen fit sein.« Er begutachtet sie kurz, aber nicht unangenehm und klärt weiter geduldig auf: »Jeder kann Kiten lernen! Denn für jedes Gewicht und jede Größe gibt es unterschiedliche Boards und Kites, okay? Auch das Alter ist egal. Ich hab schon siebenjährige Kids auf dem Board unterrichtet und sogar einen Siebzigjährigen. Believe me, der ist übers Wasser gebrettert wie ein junger Gott!«

»Ah, okay.« Sonja atmet erleichtert auf. »Und was ist mit dem Fitnesslevel? Weißt du, ich bin … etwas aus der Übung.« Bei dem Satz muss sie an Mado und deren Traum denken.

»Keine Panik, das schaffst du mit ein wenig Training. Du wirst überrascht sein, wenn du merkst, dass der Kite eher dich zieht als umgekehrt. Was Fluch und Segen zugleich sein kann. Ich zeig dir alles morgen beim ersten Unterricht. All right, Sunny?« Aiden öffnet eine Schublade am Tresen, zieht eine Broschüre heraus und reicht sie Sonja. »Hier, Kitesurfing for Ladies. Es ist für Girls einfacher zur lernen, weil sie Multitasking-Profis sind und auch besser zuhören als Männer!« Er lacht herzlich.

»Danke! Das wusste ich nicht. Hätte gewettet, es ist umgekehrt. Seit gefühlt hundert Jahren hab ich nicht mehr auf einem Brett gestanden. Aber ich kann immerhin Windsurfen, na ja, also zumindest konnte ich es mal. Ist das gut?«, fragt Sonja und steckt die Broschüre in ihre Strandtasche.

»That's great! Du hast einen kleinen Vorteil, wenn du Windsurfen kannst, aber beim Kitesurfen macht die Kontrolle des Kites das meiste aus.« Aiden hält ermutigend einen Daumen hoch.

»Hm, ich bin ja sowieso auch zum Abnehmen hier.

Schon lange beschlossen.« Kritisch sieht Sonja an sich herunter und fragt sich im selben Augenblick, warum sie dem Surflehrer diesen Schwachsinn erzählt.

»Verstehe, du bist auf dem Gesundheitstrip«, sagt Aiden und nickt wissend. »Yeah, guter Plan. Das Kiten bringe ich dir bei, keine Sorge. It will be fun. Du wirst es lieben. Bei allem anderen kann ich dir nicht helfen.« Er lacht ihr wieder gut gelaunt ins Gesicht, sodass seine weißen, geraden Zähne aufblitzen.

Sonja seufzt erleichtert auf, ziemlich dankbar, dass er sie so motiviert und zudem noch witzig ist.

»Du wirst nach zwei Wochen auf dem Wasser fliegen wie eine … Gazelle!?« Er sieht ihr direkt in die Augen. Seine leuchten gerade wie zwei Türkise, nass vom Meer. Dann deutet er mit dem Zeigefinger auf sie. »Take it easy. Man muss klein anfangen. Bis morgen also. Bye, honey«, verabschiedet er sich flirty und fängt an, die Ausrüstung zusammenzupacken.

Draußen reckt Sonja das Gesicht in die Morgensonne. Die Welt ist schön, jetzt freut sie sich richtig auf den Kurs und ihr Abenteuer. Was für ein netter Typ, Frau muss auch mal Glück haben. Ob der was für Mado wäre? Er würde ihrer Freundin bestimmt guttun, sexy und gleichzeitig warmherzig, ganz anders als Mados Exmann. Sonja nimmt sich vor, ihn später als Kandidat Nummer drei vorzuschlagen. Falls sich Nummer eins und Nummer zwei als Nieten erweisen sollten.

Im Park ist es jetzt am Vormittag angenehm kühl. Lucy zieht sich ihre Strickjacke fester um die Schultern und bestellt noch einen Café au Lait beim Kellner, der für die Tische draußen zuständig ist. Sie ist nach dem Frühstück alleine geblieben, um in Ruhe Vince anzurufen. Seit der Abreise hat sie ihn nicht erreicht. So gerne möchte sie kurz seine Stimme hören. Schade, auch jetzt geht auf seinem Handy immer nur die Mailbox an. Sie wählt ihre und Vince' Festnetznummer und hört nach dem Klingeln ihre eigene Aufnahme: »Hier leben und lieben Vince und Lucy. Leider sind wir nicht zu Hause.« Dann Vince' Stimme: »Wir rufen auf jeden Fall zurück. Versprochen! Und jetzt kommt der Piep.«

Sie muss daran denken, wie sie vor ein paar Jahren diese Ansage in ihrer ersten gemeinsamen Wohnung wieder und wieder aufgenommen und dabei einen ganzen Abend lang so viel gequatscht, gespult, gelöscht und gelacht haben. Immer wieder hatte sich einer von ihnen versprochen.

Wo steckt Vince bloß? Warum geht er nicht ran? Gestern nach der Ankunft hat sie bereits mehrfach versucht, ihn zu erreichen. Erst spät am Abend kam eine Sprachnachricht, dass er lange an der Uni gewesen war, dass er den Kongress, den Austausch und tausend andere Sachen vorbereiten müsse, dass sie froh sein könne, endlich Urlaub zu haben, und Sylt genießen solle mit ihren Freundinnen. »Gute Nacht und gutes Eintauchen auf der Insel«, hat er am Ende mit einem lustigen Unterton gewünscht und hörbar auf Holz geklopft. Sylt genießen, das ist leichter gesagt als getan. Lucy vermisst ihn, macht sich Sorgen um das Café und ist nach wie vor hin- und hergerissen, ob es richtig ist, diesen Sommer nur mit ihren Mädels und gar nicht mit dem Mann an ihrer Seite verreist zu sein. Diese unfassbar schöne Natur und die Luft und das Meer. Das täte ihm auch gut.

»Haben Sie noch weitere Wünsche?«, fragt der Kellner, nachdem er den dampfenden Kaffee in einer französischen Boule mit blau-weißem Friesendekor vor ihr abgestellt hat.

»Können Sie bitte meinem … Freund sagen«, fast hätte sie »Mann« gesagt, »dass er mal ans Telefon gehen soll, damit ich endlich an den Strand kann?«, antwortet sie spontan.

Der junge Kellner mit blonder Strubbelfrisur lächelt. »Bedaure. Aber wenn ich ihnen einen Tipp geben kann, da zurzeit Flut ist: Das Meer ist bestimmt jede Minute Ihrer Aufmerksamkeit wert. Was Ihren Freund betrifft, kann ich leider nicht helfen. Außer dass ich bei so einer Frau immer ans Telefon gehen würde – egal, *wo* ich gerade wäre!« Nun muss sie doch lachen. Er zwinkert ihr zu und geht zum nächsten Tisch.

Und wo der Mann recht hat, hat er recht. Sie möchte jetzt endlich ans Wasser. Also spricht sie rasch auf die Mailbox: »Vince, hi, irgendwie habe ich kein Glück. Ich erreiche dich nicht. Ich gehe jetzt zu den anderen an den Strand. Meld dich mal. Kuss, Kuss.« Sie trinkt an ihrem Kaffee und überlegt, was sie auf dem Zimmer zusammenklauben muss. Kurz schließt sie die Augen und lässt den Kopf nach hinten fallen.

Da scheppert es in ihrer Tasche. Der Ton eines alten englischen Telefons ist Musik in ihren Ohren. Beim Rausziehen erscheint Vince' Profilbild auf dem Display. Endlich.

»Hey, wo steckst du denn? Ich versuche dich schon seit gestern …«

»Lucy, hallo …« Es rauscht bei ihm im Hintergrund, und sie hört nur Wortfetzen.

»Vince? Ich verstehe dich ganz schlecht.«

»Ja, das kann sein, ich bin in der Bahn, Fee. Auf dem Weg zur Uni. Geht es dir gut? Alles klar bei euch?«

»Ja, bestens. Es ist sooo schön hier, Vince. Das Hotel ist fantastisch.« Lucy hängt ihren kleinen Rucksack über die Schulter und geht mit Vince am Ohr ein paar Schritte über die Wiese, um die Gäste nicht zu stören. Nichts ist nerviger als Leute am Nachbartisch, die in ihre Handys brüllen. Das kennt sie aus dem Café zur Genüge.

»Ich will gleich zum Meer, die anderen sind schon auf dem Weg dorthin, Vince, und die Luft ist herrlich. Du müsstest das alles sehen …«

»Hört sich toll an. Dann wirf dich mal in die Wellen. Ich freue mich sehr für dich. Schön, dass du endlich mal Zeit für Erholung hast. Und für deine Freundinnen. Du, ich muss es kurz machen, muss weiter.«

Lucy hört ein Schiffssignal, obwohl sie weiß: Er ist mit seinem Rad in der Bahn. Sie sieht Vince vor sich, wie er an den Landungsbrücken steht und über die Elbe rüber zu den Kränen blickt. Als sie frisch verliebt waren, sind sie oft dort spazieren gegangen. Sie lieben den Hamburger Hafen, das geschäftige Tor zur weiten Welt. Manchmal sind sie spontan auf eine der Barkassen gesprungen und eine Runde mitgefahren. Seitdem hat sich irre viel getan, in der Hafencity wie in ihrem Leben.

»Ich muss los, Lucy. Ich höre dich auch ganz schlecht. Genieß die Auszeit und grüß deine drei herzlich von mir.«

»Vince, du fehlst mir. Lass uns ganz bald mal wieder zusammen wegfahren.«

»Du mir auch. Klar, das machen wir. Bin froh, dass du es jetzt schön hast. Es reicht, wenn einer arbeiten muss.«

»Mach's gut, Schatz, ich …« Die berühmten drei Worte werden schon vom Tut-Tut der Telefonleitung verschluckt. Überrascht blickt Lucy auf ihr Handy.

Nachdenklich geht sie zurück zu ihrem Tisch, der noch nicht abgeräumt wurde, und trinkt den kalten Milchkaffee aus. Komischerweise fühlt sie sich nun überhaupt nicht besser, sondern sogar ein bisschen traurig. Früher waren ihre Gespräche länger, ausgiebiger, inniger irgendwie. Oder kommt ihr das nur so vor? Weil sie heute Zeit hat und er nicht. Na ja, wenigstens hat sie ihn endlich erreicht.

Sie atmet durch, ignoriert den leichten Stich in der Herzgegend, schiebt das ungute Gefühl beiseite und läuft hoch auf ihr Zimmer. Bei Vince ruft die Arbeit und bei ihr – der Strand! Eilig schließt sie die Balkontür, schnappt sich ihre blau-weiß gestreifte Strandtasche, packt ein paar Sachen zusammen und saust los.

#selbstistdiebraut

Im Foyer herrscht reges Treiben. Viele Gäste strömen mit Handtüchern, Sonnenschirmen und Luftmatratzen bepackt an den Strand. An der Rezeption nickt ihr Claas Lindström freundlich zu. Heute im schicken hellblauen Anzug mit weißem Hemd scheint er gerade etwas Wichtiges mit seinen Mitarbeitern zu besprechen. Das Pudelpärchen van der Ulmen, das in den Loungesesseln einen frühen Cocktail einnimmt, sieht freudig in ihre Richtung: »Hallooo!« Die Frau winkt fröhlich. Lucy grüßt zurück und macht ein Zeichen zur Eingangstür, sie muss weiter. Richtung Strand.

Draußen setzt sie kurz ihr Zeug ab und tippt in ihr Smartphone: Auf dem Weg. Wo finde ich euch?

Wie erwartet antwortet Sonja, immer auf Familienempfang, prompt: Runter zum Strand, dann rechts, zweite Reihe vom Wasser aus, Korb 66, 67, immer dem Rauschen nach.

Endlich Urlaub. Endlich Sylt. Lucy atmet die salzige Luft ein. Am Meer ist alles möglich, und die kleinen Sorgen der trubeligen Welt sind fern.

Auf dem Weg angekommen zieht sie die silbernen Flipflops von den Füßen und läuft barfuß weiter, zwischen den Dünen hindurch. Am höchsten Punkt breitet sich das graublaue Wasser vor ihren Augen aus. Die weiße, schaumige Brandung liegt vor ihr wie ein Riesenschleier. Der Wind bläst ihr kräftig ins Gesicht, sodass ihr kurz die Luft wegbleibt und die Gedanken frei werden.

Lucy hat das Gefühl, dass ihr Herz sofort ruhiger schlägt und in eine Art Urtakt findet. Dieser Augenblick gehört ihr, sehr lange war sie nicht mehr an der See. Zum letzten Mal mit Vince auf Spiekeroog. Dort sind sie stundenlang durchs Watt gelaufen, haben viel geredet, über Gott und die Welt. Wenn sie genau überlegt, sind sie beide schon lange so eingespannt, dass kaum Zeit zu zweit bleibt. Klar treffen sie sich ab und zu mit Freunden, kuscheln auf der Couch und schauen fern, kochen gemeinsam, aber auch das immer seltener.

An der Promenade entdeckt Lucy eine Bank, *nur mal kurz hinsetzen und atmen*, denkt sie. Sie schließt die Augen, während ihre offenen Haare in alle Richtungen um ihr Gesicht wehen. Das Meer rauscht, und die Erinnerungen kehren zurück: Sie sieht ihre Freundinnen und sich selbst am Strand, als Teenager, das Feuer erhellt die dunkle Nacht. Aufgeregt schreibt sie ihren Traum auf ... Und dann ist es plötzlich Tag, und Vince steht vor ihr im Sand. Er trägt einen hellbraunen Anzug, lässig wie am ersten Tag lacht er sie an. Sie wuschelt durch seine Haare, küsst ihn, seine Lippen schmecken nach Sommer, ein weißes Kleid flattert um ihre Hüften.

Sie kann den Stoff an den Beinen spüren und Vince' Arme um ihre Schultern. Alles ist leicht und froh. *Das ist das Glück*, denkt sie. Sie liebt ihn, und er liebt sie. Die Wellen geben den Takt an – und da weiß sie es auf einmal.

DAS ist es! Sie öffnet die Augen und sieht alles ganz klar vor sich. Jedes Detail. Wie im Film. *DIE Lösung!*

Lucy stopft die Schuhe in ihre Tasche und sprintet los, hinunter zu den Strandkörben und nach rechts. Ihre Füße durch den feinen, weichen Sand grabend läuft sie, so schnell sie kann, knickt ein in einem Sandloch, springt über eine halb umgekippte Kleckerburg. Gleich muss sie da sein, vielleicht weist ihr ja das Lachen ihrer Freundinnen den Weg. Ihr Atem geht kürzer und schneller, das Meer schiebt weiter ruhig und gleichmäßig, ganz selbstverständlich seine Wellen ans Ufer. Gleich hat sie es geschafft, noch ein, zwei Körbe.

»Mado! Sonja! Rieke! Ich hab's. Das ist die beste Idee ever!« Außer Atem hält sie sich an der Ecke des Strandkorbs fest und wirft sich mit Schwung davor in den Sand. »Das ist die Lööö…«

Keuchend blickt sie nach vorne auf vier große Füße, dann höher auf behaarte Männerbeine, karierte Bermudas, nackte Oberkörper und schließlich in die erstaunten Gesichter der beiden gut aussehenden Berliner aus der *Frischen Brise*. Dennis aus Schöneberg – und wie hieß der zweite noch mal? Überrascht beugen sich die zwei zu ihr. Sieht sie richtig? Sind die etwa zusammen? Doch wirklich, die zwei halten Händchen! Lucy auf den Knien glotzt genauso perplex nach oben wie die beiden zu ihr herunter. *Tschüss, Kandidat eins, o nein, echt schade für Mado.*

»Äh, ich … Entschuldigung«, stammelt sie.

»Kein Problem«, sagt der Ältere mit den schwarzen Haaren. Und der blonde Dennis erwidert in belustigtem Ton: »Können wir dir irgendwie helfen?«

»Nein! Ähhh … danke nein! Alles im Griff! Sorry!« Lucy rappelt sich hoch, streicht sich den Sand vom Kleid, packt ihre Tasche und läuft weiter. »Schönen Tag noch!«, ruft ihr Dennis hinterher, und sie hört, wie der andere lacht.

Wie dämlich war das denn?! Die beiden müssen sie ja für völlig plemplem hallten. *Nummer 56, 57* hat Sonja doch geschrieben, oder nicht? Na, wenigstens weiß sie jetzt, dass sich Mado an diesem Dennis die Zähne ausbeißen würde.

»Lucy, hey, hier sind wir«, erschallt Sonjas vertraute Stimme. Sie fuchtelt mit einer Zeitschrift. Lucy winkt zurück und läuft auf sie zu.

»Ich hab's, ich weiß jetzt, was ich mache!« Fröhlich stoppt sie vor den zusammengeschobenen Strandkörben, in denen ihre Freundinnen sitzen.

»Erst mal: Hallo, Lucy. Schön, dass du endlich da bist. Ja, danke, uns geht's auch gut«, scherzt Sonja vom rechten Strandkorb aus. Ihr neonorangefarbener Badeanzug blitzt unter einem wild gemusterten Strandkleid hervor, die üppigen Locken hat sie zu einem losen Dutt hochgebunden. Rieke, neben ihr, ist offensichtlich auf Motivsuche, der Kamera in den Händen nach zu urteilen.

»Setz dich doch. Du bist ja ganz aufgewühlt. Was ist denn los?«, fragt Mado aus dem zweiten Korb und rutscht ein Stück zur Seite.

»Ich setz mich gleich«, sagt Lucy aufgeregt. »Aber ich muss euch erst was Wichtiges mitteilen. Dazu muss ich stehen. Meine Erkenntnis des Morgens. Ach was, des Jahres. Endlich weiß ich, was zu tun ist!« Lucy spricht diese Worte bewusst langsam und betont aus, ihre drei Freundinnen schauen sie gespannt an.

»Aha.« Mado zieht ihre Cat-Eye-Sonnenbrille ab und die Augenbrauen hoch. »In welcher Hinsicht?«

»Auf einmal kam es mir, da oben an den Dünen! Ich musste hierherkommen, um es zu wissen.« Lucy zeigt in die Richtung, aus der sie gekommen ist und wo sie die Erleuchtung hatte.

Rieke schüttelt den Kopf. »Das ist mir zu hoch heute. Zu wenig Schlaf, zu viele Drinks …«

»Liebes, ganz langsam. Was meinst du?«, versucht Sonja mehr herauszufinden.

»Na, Sylt! Die Insel. *Sie* ist die Lösung!« Lucy schaut sie an.

Mado schweigt erwartungsvoll, den Brillenbügel im Mund drehend.

»Hä?«, fragt Rieke. »Ich kapier gar nix.«

»Lucy, was meinst du mit ›die Lösung‹?«, hakt Sonja erneut pädagogisch geschult nach.

Mado schüttelt amüsiert den Kopf. Sie scheint als Erste langsam zu verstehen, um was es geht, zieht aber wortlos ihre Strandtasche heran und die Wasserflasche heraus.

»Die Lösung für meinen Traum!«, fährt Lucy unbeirrt fort. »Ihr wisst doch alle, dass Vince so irre viel arbeitet, das geht schon Wochen, genau genommen Monate so. Auch heute früh, als ich ihn endlich erreicht habe, war er gestresst und unterwegs zur Uni. Und jetzt kommt's.« Lucy macht eine feierliche Pause und strahlt übers ganze Gesicht, bevor sie euphorisch ausruft: »Tadaaaa ... wir heiraten! Vince und ich! Auf *Sylt*!«

Sie breitet die Arme aus und dreht sich einmal lachend um die eigene Achse, vorbei am ganzen Küstenpanorama, das abwechselnd in Gelb, Grün, Hellbau an ihr vorbeisaust, unterbrochen von der schäumenden Gischt.

»Hier am Strand oder wo auch immer man sich hier am allerromantischsten das Jawort geben kann. Und ich nehm die Sache einfach selbst in die Hand, wo ich schon mal da bin. Versteht ihr? *Ich* werde die Hochzeit organisieren, Vince die ganze Arbeit abnehmen und ihn damit überraschen. Perfekt, oder?« Entschlossen stemmt sie ihre Hände in die Hüften und blickt in die Runde.

Mado reißt die Augen auf und nimmt ihren großen Strohhut ab. Rieke lässt sprachlos ihre Kamera baumeln, und Sonja sinkt mit einem »Uff« auf das Fußteil des Strandkorbs.

»Na, was sagt ihr?«

»Nix!«, antwortet Mado verblüfft, die sonst zu allem sofort ihren Senf dazugibt.

»Ist das nicht *die* Idee?!« Lucy bleibt enthusiastisch, auch wenn sie sich wundert, dass keine der Freundinnen aufspringt und ihr freudestrahlend in die Arme fällt.

»So was.« Sonja scheint angestrengt nachzudenken.

Rieke findet als Erste eine Antwort. »Hey Luzia, das sind wohl echt die News des Tages! Da helfen wir dir natürlich, wenn du das wirklich willst. Das ist doch eine gute Idee, nicht wahr?«, fragt sie die anderen beiden, als müsste sie sich rückversichern.

Lucy setzt sich ungeduldig neben Mado in den Strandkorb und legt mit Details los. Vielleicht können sich die Freundinnen das nur nicht so gut vorstellen, weil ihnen die Informationen fehlen.

»Jetzt stellt euch mal vor: Wir stehen da vorne, nah am Meer, natürlich weit genug vom Wasser entfernt, falls die Flut kommt, ich in wehender champagnerweißer Spitze, Vince in einem schicken, lässigen Zweiteiler, das Hemd offen, ohne Krawatte, die Gäste sitzen dahinter auf Hockern mit weißem Leinenbezug, die wir am Strandaufgang austeilen, außerdem weiße Flipflops für alle. Und ihr müsst meine Brautjungfern sein! Alle drei in den gleichen Kleidern? Vielleicht in Flieder oder Apricot oder lieber Lindgrün?«

Mado räuspert sich laut bei dem Wort »Jungfern«, doch Lucy plant unbeirrt weiter: »Wir brauchen dazu richtigen Blumenschmuck. Die Kinder legen ein Riesenherz aus Muscheln in den Sand, in dem Vince und ich stehen. Und der Pfarrer …«, sie hält kurz inne und blickt sich um, »… der Pfarrer könnte in einem Holzboot stehen und uns trauen, je nachdem wie die Gezeiten sind …«

»Super Plan, dann fällt die ganze Chose direkt ins Wasser«, unterbricht Mado zynisch die romantische Beschreibung. »Und die Klapphocker sind nicht dein

Ernst. Ihr seid doch keine achtzehn mehr, und eure Gäste auch nicht! Außerdem: Sind wir für Brautjungfern nicht viel zu alt?«

»Mensch, Mado, sei keine Spielverderberin. Auch wenn du viele Scheidungen erlebst, kannst du dich trotzdem für mich freuen. Die Leute könnten ja auch in Körben sitzen, wie beim Strandkino, wie wäre das? Oder wir werden unter einem mobilen Pavillon getraut, das hab ich aus Magazinen, bei Strandtrauungen gibt es das oft, sah großartig aus«, kontert Lucy.

»Dann nehmt lieber den rosenumrankten Pavillon im Hotelpark. Da gibt es wenigstens Wahnsinnssessel!«, schießt Mado nach. Lucy hat das Gefühl, sie nimmt sie gar nicht ernst.

»Ihr Lieben, das können wir ja alles in Ruhe zusammen überlegen. Ich finde, für die Details hat es noch Zeit, nicht wahr, Lucy? Ich bewerbe mich jedenfalls als exklusive Hochzeitsfotografin«, bietet Rieke an, nimmt zur Veranschaulichung ihren Apparat und drückt ab.

Inzwischen hat sich auch Sonja gefangen. Sie zieht ihr Strandkleid gerade, lockert den Gürtel und sagt: »Auch wenn ich gerade etwas überrumpelt bin … Wenn ich es mir so recht überlege, warum eigentlich nicht? Und Brautjungfer ist ja nur im übertragenen Sinne gemeint, Mado, wir heißen dann eben anders.« Dann zählt sie die Pluspunkte auf: »Die Kulisse ist ein Traum, ihr als Paar sowieso, der Ort bedeutet dir auch persönlich was, Lucy. Und ihr wärt beide raus aus Hamburg, wo euch eure Arbeit so in Beschlag nimmt. Alles in allem …«

»Ja?« Lucy hängt an ihren Lippen.

»… muss ich zugeben, dass vieles dafür spricht.«

Rieke und Lucy lächeln, Sonja klingt zwar nicht restlos überzeugt, aber sie ist mit im Boot.

»Das sehe ich völlig anders! Lasst mal das Romantische außen vor. Was ist denn zum Beispiel mit den Kosten? Wer soll das alles bitte bezahlen? Du weißt schon, auf welcher Insel wir hier sind …?«, hält Mado weiter dagegen.

»Ja doch, Mado. Das wird schon, vertrau mir. Ich lege seit Jahren für diesen Tag Geld zurück, Vince und ich verdienen nicht schlecht, und unsere Eltern geben bestimmt auch was dazu. Und wo man an Deko, Blumen und Co. sparen kann, weiß ich genau!«

Mado gibt sich geschlagen, sie zuckt mit den Schultern und schaut aufs Meer. »Na ja, andererseits, es stimmt schon. Wo sollte es schöner sein als hier? Und nicht zu weit von Hamburg weg. Könnte ganz passabel werden«, sagt sie zögerlich, sich vorsichtig herantastend.

»Genau!« Die Braut in spe ist jetzt nicht mehr zu bremsen, läuft hierhin und dorthin, schlägt dieses und jenes vor. Sie sieht ihn ganz genau vor sich, den glücklichsten Tag in ihrem Leben. Auch Sonja überlegt mit, und Rieke knipst in weiser Voraussicht die Vorbereitungen für ein Making-of-Fotobuch.

»Okay, jetzt beruhigt euch. Ernstgemeinte Frage: Weiß denn der Auserwählte überhaupt von seinem Glück?«, hakt Mado immer noch skeptisch in die aufsteigende Euphorie nach und rutscht auf die Kante des Strandkorbs.

»Natürlich nicht!«, antwortet Lucy. »Erstens ist es

mir gerade erst eingefallen, und zweitens … äh … ist es am schönsten, wenn ich ihn einfach damit überrasche. Er hat so viel am Bein, da kann er sich null vorstellen, sich auch noch um die perfekte Hochzeit zu kümmern. Und er ist sich ja bewusst, wie wichtig mir das ganze Drumherum ist. Dafür hat er keinen Sinn. Aber …«, sie hebt schelmisch den Zeigefinger, »… wenn wir alles vorher planen und auf die Beine stellen, während er in Ruhe weiterarbeiten kann, dann ist er bestimmt begeistert von der Idee.«

»Hmmm. Wer wäre das nicht?«, antwortet Mado. Die Ironie in ihrer Stimme ist nicht zu überhören.

»Wenn du meinst …« Rieke, die eigentlich immer für Überraschungen zu haben ist, guckt nun auch irgendwie komisch.

Im Gegensatz zu Sonja. Denn die klatscht in die Hände. »Also, ich finde es gar nicht so verkehrt! Ist gewagt und emanzipiert dazu, eigentlich sogar richtig schön, ein echter Liebesbeweis. Selbst ist die Frau! Warum muss denn immer der Mann den Antrag machen? Das ist völlig überholt. Ich würde mich darüber freuen, wenn ich Vince wäre. … Aber jetzt mal zu den praktischen Dingen: Zur Trauung brauchst du dringend etwas Altes, Geliehenes, Neues und Blaues. Ich habe noch mein Strumpfband, das kannst du haben, Liebes. Dann schlägst du gleich zwei Fliegen mit einer Klappe. Geliehen und blau.«

»Nee, drei, auch alt«, lacht Rieke.

»Spitzenidee, Sonja, im wahrsten Sinne des Wortes. Dein Strumpfband kann Lucy dann um den Kopf tragen oder doppelt ums Bein wickeln, bei ihren dünnen Stelzen«, wirft Mado ein und klappt sich resignierend ihren Sonnenhut auf den Kopf zurück.

»Das sind Einheitsgrößen!«, verteidigt sich Sonja, bückt sich und schmeißt Sand auf ihre Freundin. Mado schreit pikiert auf, aber ihr Lachen verrät, dass sie nur sauer tut. Und zack bekommt Sonja eine Ladung Nordseestrand zurück.

Rieke geht dazwischen. »Halt, stopp, ihr Verrückten! Erst müssen wir diesen Magic Moment festhalten, wenn einer unserer Träume bereits in vollem Gange ist.«

Zunächst schiebt sie die aufgeregte Lucy an die beste Stelle, sodass sie alleine auf dem Bild ist, das Meer im Rücken. Das kann ein gutes Bild werden, so wie sie glüht vor Aufregung. Und diese Fototapetenkulisse ist einfach zu traumhaft, um wahr zu sein. Ein überaus zufriedener Ausdruck überzieht Riekes Gesicht, als sie kurz auf das Display linst und nickt. Dann positioniert sie ihre Kamera auf dem Dach des Strandkorbs und alle Freundinnen Arm in Arm davor. »Zehn, neun, acht … Cheeeese – life is easy at the beeeeach!«, zählt sie rhythmisch den Countdown runter, als sie sich neben die drei quetscht und der Selbstauslöser aufblinkt.

Lucy hat das Gefühl, die erste Etappe einer Reise geschafft zu haben, voller Hoffnung, dass der Himmel von hier an strahlend blau sein wird. Mit Vince und ihren Herzensfrauen an ihrer Seite kann sicher nichts schiefgehen. Sie merkt, wie sie zittert. *Ich muss mich beruhigen*, redet sie sich gut zu, *wenn ich nicht direkt Vince anrufen will, um ihm alles zu verraten.*

»Zeit für eine Abkühlung?«, schlägt sie daher vor.

Das lässt sich Sonja nicht zweimal sagen. Lucy und sie ziehen sich zeitgleich die Kleider über den Kopf, Rieke schlüpft flott aus ihren Shorts. Da ist Mado plötzlich schon vorneweg gestürmt. Lucy überholt sie jubelnd, so viel Energie spürt sie. Mit wehendem Haar dreht sie sich um und ruft ihren Mädels zu: »Also, seid ihr dabei? Als meine Brautjungfern, oder sagen wir Brautschwestern? Wollt ihr mir bei der schönsten Traumhochzeit aller Zeiten zur Seite stehen? Bitteeee! Sagt Ja!«

»Na, wenn es sein muss, du bekloppte Romantikerin! Uns bleibt gar nichts anderes übrig. Wir können dich schließlich nicht ohne Rückendeckung ins Unglück stürzen lassen!«, brüllt Mado gegen den Wind.

»Natürlich helfen wir dir!« und »Ja, wir wollen!«, pflichten ihr Rieke und Sonja keuchend bei. Dann rennen sie an der erleichterten Lucy vorüber und stürzen sich schreiend in die Nordseewellen. Lucy, die vor Freude die Welt umarmen könnte, sprintet hinterher. Die Flut umspült erfrischend ihre Beine. So glücklich war sie schon lange nicht mehr: Alles wird gut.

#lieberguterhühnergott

Das Licht am Strand hat im Laufe des Nachmittags von Weiß- zu Gelbgold und inzwischen zu einem dichten Grau gewechselt. Das Meer hat sich zurückgezogen.

Mado liegt, die Beine angewinkelt, schräg im Strandkorb, Sonja ausgestreckt auf einer Picknickdecke davor, und Rieke schaut im Schneidersitz unermüdlich durch ihre Kamera auf die weite Nordsee, deren Gischt wild aufschäumt. Hinter ihrer Linse hat sie die Zeit vergessen, hält Augenblicke, Wolkenformationen, Muschelmuster und Wellen fest, dazu textet sie im Kopf Headlines wie *#überallistrauschen #weitbiszumhorizont #landsendandbeginning.*

Über fünfzig Bilder hat sie geschossen: vom Meer, dem Strand und der vor Freude übersprudelnden Lucy. Wie sie in die Luft springt, aus dem Wasser kommt, beim Jawort-Probesitzen im Strandkorb mit Mado anstelle von Vince. *#herecomesthebride* notiert Rieke in Gedanken dazu. Unglaublich, wie Lucy in diese Landschaft passt, auch wenn es hier außer den Heiderosen kaum Blumen gibt. Es ist, als hätte das maritime Klima samt Sand, Wind und Wellen dieses Glitzern in ihr freigepustet. Ihr erster gemeinsamer Urlaubstag auf der Insel ist das perfekte Ankommen. Während die Freundinnen in der Nachmittagssonne dösen, hören sie Lucy zu, deren spontaner Hochzeitseinfall sie augenscheinlich in den siebten Himmel katapultiert hat. Begeistert erzählt sie von Traumkleidern, Traumlocations, Traumblumenkränzen, natürlich beerenumrankt, und den rührseligsten Ehegelöbnissen und Anträgen aller Zeiten:

»Stellt euch mal vor, der Schauspieler Matthew McConaughey machte seiner Liebsten den Antrag ganz klassisch unterm Weihnachtsbaum, das ist jetzt ja noch nicht so besonders, aber den Ring hatte er in acht ineinandergesteckten Schachteln versteckt! Ist das nicht süß?«

Um zu wissen, wie die angehende Braut dabei lächelt, muss Rieke gar nicht den Blick vom Seepanorama abwenden, denn Weihnachten ist Lucys zweitliebste Festivität.

»Und Seal ließ für die Frage aller Fragen extra ein Iglu in den Rocky Mountains errichten und Heidi Klum für den Antrag einfliegen.« Erwartungsvoll schaut Lucy zu Rieke, als müsste diese als Vielgereiste den Aufwand am besten einschätzen können.

»*Ex*mann«, konstatiert Mado trocken und fügt kopfschüttelnd hinzu: »Kein Wunder, dass die beiden getrennt sind, wer kommt denn auf so was.«

»Ihr seid wirklich unromantisch. Gegen William und Kate könnt ihr aber echt nichts sagen, die beiden sind ein absolut wundervolles Paar! Passt auf: Er hat sie auf einer Reise nach Kenia gefragt, ob sie seine Frau werden will.« Lucy schaut selig in die Runde.

Mado verdreht die Augen. »Das war alles?«

»Ja! Ist doch großartig!« Lucy lässt sich nicht einschüchtern.

»Und die zwei waren, glaub ich, vorher sogar noch länger zusammen als du und der gute Vincent«, resümiert Rieke.

»Eben. Schon ewig«, meint Lucy.

»Allerdings hatte der Prinz den Ring von Lady Di im Rucksack«, schaltet sich Sonja ein. »Da könnt ihr nicht mithalten. Mark hat damals den Verlobungsring von seiner verehrten Mama in einen Kirschkuchen einbacken lassen und mich beim Kauen angestarrt wie eine Erscheinung. Beim dritten Stück habe ich mir an einem Kern fast die Zähne ausgebissen, ich glaube, den hat sie absichtlich drin gelassen. Und am Ende hat er selbst das Stück mit dem Ring gehabt, ihn freudestrahlend aus seinem Mund gefriemelt, im Wasserglas gereinigt und mir überreicht. Aber, ach«, sie winkt lachend ab, »das habe ich euch ja schon tausend Mal erzählt!« Dabei zieht sie kräftig am Oberteil ihres Badeanzugs und rückt ihren Busen zurecht.

»Ob Kenia oder Iglu, die Frage mit dem Antrag hat sich ja eh erledigt, Lucy, da du entschieden hast, die Sache in deine zarten Blumenfee-Händchen zu nehmen«, fasst Mado sachlich zusammen. Sie fächert sich mit ihrem Hochglanzmagazin Luft zu. Und lehnt sich zurück. »Zu viel Glück kann echt anstrengend sein, ich brauche eine Auszeit.«

»Nichts da!« Sonja dreht sich auf den Rücken und setzt sich mit Schwung auf. »Jetzt ist Rieke dran. Sie hat uns immerhin zurück auf die Insel gelotst. Da wir nun schon mal am Strand sind, müssen wir ihr helfen, den besten und größten Hühnergott von ganz Sylt zu finden, bevor wir uns weiter um die Kerle kümmern.« Sie zwinkert Mado und Lucy verschwörerisch zu und knufft Rieke in die Seite.

»Du hast vollkommen recht, ich erzähle seit Stunden nur von mir und Vince. Wir dürfen unser Küken nicht vergessen!«, sagt Lucy und blickt ein bisschen schuldbewusst. Barfuß läuft sie los und beginnt nach einem Stein mit Loch zu suchen.

»Los geht's!« Tatkräftig zieht Sonja die stöhnende Mado hoch, und gemeinsam gehen sie ebenfalls auf die Suche nach dem Glücksstein.

»Das hat doch Zeit …« Rieke ist es etwas unangenehm, dass sie nun so im Fokus steht. Aber sie verstaut ihren Fotoapparat im Rucksack, legt ein Handtuch drauf und eilt den anderen hinterher.

Sie kann gar nicht glauben, wie wohl sie sich mit den Mädels hier auf der Insel fühlt. Obwohl sie gar nicht oft auf Sylt war, fühlt es sich an wie Nachhausekommen.

Wie ihre Freundinnen liebt Rieke seit frühester Kindheit das Meer, und sie hat schon viele verschiedene gesehen. Früher mit ihrer Hippiemama im VW-Bus, heute auf ihren Reisen: das Mittelmeer, den Atlantik, das Schwarze und das Tote Meer. »Die Welt ist voller Meere und Menschen. Das Schwierige ist, die zu finden, die zu dir gehören, Ricky«, hat ihre Mutter mal gesagt, als sie klein war, und damals die typische Achtzigerjahre-Jungenform ihres Namens verwendet. Wie bei George von den *Fünf Freunden* und dazu ihren vergeistigten Yogiblick aufgelegt. Trotzdem hält es ihre Tochter bis heute nicht lange irgendwo aus, es gibt zu viele wundervolle Orte.

Sie schaut sich um. Der Himmel ist nun grau, und aus den weißen Wattestreifen ist eine dichte, zusammenhängende Wolkenschicht geworden. Rieke atmet tief ein und hat das Gefühl, dass sich sofort Ruhe und Zeitlosigkeit der Insel in ihrem Brustkorb ausbreiten. Verrückt, dass das Wetter an der See so schnell wechselt wie sie die Orte. Sie bückt sich nach einem großen runden Stein, als Mado sie aus ihren Gedanken reißt.

»Rieke, was hat es noch mal mit Hühnergöttern auf sich?«

Auch Sonja, die gerade mit den Füßen durchs Wasser platscht, und Lucy drehen sich interessiert zu ihr um.

Rieke hält ihren Talisman hoch, der zackige kleine Lochstein, den sie damals auf Sylt gefunden hat und der an einem Lederband um ihr Handgelenk baumelt. »Es gibt eine Legende aus dem russischen Volksglauben, die besagt, dass die Dinger dem Finder Glück bringen. Aber nur wenn ein Loch in der Mitte ist, das in Millionen von Jahren vom Meer durchgegraben wurde. Wie bei meinem Stein hier. Eine Kuhle oder Einkerbung reicht nicht.« Zur Verdeutlichung lugt Rieke durch den winzigen Anhänger. »Auf der anderen Seite kann man die Sonne sehen, wenn sie denn da ist.« Rieke setzt die Steinlinse ab und schaut in den Himmel, der keine blauen Lücken mehr erkennen lässt. »Jedenfalls haben die Russen sie wohl früher an ihre Hühnerställe gebunden. In der Hoffnung, dass sie den Fuchs und alle bösen Geister vertreiben. Und wenn es geklappt hat, dankten sie dem Hühnergott für seinen Schutz. Die meisten davon gibt es immer noch an der Ostsee, aber auch an der Nordsee kann man welche finden.« Sie zeigt nach oben. »Ui, schaut mal, da braut sich was zusammen. Wir sollten uns ranhalten, sonst legen wir uns ziemlich bald mit dem Wettergott an.«

»Stimmt! Und die Steine laufen uns ja nicht weg.«

Mado wirft einen prüfenden Blick in den Himmel und tritt den Rückweg an.

»Im Gegenteil«, ergänzt Rieke. »Nach einem Gewitter liegt morgen sicher jede Menge interessantes Strandgut herum. Vielleicht werde ich dann fündig.«

Bei den Strandkörben packen sie schnell ihre Sachen zusammen und ziehen ihre Kleider über. Mado und Lucy klappen die gestreiften Dächer der Strandkörbe nach vorne. Als Sonja die Luftmatratze dahinter festbindet, grollt bereits Donner über dem Meer, und die ersten Tropfen fallen.

»So ein Mist, wir kommen nie rechtzeitig ins Hotel«, ruft Sonja.

»Seht mal, dahinten.« Lucy zeigt auf ein Bistro oberhalb der Dünen.

Und Rieke bestätigt: »Dorthin könnten wir es schaffen, wenn wir rennen.«

»Dein Wort in Hühnergotts Ohren«, meint Mado.

Rieke nimmt sie an die Hand und will mit ihr und Sonja los. Lucy steht immer noch da. »Wir müssen herausfinden, wo man auf der Insel diese Liebesschlösser aufhängen kann, ihr wisst schon, wie in Hamburg in der Speicherstadt und an den Landungsbrücken. Das wäre doch superschön für unser …«, ruft sie. Das Wort »Hochzeitsfest« wird vom niederprasselnden Regen verschluckt.

»Jetzt komm endlich, du bekloppte Braut, du«, brüllt Rieke und winkt Lucy her. Innerhalb von Sekunden kleben Sonjas Haare auf der Haut, und Mados Kleid wird vom tosenden Wind hochgeweht. Was für ein

Pech, dass sie das jetzt nicht im Foto festhalten kann. *Doch in der Galerie meiner Erinnerungen wird es einen Ehrenplatz bekommen*, denkt Rieke und muss ungeachtet des Regens, der ihr mit einer gehörigen Portion Sand ins Gesicht peitscht, lächeln.

#mitsturmcharmeundmelone

»Ist das schön hier. Eine richtige Oase am Meer«, staunt Lucy, als sie sich durch die Glastür ins rettende Innere des Bistros gedrückt haben.

Geübt steckt sie ihre klatschnasse Mähne zusammen und blickt sich mit Profiblick um: »Das finde ich aber toll, dass sie auch an Wochentagen Heideröschen in Porzellanvasen auf den Holztischen stehen haben. *Perfekt für eine Feier.* Dahinten die Kommode wäre ideal für eine Champagnerpyramide, und wenn man die Tische in Hufeisenform an den Fenstern arrangiert, gehen bestimmt fünfzig Gäste rein. Den Aperitif gibt es dann draußen mit Blick aufs Meer – wunderbar.« Sie dreht sich um und betrachtet den Sturm über die Terrasse hinaus.

»Man könnte meinen, sie sieht nicht den Regen, sondern den traumhaftesten Sonnenuntergang aller Zeiten«, staunt Rieke.

Mado zieht die Augenbrauen hoch. »Dürfen wir uns vielleicht erst mal setzen, Liebes?«

»Sicher war das Schicksal, dass uns das Gewitter hierhergeführt hat«, fährt Lucy unbeirrt fort.

Mado brummt etwas Unverständliches und geht zu einem der wenigen freien Tische, wo sie sofort Platz nimmt. Sie wuschelt einmal kräftig durch ihre kurzen Haare und trocknet sich mit einem Strandtuch die Hände ab. Lucy folgt ihr.

Sonja lässt sich ihnen gegenüber auf einen Stuhl plumpsen und taucht unter dem Tisch ab, um kopfüber in ihrer Tasche zu wühlen. »Gnade, Lucy, du liebe Leuchtrakete. Wenn ich jetzt keine Nervennahrung zwischen die Zähne kriege, werde ich auf der Stelle zum Monster«, stöhnt sie und präsentiert triumphierend ihr Portemonnaie. »Ihr Lieben, das Essen geht auf mich.« Sie winkt Rieke herbei, die auf die Terrasse gegangen ist und ein Foto nach dem anderen von dem beeindruckenden Unwetter schießt, das den Himmel in Grau, tiefes Dunkelblau und Violett taucht. Ein paar Hardcoresurfer nutzen die Gunst der Stunde und springen wagemutig über die tosenden Wellen.

»Das war eine super Idee, hierher abzubiegen. Ins Hotel hätten wir es nie und nimmer trocken geschafft«, meint Rieke zurück am Tisch und reckt den Daumen hoch.

Sonja bestellt vier Aperol Spritz und zwei große Flaschen Wasser, dazu eine Auswahl verschiedener Gerichte für alle: Backfisch mit Bratkartoffeln und Remoulade, eine Platte friesischer Tapas mit Matjes, Krabben und Austern sowie Melone und Bio-Deichschinken. Als das Essen serviert wird, startet sie sogleich mit einem Fischhappen und verdreht genüsslich die Augen. Mado schüttelt lachend den Kopf und schneidet sich ein Stückchen Melone ab.

»Ist das lecker! Essen ist wahrhaftig die schönste Nebensache der Welt, nicht wahr?«, sagt sie mit vollem Mund, gerade als die Tür geöffnet wird und ein Windstoß mit einem Duft nach Sonnencreme und Meerwasser zu ihnen geweht wird, gefolgt von Stimmen.

»Hey Sunny. Die schönste Nebensache der Welt? Der eine sagt so, die andere so.«

»Aiden … oh, hi«, krächzt Sonja und hustet los, denn die herrliche Nebensache scheint ihr soeben im Hals stecken geblieben zu sein.

»Haut rein, Ladys.« Er zwinkert Sonja und ihren Freundinnen zu, klopft zweimal kurz auf die Tischplatte und zieht mit seiner Truppe Jungs weiter an die Bar, wo er »'ne Runde Helles für alle« ordert.

»Aiden?«, zischen Mado, Rieke und Lucy Sonja zu. Beim konspirativen Synchronfragen könnten sie glatt den ersten Preis holen. Und Rieke schickt grinsend hinterher: »Hashtag: Who the fuck is Aiden?«

»Äh, also …« Sonja schluckt. »Aiden eben.«

»Während ich nach einer heißen Flamme suche, die zumindest mal halbwegs auf die Kandidatenliste passt, hast du schon einen kennengelernt? Am ersten Tag?!«, fragt Mado, durchaus mit Bewunderung in der Stimme.

»Der sieht super aus. Find ich auch. Jetzt sag schon, wer ist das?«, will Lucy wissen.

»Heute Morgen habe ich doch einen Strandspaziergang gemacht, und da dachte ich, ich gehe mal bei der Surfschule vorbei.«

»Neee!«

Sonja nickt mit dem Kopf Richtung Bar. »Mein Surflehrer.« Dann senkt sie die Stimme, als würde sie ein Geheimnis verraten. »Heißer Typ, was?«

»Ach komm.« Mado ist baff und begutachtet den Mann von hinten.

»Wow! Der sieht aus wie ein extra gecasteter Surfer in einem Film«, findet Lucy.

»Ein Spitzenexemplar! Und Humor scheint er ebenfalls zu haben«, kommt es anerkennend von Rieke.

»Er ist Australier«, informiert Sonja. »Ich hatte schon überlegt, ob er was für Mado wäre. Ich meine, guckt ihn euch an, allein diese Muskeln, so ein Mann trägt eine Frau auf Händen. Mit Leichtigkeit.« Sie grinst.

Bei Mados Gesichtsausdruck, der in diesem Moment eher an eine Schildkröte als an eine Femme fatale erinnert, ruft Rieke: »Gebongt, ich notier ihn unten auf der Liste! Für alle Fälle.«

»Ach du meine Güte, da fällt mir was ein! Das hab ich euch ja noch gar nicht erzählt!«, entfährt es Lucy. »Der erste Platz auf der Kandidatenleiter wird frei.«

»Willst du die Nummer zwei streichen, den Yogi? Der war doch nett!« Rieke knabbert grübelnd an ihrem Stift.

»Nein, nein. Die Nummer eins ist das Problem. Dieser ...«

»Dennis?«

»Genau. Der hübsche, bärtige Blonde.« Mit ehrlichem Bedauern wendet sich Lucy zu Mado: »Er ist leider vergeben. Und zwar an seinen Tischnachbarn, und damit für die Damenwelt komplett verloren.«

»Wie bitte?« Mado macht große Augen »Bist du sicher?«

»Ich habe die beiden heute händchenhaltend am Strand gesehen.«

Mado ist völlig perplex. »Und das sagst du erst jetzt? Das gibt's doch nicht!«

»Tja, so schnell kann's gehen.« Rieke streicht pragmatisch den ersten Namen und rückt die Entdeckung von der New Yorker Tanznacht nach oben. »Gut für Mister FF, den feschen Fiete«, stellt sie fest und lacht Mado aufmunternd an.

Die überlegt kurz und zuckt dann mit den Schultern. »Wurscht. Kann man nichts machen.«

Vor lauter Hin und Her hat Lucy gar nicht gemerkt, dass die Abendsonne sich ihren Platz am Himmel und ebenso im Bistro zurückerobert hat. Die Kellnerinnen öffnen die Terrassentüren, und die abgekühlte Luft weht herein.

»Wenn das nicht der Wahnsinn ist, eigentlich beinhaltet Licht ja alle Farben, aber dieses hier ist wirklich golden.« Rieke richtet die Aufmerksamkeit der Freundinnen auf die Strahlen, die sich »irgendwie heilig« ihren Weg durch die Wolken und quer durch den Raum bahnen.

In der hinteren Ecke sieht Lucy, wie Aiden eine Münze in die Jukebox steckt. *Jetzt kommt Stimmung auf,* freut sie sich und ist gespannt auf die Musikwahl. Wenige Sekunden später ertönt »Surfin' U. S. A.«. Danach legt jemand »Kleine weiße Möwe« und Rio Reisers »Übers Meer« auf.

Spätestens bei »Seasons in the Sun« verwandelt sich das ruhige Bistro in eine Beachbar. Sonja, die schon beim Surfsong kein Backfisch mehr auf dem Stuhl halten konnte, tanzt so ausgelassen mit, dass jedes Pölsterchen an ihr wippt. Lucy sieht, wie Aiden ihrer lebensfrohen Freundin zuzwinkert.

Doch bevor sie mittanzt, will Lucy zur Musikbox. Sie muss herausfinden, ob das Ding Vince' Lieblingssong spielt. Wenn ja, dann ist es Schicksal und das Bistro die Traumhochzeitslocation.

Sie geht zu der nostalgischen Anlage und checkt die Liste, A, B, C … F. Da ist es, unglaublich, »Falling Slowly«! Schnell legt sie eine Münze ein und wählt. Schon ertönen die sanften Klänge von Glen Hansard.

Der wunderschöne Sonnenuntergang, jetzt tieforange wie ihr Aperol Spritz, tut das seine, ihr die Entscheidung leicht zu machen. Es ist perfekt hier und nicht zu teuer. Sobald das Lied zu Ende ist, wird sie sich an der Bar erkundigen, ob das Bistro für eine Feier gebucht werden kann. Leise singt sie mit und wiegt sich zu den Klängen, den Text kennt sie auswendig. Vince fühlt sich jetzt so nah an, als sei er durch die Musik bei ihr. Lucy spürt das typisch Irische darin, seine Liebe zu diesem Land, zur rauen See dort. Sie atmet tief durch. Ja, sie will, ehrlich und für immer.

Als das Lied verklingt, geht sie entschlossen zur Bar.

Jemand legt Freddy Quinn auf, »Junge, komm bald wieder«.

#oldschool

Sonja schwirrt der Kopf. Sie sitzt nun schon eine gefühlte Ewigkeit auf einem unbequemen Holzstuhl und lässt sich von Aiden den theoretischen Teil des Kitesurfens erklären. In dem Neoprenanzug fühlt sie sich wie eine Mischung aus Teletubby und Wurstpelle, und sie traut sich gar nicht, sich zu bewegen, weil sonst ihr Hintern auf dem Stuhl quietscht.

Aiden dagegen scheint im Surfanzug ganz in seinem Element zu sein und ist ein ambitionierter Lehrer. Vor ihm steht ein Flipchart, auf dem er mit Edding die Grundlagen skizziert: Wie verhält sich der Wind, wie verhält sich ein Kite im Wind, welche Windrichtungen gibt es?

»Das ist dein variables Windfenster. Do you understand? Das musst du immer im Hinterkopf haben, um deinen Kite richtig zu steuern.«

Sonja hört nur noch Wind, denkt nur noch Wind und sehnt sich nur noch nach Wind, sonst erstickt sie gleich in dieser Position. Ihr Bauch quillt unvorteilhaft hervor, und sie lehnt sich zurück, um ihn wenigstens etwas einzuziehen. Ohne Erfolg. Resigniert lässt sie die Arme hängen.

»Bevor du überhaupt auf ein Board steigst, das kennst du vom Windsurfen, musst du immer zuerst den Wetterbericht hören und auf Ebbe und Flut achten. Bei Gewitter oder zu starkem Wind solltest du niemals aufs Wasser gehen. Okay, Sunny?«

Sonja nickt erschöpft. Als Nordseekind weiß sie Bescheid über Gezeiten, Watt und Wetterkapriolen, aber sie ist schon zu geschafft, um das zu erwähnen. Wann darf sie endlich aufs Wasser? Wenn sie nur an das Wort denkt, kriegt sie einen Riesendurst. Zugegeben, die erste Theoriestunde mit leichtem Kater ist auch suboptimal. Der vierte Aperol gestern Abend hätte wirklich nicht sein müssen.

»Sunny? Alles gut?«, fragt Aiden besorgt.

Sonja lässt sich nichts anmerken, nickt brav ein zweites Mal und nimmt einen Schluck aus ihrer Wasserflasche.

»Über die Windrichtung Bescheid zu wissen macht sicheres Kiten aus«, fährt er mit seinem süßen Akzent unbeirrt fort. »Je stärker der Wind, desto stärker die auf den Kite wirkenden Kräfte. Man darf sein eigenes Können nicht überschätzen. Well, zum Kiten eignet sich am besten konstanter Wind parallel zum Ufer, wir nennen das *Sideshore*. Natürlich hat der Kite eine sehr starke Zugkraft, er wird über das Hüfttrapez und deinen Körper gehalten. Und das Lenken des Kites funktioniert über die ›Bar‹, das Teil, das du in der Hand hältst. All right?«

»Hmmm ...« Am besten tut sie so, als hätte sie alles verstanden, zur Not schaut sie sich heute Abend Erklärvideos im Internet an.

Jetzt hält er eine Tafel hoch, auf der die Ausrüstung abgebildet ist. »Kitesurfen ist aus dem Kitesailing entstanden. Du stehst auf einem Board, das aussieht wie ein kleines Surfbrett oder Wakeboard, und wirst von einem Lenkdrachen, also Kite, gezogen. Die Wellen und den Zug des Kites kannst du für Sprünge oder andere Tricks nutzen. Aber wir fangen bei dir mal oldschool an.«

»Oldschool?« Sonja spielt beleidigt und scherzt: »Na, so alt bin ich nun auch wieder nicht!«

»No, no, nicht was du meinst!«, sagt Aiden lachend. »Oldschool bedeutet beim Kiten das Fahren und Springen in der Art der *alten Schule*, bei dem du mit beiden Füßen eingehakt bist. New school ist das Kiten mit Tricks aus dem Wakeboarden.«

»Ja richtig.« Sonja muss dringend die Fachausdrücke lernen.

»So. Jetzt zur Grundausrüstung. Ich zeige dir auf dem Bild, was wir brauchen. Danach gehen wir raus, und du lernst es in echt kennen. Bist du bereit?« Ohne eine Antwort abzuwarten, legt er los. »Es gibt verschiedene Arten von Boards. Hier, schau …«

Er präsentiert ihr die einzelnen Teile der Ausrüstung, und Sonja starrt auf das Bild, versucht sich krampfhaft zu konzentrieren. Vor dem Urlaub hat sie sich irgendwie ausgemalt, in der ersten Stunde ginge es direkt aufs Meer, und weil sie Surferfahrung hat, dachte sie eigentlich, viel Theorie bräuchte sie nicht. Komisch auch, dass ihr jemand etwas erklärt, sonst ist sie die Lehrerin.

Aiden stellt Tafel und Flipchart zur Seite und fährt

167

sich durch die Haare. »Im Gegensatz zum Windsurfen ist Kiten die pure Leichtigkeit. Du wirst sehen, Sunny. Auch das Equipment ist leichter, und du bist auf dem Board viel flexibler.«

Mit der Aufforderung, ihm zu folgen, geht er zur Tür. Sonja ist erleichtert, endlich von dem schrecklichen Holzstuhl aufstehen zu können. Ihr ist mittlerweile der Po eingeschlafen. Jetzt fühlt sie sich in der Tat mehr als oldschool. Na spitze.

»Come on, wir machen jetzt gemeinsam den Kite startklar, legen die Leinen zurecht und pumpen ihn auf. Und zum Abschluss gibt es noch ein paar Lockerungs- und Trockenübungen für die Fitness.«

Voller Elan beginnt er, den Kite samt Leinen richtig auszulegen. Sonja gähnt, und ihr knurrt der Magen. Fitness. Du liebe Güte. Am besten stellt sie ganz viele Fragen zur Theorie, dann bleibt für die Übungen hoffentlich keine Zeit mehr.

Eine Stunde später schleppt sich Sonja schwerfällig an den Strand zurück, während Aiden bereits fröhlich pfeifend Material sortiert und die Kites für die nächste Gruppe richtet. Sie spürt jeden einzelnen Muskel in ihrem Körper, dabei war das nur der Anfang und die Übungen eigentlich nicht so schwer.

Sie bleibt etwas unschlüssig vor der Surfschule stehen. Jetzt erst mal raus aus diesem schwarzen Ganzkörperkondom. Und dann …? Mittlerweile knurrt ihr Magen richtig laut. Verschämt sieht sie zu Aiden, aber er scheint zum Glück nichts gehört zu haben.

Ihre Oberschenkel zittern und fühlen sich mit jeder Bewegung steifer an. Sie hat gar keine Lust, den langen Weg an der Promenade bis zum Hotel zurückzugehen. Ihr Blick fällt auf das einladende *Sunset Beach Café*. Bevor sie ins Hotel zurückgeht, wird sie sich lieber an diesem wunderschönen Fleckchen Erde stärken. Kein Stress, chill down, wie ihre Große immer sagt. Heute ist schließlich erst Montag, und ihre Diät kann sie auch morgen starten. Außerdem hat sie schon richtig was geleistet.

Beschwingt und wieder im luftigen Sommerkleid setzt sich Sonja kurze Zeit später an einen der Außentische und lässt sich einen Pharisäer mit Friesentorte und einen großen Kiba bringen.

Wie schön! Sie beobachtet die Spaziergänger am Strand und die Surfer auf dem weiten, offenen Meer und genießt die Ruhe, als es aus ihrer Tasche klingelt. Sie sieht das steiflächelnde Chefarztgesicht ihres Ehemanns auf dem Display. Es wird doch nichts passiert sein?

»Mark? Hallo? Alles okay bei euch?«

»Wo steckst du denn? Elfmal hab ich es schon bei dir versucht!« Er klingt wütend.

»Äh … Mark, mein Handy war auf lautlos. Ich hatte meine erste Surfstunde, falls du dich erinnerst«, antwortet sie nun ebenfalls etwas ungehalten.

»Wo sind die Eierbecher?«

»Wie bitte?«, fragt sie verdutzt. Das darf doch wohl nicht wahr sein.

»Wo die Eierbecher sind! Wir haben schon die ganze

Küche auf den Kopf gestellt, überall gesucht! Da koche ich einmal, *einmal* in meinem Leben für die Kinder Eier zum Frühstück und …«

»Frühstück? Um diese Zeit? Es ist später Nachmittag!«, geht Sonja dazwischen. »Das ist nicht dein Ernst! Deshalb rufst du mich an? Gestern ging es um die Seekuh, heute um Eierbecher?«

»Da siehst du mal, wie lange ich schon nach den Dingern suche, Stunden nämlich«, betont er trotzig wie ein Kleinkind. »Sonni, wo sind sie denn jetzt? Es ist ein Notfall!«

»Ich glaub, du spinnst! Nimm Schnapsgläser oder leere Klopapierrollen! Ist mir piepegal. Denn ich mache hier Urlaub. Muss ich dir das buchstabieren? Ich bin nicht immer und wegen jedem Kinkerlitzchen für dich verfügbar!«

Sie merkt, wie sie ärgerlich wird und der Impuls in ihr hochkommt, das Handy kurzerhand ins Watt zu donnern. Beim Blick der Leute an den Nachbartischen zügelt sie jedoch ihren Zorn und atmet tief ein.

»Ich will zu Mamaaa!«, hört sie Mina im Hintergrund weinen, und Edwin brüllt: »Wo sind denn jetzt die Becher? Ich will mein Ei essen! Papa, das ist immer noch zu heiß!«

»Klappe! Haltet alle den Mund, ich versteh ja mein eigenes Wort nicht mehr!«, weist Mark seine Nachkommenschaft zurecht.

Sonja kann ihn sich vorstellen, gestresst und mit hochroter Birne. Der Mann, der in aller Seelenruhe die kompliziertesten Operationen durchführen kann, dreht zu Hause schon durch, wenn er den Wasserkocher aufsetzen muss. Oder eben die Eierbecher nicht findet.

»Mensch Meier, lasst doch eure arme Mama in Ruhe! Sie macht Ferien, Mark, hörst du? Leg auf!«, erkennt Sonja die Stimme ihrer resoluten Mutter Marlis. War ja klar, dass Mark ihre Hilfe direkt in den ersten Tagen in Anspruch nimmt. Bestimmt hat er sie mit einem Jahresabo Klatschromane oder ihrem geliebten Pfirsichlikör überredet.

»Siehst du? Es ist schrecklich ohne dich, Sonni«, jammert Mark.

Sonja nimmt einen Riesenschluck von ihrem Pharisäer. Rum und Sahne, genau das Richtige jetzt.

»So ein Quatsch! Hör nicht auf ihn, Liebchen«, ertönt wieder ihre Mutter aus dem Off. »Hier ist alles bestens!«

Sonja stellt die Tasse ab. Das ergibt so keinen Sinn. »Mark, nimm die Schnapsgläser.« Sie müsse zum Workout, sofort!, er solle den Kindern einen Kuss geben. Dann legt sie auf. Puh.

Sie trinkt den restlichen Kiba in einem Zug aus. Das geschieht Mark recht. Was sie jeden Tag immer alles alleine organisieren muss, während er im Krankenhaus untertaucht, davon hat er ja keine Ahnung! Aber egal, sie will sich nicht von ihm den Tag verderben lassen. Sie nimmt eine Gabel voll Friesentorte. Hmmm, köstlich! Als sie spürt, dass ihr Sahne am Mund hängen geblieben ist, kommt Aiden am Café vorbei, gefolgt von einem Tross Surfschüler. Sonja erstarrt. Mist.

»Hey Sunny, wie ich sehe, hast du die Diät gestartet.«

Er grinst und zeigt zu ihrem Teller. Die anderen Surfschüler können sich das Lachen nicht verkneifen.

Sonja wird knallrot. »Äh ... ja, weißt du, Aiden, ich hatte einen akuten Zucker... also ... Unterzucker. Die Sache ist die ... Man muss sich erst mal einen Kalorienüberschuss zuführen, bevor ...«, fantasiert sie zusammen. Mehr fällt ihr jedoch auf die Schnelle nicht ein. Immerhin versucht sie, selbstbewusst zu lächeln, da sich der Boden unter ihren Füßen leider partout nicht auftun will.

Aiden lächelt sie an. »Hey, no problem! Genieß das Leben! Du hast da etwas Sahne.« Er tritt zu ihr und streicht ihr mit dem Zeigefinger sanft die Sahne von den Lippen. Mit einem frechen Blick aus seinen karibikblauen Augen leckt er sich die Sahne vom Finger und raunt ihr zu: »Bevor es ein anderer tut ... See you tomorrow!« Dann geht er mit seinem Board und den Surfschülern weiter Richtung Meer.

O Gott. Hat er das wirklich getan? Sonja sitzt völlig perplex da. Benommen sieht sie ihm nach. *Das* ist ihr wirklich noch nie passiert.

#leuchtturmoderkirchenschiff

»Steht die Kirche nicht außerhalb?« Lucy hat ihr Autofenster runtergekurbelt und blickt fragend zu Rieke, die sie an reetgedeckten Häusern und Bruchsteinmauern mit Stockrosen vorbeikutschiert.

»Ich wollte nur etwas durch Keitum fahren, immerhin gilt es als das malerischste Dorf auf Sylt.«

Lucy nickt verständnisvoll, das Kapitänsdorf mit seinen historischen Friesenhäusern, die schon so manchem Sturm getrotzt haben, ist wirklich zauberhaft. Ein bisschen kommt es ihr vor, als sei hier alles nicht nur beschaulicher und ruhiger, sondern als gingen die Uhren tatsächlich langsamer als in Hamburg.

»Als sei hier die Zeit stehen geblieben«, spricht Rieke aus, was Lucy denkt. »Und warte nur, bis du St. Severin siehst. Dann trauerst du dem Leuchtturm bestimmt nicht nach.«

Lucy kribbelt es schon im Bauch bei dem Gedanken, dass die alte Kirche der Ort sein könnte, wo sie und Vince sich das Jawort geben werden. Rieke, die sich bereit erklärt hat, mit ihr die Insel in Sachen Hochzeitsrecherche zu erkunden, während Sonja kitesurft und Mado die Hotelsauna testet, streicht ihr aufmunternd über den Arm. Vorhin sind sie zum Hörnumer Leuchtturm gefahren, um zu erfahren, dass in dessen Trauzimmer bloß eine Handvoll Leute passt. Damit scheidet er trotz des grandiosen Meerblicks als Location aus, denn Lucy möchte alle ihre Herzensmenschen, Familie und Freunde dabeihaben.

»Wir müssten gleich da sein.« Rieke lenkt das Auto über die Munkmarscher Chaussee zum Ortsteil Klentertal. »Die Kirche wurde im zwölften Jahrhundert erbaut und ist von allen Sturmfluten verschont geblieben.

Ist das nicht verrückt? Und ganz früher diente der Kirchturm zur Orientierung, also quasi auch eine Art Leuchtturm.«

Lucy liebt es, wenn Rieke von Orten und ihrer Geschichte erzählt. Ihre große Stärke neben dem Fotografieren.

»Rieke, da vorne ist die Kirche!« Aufgeregt klopft Lucy aufs Armaturenbrett, als das romanische Bauwerk mit seinen schlichten, weiß getünchten Mauern und dem Backsteinturm in Sicht kommt.

»Ja doch, Luzia, cool bleiben. Alles im Griff.« Rieke biegt ein und parkt, bis zum Eingang sind es bloß ein paar Schritte.

»Mensch ist das schön hier, findest du nicht auch?«, fragt Lucy, ohne eine bestätigende Antwort abzuwarten. Sofort fühlt sie sich hier willkommen.

»Wusstest du, dass dies schon ein Kultplatz war, bevor die Kirche gebaut wurde? Schon bei den Germanen. Es gibt auch ganz alte Gräber hier.«

Lucy atmet tief durch und schaut sich um. »Wirklich besonders.« Vince würde diese kleine Erhebung auf dem Geestkern auch gefallen. »Es gibt solche Flecken auf der Erde, wo sich irgendwie Zeit und Raum verbinden. Die Antworten auf Fragen geben. Und dieser hat so was von Ewigkeit. Weißt du, was ich meine?«

Sie wird ein bisschen rot, eigentlich ist Rieke sonst für solche Statements gut. Sie freut sich so und will sich unterhaken. In diesem Augenblick geben die Wolken den Weg für die Sonne frei, ein Windstoß lässt Lucys Kleid flattern. Blitzschnell zückt Rieke ihre Kamera und drückt ab. Lucy muss lachen, langsam, aber sicher fühlt sie sich wie ein Model.

»Vor dieser Kulisse in deinem weißen Lochmusterkleid siehst du jetzt schon aus wie eine glückliche Braut.«

Lucy verfolgt, wie Rieke das Datum in ihr Notizbuch schreibt und den Kommentar *#brautseinbeginntimherzen*. »Du wieder«, sagt sie liebevoll, »schreib noch: *#freundinnenfürsleben*. Komm, lass uns reingehen.«

Das Innere der Kirche erstrahlt im Licht der Nachmittagssonne, die durch die Fenster fällt. Lucy ist nicht strenggläubig, dennoch fühlt sie sich in Kirchen immer auf eine ganz besondere Weise geborgen. Wie friedlich es hier ist. Eine jahrhundertealte Ruhe erfasst sie. Das würde Vince gefallen. Er braucht gar nicht so viel Trubel.

Kurz dreht sie sich zu Rieke um, die im Eingangsbereich angehalten hat und in die Höhe schaut. Obwohl sie ihren Blick nicht sehen kann, weiß sie, dass auch sie diesen Ort magisch findet. Lucy schreitet durch den Mittelgang, darauf bedacht, keine lauten Geräusche auf dem Steinboden zu machen. Rieke folgt ihr auf leisen Sohlen. Dann setzen sie sich weit vorne in eine Bank und lauschen der Stille.

Lucy kann sich den Ablauf genau vorstellen, sieht sich am Arm ihres Stiefvaters hereinschreiten, während Vince am Altar wartet. Jemand trägt einen Text von Vince' Lieblingsschriftsteller Dylan Thomas vor oder spielt ein Lied von Anna Depenbusch, die mögen sie beide. Sie will nicht aufhören, diesen einen Tag innerlich durchzuspielen. Erst als die Orgel ertönt und sie Riekes Hand auf ihrer spürt, ist Lucy wieder im Hier und Jetzt.

»Ist das nicht cool, dass der Organist gerade übt? Was für eine beeindruckende Akustik. Ich habe gelesen, mittwochs sind hier immer Konzerte, sehr beliebt bei Einheimischen und Touris«, flüstert Rieke angetan und schaut zur Empore.

Lucy kann nur nicken, so gerührt und glücklich ist sie. Bevor sie gleich losheult, tippt sie die Freundin am Rucksack an: »Komm, lass uns gehen.«

Als die Kirchentür hinter ihnen zufällt, sagt Rieke: »In so einem altehrwürdigen Bauwerk traut man sich gar nicht, lauter zu reden, ich wollte noch sagen: Hast du die Sternzeichen an der Decke gesehen, und die Kronleuchter, die haben Walfänger aus den Niederlanden mitgebracht, mega Geschichte, finde ich. Auf zweien sitzt Thor, der Gott des Donners, der musste ihnen auf hoher See gewogen sein. Und dann die Türklinken in Fischform, großartig.«

»Du redest wie eine Sylter Reiseführerin, die ihre Heimat anpreist. Ich habe ja schon angebissen. Komm, wir müssen die Pfarrerin finden. Die Kirche ist es! Ich hoffe sehr, es gibt noch freie Termine. Lass uns sofort fragen!«

»Wann willst du den guten Vince eigentlich darüber informieren, was du planst?«, fragt Rieke für ihre Verhältnisse vorsichtig.

»Das hat Zeit. Erst will ich die wichtigsten Sachen

stehen haben. Zum Feiern ist das Strandbistro perfekt.« Lucy ist zuversichtlich. »Wenn die Kirche und das Lokal am gleichen Termin frei sind, können wir uns um die Details kümmern: Kleid, Ringe, Essen und natürlich Blumen. Und Übernachtungsmöglichkeiten für alle Gäste. Am besten fragen wir diesen Lindström, ob das in der *Frischen Brise* möglich ist. Vince hat so viel zu tun, du weißt doch. Ich will ihm dieses ganze Zeug einfach vom Hals halten. Er hasst Orgakram. Eins nach dem anderen.«

»Aber bitte nicht alles heute!« Rieke stöhnt auf.

»Das Gemeindebüro muss unten im Dorf sein, lass uns fahren.« Entschlossen will Lucy zum Auto spurten. Doch Rieke hält sie auf.

»Versuchen wir es später oder in den nächsten Tagen. Ich brauche jetzt erst ein bisschen Bewegung und frische Luft. Der Tag ist so schön. Lass uns durch die Heide nach Kampen spazieren, ja?«, schlägt Rieke vor. »Ich hab schon richtig Hunger vor lauter Liebe und Lust auf ein Stück Kuchen in der *Kupferkanne.* Falls später noch jemand da ist, wenn wir unser Auto abholen, fragen wir nach. Abgemacht?«

»Einverstanden.« Gegen eine Pause ist gar nichts einzuwenden, also hakt sich Lucy bei Rieke unter. Bestimmt will sie auch noch nach ihrem Hühnergott suchen.

Die Entscheidung für diese Traukirche ist bei ihr ohnehin gefallen. Und so wie sich seit der Wünschenacht im Garten alles für Lucy entwickelt, klappt es bestimmt mit einem Termin. Da ist sie sicher.

»›Lust auf einen Gin Tonic an der Hotelbar, heute Abend 21 Uhr? Zwinkersmiley‹«, liest Rieke laut vor. Mado rutscht nervös auf ihrem Stuhl herum und schaut wie ein aufgescheuchtes Reh immer wieder zum Tisch, wo Fiete Kampmann, der es auf der Kandidatenliste auf Platz eins geschafft hat, gerade seine Brille putzt. Er ahnt augenscheinlich noch nichts von seinem Glück.

»Was meint ihr, reicht das?«, fragt Mado unsicher in die Runde.

Sonja sitzt ihr gegenüber und kaut als Letzte an ihrem Brötchen. Sie scheint nachzudenken. Daneben nippt Lucy, die nach obligatorischem Obstsalat und Jogurt immer am schnellsten mit dem Frühstück fertig ist, an ihrem Earl Grey und überlegt: »Vielleicht könntest du noch dazuschreiben ›Lust auf einen Gin Tonic mit einer *aufregenden Frau* an der Hotelbar?‹.«

Rieke schüttelt entschieden den Kopf. »Nee, auf gar keinen Fall, das wäre zu viel des Guten.«

»Gib mal her!« Sonja reißt Rieke den Zettel aus der Hand und begutachtet die Worte. »Was haltet ihr davon, am Ende zu schreiben: ›Ich würde mich sehr freuen‹ oder ›Ich werde da sein‹?« Sie legt den Zettel auf den Tisch und schnappt sich eine Weintraube von Lucys Teller, die diese übrig gelassen hat.

»Hm.« Mado ist fix und fertig und weiß überhaupt nichts mehr. Über ihrer Oberlippe bilden sich Schweißtropfen.

Rieke nimmt den Zettel und faltet ihn zusammen. »Mädels, vertraut mir. So reicht das vollkommen, kurz, knackig und sehr cool. Mado sucht ja nicht den Kerl fürs Leben.« Sie blickt nach Bestätigung suchend in die Runde. Zumindest zwei der Freundinnen nicken. »Das wünscht sich doch jeder Mann, eine Aktion wie diese«, fährt Rieke fort. »Wenn er darauf nicht anspringt, weiß ich auch nicht.«

»Dann steht er eben auf lange blonde Haare und Vollweib«, meint Mado lakonisch und vorab resignierend.

»Papperlapapp! Ihr habt euch doch am Samstagabend so angeregt unterhalten. Das wird schon.« Sonja ist da sehr optimistisch.

Rieke schnappt sich den Zettel, faltet ihn ordentlich und drückt ihn Mado in die Hand. »So, Liebes. Du ziehst das jetzt durch. Denk dran, du bist eine erfolgreiche Anwältin und eine stolze Frau mit italienischen Wurzeln, dazu bildhübsch, wahnsinnig klug und witzig. Du hast nichts zu verlieren, Mado, nur zu gewinnen! Und: Dein Traum ist ein heißer One-Night-Stand. Du bist nicht verliebt und willst den Typen nicht heiraten. Also entspann dich! Es kann gar nix groß schiefgehen. Ob er auftaucht oder nicht, siehst du heute Abend. No risk, no fun.« Mit diesen Worten gibt sie ihr einen lauten Schmatzer auf die Wange. Die beiden anderen müssen lachen.

»Wo unser weltgewandtes Küken recht hat. Mado, du schaffst das! Wir sind doch dabei und weichen dir nicht von der Seite.« Sonja legt jetzt beruhigend die Hand auf Mados Arm.

Lucy nickt. »Der Fiete ist eine Netter, das merkt man. Er wird kommen. Alles wie besprochen. Wir stehen zusammen auf und gehen Richtung Ausgang, dabei passieren wir möglichst nah den Tisch der Yogigruppe. Du gehst am Ende von uns und lässt den Zettel im Vorbeigehen vor ihn auf den Tisch fallen …«

»… und lächelst ihm zu«, ergänzt Rieke.

»Und wenn er ihn gar nicht sieht oder denkt, das Ding gehört zur Speisekarte?« Mado ist nervös und muss im Geiste sämtliche Möglichkeiten abwägen.

»Was soll denn da draufstehen: Hot Chicken, oder was?«, neckt sie Sonja.

»Du musst eben dafür sorgen, dass er ihn bemerkt«, meint Rieke.

Sonja zieht Lucy hoch. »Auf geht's, Syltschwestern, wir halten zusammen. Hoch und heilig!«, ruft sie leidenschaftlich.

»Heiß und innig!«, ergänzen sie prompt ihren Schlachtruf seit Kindertagen, der durch Mados Traum eine ganz neue Komponente bekommt. Sonja geht voran, Lucy im Schlepptau, dicht gefolgt von Rieke, die sich ab und zu umdreht, damit die aufgeregte Mado nicht die Fliege macht.

Hoffentlich ist der Zettel nicht völlig zerknittert, aufgeweicht und unleserlich vor lauter Schweiß, bis ich ihn abwerfe, denkt Mado nervös.

Im Gänsemarsch nähern sie sich dem Yogitisch, wo Fiete Kampmann sich angeregt mit seinem rothaarigen Neandertaler-Tischnachbarn unterhält. Noch drei, zwei, einen Meter …

Als Mado vor ihnen stehen bleibt, blicken beide Männer überrascht hoch. Sie atmet tief durch. Dann lächelt sie. *Go!* Sie drückt den Zettel noch einmal fest zusammen und lässt ihn dann mit einem Zwinkern auf den Tisch fallen.

#pushimpark

»Sind Sie Fotografin?«

Rieke schreckt hoch. Die Frage der jungen Frau mit blondem Pferdeschwanz, die in Trainingsklamotten vor ihr steht, holt sie aus ihren Gedanken. Seit einer Stunde sitzt sie unter den alten Weiden im Hotelpark, vor sich ihren Laptop, und betrachtet ihre Fotos vom Meer. Schon über zweihundert Aufnahmen hat sie seit ihrer Ankunft gemacht.

»Oder Künstlerin?«

Rieke kommt aus dem Schneidersitz hoch. Einen Moment überlegt sie, was sie antworten soll. Währenddessen beugt sich die Blonde neugierig über den Laptop. Ihr Blick ruht auf einem Bild mit unendlichem Himmel, das Rieke koloriert und auf dem sie *#windsuchtweite* eingefügt hat.

»Klar sind Sie das! Fotografin. Blöde Frage! Die Bilder sind fantastisch«, sagt die Frau.

Rieke errötet ein bisschen. Erstens wegen des unerwarteten Kompliments, denn ihre Online-Follower

181

treten nie als echte Menschen in Joggingkluft auf. Und zweitens ist es ihr unangenehm, dass sie die Sache nicht direkt klargestellt hat. Natürlich fotografiert sie gerne und sicher auch nicht schlecht. Aber eine Fotografin? Oder gar Künstlerin? Wohl eher nicht …

»Ich mache gerne Fotos, und ich habe einen Reiseblog, allerdings nicht als Job, nur so nebenher«, erklärt sie der Fragenden, die den Kopf schüttelt.

»Dat glöv maal nich«, erwidert sie ungläubig mit plattdeutschem Einschlag. »Wenn diese Fotos nicht ganz großes Kino sind, dann weiß ich auch nicht. Haben Sie noch mehr davon?«

»Lieber ›Du‹. Ich bin Rieke.« Rieke streckt die Hand hin.

»Hanna«, nimmt diese freundlich an, dann setzt sie sich auf Riekes Decke vor das Notebook. So als habe diese sie soeben per Handschlag zu einer digitalen Privatausstellung eingeladen. Rieke setzt sich daneben und fängt erst zögerlich, dann immer selbstsicherer an, die Serie, die sie gerade bearbeitet hat, durchzuklicken. Hanna ist sichtlich angetan und wendet, als Rieke bei den Gewitterbildern ankommt, sprachlos die Augen von ihr zu den Ansichten von Strand, Himmel, Meer und zurück.

»Die sind ja der Hammer. Hast du schon welche davon ausgestellt?«

»Ich? Also, nein …«

»Du musst sie drucken lassen. Stell dir die doch mal im Großformat vor, in diesen unfassbaren Grau- und Blautönen, mit deinen Kolorierungen. Und diese coolen Hashtags, die sind der Clou. Das ist deine ganz eigene Handschrift. Modern und originell, weißt du?«

Natürlich weiß Rieke das, genauso sieht sie ihre Bilder, und diese Genremischung aus klassischer Fotografie, Aquarell und Typografie probiert sie seit einiger Zeit aus und hat einen Riesenspaß dabei. Nur wieso hat Hanna Ahnung davon?

»Du fragst dich bestimmt, warum ich mich damit auskenne«, sagt diese auch direkt. »Ich arbeite teils als Fitnesstrainerin für die *Frische Brise,* teils in einem alteingesessenen Fotoladen in Westerland. Und einen derart spannenden Mix habe ich lange nicht gesehen.« Sie lacht Rieke ermutigend an. In ihrem Kopf beginnt es zu arbeiten, sie spürt, wie die Wangen glühen.

»Meinst du, ich könnte meine Fotos bei euch im Großformat entwickeln lassen? Macht ihr auch Panoramas und Quadrate? Ich habe da Motive, für die wäre das perfekt«, fragt sie interessiert.

»Na klar, Fotopapier, Leinwand, gerahmt, was du möchtest. Die halbe Insel kommt mit ihren Fotos zu uns, wenn sie was Besonderes und Spitzenqualität brauchen.«

»Das klingt gut. Ich hab mir schon öfter überlegt, ob ich das machen sollte … und wenn sie keiner will«, denkt Rieke laut, »kann ich sie ja meinen Freundinnen schenken, also vier bräuchte ich dann schon mal. Aber ist das denn in zehn Tagen zu schaffen, bevor wir nach Hause fahren? Ich könnte sie meinen Mädels am Ende des Urlaubs als Erinnerung überreichen.«

»Kein Thema«, meint Hanna.

Rieke überlegt weiter und klickt dabei ihre Fotoshow durch. Als sie die Bilder von ihrem ersten Strandbesuch sieht, mit der vor Glück überschäumenden Lucy, hat sie plötzlich noch eine Idee. Sie könnte eine Serie davon entwerfen und sie Lucy und Vince zur Hochzeit schenken. Also genau die Fotos von dem Tag, als die Braut die zündende Idee hatte, ihren Traum selbst in die Hand zu nehmen. Rieke klickt weiter. Die Fotos am Strand sind sensationell, das muss sie zugeben. Auch die mit ihren Freundinnen.

»Hanna, dich schickt der Himmel, der Hühnergott oder wer auch immer«, sagt sie strahlend. »Wann kann ich zu dir in den Laden kommen? Und wo ist der genau?«

»Mitten in Westerland, in einer Seitenstraße der Friedrichstraße, unserer Fußgängerzone. Hier.« Sie reicht Rieke ihre Visitenkarte. »Wenn du magst, komm direkt heute gegen Mittag vorbei.«

»Gern! Danke, Hanna. Ich freu mich«, ruft Rieke.

Sie ist so begeistert von der Aussicht, bald ihre Inselbilder in Händen zu halten, dass sie es kaum erwarten kann. Das wird ein Freundinnen-Foto-Fest! Was für ein Glück, dass Hanna sie angesprochen hat, sogar ohne Hühnergott.

»Wir sehen uns«, verabschiedet sich Hanna und spurtet los.

»Bis später.« Aufgeregt winkt Rieke ihr hinterher.

»In neunzig Prozent aller Fälle ist das erste Kleid das richtige, glauben Sie mir«, sagt die Verkäuferin des Sylter Brautladens bereits zum dritten Mal. Sie wirft Mado, Rieke und Sonja einen kühlen Blick zu und wendet sich in ihrem adretten sandfarbenen Kostüm ab, um weitere Kleider zu bringen.

Mado verdreht die Augen. »Das trifft auf Männer definitiv *nicht* zu.« Rieke lacht, und Sonja schielt nach der strengen Verkäuferin, nimmt die Sektflasche vom Beistelltisch und schenkt Mado, Rieke und sich heimlich nach. In den Gläsern schwimmen nun wieder winzige Goldpartikelchen vom Luxusperlwein. Seit anderthalb Stunden sitzen sie schon in den weißen Ledersesseln und sehen zu, wie Lucy ein Kleid nach dem anderen anprobiert. Gerade ist sie wieder mit der zweiten Verkäuferin des Geschäfts verschwunden, um in das zwanzigste Kleid zu schlüpfen.

»Lucy, hey Lichtkönigin, auf dich!«, prostet Sonja Richtung Umkleide.

Die Verkäuferin schiebt den dicken Samtvorhang zur Seite, und Lucy kommt mit Tippelschritten in den Raum, eingehüllt in ein hautenges silbernes Kleid im Meerjungfrauenstil. Sie lächelt gequält und kann sich kaum bewegen, geschweige denn atmen, während ihr die beiden Verkäuferinnen feierlich auf ein Podest helfen und sie verzückt betrachten.

Lucys Mundwinkel bewegen sich verdächtig, und

auch Sonja und Mado müssen sich das Lachen verkneifen.

Rieke lässt die Kamera hängen, begutachtet Lucy skeptisch von oben bis unten und beginnt: »Ich finde, also, du siehst aus wie …«

»… ein Fisch«, konstatiert die kleine Meerjungfrau in Silber selbst und macht Wellenbewegungen mit den Armen.

»Wassernixe oder Forelle gehen auch«, sagt Sonja belustigt. Sie tritt näher ran, um prüfend über den glitzernden Stoff des Kleids zu fahren. »Sind das Schuppen?«, fragt sie die ältere Verkäuferin ungläubig.

Rieke hält die Luft an und linst zu Mado.

Die Antiromantikerin trinkt ihr Glas in einem Zug leer. »Passt doch, Fisch«, meint sie dann trocken, »zumindest wenn es dabei bleibt, dass ihr beiden Hübschen hier auf der Insel den Bund der Ehe eingehen wollt. Nicht Butter bei die Fische, sondern Fische bei die Fische, quasi.«

Rieke verschluckt sich an ihrem Glitzerschampus, jetzt muss sie doch lachen, und auch Lucy muss schwer an sich halten.

Sonja knufft ihre Freundin glucksend in die Seite. »Dieser Schlauch trägt sogar bei unserer Süßen in Größe 34 auf. Da kaschiert ja mein Surfanzug mehr.« Dabei klopft sie auf ihre Hüften. »Es bleibt dabei: Das erste Kleid war das schönste.«

Alle nicken, die arrogante Verkäuferin ebenso wie ihre Kollegin.

Rieke nimmt schnell ihre Kamera und scrollt zurück

zum Foto von Kleid Nummer eins, ein weißes, tief dekolletiertes Vintage-Spitzenkleid mit Trompetenärmeln. Das Foto ist der Beweis: In keinem der anprobierten Hochzeitskleider hat Lucy so gestrahlt wie in diesem.

»Na kommt, wenn wir schon mal hier sind«, protestiert die Braut in spe jedoch, rafft selbstbewusst das Kleid etwas hoch und hoppelt vom Podest. »Nur noch das eine Fit-and-Flare-Kleid und vielleicht auch noch das Ballerinakleid oder das schlichte mit dem tiefen Rücken und Tattoospitze, nur um sicherzugehen. Und dann vielleicht noch mal das erste, okay?«

»Bist du jetzt auf den Geschmack gekommen, Liebes?«, fragt Mado und schüttelt den Kopf. »Neues Hobby? Denk daran, das ist nur *ein* Tag im Eheleben, an den anderen muss Frau auch noch was anziehen.«

Lucy dreht sich lachend, ohne Anzeichen von Müdigkeit zu ihnen um. »Hobby? Tja, warum nicht?«, fragt sie bestens gelaunt.

Hinter ihr schauen sich die beiden Mitarbeiterinnen erschöpft an.

Die Freundinnen sinken resigniert zurück in die Sessel. Während Sonja ein paar belgische Pralinen von dem Glastisch vor ihnen nascht – »Nervennahrung« –, schaut Rieke sehnsüchtig durch eines der großen Schaufenster zur Westerländer Promenade. Es ist schon fast Abend. Wie gerne wäre sie jetzt am Strand, allein an der frischen Nordseeluft, und könnte die warme Lichtstimmung mit ihrer Kamera einfangen. Sie streckt ihre Beine, die in ausgefransten Jeansshorts stecken, aus.

Mado schüttelt immer wieder ungläubig den Kopf über Lucys Enthusiasmus. Rieke kann sie verstehen, bei ihrer Hochzeit hatte Mado sich überhaupt keine Gedanken über ein Kleid gemacht. Sie trug einen schwarzen Hosenanzug mit einer cremefarbenen Seidenbluse und Stilettos. Danach ließen sie sich Essen vom Asiaten liefern, und kurz nach zehn war Länz auf der Couch eingeschlafen. Das erzählt sie liebend gern immer wieder.

Von draußen klopft es plötzlich ans Schaufenster. Rieke sieht Hanna, die einen Daumen hochreckt. Sie schielt zu Sonja und Mado, die gerade die Köpfe zusammenstecken, nimmt ihre Kamera und winkt Hanna damit unbemerkt zu. Sie ist heute Mittag bei ihr im Laden gewesen und hat mit ihr Fotos und passende Formate ausgewählt. Schon übermorgen kann sie wohl ihre Bilder abholen. Hanna hat ihr den Termin bereits per SMS bestätigt. Aber jetzt gilt es erst mal, für Lucy das perfekte Brautkleid zu finden. Und Rieke freut sich, dass der Traum ihrer Freundin bald wahr zu werden scheint.

#mittsommerbrautleuchten

Während Lucy so engagiert wie in diesem Glamourfummel nur möglich zur Umkleide zurückwackelt, hört sie das alte englische Telefon in ihrer Handtasche. Nach hektischem Wühlen ist sie dran.

»Vince, hallo Liebling, schön, dass du endlich zurückrufst. Was? … Ich habe es schon tausend Mal bei dir versucht. Da könntest du wenigstens … Jaja, klar.« Sie kann ihm einfach nicht böse sein, auch wenn sie sich, seit sie im Urlaub ist, vernachlässigt fühlt.

Sie streckt den Kopf durch den Vorhang und bedeutet den Freundinnen, dass sie mit ihrem Bräutigam in spe telefoniert. Und als diese ihr zuprosten, ruft sie übermütig: »Liebling, du glaubst nicht, wo wir gerade sind!« Am liebsten möchte sie ihm sofort von ihrer Idee erzählen, erst recht inmitten dieser zauberhaften Kleider. Warum länger schweigen? Es ist so wunderbar, hier zu stehen, den Traum zum Greifen nah … Doch bevor sie weitersprechen und Vince einen Tipp geben kann, schütteln die Frauen heftig die Köpfe. Sogar Mado, die nach wie vor nicht begeistert scheint von der Überraschungshochzeit, drückt den Zeigefinger streng an die Lippen. Lucy hält inne. Na gut, sicher wäre jetzt nicht der passende Moment. Und die Wortwahl sollte durchdacht sein.

»Ich, äh … also, ja … wir sind shoppen«, sagt sie stattdessen. »Es ist unglaublich, was es hier für tolle Boutiquen und, ähm, Kleider gibt.« Sie zwinkert den anderen zu, die sich erleichtert in die Lederpolster zurücklehnen.

»Was meinst du? Ah, die Austauschstudenten aus Amsterdam sind da. Sommerkurse? … Ja klar, versteh ich das … Haben die ein Glück, dass sie den besten Literaturdozenten auf der ganzen Welt geschnappt haben, auch wenn ich dich sehr ungern teile. Und Vince, wie läuft's im Café? ... Bitte schau mal vorbei, ob alles rundläuft. Und der Garten?« Vince verspricht es, und nach ein paar weiteren guten Wünschen und Abschiedssätzen legt Lucy auf.

Schade, dass er wieder nur kurz angerufen hat und so wenig Zeit hatte. Doch sie versteht das, weil sie ihren Job genauso liebt wie er seinen.

»Kann es weitergehen?«, fragt die Chefverkäuferin mit der Hand am Vorhang. »Welches Modell möchten Sie als nächstes anprobieren? Schwanensee oder Arabella?«

»Nein danke«, antwortet Lucy. »Keins von beiden. Ich habe mich entschieden. Das erste Kleid ist es! Das noch mal anzuziehen schaffe ich alleine.«

Ein verwunderter Ausdruck huscht über das Gesicht der Verkäuferin, dann fängt sie sich und zieht den Vorhang zu. »Gut. Wie Sie meinen.«

Hat Vince nicht gerade gesagt, sie soll sich beim Shoppen ein schönes Sommerkleid kaufen? Sicher meinte er so eins, wie sie bei ihrem ersten Date getragen hat, auch wenn er das nicht ausdrücklich erwähnt hat, ein Blumenwiesen-Kleid, das beim Gehen mitschwingt. Sie nimmt das perfekte Brautkleid vom Bügel und zieht es vorsichtig an. *Der Drops ist gelutscht.* Sie lächelt bei diesem Ausdruck, den Vince typischerweise benutzt. Auch wenn er gerade am Telefon gar nicht wusste, wo sie sich befindet und um was es geht, hat er mitentschieden. Lucy ist schnell fertig mit Umziehen, streicht froh über den schönen Spitzenstoff und tritt aus der Kabine. Dabei strahlt sie übers ganze Gesicht.

»Ich nehme das hier!«

Mado, Rieke und Sonja springen erstaunt auf. Damit haben sie wohl nicht gerechnet, dass sie sich heute direkt entscheidet.

»Willst du es nicht besser reservieren lassen? Du weißt ja noch gar nicht, wie, was, wann …«, schlägt Mado vor und guckt kritisch. Doch als die Sandgelbe sie daraufhin anstarrt, als habe sie gefragt, ob sie anstelle des exklusiven Goldsekts einen vom Discounter haben könnten, macht Lucy Nägel mit Köpfen.

»Kein Zögern mehr! Das ist mein Kleid.« Diesen Satz hat sie schon hunderte Male in Fernsehsendungen gehört und kann es kaum fassen, dass sie ihn nun aussprechen darf. Tränen schießen ihr in die Augen.

»Du hast recht! Wenn schon, dann … Das ist es!«, ruft Sonja sogleich und umarmt sie. Rieke zückt ihre Kamera und hält den besonderen Moment fest.

Lucy breitet die Arme aus und dreht sich nach rechts und links und fühlt sich wie damals auf der Bühne am Premierenabend, als sie im Theaterstück die Braut spielen durfte. Das ist *ihr* Kleid. Es ist leicht und luftig und wie für sie gemacht. Das rosa Satinband um die hohe Taille betont ihre zierliche Figur ausgezeichnet.

»Wie ich gesagt habe: Der erste Griff sitzt meistens«, wiederholt die Verkäuferin. Jetzt hat sie Oberwasser.

»Nur nicht bei Männern«, zitiert Sonja lachend Mados Worte. Die ist sichtlich erleichtert über Lucys gute Wahl. Und Rieke drückt so oft ab, bis Lucy das Posieren zu viel und ihr schwindelig wird. In ihr Büchlein notiert Rieke spontan etwas, »Hashtag *#mittsom-*

merbrautleuchten«, liest sie vor. Mado sagt nichts mehr dazu, sie wird sich ihren Teil denken, weiß Lucy, aber das ist in Ordnung.

Sonja reicht ihr ein bis oben hin gefülltes Champagnerglas. Darauf müssen sie anstoßen. Alle vier.

»Wenn wir uns jetzt sputen, sind wir vielleicht noch rechtzeitig zum Abendessen zurück in der *Frischen Brise*«, denkt Sonja laut.

»Noch ein bisschen Geduld, die Damen«, ruft da die Verkäuferin. »Jetzt wird es erst richtig spannend, die Braut braucht ja noch die entsprechenden Schuhe. Und wir haben ein Meer an Accessoires. Ich sehe mal nach, was ich Ihnen Schönes zeigen kann.« Mit diesen Worten dreht sie sich schwungvoll um und schreitet ins Lager. Keine der Frauen traut sich, gegen diese Hochzeitsbastion etwas einzuwenden. Lucy ist nach ihrer Entscheidung so richtig Feuer und Flamme und lässt sich bereits von der jungen Mitarbeiterin Variationen an Haarschmuck zeigen.

»Eine Hochzeit ist ja bestenfalls nur einmal im Leben, da heißt es Geduld haben und Prioritäten setzen«, fasst Mado ihre Lage zusammen. Also lässt sie sich wieder auf einen Sessel nieder und überschlägt abwartend die Beine.

»Zur Not holen wir uns nachher an einer Fischbude Backfisch oder Matjes auf die Hand. Wir werden schon nicht verhungern«, schlägt Rieke vor.

Darauf will Sonja allerdings nicht warten, wirft einen Blick auf die Diademe, Tücher und Täschchen und schnappt sich eine Handvoll Pralinen.

»Das ist die Himmelsleiter von Hamburg«, sagt plötzlich eine tiefe Männerstimme hinter Mado.

Sie dreht sich erschrocken um und muss den Hals recken. Vor ihr steht Claas Lindström. Er sieht wieder großartig aus, wie einem Männermodemagazin entsprungen. Seine Augen strahlen warm und passen wunderbar zu seinem Hemd. Die Haare sind lässig gestylt und der Don-Quijote-Bart perfekt gestutzt. Er deutet auf das Foto in goldenem Rahmen, das sie gerade im Hotelflur der *Frischen Brise* betrachtet hat.

Sie ist etwas zu früh dran für ihr Date mit Fiete Kampmann um neun an der Bar. Sie hat sich für ein kleines Schwarzes à la Audrey Hepburn mit hohen Sandaletten und rotem Lippenstift entschieden. Noch eine Viertelstunde bis zu ihrer Verabredung. Berufskrankheit, im Gericht muss sie auch immer pünktlich sein. Also ist sie ein bisschen herumspaziert und hat sich gefragt, ob Fiete überhaupt kommen wird. Was, wenn er sich am Samstagabend nur aus harmloser Nettigkeit mit ihr unterhalten hat? Im Hotelflur ist sie auf diese kleine Fotostrecke aufmerksam geworden, die Bilder ihrer Heimatstadt zeigt. Schade, dass nicht noch mehr außergewöhnliche Fotokunst im Hotel hängt. Ob Rieke die Bilder schon entdeckt hat?

Lindström räuspert sich. »Ist das nicht schön, ›Himmelsleiter‹?« Er deutet auf die vielen Stufen, die zur Elbe hinunterführen, auf der ein paar Frachtschiffe und Barkassen zu erkennen sind. Dabei rückt er von hinten etwas näher an sie heran und berührt mit der linken Seite seines Oberkörpers leicht ihre rechte Schulter. Mado fühlt ihre Knie weich werden. Sie bringt kein Wort heraus.

»Die Himmelsleiter führt mit 126 Stufen von der Elbchaussee runter nach Övelgönne«, fährt Lindström fort, als Mado immer noch nichts erwidert und wie hypnotisiert auf das Bild blickt, »unten gibt es den schönsten Strandabschnitt am Fuße des Elbhangs. Ein paar Meter weiter kommen dann die *Strandperle* und der *Strandkiosk* – meine absoluten Lieblingsorte zum Bier- oder Kaffeetrinken! Links und rechts von der Treppe reihen sich kleine Fischer- und Kapitänshäuser aneinander. Wie aus einer anderen Welt im Vergleich zu den mondänen Villen oben an der Elbchaussee ...«

Mado wünscht sich, er würde nicht aufhören zu erzählen. *Was dieser Mann für eine schöne Stimme hat ...* Sie nimmt seinen Geruch wahr, holzig, mit einem Hauch von Lavendel und Vanille. Irgendwie nach Sommer und Abenteuer.

Er schaut kurz zu ihr runter. »Mir gefällt dieser Ort und die Idee dahinter, oben ist der Olymp, unten ein kleines Paradies. Die Himmelsleiter verbindet beide Welten. Ich bin dort um die Ecke aufgewachsen, müssen Sie wissen. Schon als Junge habe ich mich immer gefragt: Warum heißt die Treppe so? Wo soll der *wirkliche* Himmel denn sein? Unten oder oben? Elbchaussee oder Elbufer? Na ja, jedenfalls auch im Winter ein Stück Himmel auf Erden«, setzt er leise hinzu, lächelt und schaut abwartend zu Mado.

»Ich weiß. Ich komme auch aus Hamburg«, antwortet sie und könnte sich im gleichen Augenblick dafür ohrfeigen, dass ihr nichts Schlaueres einfällt.

»Oh, natürlich. Entschuldigen Sie bitte, Frau Mancini«, erwidert er hotelchefsmäßig, »Frau Müller hatte es bei ihrer Buchung ja angegeben.«

Er hat sich ihren Namen gemerkt, fällt Mado überrascht auf. Na klar, das ist sein Job. Sie antwortet, ohne zu überlegen: »Ich liebe die Himmelsleiter auch. Nicht weit von dort hat meine Freundin Lucy ihr Blumencafé, wir gehen sehr oft am Elbstrand spazieren. Und in der ›Strandperle‹ bin ich schon in Studentenzeiten zigfach versackt und tue es ab und an bis heute!«

Lindström lächelt erleichtert. Sie stehen sich jetzt gegenüber, und Mado erwischt sich bei der Überlegung, ob es möglich ist, einen Zwei-Meter-Mann zu küssen, ohne eine Genickstarre zu bekommen.

»Wenn Sie einverstanden sind, können wir uns gerne duzen. Ich bin Mado. ›Frau Mancini‹ erinnert mich so an meine Arbeit«, wagt sie sich vor. »Als Anwältin.«

»Anwältin? Das ist ja interessant. Also: Hallo, Mado. Sehr schöner Name!« Er nickt anerkennend. »Gerne können wir uns duzen. Ich mag das als Skandinavier sowieso lieber, Hotelchef hin oder her. Ich bin Claas!«

Er streckt ihr mit einem charmanten Augenzwinkern die Hand hin, und sie reicht ihm ihre.

»Und, Mado«, fragt er dann, »wo liegt für dich der Himmel? Im Olymp oder im Hades?«

Mado muss lachen. Darüber hat sie noch nie nachgedacht. Sie schaut auf das Bild und überlegt kurz. »Hmmm ... Für mich liegt der Himmel auf Erden im Glück des Augenblicks.« Sie sucht seine Augen. »Und eine Himmelsleiter kann man überall finden, wo man sie sucht.«

Er sieht aus, als verstehe er, zieht leicht den rechten Mundwinkel hoch – ein angedeutetes wissendes Lächeln –, ein paar Sekunden sehen sie sich schweigend an.

Mados Handy durchbricht den Moment.

»Entschuldige«, sagt sie und checkt hastig die eingegangene Nachricht. Gruppe Syltschwestern-Chat.

Toi, toi, toi, Bella Bruna! Bist Du schon an der Bar? ☺
Wir wünschen Dir einen super Abend, hau ihn um mit
Deinem italienischen Charme! Wir denken an Dich und
sind im Hotelbistro, falls Du uns brauchst. Viel Glück,
go for your dream! Deine 3 Besten

Diese drei Verrückten ... O nein! Mado wird schlagartig klar, dass es schon kurz nach neun ist. Sie muss los. Ihr Date wartet, das hat sie ganz vergessen. Sie verstaut das Handy in ihrer Tasche und sagt: »Herr ... äh ... Claas, es tut mir leid. Ich muss los ... ich bin verabredet.« Am liebsten hätte sie etwas anderes gesagt, aber eine Ausrede fällt ihr auf die Schnelle nicht ein.

Er tritt einen Schritt zurück und nickt ernst. »Natürlich, entschuldige, ich habe dich aufgehalten.« Es fühlt sich an, als sei er gerade in eine Uniform geschlüpft und plötzlich eine unsichtbare Wand zwischen ihnen.

»Dann viel Spaß heute Abend. Wir sehen uns«, verabschiedet er sich höflich und wendet sich zum Gehen.

Sein distanzierter Tonfall irritiert Mado. »Ja. Gut. Tschüss«, sagt sie hastig und kommt sich dämlich dabei vor. Warum hat sie sich überhaupt auf eine Plauderei eingelassen, direkt vor ihrem ersten Date?

Da dreht er sich doch noch einmal um. »Ach, Mado, wenn du etwas brauchst, Hilfe, Inseltipps oder vielleicht einen Wegweiser zur Himmelsleiter im Hotel, sag Bescheid.« Mit diesem kryptischen Statement zwinkert er ihr zu und geht mit großen Schritten den Gang entlang.

Mado wundert sich. Was war das denn? Verwickelt der alle weiblichen Gäste in solche Gespräche? Egal. Jetzt muss sie los, Fiete Kampmann wartet bestimmt längst. Ihr Traum rückt greifbar näher. Vielleicht schon heute Nacht … Puh! Sie muss sich konzentrieren. Über einen skandinavischen Hotelmanager, der über Himmelsleitern philosophiert, kann sie sich nicht auch noch den Kopf zerbrechen. Sie streicht sich durch die Haare und zieht sich im Widerschein des Bildes den Lippenstift nach. Im Geheimen träumen ist leicht, denkt sie, aber die Träume wahr werden lassen doch sehr schwer …

Als sie fertig ist, kommt es ihr plötzlich so vor, als würde die winterliche Abendsonne auf dem Foto echte Lichtfunken auf das Wasser werfen, die direkt zu ihr herüberglitzern.

#derfalschefrosch

An der Hotelbar der *Frischen Brise* ist es voll, die Stimmung ausgelassen bei sommerlicher Musik. Mado steht zögerlich am Eingang, um sich einen Überblick zu verschaffen. Es ist ihr etwas unangenehm, den Raum alleine zu betreten und nicht zu wissen wohin. Nervös sucht sie Fiete Kampmann zwischen den ganzen Menschen, die angeregt plaudern, trinken und lachen. Sie wagt sich einen Schritt näher. Kein Fiete. Seltsam.

»Hier!«, ruft jemand auf einmal vom Ende der Theke. Sie erkennt nicht genau, wer es ist, eine Gruppe von Leuten steht davor. »Hier bin ich!« Jemand fuchtelt wie wild mit den Armen und winkt in ihre Richtung. »Huhuuuu! Hierher!«, erschallt die männliche Stimme jetzt noch lauter aus der Ecke, die anderen Gäste drehen sich schon neugierig zu ihr um.

Mado läuft knallrot an. Unsicher folgt sie der rufenden Männerstimme. Zwischen all den Leuten sieht sie zunächst nur seine Hand, die ihr so schwungvoll einen Drink entgegengestreckt, dass dieser überschwappt. Doch der Typ, der sie so überschwänglich zu sich gewinkt hat und hyperaktiv auf den freien Barhocker neben sich zeigt, als hätte er in diesem Moment einen Sensationsfund gemacht, ist nicht Fiete Kampmann – sondern sein rothaariger, pickliger, ganz und gar nicht gut aussehender Tischnachbar, der Neandertalermann. Heute hat er die fettigen Haare zurückgekämmt und trägt wieder ein Holzfällerhemd.

Mado wird nervös, und ein starkes Unwohlsein schießt in ihr hoch. In Sekundenschnelle geht sie alle Möglichkeiten, dieses Date noch zu verhindern, durch. Ihr fällt keine passende ein. So ein Mist! Keine Chance, aus der Nummer kommt sie nicht raus. Sie verzieht den Mund krampfhaft zu einem Lächeln, schlängelt sich den letzten Meter durch das bunte Bartreiben und geht mit dem Mut der Verzweiflung auf ihn zu.

»Na endlich! Hallöchen, die Dame! Ich hab schon gedacht, du hast es dir anders überlegt! Hahaha!«, gluckst der Rothaarige überdreht und zieht am Ende jeden Lachers die Nase hoch. Er steht auf und verbeugt sich. »Bertram Bullig mein Name. Angenehm.«

Er lacht erneut, jetzt werden seine gelblich verfärbten Zähne sichtbar. *Igittigitt*, denkt Mado. Bertram Bullig drückt ihr voller Elan den Drink in die Hand. Gin Tonic, erkennt sie beim ersten kräftigen Zug am Glasröhrchen. Wenigstens das Getränk passt. Sie muss sich erst von dem Schreck erholen und bleibt desillusioniert mit etwas Abstand vor ihm stehen.

»Alle nennen mich Bulli«, schwafelt der Antiprinz weiter und macht eine Bodybuilderpose. »Passt, oder? Hahaha, ich bin der Bertram Bullig und noch kein bisschen schrullig, meine Freunde nennen mich Bulli, das macht die Girls ganz wulli!«, gluckst er und haut sich mit der Hand auf den Oberschenkel. »Setz disch doch zu mir, Schätzchen!«

So hat wirklich noch nie jemand mit ihr gesprochen. Sie seufzt und trinkt einen weiteren Schluck.

»Kannst ruhisch bei misch kommen, ich beiß schon

nicht, wa?«, säuselt er in einem seltsamen Dialektmischmasch aus Rheinisch-Berlinerisch.

Gott bewahre! Mado setzt sich dennoch hilflos auf die äußere Kante des Barhockers.

»Und wer bist du jenau, junge Dame?«

So eine Riesenkatastrophe. Mado kann es nicht fassen. Da hat doch tatsächlich dieser Bullig den Zettel erwischt, und Fiete ging offensichtlich leer aus! Wie peinlich! Hoffentlich hat der das Ganze nicht mitbekommen. Mado trinkt den Gin in einem Zug aus, woraufhin sogar ihr »Date« überrascht innehält.

»Ich bin Mado.« Sie stellt ihr leeres Glas ab.

»Anjenehm!«, ruft er freudig. »Mensch, hahaha, Mado, das mit dem Zettel heute … also, heiliger Gesangsverein! Mensch Meier, das ist mir im janzen Leben noch nischt passiert! Und dann gleisch so eine Frau von Welt, ein Rasseweib, wenn ick dat mal so festhalten darf.« Wie zur Bestätigung nickt er mehrmals wie ein Wackeldackel.

Das glaub ich dir sofort. Sie dreht den Kopf zum Barkeeper, der sie beide skeptisch beobachtet. »Noch einen Gin Tonic, bitte.« Nüchtern erträgt sie diesen Abend auf keinen Fall.

Eine Stunde später sitzt Mado immer noch wie gelähmt auf ihrem Barhocker und lauscht Bullis furchtbar langweiligem und peinlicherweise richtig lautem Dauermonolog. Der hat ihr mittlerweile seine ganze Lebensgeschichte offenbart. Er muss doch irgendwann mal einen Punkt machen und das Date ein Ende finden.

Sie weiß inzwischen, dass er Lehrer in Berlin-Kreuzberg ist und in seiner Freizeit als Stimmenimitator auftritt. Zur Verdeutlichung macht er die halbe Berliner Politprominenz nach. Er ist Junggeselle, aber »absolut unfreiwillig«, er habe keine Kinder, was er nicht tragisch finde, weil er schon genug »Problemfälle« in seiner Schule habe. Blablabla. Mado gähnt. Gerade redet er über die Sinnhaftigkeit von Trockenshampoo. Nach einer Stunde darf man so ein Unglücksdate doch verlassen, oder? Im Grunde genommen war es ja nur ein Versehen.

Pling, Pling. Eine Nachricht. Vielleicht ihre Freundinnen, die sie irgendwie retten können.

»Entschuldige, eventuell wichtig«, unterbricht sie seinen Redeschwall, was er nur mit einem Nicken quittiert und ein paar Oliven in den Mund schiebt. Sie holt ihr Handy aus der Tasche. Ausgerechnet. Eine Nachricht ihres Exmanns. Na, ist die rote Reizwäsche schon zum Einsatz gekommen? ;) Wie geht's, wie steht's auf der Lieblingsinsel der Deutschen?

Boah, dieser Blödmann! Noch mehr ärgert sie sich aber über sich selbst. Hätte sie Fiete den Zettel heute Morgen direkt in die Hand gedrückt oder ihn einfach wie eine selbstbewusste, erwachsene Frau gefragt, ob er mir ihr am Abend etwas trinken gehen wollte, wäre sie nicht in diese wirklich unangenehme Lage geraten. Fest steht: Bisher ist sie von der Traumerfüllung so weit entfernt wie ein Goldfisch vom Mond.

Neben ihr fängt Bulli an, von Yoga zu reden und davon, welche tollen Muskeln er davon bekommen hätte.

Igitt, hat er sich eben wirklich in den Schritt gefasst? Sie stöhnt und vergräbt einen Moment das Gesicht in den Händen, während er einfach weiterplappert.

Als sie hochblickt, sieht sie Claas am linken Rand der Theke. Er spricht mit einer Gruppe von Gästen, hat mittlerweile sein Jackett und die Krawatte ausgezogen. Er fängt ihren Blick auf. Dann deutet er mit dem Kopf zu Bulli, zieht fragend die Augenbrauen hoch und zeigt mit dem Daumen nach oben, zur Seite und nach unten. Obwohl ihr das alles unangenehm ist, muss Mado schmunzeln. Symbolisch steckt sie sich den Finger in den Hals. Claas grinst und zeigt mit dem Finger auf sie und zur Tür, formt mit den Händen ein W und C, zwinkert ihr zu und geht hinaus.

»Bulli, entschuldige«, unterbricht sie ihr Date in seinem Redeschwall, »ich muss dringend aufs Klo, mir ist plötzlich speiübel.« Sie schnappt sich ihre Tasche und springt auf, nichts wie weg.

»Soll ich dich begleiten?«, fragt Bulli.

»Auf keinen Fall!«, brüllt sie ihn fast an und eilt hinaus, als wäre ein Überfallkommando hinter ihr her.

Draußen atmet sie erleichtert auf und stürzt zu den Toiletten im Foyer. Vor dem Damenklo lehnt sie sich mit dem Rücken an die graublauen Mosaikfliesen, fährt sich durch die Haare und über das Gesicht und stöhnt laut auf. Da kommt Claas den Gang entlang. Als er sie erkennt, erhellt sich sein Gesicht.

»War wohl eher der falsche Frosch, was?«

Wenn der wüsste, wie richtig er liegt, denkt Mado und schämt sich. Ihr ist das alles superpeinlich, aber sie findet auch seine Direktheit erfrischend und nimmt es mit Humor. »Das kann man wohl sagen. Aus manchen Fröschen wird einfach kein Prinz, die kann man noch so oft an die Wand werfen! Im Ernst: Ich bin geflüchtet. Hab behauptet, mir ist schlecht.«

Er lächelt verständnisvoll. »Ja, das ist manchmal der klügere Weg. Wenn du willst, gehe ich zu ihm und richte ihm aus, dass es Frau Mancini nicht besser geht und sie sicherheitshalber direkt auf ihr Zimmer gegangen ist.« Claas zieht eine Augenbraue hoch und lächelt schelmisch.

Mado ist gerührt von seiner Freundlichkeit und Hilfsbereitschaft. »Und der Haken?«, fragt sie ihn deshalb misstrauisch und mustert ihn von oben bis unten. So lässig, mit offenem Kragen und diesem unverschämt attraktiven Grinsen, bringt er sie richtig aus dem Konzept.

Claas lächelt. »Kein Haken. Betrachte es als Service des Hauses. Der Gast ist König bei uns, in deinem Fall Königin. Und falls du beim nächsten Frosch noch einmal einen edlen Ritter benötigst und ich in der Nähe bin, ruf einfach: ›Oh, ich glaube, ein Sturm kommt auf!‹ So ein Satz fällt hier keinem auf, es stürmt ja ständig auf Sylt. Als unser Geheimcode. Und dann lasse ich mir etwas einfallen, um dich zu retten.«

»Sturm also?« Mado muss lachen, und er fällt herzlich mit ein.

»Ganz genau!«

Er neigt den Kopf etwas zur Seite, und am liebsten würde sie ihm in diesem Moment um den Hals fallen.

Einfach so. Was sie natürlich nicht tut. Sonja hätte das vermutlich getan, Rieke bestimmt auch.

»Einverstanden«, sagt sie, und wie beim Duzangebot vorhin schütteln sie sich zur Besiegelung die Hände.

Kurz ist es still. Sie schauen sich nur eine Weile an, dann verabschiedet sich Claas mit einem lässigen »Arrivederci, Signora Mado!« und geht zurück zur Bar.

Sie schüttelt den Kopf. Was für ein Abend! Zur Sicherheit verschwindet sie tatsächlich sofort in ihrem Zimmer. Mado nimmt das Handy und spricht eine Nachricht für ihre Syltschwestern, die sicher im Bistro sitzen und gespannt auf ein Zeichen von ihr warten. »Hey, ihr Lieben, wollt mich ja melden. Es war der falsche Frosch! Ihr habt richtig gehört. Er sitzt bestimmt noch an der Bar, hat rote Haare, gelbe Zähne und ein lautes, aufdringliches Lachen. Grauenhaft war's! Alles Weitere morgen. Mir reicht's für heute. Deshalb geh ich jetzt schlafen, und das definitiv alleine. Basta.«

Als sie sich zum Gehen umdrehen will, steht am Ende des Gangs der weiße Königspudel der van der Ulmens, Herr Bödefeld, und beobachtet sie. So als hätte er alles mitbekommen und verstanden. Seine schönen braunen Augen schauen sie wissend, irgendwie mitfühlend an. Im Vorbeigehen nickt sie ihm zu, und er bellt kurz zum Gruß.

Vielleicht sollte sie sich besser einen Hund anschaffen.

#bodydrag

Die arme Mado. Sonja muss wieder und wieder an das missglückte Date ihrer Freundin gestern Abend denken. Das passiert ausgerechnet ihr, die nie etwas dem Zufall überlässt. Tja, da muss sie das nächste Mal besser zielen beim Zettelweitwurf. Ein bisschen lustig findet Sonja die ganze Geschichte schon, aber Mado tut ihr auch leid. Sie hofft, dass die sich jetzt nicht abschrecken lässt und trotzdem weiter ihr Ziel verfolgt. Heute Morgen beim Frühstück haben die anderen drei zumindest alles getan, um sie aufzumuntern.

»Sunny! Hörst du mir überhaupt zu?«, unterbricht sie Aiden, tippt ihr mit dem Zeigefinger auf die Stirn und hängt ihr das Trapez um den Bauch ein. »Konzentrier dich, wir üben heute den Bodydrag. Dafür gehen wir ins flache Wasser.«

»Sorry, Aid.«

Sonja sammelt sich und lauscht seiner kurzen Einführung. Es ist Nachmittag, und sie sind heute in ihrer dritten Kursstunde mit der ganzen Ausrüstung direkt an den Strand gegangen. Das Wetter ist nicht so gut, für Surfer allerdings ideal – der Himmel ist bewölkt, nur ab und zu zeigt sich die Sonne, aber Wind samt Wellengang sind perfekt.

Während Aiden mit ihr bestens gelaunt weiter alles vorbereitet, erklärt er Sonja das Manöver, das sie nun lernen soll: »Beim Bodydrag oder ›Körperzug‹ wird der Surfer vom Kite durch das Wasser gezogen, ohne auf dem Brett zu stehen. Sunny-Baby, sieh mich an. Bevor du den Bodydrag nicht voll und ganz beherrschst, brauchst du dich gar nicht zum Kiten auf das offene Meer zu wagen. Wenn du später nämlich mal stürzt, kannst du mit dem Bodydrag zum Board zurückkehren, all right? Außerdem lernt man dadurch das Lenken, den Kite in den Griff zu bekommen, den Wind zu nutzen.«

Sonja merkt, wie aufgeregt sie ist. Jetzt geht's richtig los! Gleich wird sie das erste Mal von ihrem Kite über die Wellen gezogen. Hoffentlich blamiert sie sich nicht.

Aiden gibt ihr noch ein paar Anweisungen, dann zeigt er zur Nordsee. »Riechst du das Meer? Spürst du den Wind?« Er fährt sich durch die Haare, die ihm strubbelig ums Gesicht fallen. Seine Augen strahlen voller Sehnsucht, als er Richtung Wasser schaut, wo sich mehr und mehr Surfer im kühlen Nass tummeln. »You know, da draußen auf dem Meer musst du deine Angst überwinden. Dabei hilft dir dein Urvertrauen und führt dich dein Mut, dass du es mit allen Elementen und Kräften des Meeres aufnehmen wirst. Egal, was kommt. Auf dem Meer ist alles miteinander verbunden. Wolken, Wind, Sonne, Wellen können deine Gegner sein, lebensbedrohlich werden. Denn das Meer ist nicht nur schön, sondern sehr gefährlich. Im Zweifelsfall haben wir dagegen keine Chance.«

Seine Stimme klingt fast feierlich, sein Blick ist noch immer in die Ferne gerichtet. Sonja ist beeindruckt.

»O Aiden, das ist richtig schön! Bist du vielleicht gar kein Trainer, sondern ein Poet in Surfklamotten?«

Er schaut ihr lächelnd in die Augen. »Hast du mir

nicht zugetraut, was, Baby? William Finnegan hat mich inspiriert. *Barbarentage.* Meine Surferbibel. Musst du lesen.«

»Das klingt großartig.«

»Ich leih es dir aus«, bietet er ihr freundlich an, »vielleicht kannst du hier im Urlaub reinschauen. Wenn es dich nicht stört, dass es schon ziemlich zerlesen ist. Nach dem Buch wollen alle Surfen lernen! Really. Die beste Lektüre jedenfalls für dein Rendezvous mit dem Kite!«

Er zeigt auf ihren Drachen, der schon vor ihr ausgebreitet im Sand liegt. Erst jetzt registriert Sonja, dass Jenny, die andere Surflehrerin, auch zum Strand gekommen ist, um sie als Starthelferin zu unterstützen. Gerade legt sie noch die Leinen zurecht.

»Okay, abgemacht!« Sonja lacht Aiden an und boxt ihm in die Seite. »Der Zustand des Buches ist mir egal – Hauptsache, mein Kite ist nicht zerfleddert!«

»That's my girl! Bin gleich wieder da«, ruft er, als würden sie sich bestens kennen.

Sie wirft ihm einen verstohlenen Seitenblick zu, während er zu Jenny geht, mit ihr ein paar Worte wechselt und noch einmal das Zubehör checkt.

Wie anders das Zusammensein mit ihm am Strand ist im Vergleich zu meinem Alltag zu Hause, sinniert sie und macht ein paar Lockerungsübungen. So unkompliziert, fröhlich und ausgelassen. Was soll er auch anderes machen als gute Laune verbreiten, bei dem Stundenlohn?! Trotzdem: Das hat sie lange nicht mehr mit einem Mann erlebt. Surfer sind echt faszinierende

Typen, auf eigensinnige Weise frei. Mochte sie schon immer. Zu Hause als Teenie in St. Peter-Ording hat sie stundenlang die Surfer beobachtet, wenn sie nicht gerade selbst im Wasser war. Meist interessierte sich nur keiner für sie. Dagegen fand Mark sie, als sie sich im Studium in der Mensa kennenlernten, auf Anhieb lustig und sympathisch. Er stand auf ihre Kurven. Und war als zielstrebiger Medizinstudent für sie auch sehr attraktiv, damals war er noch lockerer, entspannter. Sie haben viel zusammen gefeiert, getanzt, nächtelang geredet, sich mit billigem Rotwein betrunken und geraucht. Früher sind ihnen nie die Gesprächsthemen ausgegangen. Und heute? Mark ist eigentlich immer gestresst. Ausgelassene Stimmung haben sie als Paar ewig nicht mehr erlebt.

Da fällt ihr ein, während sie weiter Kniebeugen macht, dass ihr werter Ehemann sie heute schon dutzende Male angerufen hat. Beim letzten Versuch hatte er ihr eine Nachricht hinterlassen, wo sie denn stecke und warum sie nicht abheben würde. Er hätte »ein verdammtes Recht darauf, seine Frau zu sprechen«. Das waren seine Worte. Dass er heillos überfordert war mit all den Aufgaben, die sonst sie übernahm, verschwieg er. Da war es bei Sonja vorbei. Sie wurde so wütend. Warum ignorierte er seit Tagen ihre Bitte, sie endlich zur Ruhe kommen zu lassen? Also schrieb sie ihm entschlossen:

Lieber Mark, jetzt reicht's. Hör bitte auf, mir die kostbare Zeit schwer zu machen oder mich kontrollieren zu wollen. LASS MICH MAL LOS! Bitte. Ich muss den Kopf frei bekommen. Das ist überlebenswichtig für mich, nimm das bitte ernst. Deshalb gebe ich nun die restlichen zehn Tage die Regeln vor. Das bedeutet: Erlaubt ist nur noch <u>ein</u> Anruf pro Tag! Und den Zeitpunkt dafür bestimme ich, heißt: Ich rufe euch an oder melde mich, wenn ich kann und Luft dafür habe. Das gilt ab JETZT. Kuss!

Plötzlich fasst ihr Aiden von hinten an die Hüften, und Sonjas Herz macht einen Hüpfer. Er flüstert ihr ins Ohr, sodass sein Atem sie etwas kitzelt: »Bodydrag, Baby. Bist du bereit?«

Ein warmer Strom schießt ihr in den Bauch. Sie dreht den Kopf zu ihm, ihre Locken berühren dabei sein Kinn, sie nickt und legt ihre Hände auf seine. »Bereit.«

»Let's go!«

Aiden stellt sich neben sie. Dann nimmt er sie an die Hand, und sie laufen auf sein Kommando zusammen ins Wasser. Die Wellen schlagen ihnen um die Waden, mit jedem Schritt spürt Sonja ihre Freude stärker. Sie lacht ihm zu und ruft in den Himmel: »Ich liebe es!«

Eine nahende Welle überrascht sie, und sie verlieren beide gleichzeitig den Boden unter den Füßen. Sie werden kurz von ihr überrollt, tauchen unter, kommen aber sofort wieder hoch. Dabei halten sie immer noch die Kitebar in den Händen. Erst jetzt lösen sie sich voneinander und streichen sich das Salzwasser aus dem Gesicht. Aiden lacht sie an, seine Augen wirken jetzt eher grüngrau, und Sonja strahlt zurück. In diesem winzigen Moment ist alles um sie herum einfach nicht mehr da.

»Hey ihr zwei, hallooo, was ist mit euch? Ich warte hier die ganze Zeit mit dem Kite! Seid ihr endlich so weit?«, brüllt ihnen Jenny verärgert zu, ein paar Meter von ihnen entfernt im Wasser.

»Sorry, kann losgehen!«, ruft Aiden seiner Kollegin gelassen zu und zeigt ihr den Daumen hoch. Dann schaut er Sonja wieder an und zwinkert ihr zu.

Sie haben Jenny doch glatt vergessen.

#einfachendlos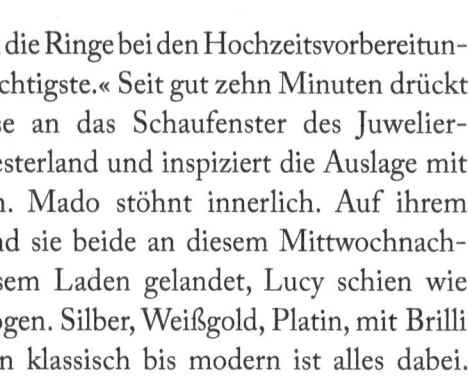

»Eigentlich sind die Ringe bei den Hochzeitsvorbereitungen das Allerwichtigste.« Seit gut zehn Minuten drückt Lucy ihre Nase an das Schaufenster des Juweliergeschäfts in Westerland und inspiziert die Auslage mit den Trauringen. Mado stöhnt innerlich. Auf ihrem Spaziergang sind sie beide an diesem Mittwochnachmittag vor diesem Laden gelandet, Lucy schien wie magisch angezogen. Silber, Weißgold, Platin, mit Brilli und ohne – von klassisch bis modern ist alles dabei. Mado schüttelt den Kopf. Was für eine Auswahl. Sollen sie sich ruhig alle mit dem teuersten Geschmeide ins Unglück stürzen. Ihr persönlich ist das zu viel, und sie sieht an Lucys unsicherem Gesichtsausdruck, dass auch sie überfordert ist.

»Du musst doch jetzt nichts entscheiden, Lucy. Lass uns weitergehen. Ohne Vince kannst du die Ringe sowieso nicht kaufen, das geht wirklich nicht«, versucht Mado, sie zu überzeugen, doch ihre Freundin ignoriert den Einwand und drückt sich weiter die Nase am Schaufenster platt.

»Schau mal. Ich finde die aus Roségold schön. Bei denen ›matt‹ steht.«

»Beim Tragen werden sie schneller wieder glänzend, als du ›Ja, ich will‹ sagen kannst. Und wenn die Mattierung abgerieben ist, sehen sie genauso langweilig aus wie alle anderen Ringe«, konstatiert Mado, die der heimlichen Hochzeitsplanung von Tag zu Tag zweifelnder gegenübersteht.

»Mensch, Mado, Ringe sind nie langweilig. Sie sind endlos, es gibt keinen Anfang und kein Ende. Das ist das Schöne an diesem Symbol. Wie bei Blumenkränzen.«

»Vielleicht für Beerdigungen.« Mado kann sich heute nicht für Romantisches begeistern, dabei will sie Lucy wirklich unterstützen. Außerdem ploppt immer wieder dieser dämlich grinsende Bulli vor ihrem geistigen Auge auf. Nach ihrem Unglücksdate konnte sie erst spät einschlafen und ist heute Morgen kaum aus dem Bett gekommen. Sie fühlt sich völlig erschöpft – als sei ihr Traum schon geplatzt und keine Rettung in Form eines unwiderstehlichen Lovers in Sicht.

»Ich brauche eine Hochzeitspause, Lucy, bitte!«, fleht sie. Gähnend blickt sie sich um und setzt sich auf die Bank, die vor dem Schmuckgeschäft steht. Wahrscheinlich für die wartenden Ehemänner, wenn ihre Frauen zu lange die Auslage checken. Sozusagen ein Service des Hauses. Mado schaut auf ihre eigene Hand, an der ein Aquamarinring glänzt. Den hat sie sich selbst geschenkt, weil sie die Farbe liebt und das Meer.

»Es ist aber heute schwierig, dich mitzureißen.« Lucy nimmt neben ihr Platz und legt gut gelaunt den Arm um sie.

Das liebt Mado an Lucy. Rieke hat vollkommen recht: Wo Lucy ist, ist es hell. Sie darf sie mit ihrem Schwarzsehen nicht zu sehr demotivieren.

»Die Ringform passt zur Liebe, verstehst du, symbolisch betrachtet«, erklärt Lucy erneut. »Die Liebe ist auch endlos. Mit Ebbe und Flut ist das ebenso, ein ewiger Kreislauf.«

»Ich will dich echt nicht desillusionieren, mein Herz, aber mit Männern ist das leider nicht so. Die Liebe verschwindet manchmal ebenso schnell, wie sie gekommen ist, und die Kerle noch eher. Das mag bei dir und Vince anders sein …« Mado ist sich sicher, dass sie recht hat, dennoch oder vielleicht gerade deshalb streicht sie Lucy sanft die Haare zur Seite. »Meine miese Stimmung soll euch auf keinen Fall anstecken, aber leider landen bei mir immer die Scheidungen. Da ist nichts mit Endless Love. Das ist die Realität, leider.«

Lucy dreht sich zu ihr. »Ich sehe das anders, Mado. Vielleicht stimmt es, Menschen entwickeln sich im Leben oft auseinander, Beziehungen gehen kaputt, aber die Liebe, die Liebe ist da und bleibt. Auch wenn sie nicht immer zu sehen oder zu spüren ist. Auch wenn sie sich verändert oder unser Blick darauf. Das ist das, was so wehtut. Dass sie manchmal aus dem Blickfeld rückt. Sie ist es wert, dass wir um sie kämpfen. Und manchmal ist sie sogar da, bevor man es weiß.«

»Wow!« Mado schaut sie erstaunt an. Wie stark und sicher ihre Freundin diese Gedanken vorträgt. Bevor sie darauf reagieren kann, klingelt Lucys Telefon. Diese nestelt das Gerät hektisch aus ihrer Häkeltasche. Ihr Gesicht wird ernster, während sie telefoniert. Indra ist dran, eine ihrer Aushilfen.

»Wie bitte, die Lieferung ist noch nicht angekommen? Habt ihr beim Großhändler nachgefragt? Und der brasilianische Biokaffee fehlt? … Natürlich könnt ihr den nachbestellen … Vince wird die Zahlungen parallel vornehmen, sprecht mit ihm … hm, auf jeden Fall … Wie? War er noch gar nicht bei euch im Café? Verstehe, ja klar, danke, Indra. Wenn noch was zu regeln ist, melde dich bitte jederzeit. Ja, okay. Mach's gut.« Lucy legt auf und lässt den Arm hängen.

»Ärger?«, fragt Mado und tippt ihr aufs Bein.

»Ja, nein, doch, ach … also nichts, was nicht zu lösen ist. Die Sache ist nur …«

»Was denn?«

»Als ich gestern im Brautladen mit Vince telefoniert habe, hat er mir wieder versprochen, im Café nach dem Rechten zu sehen. Doch weder Evi noch Indra haben ihn gesehen, seitdem ich weg bin. Er war also gar nicht da? Komisch, oder? Sieht ihm gar nicht ähnlich. Vielleicht hätte ich jetzt nicht wegfahren sollen. Er war so gestresst. Ob es ihm nicht gut geht?«, sagt Lucy nachdenklich.

»Der sorgt schon für sich. Lass die Pflichten mal los. Vince hat das bestimmt nur vergessen. Frag ihn einfach später noch mal deswegen, und wir genießen unseren Urlaub.«

Mado nimmt Lucy tröstend in den Arm. Gerne würde sie ihre Freundin aufmuntern, doch sie spürt ein großes Unbehagen in sich aufsteigen. In diesem Augenblick hat sie ein noch schlechteres Gefühl, was diese geheime Hochzeitsplanung angeht.

#geisterindernacht

Nachts kann man das Meer noch lauter hören, es schläft nie, denkt Lucy. Ihr geht es heute ebenso. In ihrem Kopf rauscht es, und sie kann beim besten Willen nicht einschlafen. Ganz leise hat sie die Balkontür geöffnet und sich mit einer weichen Fleecedecke hinausgeschlichen. Sie will Rieke nicht wecken. Es ist beneidenswert, wie schnell diese zur Ruhe kommt, sie ist wie eine Nomadin, die jederzeit und überall schlafen kann. Sie selbst ist da anders, schleppt immer alle Geister des Tages mit sich herum. Ärger im Café, Diskussionen mit der Familie und so weiter. Zum Glück ist das *Heiß & Innig* ein Ort, der meistens die passenden Menschen anzieht.

Heute spukt ihr Vince im Kopf herum. Obwohl er später noch per SMS versprochen hat, sich schnellstmöglich ums Café zu kümmern, hat die Angelegenheit ihr den sonnigen Tag getrübt. Da stimmt was nicht. Natürlich weiß sie, dass er sich voll auf seinen Job konzentriert, auch wenn sie Urlaub macht. Trotzdem ist da diese merkwürdige Sorge, die sich in ihr ausbreitet wie die Nordsee bei Flut … Bestimmt unnötig.

Das Bummeln mit Mado war schön, Lucy reibt sich über den Finger ihrer linken Hand. Die alten Ägypter, Griechen und Römer waren überzeugt, dass von dort die Vena amoris, die Liebesader, direkt mit dem Herzen verbunden sei. Auch sie möchte ihren Ehering links tragen. Sie ist ein Herzensmensch durch und durch. Vince hat sie mal so genannt, auf einem Zettel, den er auf sein Kopfkissen legte, als er früh losmusste: *Meine Herzensfrau, ich liebe dich wie die Schiffe am Hafen, die aus fernen Ländern kommen und alle Schätze der Welt mitbringen.*

Manchmal spielen sie dieses Spiel: *Ich liebe dich … wie selbstgemachten Apfelmus, Hering mit Sahnesoße, das Knistern im Kamin, Weihnachten im Schnee, fünfstöckige Geburtstagstorten, Endlosserien mit einem Liter Eiscreme, ein gutes Buch, das nie endet, wie den ersten Sommertag im Jahr, barfuß im Sand laufen.* Hin und her gehen dann die lustigen, romantischen Vergleiche. Die einzige Regel dabei ist, ganz schnell den nächsten Vergleich zu bringen. Diese werden meistens immer verrückter und absurder, bis einem von ihnen nichts mehr einfällt. Derjenige hat dann verloren, und jedes Mal kugeln sie sich am Ende vor Lachen und küssen sich, bis sie keine Luft mehr bekommen.

Ewig haben sie das Vergleichen nicht gespielt. Warum bloß? Lucy greift nach ihrem Handy und schaut auf die Uhrzeit. Gleich halb zwei. Ob Vince noch wach ist? Er fehlt ihr. Sein Lachen, seine Wärme, sein Arm um ihre Schultern, während sie über seine Haare streicht. Er ist ihre Heimat. Jetzt mitten in der Nacht fühlt es sich fast absurd an, dass sie die Hochzeitsorga übernommen hat, ohne dass er irgendetwas davon ahnt. War das richtig?

Lucy atmet tief die kühle Luft ein. Die Welt um sie schläft, während sie selbst immer aufgewühlter wird. Vince ist ihr Fels in der Brandung, ihr Hafen und Anker. Und sie ist sicher, dass sie mit ihm leben will, durch alle Stürme schiffen, Kinder mit ihm haben und irgendwann uralt auf der Bank vor dem Café sitzen oder wo auch immer, Hauptsache, Hand in Hand.

Während ihre Gedanken kreisen, hat sie Vince' Profilbild aufgerufen. Egal, wie spät es ist, sie muss jetzt seine Stimme hören, ihn sehen, nur ganz kurz ... Also tippt sie mit klopfendem Herzen auf das Videokamerasymbol oben rechts. Als sie schon auflegen will, erscheint sein Gesicht auf dem Display.

»Vince«, flüstert sie leise wegen Rieke und auch etwas vor Aufregung.

»Lucy, was ist los? Mein Gott, ist was passiert?«, fragt er besorgt.

»Nein, alles okay«, erwidert sie schnell und sieht, dass er auf einer belebten Straße steht, im Hintergrund feiernde Leute und fröhliche, ausgelassene Stimmen. Er wirkt erschöpft, aber irgendwie aufgekratzt und angetüddelt. »Bist du auf der Schanze?«, will sie wissen, doch bevor sie genauer fragen kann, erklärt er hektisch: »Ja, ich bin noch unterwegs.«

Der Ton ist abgehackt und wird immer wieder unterbrochen, sie hört nur »… Studenten aus … weißt doch, die ganze Delegation … aber wie geht es dir?« Von irgendwoher ruft eine Frauenstimme: »Vincent!« Er ist ein Stück weitergegangen und steht nun mitten auf der Straße, seine Haare sind zerzaust, so wie sie es liebt. Hinter ihm huscht ein Pärchen in die Nacht hinein, eng umschlungen.

»Alles gut. Ich …«, beginnt sie, aber wieder spinnt der Ton, er zeigt auf sein Ohr und zieht die Stirn in Falten. Doch dann ist die Verbindung stabil, sie fragt, ob er denn in Ordnung ist und nach dem Café, er antwortet: »Das tut mir leid, ich hatte es bisher nicht geschafft, hab aber vorhin mit Indra alles besprochen. Gleich morgen früh schau ich nach dem Rechten.«

»Ja, bitte. Es ist wirklich wichtig, Vince. Die Aushilfen brauchen deine Unterstützung«, erwidert sie, und er nickt schuldbewusst. Das will sie auch nicht, er soll sich nicht schlecht fühlen, während sie Ferien macht. Kurz überlegt sie, ob sie ihm doch von dem Kleid erzählen soll und von der Idee, auf Sylt zu heiraten. Hier auf dieser wunderschönen Insel, fernab vom Festland, zwischen Wind und Meer.

Wieder ruft jemand seinen Namen. Er wird unruhig, schaut nach rechts. »Lucy, die anderen warten. Wir reden morgen.«

Chance verpasst. Bevor er auflegt, stößt sie hervor:

»Ich habe eine Überraschung für dich. Und ich liebe dich … wie Ebbe und Flut.« Das ist jetzt nicht besonders originell, aber das, was sie hier täglich vor Augen hat: die Gezeiten. Und sie meint damit, wie das Leben, endlos wie die Ringe und viel, viel mehr als Apfelmus und Hering in Sahne. Bis zum Horizont und weiter. Ob er die Einladung zu ihrem Vergleichspiel versteht?

»Dito«, antwortet Vince nur knapp, er hat den Ball nicht aufgenommen. »Bis morgen, Lucy. Schlaf schön.« Dann ist er weg. Lucy starrt auf das dunkle Display und fühlt sich leer. Keine »Blumenfee« und kein »Ich liebe dich«. Frierend zieht sie die Decke fester um sich.

»Hey?« Rieke tritt verschlafen zu ihr auf den Balkon, auf ihrem Shirt die Aufschrift: *For the world you are somebody, but for somebody you are the world.* Sie blinzelt, nimmt Lucy an die Hand und zurück ins Zimmer. Ohne zu fragen, was sie alleine draußen macht.

»Morgen ist auch noch ein Tag, Lichtprinzessin«, sagt Rieke liebevoll. Lucy wird es direkt ein bisschen wärmer. Am besten versucht sie wirklich, jetzt zu schlafen. Nachts sind alle Katzen grau, nachts kann man nicht klar denken, wahrscheinlich genauso wenig einfallsreiche Liebesschwüre hin und her werfen. Und schon gar keine erzwingen, erst recht nicht, wenn die Handyverbindung schlecht ist. Wenn man müde ist, haben die Geister der Nacht leichtes Spiel. Lucy wird sie besser mal vertreiben.

»Du hast recht, Rieke. Gehen wir ins Bett.«
Morgen scheint bestimmt wieder die Sonne.

»Los jetzt«, flüstert Sonja Mado zu und tritt im weißen Hotelbademantel plus Frotteelatschen ungeduldig von einem Bein aufs andere.

»Jaaa«, formt die lautlos mit den Lippen, während sie sich mit dem Handy am Ohr hektisch umzieht.

Es ist gleich elf Uhr, und sie wollten längst schon im Wellnessbereich sein. Heute steht der zweite »Angriff« auf Fiete an. Doch dann rief Mados Exmann Werner an und löcherte sie mit Fragen zu einem Fall, in dem er sie vertritt. Natürlich ließ er die Gelegenheit nicht aus, sich nach Mados Liebesleben zu erkundigen. Wie ein Hirte, der auf sein Lieblingsschäfchen aufpasst und verhindern will, dass es groß wird, findet Sonja und wirft Mado einen ungeduldigen Blick zu. Ihr ist langsam kalt im Hotelzimmer mit Klimaanlage, und sie will das Wellnessgedöns hinter sich bringen, denn sie denkt schon jetzt aufgeregt an den Nachmittag und die nächste Kitesurfstunde mit Aiden. Wenn der Bodydrag heute einwandfrei klappt, darf sie nämlich zum ersten Mal richtig aufs Board!

Mado nickt Sonja zu und verdreht die Augen. Nachdem sie Länz die notwendigen Infos gegeben hat, machen die beiden sich mit Handtüchern bewaffnet auf ins Untergeschoss, in den Spa-Bereich der *Frischen Brise*. Rieke hat gestern nämlich durch Zufall von ihrer neuen Bekanntschaft Hanna, die Fitnesskurse für die Hotelgäste gibt, erfahren, dass für die Yogatruppe heute

Sauna auf dem Programm steht. Und Mado könnte Fiete Kampmann, aktuell Kandidat Nummer eins auf der One-Night-Stand-Liste, in der Sauna *direkt* ansprechen und nach einer Verabredung für morgen Abend fragen. So hatten sie es zumindest gestern alle zusammen beschlossen. Mado ist das ziemlich unangenehm, hat sie Sonja vorhin gestanden, und vor allen Dingen schämt sie sich immer noch wegen des verunglückten Dates mit Bulli. Sonja hat versucht, sie zu beruhigen, und versprochen, sie zu unterstützen. Rieke wollte nämlich in die Innenstadt, irgendwas mit Fotos erledigen, und Lucy hat sich nach dem Frühstück wieder hingelegt, da sie nach ihrem Gespräch mit Vince nicht gut geschlafen hat.

Der Spa-Bereich der *Frischen Brise* ist in hellem Holz, in Weiß- und Cremetönen gehalten. Überall stehen Orchideen und liegen Heilsteine auf kleinen Tabletts, und es duftet nach Lavendel, Orange und Vanille. Ein Wasserstrahl plätschert aus dem Mund eines steinernen Buddhas in einen kleinen Brunnen, und leise Meditationsmusik ist zu hören. Das soll sicher entspannend wirken, doch bei Sonja bewirkt es nur, dass sie aufs Klo muss. Sie wirft Mado einen Seitenblick zu. Auch bei ihr scheint sich keine beruhigende Wirkung zu entfalten, denn sie ringt nervös die Hände und bleibt unschlüssig vor einer Tafel stehen, die über die Wellness- und Massageangebote informiert. *Gönnen Sie sich eine Auszeit und lassen Sie sich von den Zauberhänden unseres Massagetherapeuten verwöhnen.*

»Aha«, kommentiert Sonja belustigt und stupst

Mado mit dem Ellenbogen an, »was machen wohl die Zauberhände noch so alles? Einen Masseur hatten wir übrigens bis jetzt noch gar nicht auf deiner Liste. Super Idee eigentlich. Der bringt direkt wichtige Qualitäten mit.« Sie grinst und zieht eine Augenbraue hoch.

Mado muss lachen. »Wohl wahr, die Option behalten wir uns vor.«

»Ja, aber jetzt setzen wir erst mal deinen Plan in die Tat um.« Sonja schiebt Mado auf die Theke zu, wo eine Mitarbeiterin sie begrüßt. »Guten Morgen! Es ist uns etwas unangenehm, aber wir gehören zur Yogagruppe und sind viel zu spät – sind die anderen schon da? Und wenn ja, wo?«, fragt sie ziemlich überzeugend, während Mado erleichtert dreinblickt, weil Sonja ihr das Reden abnimmt.

Die Frau hinter der Theke nickt und lächelt sie an. »Kein Problem. Gehen Sie ruhig durch, dahinten geht es in den Saunabereich, Ihre Kollegen sind schon da.«

»Vielen Dank!« Sonja strahlt sie an und nimmt ihre Freundin tatkräftig an die Hand. »Nun wird es ernst, Schätzchen. Bist du okay? Wäre gut, so ein Fauxpas wie mit dem Zettel kommt heute nicht vor ...«

Mado nickt und holt tief Luft. »Ja, ich weiß. Ich bin so weit. Ich schaff das. Go!«

Der große Haken an der Idee, die Sauna an diesem Vormittag als Kontaktbörse zu nutzen, ist allerdings: Nicht nur Fiete gehört zu der Truppe, sondern auch Bulli. Mado hofft inständig, dass er es nicht mitbekommt, wenn sie Fiete anquatscht. Das würde ihr gerade noch fehlen.

»Augen zu und durch«, sagt Sonja neben ihr, als könne sie ihre Gedanken lesen, doch sie hat die Rechnung ohne die Wellnessoase gemacht. Denn die stellt sich als wahres Labyrinth heraus. Sie kommen vorbei an Türen mit der Aufschrift *Massageraum eins* bis *vier* oder *Kursraum Yoga, Quigong* und *Fitness*, es folgen Duschen, Toiletten, Kneipp-Tretbecken, Eiswasserbecken, die Kosmetikräume, Ruhebereiche mit Rotlicht und gemütlichen Liegen mit riesigen Kissen. Dahinter liegt die Terrasse mit Außenbecken, und am Ende eines langen Ganges kommt der *Fitness- und Gymnastikraum.*

Dort schwitzen die beiden Berliner, Dennis und sein Lover Malte, in nahezu identischen schwarzen Trainingsklamotten nebeneinander auf dem Laufband. Wobei Malte, der Ältere, ein eher gequältes Gesicht macht. Der blonde Dennis scheint im Gegensatz dazu wie auf Wolken zu schweben.

»Hallihallo!«, ruft er und winkt ihnen freundlich mit beiden Armen zu. Wirklich ein Jammer, dass der nicht zu haben war. »Na, los, traut euch ruhig! Hier sind noch Laufbänder frei!« Er zeigt auf die leeren Bänder neben ihm und lacht sie an. Um Gottes willen, das wäre das Letzte, was Mado jetzt braucht.

»Ach, das ist ganz lieb, danke, aber wir suchen die Sauna«, antwortet Sonja.

»Andere Richtung wieder zurück, dann am Ende des Ganges die erste Tür links«, erklärt Dennis hilfsbereit.

Sonja und Mado bedanken sich mit einem Winken und drehen schnellstens wieder um.

Der Saunabereich ist großzügig und gemütlich gehalten, mit viel Komfort ausgestattet.

»Dann schauen wir mal, wo der Gute sich versteckt hält.« Sonja schielt möglichst unauffällig durch das kleine Fenster der Holztür zur Bauernsauna. »Mado! Da ist Fiete Kampmann. Er hat keine Brille auf und nasse Haare, aber das ist der Typ, tausendprozentig.«

Mado linst ebenfalls hindurch, auch wenn es ihr superunangenehm ist, denn das macht man eigentlich niemals in der Sauna, aber im Gegensatz zu ihrer Freundin sieht sie durch den Dampf und die angelaufenen Fenster alles verschwommen. »Bist du dir sicher?«

»Du musst da jetzt reingehen, Schatz! Schnell, bevor ihr Saunagang fertig ist und die wieder zusammen rauskommen. So lange bleibt man da ja nicht.« Sonja klingt hektisch und dreht sich wieder zu Mado um. »Schau noch mal, ob er drin ist!«

Mado erwischt einen besseren Moment, schielt kurz hinein, bevor sie augenblicklich mit dem Kopf in Deckung geht. »Treffer.« Mado tritt nervös von einem Fuß auf den anderen. »Sonja, hast du gesehen? Neben ihm sitzt Bulli auf der einen und diese Kahlschädelfrau mit den vielen Piercings auf der anderen Seite. Die unterhalten sich sogar!« Sie klingt fast verzweifelt. »Was machen wir denn bloß? Ich kann ihn vor denen doch nicht ansprechen. Und das auch noch nackt. Das schaff ich nicht.«

»Hm, warte kurz.« Ihre resolute Freundin reibt sich am Kinn und denkt nach. Nach einem kurzen Moment hellt sich ihr Gesicht auf. »Ha! Ich hab's. Also, ich geh da jetzt rein und sag zu Fiete, er müsse sofort zur Spa-Theke ans Telefon kommen, scheinbar ein Notfall. Und wenn er draußen ist, setze ich mich zwischen die beiden Nackedeis und verwickle sie in ein Gespräch. In der Zeit fängst du Fiete draußen wie zufällig ab, und zack, nutzt du die Chance.« Sonja schaut Mado triumphierend in die Augen: »Na, was sagste? Das ist die Gelegenheit!«

Mado stöhnt, ihr wird heiß. Sie wirft einen letzten Blick nach innen durchs Türfenster, wo Bertram Bullig breitbeinig auf der Bank sitzt, sein Gehänge deutlich sichtbar. *O nein, bitte nicht!* Er scheint einen seiner Dauermonologe zu halten. Die zwei anderen schauen ziemlich gelangweilt, und Fiete schließt gerade die Augen – bei ihm liegt ein Handtuch über seinem guten Stück –, offensichtlich geht ihm Bullis Gequatsche ebenfalls auf den Keks. Bestimmt ein Zeichen: Er passt zu ihr.

»Okay«, wendet sich Mado an Sonja, »wir machen das. Aber halt die beiden ja lange genug in Schach!«

»Kennst mich doch, reden kann ich.« Sonja grinst, hängt ihren Bademantel an den Haken und wickelt sich in ein Handtuch. »Versteck dich um die Ecke, dann kannst du Fiete in Ruhe abfangen. Viel Glück.« Sie drückt Mado einen Schmatzer auf die Wange und öffnet die Saunatür.

Mado nickt brav. Die Hitze strömt in einem feucht-heißen Schwall, vermischt mit dem Tannenaufgussgeruch, aus der Sauna.

»Guten Morgen in die Runde. Gibt es hier einen Herrn Kampmann? Ich soll ihm ausrichten, er möge bitte nach vorne an die Theke kommen. Ein dringender Anruf!«, hört Mado Sonja mit ausgezeichneter schauspielerischer Leistung von sich geben, dann flappt die Tür zu. Mado atmet noch einmal aus und verschwindet unbemerkt hinter der nächsten Ecke. Hier muss Fiete auf jeden Fall vorbei. Im gleichen Moment kommt sie sich albern vor. Sie beobachtet den Gang. Nichts.

Die innere Unruhe ist kaum zu ertragen. Sie beginnt, langsam bis zehn zu zählen. Immer noch nichts. Wenn das nur gut geht. Okay, bis zwanzig nun. Elf, zwölf, dreizehn, vierzehn, fünf…

Da öffnet sich die Saunatür. Es ist Fiete. Er zieht sich seinen Bademantel über und geht in Adiletten den Gang auf sie zu. »Äh, hi, Fiete … Darf ich dich kurz was fragen?« Mit einem aufgekratzten Lächeln stellt Mado sich ihm entschlossen in den Weg.

Er bleibt vor ihr stehen, stutzt. »Gerne! Aber ich muss erst zur Anmeldung, ich wurde gerade ans Telefon gerufen.«

Diese nimmt all ihren Mut zusammen und versucht, noch unwiderstehlicher zu lächeln: »Ja … also, das war ein Vorwand. Um dich alleine herauszulocken.«

Jetzt scheint er wirklich ziemlich perplex zu sein und streicht sich mit beiden Händen die nassen Haare zurück. Wahnsinnig attraktiv findet Mado ihn in diesem Saunadress und mit seinen geröteten Wangen.

»Aha«, sagt er nur, aber sieht interessiert aus.

Das Ganze wird ihr auf einmal doch sehr unangenehm. Sie spürt, wie ihr Puls rast, und hofft, sie wirkt dennoch souverän.

»Und was willst du mich fragen, Mado?« Er lächelt sie an. Da fällt ihr ein Stein vom Herzen.

»Nun, ich hätte große Lust, unser Gespräch von Samstag fortzusetzen. Die Big Band war ja so laut, und es war knallvoll … wir konnten uns gar nicht richtig in Ruhe weiter unterhalten. Darf ich dich deshalb morgen Abend zum Essen einladen?« Puh. Raus ist es. Mado schaut ihm direkt in die Augen und beißt sich unsicher auf die Unterlippe.

Fiete ist die Überraschung anzumerken, das ist bestimmt das Letzte, was er in der Sauna erwartet hat. »Ach so …«, antwortet er neutral und scheint zu überlegen.

Wenn der mir einen Korb gibt, denkt Mado, wie peinlich, dann schmeiß ich meinen Traum in die Tonne.

»Einverstanden«, sagt Fiete jedoch, auch wenn er für Mados Geschmack einen Tick zu lange für die Antwort gebraucht hat. »Aber nur wenn ich *dich* einladen darf!«

Yes! Mado ist erleichtert. *Und ein Gentleman ist er noch dazu.* Sie erwidert ganz cool: »Ja, gut! Ich freu mich. Also dann bis morgen. Ich reserviere einen Tisch im *Alten Zollhaus.* Kennst du das Restaurant? Sehr leckere Küche. Neunzehn Uhr? Wir können uns ja Viertel vor im Foyer treffen.«

»Abgemacht.« Er grinst amüsiert. »Und was nun – gehen wir zwei noch ein bisschen zusammen schwitzen?«

Fiete will mit ihr in die Sauna? Auf gar keinen Fall! Mado sieht sofort Bulli, die Kahlschädelfrau und Sonja vor sich.

»Ach nein, äh, weißt du, ich habe eine … eine Sauna-allergie!«, lügt sie ad-hoc.

Misstrauisch beäugt er sie. »So, so. Dann wollen wir lieber nichts riskieren. Wir sehen uns morgen, tschüss Mado.«

Und nach einem lässigen Kapitänsgruß dreht er sich um und schlendert wieder langsam den Gang zurück zu den Saunen. Sie beobachtet ganz genau, dass er auf dem Weg ein paarmal den Kopf schüttelt, als könne er nicht glauben, was ihm da gerade passiert ist. Oder was er sich eingebrockt hat.

#einverrückterplan

Das Meer liegt ganz ruhig da, so als hätte jemand zwei gerade, endlose Striche gezogen. Einen an der Grenze zwischen Wasser und Sand und einen parallel, viel weiter hinten zum Himmel hin. Rieke hat den Weg über die Westerländer Promenade gewählt. Sie liebt diese Route, die Meer und Menschen gleichermaßen trennt und verbindet. Noch so eine Linie. Heute führt sie diese direkt zu ihren Bildern. Hanna hat ihr eine Nachricht geschickt, dass sie sie abholen kann.

Seit ihrer Begegnung im Park wird Rieke freudiger und zugleich aufgeregter. Schade, dass sie diese Freude noch nicht mit ihren Freundinnen teilen kann, denn sie möchte sie mit schönen Ergebnissen überraschen.

Außerdem geht sie lieber auf Nummer sicher und schaut erst mal selbst, wie ihre Motive in groß wirken. Bisher stellt sie die Fotos ja nur auf Instagram oder jubelt sie ihren Mädels als Polaroids und Minifotos in halber Postkartengröße unter. Lucy pinnt sie dann an ihr Board im Blumencafé, Sonja hängt die schönsten Fotos zu Hause mit Magneten an den Kühlschrank, und Mado sammelt sie in einem kleinen Karton in ihrer Schreibtischschublade, um sie ab und zu rauszuholen und zu betrachten, wenn sie in ihrem Businessalltag Sehnsucht nach den Syltschwestern hat. Sie selbst hat sie in ihrem WG-Zimmer hängen und in vielen Kisten und Kästen, bisher nie größer als Postkartenformat.

Rieke hebt ihre Kamera, die sie um den Hals hängen hat, schaut kurz durch und drückt auf den Auslöser. Das Meer ist heute wie ein Riesengemälde, und die Sonne steht perfekt. Ein rascher Blick auf das Display lässt sie zufrieden lächeln. Es ist ein schöner Tag, die Nordseesonne wärmt ihre gebräunten Unterarme. Sie zieht ihr Shirt gerade, auf dem steht: *Make my day!* Rieke hat sich, wie meistens, keine großen Gedanken gemacht, als sie es heute Morgen anzog. Doch jetzt freut sie sich besonders über den Spruch. Das Unbestimmte daran gefällt ihr, dass alles möglich ist. Sie kann das Beste aus ihrem Tag machen und annehmen, idealerweise wird es am Ende richtig gut. Ihre Füße wippen beim Gehen, fast verfällt sie in einen Hopserlauf, so sehr tanzen und fliegen Schmetterlinge in ihrem Bauch. Auf einmal kann sie Lucys Euphorie in puncto Hochzeit verstehen. Das Gefühl, ihrem Traum endlich nahe gekommen zu sein, ist unbeschreiblich schön.

Hanna war gar nicht mehr zu bremsen, sie hat einen Deal mit ihrem Lieferanten ausgehandelt. Um die Formate wollte sie sich auch kümmern, und um die Kosten bräuchte sich Rieke keine Sorgen zu machen. Da sie keine große Planerin ist und die Dinge meistens so nimmt, wie sie kommen, wie Hühnergötter und Fundstücke am Strand, freut sie sich sehr, sie kennengelernt zu haben, und auch über ihre Begeisterung und Unterstützung. Die Lauftrainerin ist in Sachen Fotos für Rieke ein Motivationsbooster.

Wenige Minuten später steht sie vor dem Geschäft. Von außen sieht der Fotoladen etwas altmodisch aus, das Schaufenster ist mit Kameras aus verschiedenen Jahrzehnten dekoriert, die Rieke schon beim ersten Mal an ein Museum erinnert haben. An der Wand hängen Fotos von Meer, Heide, Muscheln und Strandkörben. Und in Vitrinen gibt es alles, was das Fotografenherz höher schlagen lässt: Kameras, Objektive, Equipment aller Art. Doch bevor Rieke eintreten kann, bimmelt die Glocke, und Hanna reißt die Tür auf.

»Moin. Da bist du ja! Du wirst Augen machen, die Bilder sind … ach, komm einfach mit!« Überschwänglich fasst sie Rieke am Arm und lotst sie hinter dem Kassenbereich in einen hellen, weiß getünchten Raum mit alten Holzdielen, an dessen Seite eine Wendeltreppe auf eine schmale Galerie führt.

»Wow!« Staunend bleibt Rieke im Durchgang stehen und schaut sich um.

»Coole Location, was? War mal ein Tanzsaal, heute unser Lager. Aber guck mal hier unten.«

Rieke löst den Blick von der Empore, die vor Bildern und Rahmen nur so überquillt. Überall stapeln sich Kisten und Kästen. Hanna deutet grinsend auf eine Reihe Fotos in allen möglichen Größen, die sie, auf Rahmen aufgezogen, an der Wand aufgestellt hat. So verschieden die Motive sind, eines haben sie gemeinsam: Sie sind wie eine Welle, die einen mitreißt. Rieke blickt von links nach rechts und von rechts nach links und begreift erst beim zweiten Blick richtig, dass das *ihre* Bilder sind.

»Das ist ja unglaublich«, flüstert sie und überlegt, ob sie sich mal kneifen soll, um zu verstehen, dass das gerade wirklich passiert. Hanna hat an alles gedacht und sogar zwei Kissen vor die Fotostrecke gelegt, damit sie sie in Ruhe betrachten können. Ihre Bilder kommen ihr vertraut und fremd zugleich vor. Sie erschaffen ihre ganz eigene Welt.

»Das kann man wohl sagen, dass die unglaublich sind«, konstatiert Hanna in das laute Schweigen hinein. »Und die Idee mit den Hashtags, Rieke, die ist mega. Wie sie sich einfügen, in das Wasser, den Himmel, den Sand – als wären sie auch im Original sichtbar gewesen. Total stimmig. Ein echter Mehrwert.«

Rieke weiß gar nicht, wo sie zuerst hinschauen soll. Sie betrachtet zunächst das Wetterleuchten mit der zwischen den Wolken versteckten Aufschrift *#sturmist-*

leben, dann erkennt sie die überglückliche Lucy am Strand – *#sommerleuchten* –, und schließlich bleibt ihr Blick an einem Bild mit ihren Freundinnen hängen: Mado lachend mit Hut, Lucy, wie sie von hinten die Arme um sie legt, sie selbst, ein Peace-Zeichen machend, und Sonja, die mit beiden Händen Sand vor ihnen in die Höhe wirft. Ihr erster Tag auf Sylt. Die Nachmittagssonne ließ genau in dem Moment, in dem der Selbstauslöser losging, einige Sandkörner wie Goldpartikel glitzern. *#heißundinnig* steht in goldenen Lettern im Sand zu ihren Füßen.

Rieke geht in die Hocke, sie ist beeindruckt. Hanna hat von Anfang an recht gehabt, ihre Fotos funktionieren super im Großformat! Was für ein Glück, dass sie auf sie gehört hat.

»Sie sind so schön, Hanna. Aber die müssen auch unfassbar teuer sein«, spricht sie den Gedanken aus, der ihr als Nächstes durch den Kopf schießt. Quadratische und rechteckige Bilder, mal horizontal das Panorama, mal vertikal den Horizont betonend, und mindestens eins fünfzig lang.

»Mach dir keine Gedanken, mein Chef ist zwar ein Knochen, doch im Geschäft ein Fuchs. Ich habe ihm gesagt, dass du ein Talent bist und die erste Ausstellung schon geplant ist. Ein Geheimtipp sozusagen! Wir können dir daher ein Zahlungsziel von drei Monaten anbieten und haben die Abzüge zum Sommer-Special-Preis geordert. Hier steht alles genau. Passt das für dich?« Sie überreicht ihr ein Dokument.

Rieke überfliegt die Kosten und ist erleichtert.

»Hanna, das passt! Vielen Dank für deinen Einsatz! Das ist wirklich unheimlich lieb, was du für mich tust. Eigentlich bin ich hier ja nur im Urlaub. Und streng genommen bin ich kein Profi, sondern Bloggerin. Als richtige Fotografin gehe ich eher nicht durch, und eine Ausstellung ist weit und breit nicht in Sicht.« Rieke senkt den Kopf, ihr sind die Vorschusslorbeeren unangenehm. Sie kann sich ihr Leben zwar ohne Fotografieren nicht vorstellen, bisher hat sie das für selbstverständlich gehalten, wie etwas, das zu ihr gehört, wie die engen Röhrenjeans und ihre graublauen Augen. Eine Berufung – okay. Das ist es auf jeden Fall, aber ihr Beruf?

»Dafür habe ich schon einen Plan«, sagt Hanna, ihren Einwand ignorierend. Sie nickt aufgeregt, dabei wippt ihr Pferdeschwanz hin und her. »Du wirst schon sehen. Geduld ist die Mutter der Kunst.«

In diesem Moment läutet die alte Ladenglocke, und Rieke hört zwei Stimmen, die ihr irgendwie bekannt vorkommen.

»Niemand an Bord?«, ruft die eine in tiefem Bass.

»Wir möchten etwas abholen«, flötet die weibliche, und ein Hund bellt wie zur Bestätigung.

»Wir sind hier hinten!«, ruft Hanna.

Und schon treten die van der Ulmens durch den offenen Durchgang. »Guten Tag, Irene und Friedbert«, begrüßt Hanna die beiden. Die heben für ihre Verhältnisse wortkarg die Hand zum Gruß, zügig laufen sie weiter in den Raum hinein und vor der Bilderreihe auf und ab. Rieke versucht währenddessen, den stür-

232

misch wedelnden Königspudel von ihren Bildern fernzuhalten.

Friedbert findet zuerst die Sprache wieder. »Heiliger Klabautermann«, ruft er und tippt sich an die Kapitänsmütze. »Wenn das man kein heißer Dampfer ist.«

Seine Frau stimmt ihm zu. »Haben Sie diese Kunstwerke gemacht?«

Rieke muss erst überlegen, ob sie gemeint ist. An ihrer Stelle sprudelt Hanna los: »Ja, das ist Rieke Müller, sie ist Fotokünstlerin. Sind ihre Werke nicht großartig? Diese lebendigen, warmen Farben, das Leuchten, die Komposition …«

Rieke schweigt weiter, fast ein bisschen schwindelig ist ihr von dem ganzen Geschehen.

»Und was sind das für Zeichen mit den Wörtern dran?«, fragt Irene interessiert.

»Das sind Hashtags«, erklärt Rieke, die langsam zu sich kommt. Für die Antwort erntet sie zwei ahnungslose, jedoch neugierige Blicke. »Die Raute hier«, sie geht vor und deutet auf die Schrift schräg über Lucys Kopf, »nennt man ›Hashtag‹.« Sie kann gar nicht glauben, dass jemand das nicht weiß. Als sie weiterhin keine Reaktion bekommt, schreibt sie das Wort schnell auf ihren Notizblock, reißt das Blatt für das betagte Künstlerpaar ab: »Das sind so etwas wie Schlagworte, Botschaften. Man verwendet sie in den sozialen Medien, ich habe da einen Reiseblog mit Fotos. Man könnte sagen, so eine Art Mini-Ausstellung im Internet.«

Sofort beginnen die Augen der van der Ulmens zu leuchten.

»Wir beide haben doch auch eine Ausstellung, unsere Finissage, jetzt am Sonntag im Salon Fiffi. Hatten wir Ihnen nicht schon davon erzählt?« Irene zieht den Rieke bereits bekannten Flyer aus ihrer Handtasche, auf der oben rechts ein Glitzerpudel zu erkennen ist. Der echte Herr Bödefeld beobachtet die Situation aufmerksam.

»Doch, doch.« Rieke nickt.

»Sie müssen dabei sein!«, sagt Irene und strahlt Rieke verschmitzt an.

Sie flüstert ihrem Göttergatten etwas ins Ohr, der übersetzt: »Alle Matrosen an Bord! Junge Frau, Sie sollten zu unserer Ausstellung kommen, und zwar nicht als Gast, sondern als unsere *Kollegin*!« Wie zur Bestätigung lässt Herr Bödefeld ein fröhliches Bellen verlauten und schaut Rieke treuherzig an.

Rieke weiß gar nicht, was sie sagen soll.

Hanna klopft ihr bestätigend auf die Schulter und lächelt ihr zu. »Das ist eine großartige Idee! Wir haben die Fotos natürlich in bester Qualität produziert, ideal zum Ausstellen. Und *Chez Fiffi* ist auf der ganzen Insel als unkonventionelle Galerie bekannt.«

»Genau!«, quiekt Irene und hakt sich bei ihrem Mann unter.

»Im hinteren Teil des Salons sind noch Wände frei, dort können Sie Ihre Bilder zeigen«, fährt dieser fort. »Sie passen wirklich ausgezeichnet auf diese besondere Insel, und zwischen unseren gemalten Tierporträts sorgen sie für die echte maritime Note. Nicht wahr, mein Seestern?« Er lacht brummend und gibt seiner Liebsten einen Schmatz auf die Wange.

Rieke überlegt, schluckt. Sie wollte die Bilder privat verschenken und eigentlich nie so im Rampenlicht stehen, aber andererseits …

»Wenn Sie keine gute Fotografin sind, ach was, keine Künstlerin mit diesen, wie heißen die Dinger noch mal, Haschtacks …«, wie Irene das ausspricht, klingt es definitiv nach Drogen, »… dann fress ich einen Schiffsbesen«, beendet Friedbert ihren Gemeinschaftssatz.

»Also abgemacht?« Er streckt Rieke lächelnd seine Hand hin.

Warum eigentlich nicht? Sie schlägt ein. »Abgemacht!«

»Super!« Hanna freut sich.

Was auf einmal alles in Bewegung kommt seit ihrem erneuerten Mittsommerpakt, das ist irgendwie magisch. Und dabei hat sie nicht mal einen konkreten Traum formuliert. Das muss sie nachher unbedingt den anderen erzählen. *#einverrückterplan* oder *#einfachmalmachen*, notiert sie in Gedanken.

»Zeit anzustoßen.« Friedbert schaut auf seine riesige Armbanduhr, als zeige die das an.

»Wir wollen noch ins Café, möchten Sie beide mitkommen? Dann besprechen wir alles Weitere«, schlägt Irene vor und streichelt Herrn Bödefeld über den Lockenkopf.

Rieke ist einverstanden, vielleicht soll das ja alles so sein, schließlich sind sie ausgerechnet in der *Frischen Brise* untergekommen. Und wenn dort wirklich Kunst ausgestellt wird, kommen sicher auch illustre Gäste. Wer weiß.

»Wir müssen nur überlegen, wie Sie diese Riesendinger rüber ins Hotel kriegen«, stellt Friedbert fest und begutachtet mit gerunzelter Stirn die Werke.

Daran hat Rieke überhaupt noch nicht gedacht.

»Kein Problem«, antwortet Hanna. »Ich frage Claas Lindström. Das Hotel hat einen Kleinbus, den können wir bestimmt ausleihen.«

»Na bravo, dann ist ja alles klar. Gehen wir zu Leysieffer nebenan und feiern mit einem fulminanten Eistraum! Den wollten wir uns heute sowieso gönnen, nicht wahr, Liebchen? Hahaha!«, scheppert Friedbert.

»Unbedingt«, bestätigt seine bessere Hälfte. »Dann können wir die Details klären. Immerhin ist unser Event schon in drei Tagen.«

»Sehr gerne.« Rieke lächelt das Ehepaar dankbar an. »Und du?«, fragt sie Hanna. Diese checkt die Zeit auf ihrem Handy. »Warum nicht? Geht nur schon vor, ich mach noch die Kasse und schließ den Laden ab.«

Als die van der Ulmens samt Hund an der Ladentür sind, flüstert Rieke Hanna zu: »Wie verrückt ist das denn?! Das hast du doch eingefädelt! Du bist gar keine Trainerin, sondern eine Fee. Kannst du zaubern?«

»Nee«, antwortet die mit Unschuldsmiene, »nur hellsehen. Ist ja nicht schwer beim Anblick deiner wunderschönen Fotos.«

Bei diesen Worten fällt Rieke ihrer Helferin um den Hals, umarmt sie, so fest sie kann, und hofft, dass Hanna nicht merkt, wie ihr die Tränen kommen.

»Sagst du Mina und Edwin bitte Grüße von mir und dass ich sie lieb hab? Vielleicht kann ich ja morgen mit ihnen telefonieren«, sagt Sonja zu ihrer ältesten Tochter.

»Jaja, Jetzt chill mal, uns geht's gut. Omi Marlis ist easy, und Papa nervt auch nicht mehr so random rum«, beruhigt Lola.

»Das freut mich, Schatz. Dir viel Spaß beim Reiten, und gib mir noch mal Papa.«

»Okay, ciao!« Lola knallt den Hörer auf etwas Hartes, vermutlich den Wohnzimmertisch. »Papa! Mama ist dran!«, hört Sonja sie brüllen. Darauf folgen Türenknallen und Schritte, die sich nähern.

»Sonni, hallo Liebling! Ich habe gerade oben gesaugt, kannst du dir das vorstellen?« Ihr Ehemann scheint gute Laune zu haben und lacht laut über sich selbst.

»Echt? Dass ich das noch erleben darf!«

»Und, wie geht es euch? Alles fein?«

Sonja ist leicht irritiert über seinen Stimmungswandel. Na ja, vielleicht genießt er sogar ein wenig das Zusammensein mit den Kindern. Im Krankenhaus ist es in der Ferienzeit vielleicht auch etwas ruhiger.

»Hier ist alles wunderbar! Es ist so schön, wieder auf Sylt zu sein und Zeit mit den anderen zu verbringen. Wann haben wir Freundinnen das schon mal? Stell dir vor, heute war ich sogar mit Mado in der Sauna! Und beim Kiten stell ich mich auch gar nicht so blöd an, es macht einen Wahnsinnsspaß!«, erzählt Sonja, dank-

237

bar, dass von Mark kein Gejammer oder Vorwürfe kommen.

»Das freut mich, Sonni. Tu mir einen Gefallen, pass trotzdem auf dich auf. Verletzungen beim Surfen sind nicht zu unterschätzen.«

Mark lässt wieder einmal den Arzt raushängen, aber trotzdem goldig, dass er sich um sie sorgt. »Versprochen«, antwortet sie deshalb nur.

»Liebling, gibt's noch was Wichtiges? Ich bin in Eile, muss Mina gleich bei ihrer Freundin Leni abholen«, verkündet Mark allen Ernstes.

Sonja ist überrascht. Mark als Familienmanager. Es geschehen tatsächlich Zeichen und Wunder. Prima, daran könnte sie sich durchaus gewöhnen. Gefällt ihr, dieser andere Mark, der zu Hause alles im Griff hat.

»Nein, geh ruhig. Das schreib ich mir in den Kalender, dass du so was mal zu mir gesagt hast«, scherzt sie. »Grüß Mama lieb von mir. Ich wollte noch was besorgen und hab dann auch schon wieder Surfkurs. Bis morgen, ciao!«

»Tschü-üss! Und auch von mir Grüße an die Ladys. Ich liebe dich.« Dann legt er auf, ohne dass sie noch etwas erwidern kann.

Aber was hätte sie geantwortet? Dass sie ihn auch liebt? Klar tut sie das, auch wenn man sich das nach vierzehn Ehejahren nicht mehr ständig ins Ohr flüstert. Sie ist erleichtert, dass er so vergnügt geklungen hat, trotzdem ist sie misstrauisch, ob seine Entspanntheit ihr nicht verdächtig vorkommen sollte. Na egal, sie muss weiter.

Sonja steckt ihr Handy wieder in den Rucksack. Jetzt aber rein in den Surfshop, vor dem sie auf der Westerländer Promenade schon eine ganze Weile herumsteht. Der Typ mit den Rastalocken hinter dem Verkaufstresen sieht ernsthaft aus wie Bob Marley und begutachtet sie ein bisschen misstrauisch. Auch wenn man ihr das Surfen vielleicht nicht ansieht, sie braucht dringend eine Surfbrille. Das letzte Mal beim Kiten hat sie wegen der Sonne und des Salzwassers ständig die Augen zusammengekniffen.

Sie sieht sich um. Der Shop ist riesig und supergut sortiert. Gerade als sie die Surfbrillen auf einem Ständer am Eingang genauer betrachten will, erkennt sie auf der gegenüberliegenden Mauer an der Promenade eine Frau und einen Mann, die vertraut miteinander tuscheln. Jenny und Aiden.

Die beiden sitzen eng zusammen, Kaffeebecher in den Händen. Jennys freie Hand liegt dabei auf Aidens Oberschenkel, und sie lehnt sich lässig an ihn, in einem hellgelben Trägerkleid mit tiefem Ausschnitt. Aiden hat bereits seinen Neoprenanzug an, Sonjas Unterricht beginnt ja auch in einer Stunde. Wirklich umwerfend sieht er aus und reagiert gar nicht groß darauf, dass Jenny sehr offensichtlich mit ihm flirtet. Sie lacht die ganze Zeit völlig aufgedreht und rückt noch näher an ihn ran. Aus einem unerfindlichen Grund gefällt das Sonja ganz und gar nicht. Sie mag Jenny nicht, sie findet sie arrogant und gemein. Ein winziges Bedauern überkommt sie. Läuft da etwas zwischen den beiden? Aiden redet, und Jenny lehnt nun sogar den Kopf an seine Schulter. Wieder spürt Sonja einen leichten Stich. Ist sie etwa … eifersüchtig? Nein, das kann nicht sein, oder? Gerade als Sonja sich dessen verwundert bewusst wird, blickt Aiden in ihre Richtung. Mist. Schnell geht sie hinter dem Ständer in Deckung.

Aiden streckt sich, sodass Jenny sich von ihm lösen muss. Etwas pikiert dreinblickend ordnet sie die Träger ihres Kleides. Aiden schaut zum Laden, sagt etwas zu Jenny und steht auf. O nein, hoffentlich hat er sie nicht gesehen.

»Alles easy?«, fragt der junge Verkäufer hinter ihr.

»Äh, ja, alles.« Sonja wirft noch einen kurzen Blick auf die Promenade. Jenny und Aiden haben ihre Becher entsorgt und nähern sich dem Surfshop. Verdammt, sie will auf keinen Fall Jenny begegnen! Schnell geht sie zum nächsten Regal und bleibt vor einem riesigen knallgrünen Sportlenkdrachen mit dem Namen »Lucky Loop« stehen. »Den nehm ich!«, sagt sie und greift das Ungetüm. Dann holt sie einen Fünfzigeuroschein aus ihrem Geldbeutel, wirft ihn dem verdutzten Verkäufer mit den Worten »Stimmt so!« auf den Tresen und eilt zur Tür.

»Moment mal! Da fehlen noch zwanzig Euro!«, ruft der Typ ihr hinterher.

Erst jetzt prüft sie, was das Ding eigentlich kostet, und schnappt nach Luft. Neunundsechzig Euro für einen Drachen in Kotzgrün mit einem furchtbar hässlichen dicken Käfer drauf.

Erschrocken wendet Sonja sich um. »Sorry!«, stammelt sie, fummelt hektisch noch einen Fünfzigeuroschein aus ihrem Rucksack und drückt ihm das Geld in die aufgehaltene Hand. Exakt in dieser Sekunde treten Aiden und Jenny ein. Fuck! Sonja hält sich schnell den Riesendrachen vors Gesicht, damit die beiden sie von hinten nicht erkennen.

»Hi, Bobby, wie geht's?«, grüßt Aiden den Verkäufer und kommt näher. *Heißt der auch noch Bobby*, schießt es Sonja durch den Kopf, bevor sie hervorstößt: »Rest ist für dich«, und sich dann mit Lucky Loop als Schutzschild rückwärts zur Ladentür bewegt. Jetzt nix wie weg. Aiden geht so nahe an ihr vorbei, dass er an das Plastik der Drachenverpackung stößt. Und Jenny wirft ihr einen seltsamen Blick zu, aber Sonja reagiert nicht. Sehr gut. Fast geschafft! Sie hält das Riesenviech noch etwas höher und hastet die letzten Meter bis zur Tür, in der Hoffnung, dass Aiden sich nicht mehr umdreht.

Einen Schritt noch, und sie ist draußen.

»Sunny?«

Shit, shit, shit! Sonja lässt Lucky Loop sinken, seufzt einmal laut und spürt dann eine Hand auf der Schulter. Sie dreht sich um. Aiden steht vor ihr und lacht sie an.

»Hey, hab ich doch richtig gesehen! Was machst du denn hier?«, fragt er so, als freue er sich wirklich, sie zu treffen. Jenny, die jetzt auch zu ihnen gekommen ist, steht neben ihm und mustert sie abschätzig.

»Ja … hi, Aid. Also, ich wollte vor der Kursstunde einen, äh …« Sonja schaut hilflos auf Lucky Loop, als könne der sie jetzt aus der Situation retten.

»Coole Farbe.« Aiden grinst und deutet auf den Drachen.

»Etwas ausladend, der Käfer«, kommentiert Jenny spitz. Dabei schaut sie verächtlich vom Riesendrachen zu Sonja und wieder zurück.

Sonja kocht innerlich. »Tja, lieber ein paar Kilos zu viel als ein paar Gehirnzellen zu wenig«, brummelt sie vor sich hin. Immerhin hat sie ihre Schlagfertigkeit wieder. Und ergänzt lauter: »Er heißt Lucky Loop und ... ich kenne ihn über eine beliebte Datingplattform.«

Aiden lacht und klopft ihr auf die Schulter. »Sunny, you're so funny. Na, dann viel Spaß mit deinem Kumpel. Wir sehen uns später.«

Jennys Augen sind nur noch zwei Schlitze, aber sie bleibt stumm. *Eins zu null für mich*, beglückwünscht sich Sonja im Geiste und sagt dann laut zu beiden: »Keine Sorge, mit Ungeheuern kenn ich mich aus. Gut, also, tschüss. Bis nachher!«

Erhobenen Hauptes dreht sie sich um, lässt die zwei stehen und schreitet stolz in ihren Flipflops und mit dem grünen Riesenviech unter dem Arm davon.

#tiefimwatt

»Igitt! Schon wieder so ein Ding. Ist das wirklich Kot?«

Angewidert verzieht Mado das Gesicht und hüpft auf Zehenspitzen, ein paar Minihäufchen aussparend, durch den Schlick. Lucy nimmt sie lachend am Arm, schließlich hat sie die anderen zu dieser Wattwanderung überredet. Es ist eine gute Gelegenheit, um nach einem Hühnergott für Rieke Ausschau zu halten. Außerdem möchte sie testen, ob eine Wattwanderung als Inselprogramm für Hochzeitsgäste infrage kommt. Hier im Osten der Insel, so hat sie in Riekes Reiseführerstapel gelesen, sollen die Wattwanderungen atemberaubend sein. Und den besten Nationalparkführer von Sylt, einen gewissen Ole Olsen, hat man ihr an der Hotelrezeption empfohlen. Lucy konnte noch spontan vier freie Plätze für sich, Mado, Sonja und Rieke an diesem Morgen ergattern.

Mit kurzen Röcken und Hosen, Windjacken um die Hüften und acht nackten Füßen stapfen die vier hinter dem Wattführer und den anderen Touristen her über den klitschigen Meeresboden. Lucy liebt dieses Gefühl, wenn der nasse Sand bei jedem neuen Schritt innerhalb von Sekunden wieder komplett um beide Füße fließt, und ist selig.

»Herrlich!«, schwärmt auch Sonja.

»Ole Olsen, ob das ein Künstlername ist?«, flüstert Rieke. »Der muss auf jeden Fall in meine Porträtsammlung.«

Lucy zwinkert Rieke verschwörerisch zu, als ihre Freundin heimlich ein paar Fotos von ihm schießt. Der bärtige Seebär mit Fischermütze und gelbem Friesennerz bedient wirklich alle Klischees.

»Kennt ihr die Small Five?«, fragt er in die Runde und schaut triumphierend, da sich niemand meldet.

»Die Small Five sind keine unbezwingbaren friesischen Dünen, das sind unsere Sylter Nationaltiere«, erklärt er bedächtig. Dabei klingt sein Englisch viel mehr nach Plattdeutsch als nach Airport international. »Herzmuschel, Strandkrabbe, Wattschnecke, Nordseegarnele und natürlich … na?«, er blickt von einem zum anderen.

»Der Wattwurrrm«, sagt eine Bayerin stolz mit rollendem R, und Ole bestätigt nickend auf Friesisch-Lateinisch: »Arenicola marina.« Mado kann sich augenscheinlich nicht für das kleine Tierchen und erst recht nicht für dessen Ausscheidungen begeistern. Angeekelt hüpft sie weiter Schlangenlinien im Wattslalom. »Ich darf auf keinen Fall bei dieser Mördertour umknicken oder mir die Füße an einer Muschel aufschneiden. Sonst kann ich die Lacksandalen bei meinem Date heute vergessen. Und kalt ist mir auch.«

Ole stößt im Vorwärtsstapfen immer wieder seine Mistgabel in den Boden, um winzige Naturschätze aus dem UNESCO-Weltnaturerbe hervorzuholen.

Mado hüpft erneut vor einem Wattwurmhäufchen weg, um kurz darauf bis über den Knöchel in einem Schlickloch einzusinken.

»Dafür ist die Gegend um das Morsumer Kliff bekannt. Tiefer kann man im Wattenmeer kaum einsinken«, referiert Rieke für ihre Freundinnen.

»Und das soll Spaß machen?«, meckert Mado. »Ich liebe das Meer, den Strand, die Sonne, aber was ihr an dieser …«, sie sucht nach dem richtigen Ausdruck, »… Latscherei durch Matschepampe findet, verstehe, wer will. Und windig und eisig ist es auch.« Abgestoßen zieht sie den rechten Fuß heraus und schüttelt ihn aus. »Wenn ich mir vorstelle, was da alles genau im Watt kreucht und fleucht …«

»Das ist keine Matschepampe, sondern ein National-park. Ein komplexes Ökosystem mit über zehntausend Tier- und Pflanzenarten, die uns noch lange überleben werden«, gibt Rieke ihr Wissen zum Besten. Begeistert zoomt sie mit ihrer Kamera eine Reihe Erdhäufchen heran. »Hashtag Wattwurmschiet.«

»Inzwischen weiß man genau, dass der Wattwurm immens wichtig ist für unser Ökosystem, der kleine Kerl ist damit auch sehr bedeutend für unser Klima«, berichtet Ole gerade passend dazu weiter vorne.

»Siehst du, Mado«, bestätigt Sonja lachend. »Die Wattwürmer retten die Welt. Ich weiß gar nicht, was du hast. Sieh es doch als Peeling. Meine Füße freuen sich sehr.«

»Außerdem«, fängt Mado wieder an, »sehen diese Haufen aus wie Spaghetti.« Das spricht sie betont ita-lienisch aus.

»Das muss dir doch gefallen«, schmunzelt Sonja und tritt eins der schokobraunen Nudelhügelchen platt.

Mado gibt auf und tapst mit starrem Blick weiter. »Au!«, prompt tritt sie auf etwas Scharfkantiges. »Merda!«

Rieke eilt zu Hilfe. »Nicht schlimm, das war nur eine Muschel«, begutachtet sie und wischt die zerbrochenen Reste von Mados Fußsohle. »War da nicht eben ein kleiner runder Stein mit einem Loch drin? Nein. Schade.«

»Das wird schon. Hab Vertrauen und Geduld. Sag ich meinen Kindern auch immer«, tröstet Sonja.

»Weißte was, Sonja? Ich beneide dich richtig um deine Ehe und dein Familienleben«, kommt es unvermittelt von Lucy.

»Aber Liebes, das wirst du auch bald haben. Wenn ihr erst mal unter der Haube seid, hüpfst du in null Komma nichts mit kleinen quäkenden Lichtwürmchen durchs Watt«, spricht sie Lucy Mut zu.

»Ja, *wenn*!«, kann sich Mado nicht zurückhalten.

»Mensch, Mado. Hoffentlich bist du heute Abend besser drauf. So wirst du den schönen Fiete nämlich nicht bezirzen«, meint Rieke. Dann wendet sie sich Lucy zu: »Hör mal. Ganz im Ernst. Zur Liebe gehören immer zwei und zum Heiraten auch. Was hältst du davon, wenn du den glücklichen Bräutigam in den nächsten Tagen doch in deine Pläne einweihst? Ganz in Ruhe.« Sie bleibt vor der Braut in spe stehen. Auch Mado und Sonja stoppen, keine sagt etwas. »Ich fände es besser, wenn er Bescheid wüsste«, betont Rieke.

»Findest du wirklich?«, fragt Lucy verunsichert. »Ich habe noch gar nicht alles organisiert. Eigentlich wollte ich ihn ja überraschen. So der Plan.«

»…weil er keine Zeit hat und du sichergehen möchtest, dass alles steht und nichts mehr schiefgehen kann«, ergänzt Rieke.

»Die Idee ist ja auch prinzipiell nicht verkehrt«, wirft Sonja ein. »Aber erstens hast du schon fast alles in die Wege geleitet, und zweitens …«

»…zweitens geht in einer Beziehung nichts über

Ehrlichkeit. Und Vertrauen. Nur so kann man authentisch zusammenleben und sich gemeinsam freuen«, vollendet Mado.

Rieke nimmt die drei mit Schwung in den Arm. »Kommt mal her, ihr Syltschwestern. Verstehe ich das also richtig, ihr seid auch der Meinung, unsere Lichtprinzessin sollte endlich mit Vince sprechen?«

»Hundertprozentig!«, ruft Sonja.

Und Mado stimmt zu: »Ja, Lucy, unbedingt. Das ist vernünftig. Der klügere Weg.«

Lucy schaut zögerlich von der einen zur anderen Freundin. »Ihr seid euch einig?«

Alle nicken.

»Das wird das Beste sein und dich vor unliebsamen Überraschungen schützen. Vince ist nicht der Typ, der froh darüber ist, sich überrumpeln und von jeglicher Planung ausschließen zu lassen«, argumentiert Rieke.

Lucy überlegt kurz. »Also gut«, sagt sie dann, »ich rede so bald wie möglich mit ihm.«

Rieke hält den Daumen hoch. »Gott sei Dank.«

»Nu aber flugs weiter, die Damen.« Erschreckt fahren die vier herum. Ole Olsen steht plötzlich vor ihnen. »Das Watt ist nicht zum Schnacken da.«

»Sondern zum Atmen«, ergänzt die Ordinger-Sonja. Dabei pustet sie einen tiefen Zug Nordseeluft aus.

»So ist es, min Deern. Und zum Kieken. Nu lasst uns mal dem Wurm so richtig auf die Pelle rücken!« Mit diesen Worten rückt Ole seine Fischermütze gerade, steckt die Mistgabel kraftvoll in den Schlamm und holt einen feuchten Erdhaufen aus dem Boden.

WEIL DAS GLÜCK IN WELLEN KOMMT

#hamburgliebe

Das Nordkap von Sylt, der sogenannte Ellenbogen, hat wirklich etwas vom Ende der Welt. Oder vom Anfang. Rieke läuft durch die karge Landschaft aus Gras und Sand hinunter zum Meer. Heute Nachmittag ist es am ruhigsten Flecken der Insel fast menschenleer. Irgendwie kann man sich nicht vorstellen, dass nach dieser Dünenwelt, der unendlichen Weite und dem tosenden Wasser noch etwas kommt. Dabei ist Dänemark recht nah, bei gutem Wetter soll es sogar zu sehen sein. Rieke kneift die Augen zusammen, doch sie erkennt nur Dünen, Strand, Wasser, Himmel und Schäfchenwolken. Und kann sich nicht sattsehen daran. Selbst nach der Wattwanderung heute Morgen hat sie immer noch nicht genug vom Meer. Im Gegenteil. Den frischen Wind, der ihre Tage umgibt, durchwirbelt und weiterbläst, will sie am liebsten ganz tief einatmen und mitnehmen. Vor allem hat sich der Gedanke in ihr manifestiert, dass sie die Suche nach einem neuen, zweiten Hühnergott als Talisman für die Ausstellung vorantreiben sollte. Also hat sie vom Hotel ein Fahrrad ausgeliehen, um ans Ende der Insel zu radeln und dort ihr Glück zu versuchen. Eine gute Ablenkung, denn Rieke ist seit der Option, eigene Fotos auszustellen, ziemlich durcheinander.

Unten am Strand ist es ziemlich ruhig, eine Familie hat ihr Picknick ausgebreitet, ein Labrador apportiert seinem Herrchen bellend Stöckchen, und ein Pärchen liegt küssend im Sand. Ist es das, was sie so aufwühlt, dass es auf einmal um *echte* Bilder, um *echte* Zuschauer, um das *echte* Leben geht, ohne Netz und doppelten Boden? Das kennt sie von ihren vielen Reisen, aber auf der Insel fühlt sie sich richtig lebendig. Sie ist Beobachterin und zugleich mittendrin. Sie muss an Sonjas Worte denken, als Rieke ihr und den Freundinnen die Neuigkeiten erzählte und ihre Bedenken gestand, viel zu wenig Erfahrung zu haben.

»Schätzchen, wenn du keine Fotografin bist, dann weiß ich nicht, wer«, hat Sonja völlig überzeugt zu ihr gesagt, »du machst doch tagein, tagaus nichts anderes. Hör auf, dir deinen hübschen Kopf darüber zu zerbrechen, was Leute denken könnten. Wo käme ich denn als Lehrerin hin, wenn ich das täte.«

Sie muss lachen, als sie Sonja vor sich sieht, wie sie die Augen verdreht, als würde sie gleich ohnmächtig. Rieke zieht ihre Sandalen aus und schiebt sie seitlich in ihren Rucksack. Barfuß geht sie weiter, vorbei an dem Schild *Achtung rastende Robben*. Typisch Sylt und ein schnelles Foto wert. Dann richtet Rieke den Blick erneut nach unten und scannt den Sand. Kein Glücksstein in Sicht, stattdessen hebt sie ein paar blütenweiße Muscheln auf. Die wären schön als Deko für Lucys Hochzeit oder für ihr Badezimmer in der WG.

Ein Krabbenkutter fährt hinaus aufs Meer. Bei Schiffen muss sie immer an Hamburg denken und an den

Hafen. Ein bisschen vermisst sie ihre Fototouren am Abend nach der Arbeit oder auch mal im Morgengrauen am Wochenende. Seit sie hier ist, hat sie ihren Instagram-Account nur sporadisch bedient und so gut wie keine Nachrichten gecheckt. Sie setzt sich in den Sand und taucht in ihrem Handy ab. Rasch tippt sie eins, zwei, drei, vier ihrer schönsten Syltaufnahmen an und schreibt dazu: *Sorry, endlich kommen die ersten Inselbilder. Seht selbst #syltistleben #freundinnenammeer #wheredreamscometrue.* Dann drückt sie auf *teilen,* und schon ist das Eiland draußen im World Wide Web. Dann überfliegt sie ihre abonnierten Seiten und Hashtags: Foodfotos, Häkeltaschen, Werbebilder, Grimassenporträts, Katzenvideos, Leute in Straßencafés, schlaue Sprüche, neue Öffnungszeiten. Plötzlich trifft es sie wie ein Blitz. Sie scrollt zurück. Ein Pärchen grinst Wange an Wange und ziemlich verliebt in die Kamera. Im Hintergrund sind schemenhaft die Landungsbrücken zu erkennen. Rieke hat einen Kloß im Hals und einen zweiten im Magen. Das darf nicht wahr sein. Unter dem Foto steht *Mia_S* und der von Rieke abonnierte Hashtag *#hamburgliebe* plus *#schönstertag #lovethisman #greatestfeeling.* Sie drückt das Handy aus, als könne sie so das Bild auslöschen.

Sie kann nicht glauben, was sie da eben gesehen hat. Vielleicht hat sie etwas falsch verstanden. Vielleicht ist alles ganz anders. Rieke schaltet ihr Handy wieder an und sieht sich das Foto dieser Mia noch einmal an. Der Mann darauf ist groß, blond und hat zwei sympathische Grübchen, er trägt ein dunkelblaues Hemd. Die junge

Frau neben ihm strahlt und drückt sich ganz fest an ihn, Wange an Wange, mit der anderen Hand macht sie offensichtlich das Selfie. Sie ist brünett, trägt halblange Haare, recht hübsch, und hat eine knallrote Kurzarmbluse an. Sieht nach Businesslook aus. Rieke scrollt nach rechts. Auf dem zweiten der insgesamt vier Fotos sieht man die beiden in der Hafencity mit Heringsbrötchen und Astrabier an einer Fischbude. Eng nebeneinander. Das dritte Foto zeigt die beiden in der Speicherstadt, wie sie den überrascht Guckenden von hinten umschlingt und ihm einen Kuss auf die Wange gibt. Rieke kennt die Frau nicht, den Mann allerdings sehr gut. Ihr Zeigefinger verharrt auf dem Display ihres Smartphones, ihr wird übel.

Über dem Meer hört sie in diesem Augenblick ein Knallen, es muss von dem alten Kutter dort hinten kommen. Für Rieke hört es sich eindeutig an wie ein übel geplatzter Traum. Wie kann das bloß sein? Er würde doch nie … Aber die Bilder lügen nicht. Der Mann auf dem Foto, ob sie es glauben will oder nicht, ist Vince.

#allesaufrot

Mado betrachtet sich zufrieden im Spiegel und dreht sich ein wenig, sodass ihr das rote trägerlose Kleid im Fünfzigerjahre-Look um die Beine schwingt. Ihre kurzen Haare hat sie mit etwas Gel in Form gebracht, goldene Creolen und als zusätzlichen Eyecatcher roten Lippenstift gewählt. Alles auf Rot! Dieses Motto wird bei ihrem Date mit Fiete hoffentlich helfen. Die Italiener glauben daran, dass es Glück bringt, an Silvester rote Unterwäsche zu tragen. Also funktioniert das bestimmt auch zu anderen Gelegenheiten, und erst recht, wenn man komplett in Rot rumläuft. Je mehr, desto besser! Da geht Mado lieber auf Nummer sicher. Passend zu ihrem Outfit hat sie die neuen roten Lackstilettos an, die sie sich vor dem Urlaub gekauft hat, und ist erleichtert. Die Krönung ist jedoch unsichtbar, denn Mado verbirgt unter allem ihr edles rubinrotes Dessousset. Bei der Erinnerung daran, dass Länz den Slip bei der Abfahrt entdeckt hat, färbt sich ihr Gesicht sofort wieder in der passenden Farbe.

Also wenn das alles nicht hilft, dann weiß ich auch nicht, denkt Mado und wendet sich vom Spiegel ab. Sie checkt die Uhrzeit, kurz nach halb sechs, sie hat noch ein wenig Zeit. Fehlt nur der Nagellack, und dann los! Sie setzt sich an den Schminktisch und beginnt, sich die Nägel zu lackieren. Die Balkontür steht offen, draußen herrscht eine ruhige Vorabendstimmung, es ist trocken und windstill.

Als sie fertig ist, fällt ihr Blick auf die Glasschale mit Himbeerbonbons, die auf dem Tisch steht. Augenblicklich durchströmt eine warme Welle ihren Bauch. Er ist so aufmerksam. Claas hat die Himbeerbonbons – selbst hergestellt nach hoteleigenem Geheimrezept – vorhin mit einem Kärtchen zu ihnen aufs Zimmer bringen lassen:

Alles Schöne im Leben hat einen Haken. Es ist unmora-
lisch, illegal oder süß. Made with love im Geheimlabor
der Frischen Brise. *Guten Appetit!*
Herzlichst
Claas Lindström

Ob er mit diesem Gruß nur sie gemeint hat? Oder
haben die anderen Gäste ebenfalls von den Himbeerbonbons bekommen? Sie muss unbedingt später Lucy
und Rieke danach fragen. Mado steckt sich eines der
leckeren Bonbons in den Mund, ganz vorsichtig, ohne
den frischen Lack zu zerstören.

Pling, pling ertönt in diesem Moment ihr Handy,
und auf dem Display liest sie: *SOS!!!* Erschrocken öffnet sie den Messenger, um die ganze Nachricht von
Rieke zu lesen.

Mado & Sonja, muss mit euch reden. Dringend! Ich
warte im Wintergarten. BITTE nichts Lucy sagen. Ihr
müsst! alleine kommen.

Vor lauter Schreck verschluckt Mado sich an dem
Himbeerbonbon. Was um Himmels willen ist denn
nach der Wattwanderung noch passiert?

»Sonja! Da bist du ja endlich«, ruft Rieke der Freundin entgegen, die mit nassen Haaren in den Wintergarten eilt. Sie sitzt bereits mit Mado an einem runden Tisch in der Ecke. Zum Glück ist es um diese Zeit noch leer.

»Was ist denn los?«, fragt Sonja, bevor sie sich auf den freien Stuhl setzt und ihre Strandtasche auf den Boden wirft. »Ich hoffe sehr, du hast triftige Gründe für deine Paniknachricht, Rieke. Ich komme nämlich direkt vom Kiten und brauche dringend eine warme Dusche, so oft, wie ich heute ins kalte Wasser gestürzt bin.« Sie reibt sich die Oberarme und nickt Charly dankend zu, der unaufgefordert eine Karaffe stilles Wasser mit drei Gläsern vor ihnen abgestellt hat. Obendrauf schwimmt eine einsame Zitrone.

»Genau, sag schon, was passiert ist! Mein Date mit Fiete beginnt gleich«, drängt Mado ungeduldig.

»Mädels, tut mir leid. Glaubt mir, es ist ein echter Notfall. Das mit Lucys Traumhochzeit ...« Rieke schluckt. Auf dem Weg zurück zur *Frischen Brise* hat sie sich immer wieder gefragt, ob sie das Richtige tut, indem sie erst Mado und Sonja einweiht, ob sie besser sofort mit Lucy sprechen oder direkt Vince zur Rede stellen oder vielleicht sogar erst mal abwarten soll. Aber jetzt, da sie in die Gesichter ihrer beiden Freundinnen blickt, hofft sie inständig, dass Mado und Sonja Rat wissen.

»Mir wird schon ganz mulmig zumute, so ernst, wie du aus der Wäsche guckst«, sagt Sonja.

»Also, dann leg mal die Fakten auf den Tisch«, fordert sie Mado krisenstabsmäßig auf.

Rieke öffnet schweren Herzens ihren Instagram-Account. Irgendwie hofft sie, dass sie sich geirrt hat, dass die Fotos verschwunden sind, und dreht instinktiv an ihrem Bändchen mit dem kleinen Hühnergott. Jetzt wäre der perfekte Moment für ein Wunder, doch vergebens. Schon strahlen ihr Vince und diese fremde Brünette entgegen. »Schaut euch das mal an!«, sprudelt es verzweifelt aus ihr heraus, und sie zeigt ihnen ihr Smartphone.

»Gib mal her!« Mado, die neben Rieke sitzt, greift sofort nach dem Corpus Delicti. »Hab ich's doch gewusst!« Sie atmet hörbar aus, als sie die Fotos betrachtet.

Sonja schaut von der einen zur anderen Freundin. »Was denn? Zeig!«

Mado reicht ihr das Telefon. »Hier, sieh selbst.«

Sonja checkt die Fotos und begreift augenblicklich. »Das gibt's doch nicht … Das ist Vince, wie er leibt und lebt!«, ruft sie fassungslos.

»Wohl eher liebt«, ergänzt Rieke zynisch.

Mado flüstert resigniert: »Ich wusste, dass irgendetwas nicht stimmt. Seit Tagen hab ich dieses ungute Gefühl. Aber das hätte ich Vince nie im Leben zugetraut. Die arme Lucy.«

»Leute. Jetzt erst mal Ruhe bewahren.« Sonja setzt sich aufrecht hin und überlegt. »Vielleicht ist es ja gar nicht so, wie es aussieht.«

»O doch, meine Liebe. Sei nicht naiv. Schönreden bringt hier nix. Schau die Fotos ganz genau an«, sagt Mado, und Sonja schiebt bis zum Knutschbild weiter. »Und vor allem, lies bitte den Text darunter.«

»Ach du lieber Himmel«, stöhnt Sonja und lässt das Telefon auf den Tisch sinken.

»Das kann man wohl sagen«, meint Rieke. »Aber ich fürchte, der kann uns jetzt auch nicht weiterhelfen. Ein Riesenmist ist das! Ich hab es ganz zufällig entdeckt, hier #hamburgliebe, unter dem Hashtag sieht man sonst die Elphi, das portugiesische Viertel oder den Elbstrand. Den habe ich seit Ewigkeiten abonniert.« Rieke fühlt sich absurderweise schuldig, richtig mies, sie wünschte, sie hätte heute nicht die News gecheckt.

»Wer ist das überhaupt, diese Mia Unterstrich S.?«, fragt Sonja. »Bestimmt jemand von der Uni. Vince zieht ja nicht abends alleine durch Clubs, um Frauen anzusprechen, oder? Meint ihr, die weiß, dass er in festen Händen ist?«

»Keine Ahnung«, antwortet Rieke niedergeschlagen, »ich hab sie noch nie gesehen, geschweige denn von ihr gehört. Lucy wahrscheinlich auch nicht.«

Mado schweigt und trinkt an ihrem Wasser. Nach einer Weile sortiert sie die Fakten: »Es gibt zwei Möglichkeiten. Erstens: Wir halten den Mund, quasi ein Pakt des Schweigens. Dann haben wir aber ein Geheimnis vor Lucy und müssen sie anlügen. Und wenn ihre Hochzeitspläne doch klappen sollten, spielen wir am Ende das doppelte Spiel von Vince sogar mit. Zweite Möglichkeit: Wir sprechen sofort mit ihr und zeigen ihr die Fotos. Das könnte natürlich das Ende ihrer Beziehung bedeuten. In jedem Fall müssen wir für sie da sein und ihr zur Seite stehen. Komme, was wolle.«

»Das können wir ihr nicht antun.« Rieke schüttelt den Kopf, ihr ist heiß und kalt zugleich.

»Meinst du Plan A oder B?«, fragt Sonja nach.

»Beides.« Sie zuckt kraftlos mit den Schultern. »Da haben wir ja die großartige Wahl zwischen Pest und Cholera.«

»Das kannst du laut sagen.« Sonja ist auch ratlos.

»Ich würde es wissen wollen«, sagt Mado. »Mit einer Lüge leben, das gelingt den wenigsten Leuten, glaubt mir.«

»So genau wüsste ich das gar nicht für mich ... nicht unbedingt«, überlegt Sonja so angestrengt, dass sie sich dabei auf die Lippen beißt. »Das Leben geht manchmal seltsame Wege, wir wissen ja gar nicht, was dahintersteckt. Ihr kennt doch Vince, er liebt Lucy. Vielleicht handelt es sich nur um eine klitzekleine Affäre, nicht der Rede wert. Vielleicht bedeutet es gar nichts. Du sagst doch immer, man kann einen Menschen nicht besitzen, Mado.«

»Das stimmt. Aber Tatsache ist: Wir drei haben die beiden schon länger nicht mehr zusammen erlebt, er ist immer busy. Und mal ganz ehrlich, wenn das hier nichts bedeutet, nur ein Ausrutscher war, sorry Sonja, warum stellt die Tussi das dann direkt online? Außerdem wirken die beiden ziemlich vertraut. Das geht bestimmt nicht erst seit gestern«, gibt Mado zu bedenken.

»Andererseits: Du glaubst nicht, was die Leute alles

posten, meistens stimmt davon nur die Hälfte », gibt Rieke zu bedenken.

Sonja sieht unglücklich aus. »Mir wird ganz kalt bei dem Gedanken, dass Lucys Beziehung auf diese Weise enden könnte. Ich kann das nicht glauben ...«

Mado friert richtig in ihrem kurzen Kleid, sie zittert und zieht eine Decke vom Stuhl des Nebentischs heran und hängt sie sich um. »Tja. Also, was machen wir bloß?«

Rieke legt ihren kleinen Notizblock auf den Tisch, das Eselsohr an der unteren Ecke kommt ihr in diesem Moment besonders geknickt vor. Sie schreibt ein großes *A* darauf und darunter *B*. »Okay, stimmen wir ab«, beschließt sie und schaut die Freundinnen bedeutungsvoll an.

»Schweigen ist Gold«, bekundet Sonja, »zumindest bis wir wieder in Hamburg sind und beobachten können, wie die Sache weitergeht.«

Rieke nickt und macht einen Strich bei A.

»Ich bin für B«, sagt Mado. »Eindeutig. Wenn jemand ehrliches, reines Glück verdient, ohne Lügen, dann ist das Lucy ...«

Den zweiten Strich malt Rieke zu B. Rieke seufzt, nun ist es an ihr zu entscheiden. Ratlos schaut sie auf den Block. Schicksal spielen ist schrecklich. Für beides gibt es gute Argumente und ebenso viele miese. So oder so kann es für Lucy schlecht ausgehen, und wenn sie jemandem nur das Schönste wünscht, dann ihrer Freundin.

Bevor sie sich entscheiden kann, fällt ihr etwas auf.

»Sagt mal, habt ihr heute Nachmittag was von Lucy gehört? Wo ist sie eigentlich?«

»Oben. Sie hat vorhin kurz bei mir im Zimmer vorbeigeschaut, als ich das Kleid für heute Abend anprobiert habe, und gesagt, sie wollte vor dem Abendessen lesen und nachdenken …«

Rieke ist entsetzt. »Ich glaub, ich brauch 'nen Schnaps. Nachdenken – das fehlt noch!«

»Wieso?« Mado sieht sie verständnislos an.

»Was soll daran so schlimm sein?«, fragt auch Sonja irritiert.

»Kapiert ihr nicht, wir haben ihr doch heute Morgen eingeredet, sie soll mit Vince offen sprechen, wegen der Hochzeit. Vielleicht ist sie exakt in diesem Moment dabei, ihn anzurufen.« Rieke schlägt die Hände vors Gesicht, als könnte sie das ganze Drama ausblenden.

»O nein! Das wäre in der Tat das ungünstigste Szenario«, versteht Mado, und Sonja bringt es auf den Punkt: »So ein Mist!«

»Das heißt: Wir müssen schnell entscheiden.« Rieke überlegt hin und her, während sie nervös auf dem Stift kaut, den Deckel in der Hand. »B«, stößt sie schließlich aus. »Ich bin auch für B. Wir müssen es ihr sagen, so schlimm es ist, und sie auffangen, bei ihr sein. Dafür sind wir da.«

»Gott sei Dank!«, entfährt es Mado erleichtert.

Sie checkt hektisch die Uhrzeit auf Riekes Handy. »Nur noch eine Viertelstunde bis zu meinem Treffen mit Fiete. Ich kann da unmöglich hingehen und euch alleine lassen. Und Lucy schon gar nicht. Ich bin null in der Stimmung für ein Rendezvous, geschweige denn einen One-Night-Stand«, erklärt sie niedergeschlagen.

Sonja legt Mado beruhigend die Hand auf den Arm. »Du kannst eh nichts ändern. Dieses Abendessen hast du dir redlich verdient. Außerdem siehst du absolut fantastisch aus. Das wäre ja Verschwendung, so nicht auszugehen. Du triffst dich mit Fiete. Rieke und ich reden mit Lucy. Vielleicht ist es sogar besser, wenn wir sie nicht zu dritt überfallen.«

#diedunkelstenachtvonallen

Lucy rutscht unruhig auf dem Hotelbett herum. Den Nordseeroman, den sie heute bei einer Kanne Friesentee lesen wollte, hat sie längst weggelegt. Stattdessen hat sie über Vince und die Hochzeit nachgedacht. Ihre Freundinnen haben recht, sie sollte wirklich bald mit ihm reden. Was hat sie schon zu verlieren? Alles ist so weit organisiert, dass sie ihren großen Tag genau vor sich sehen kann. Sie muss nur noch Vince überraschen. Ob sie es jetzt mal bei ihm versuchen soll?

Sie steht auf und geht zum Fenster. Die Kronen der alten Bäume im Park biegen sich kräftig im Wind. Wichtige Themen kann sie besser im Stehen besprechen, mit beiden Füßen auf dem Boden. Das hat sich bewährt. Na los, Lucy. Sie drückt auf die Nummer im Adressbuch und wartet. Nach dem siebten Klingeln springt die Mailbox an. Ein bisschen enttäuscht und auch etwas erleichtert legt sie auf. Sie wird ihn einfach nach dem Abendessen anrufen.

In diesem Moment öffnet sich die Tür, und Sonja und Rieke kommen herein.

»Da seid ihr ja. Wollen wir zum Essen gehen? Mir hängt der Magen bis runter an die Nordsee«, sagt Lucy lachend und macht mit der Hand eine Bewegung zum Meer, dann bemerkt sie Sonjas und Riekes finstere Gesichter. »Ist irgendwas?«

»Du, wir dachten, wir drei gönnen uns Roomservice, wenn Mado ausgeht«, erklärt Sonja gekünstelt und schiebt den kleinen runden Tisch und die zwei Sesselchen zum Bett.

»Hast du … Hast du mit Vince gesprochen?« Riekes Stimme ist nur ein Flüstern.

Lucy wundert sich, dass Rieke das Handy in ihrer Hand anstarrt. Vielleicht ist sie einfach nur gespannt. Sie hebt die Schultern. »Nein, noch nicht, ich habe es gerade versucht. Er geht nicht ran. Gute Idee mit dem Roomservice, hier ist es ja auch schön und gemütlich.«

»Lucy«, sagt Rieke in ernstem Ton, »lass uns bitte alle hinsetzen.« Sie nimmt selbst in einem der Sessel Platz.

»Wir wollten etwas mit dir besprechen.«

Jetzt klingt auch Sonja ganz merkwürdig. Lucy hockt sich aufs Bett und sackt auf der weichen Matratze ein.

»Liebes«, beginnt Sonja sanft, »manchmal sind die Dinge gar nicht so, wie sie scheinen, oder andersherum, so scheinen und doch gar nicht so sind. Also, was ich sagen will, ist: In der Liebe, in Beziehungen ist es wie am Meer, ein ewiges Auf und Ab, Ebbe und Flut, manchmal ist stürmische See und dann wieder ruhige …« Sie stockt und erklärt weiter: »Aber letztendlich ist alles, sind alle dort, wo sie hingehören …«

Lucy begreift null.

Sonja stöhnt, wischt sich ein paar Schweißperlen von der Stirn und nimmt mit angestrengtem Blick auf dem freien Sessel Platz. »Ich fang noch mal von vorne an …« Hilfesuchend schaut sie zu Rieke. Die kaut auf ihrer Backe herum und wippt nonstop mit ihrem Knie auf und ab.

Lucy blickt ratlos zu den beiden: »Was ist denn los mit euch? Ich verstehe nur Bahnhof …«

»Luzia«, sagt Rieke schuldbewusst und nicht verschmitzt wie sonst. »Josephine Baker hat mal gesagt: ›Unsere Träume können wir nur dann verwirklichen, wenn wir uns entschließen, daraus zu erwachen.‹«

Lucy runzelt verständnislos die Stirn. Warum zitiert Rieke denn jetzt einen Kalenderspruch?

Die macht einen neuen Versuch. »Weißt du, manchmal ist es unumgänglich, der Wahrheit ins Auge zu sehen. Und wir müssen dir jetzt was sagen. Wir glauben, nein wir sind uns ziemlich sicher, dass, dass Vince … also, dass er eine Affäre hat.«

Lucy muss lachen. »Vince? Mein Vince? Was für ein Quatsch! Wie kommt ihr denn auf so was? Habt ihr was getrunken?« Schon als die beiden reinkamen, hatte sie das Gefühl, Alkohol zu riechen. Wahrscheinlich sind sie nur angeschickert und wollen sie auf den Arm nehmen. »Vince und eine Affäre? Ihr seid ja verrückt, der hat so viel zu tun, der hat nicht mal Zeit für mich, und das schon seit Wochen …« Lucy bleibt der Satz im Hals stecken. Ihr kommt der Anruf vom Balkon in den Sinn, als Vince mitten in der Nacht unterwegs war. Ein unbehagliches Gefühl macht sich in ihr breit, und sie spürt, wie Angst in ihr hochkriecht, während sie in Sonjas und Riekes bekümmerte Gesichter blickt.

»Leider sieht es so aus.« Rieke zieht ihr Handy aus dem Rucksack. »Ich habe es ganz zufällig entdeckt, es ist … also, schau bitte selbst.«

So traurig und ernst hat Lucy Rieke noch nie erlebt. Zögerlich nimmt Lucy das kalte Gerät entgegen. Sie erkennt Vince an den Landungsbrücken. Doch er ist nicht allein, sondern mit einer Frau, die sich an ihn presst. Lucy ist, als ob ihr jemand eine Faust in die Magengrube stößt. Ihr Herz klopft, es pocht bis in den Kopf, ihre Haut brennt und fühlt sich zugleich taub an. Mit zitternder Hand betrachtet sie die übrigen Fotos, Tränen laufen ihr über die Wangen. Sie sieht auf, auch Sonja und Rieke haben Tränen in den Augen. Lucy wird übel, die Faust in ihrem Magen bohrt unerbittlich weiter, alles verschwimmt. *#hamburgliebe* liest sie durch den Schleier und denkt nur noch *Lug und Trug* und *Ende, aus und vorbei*. Ihre Welt fällt auseinander, nichts ergibt mehr einen Sinn, nicht ihr Lieblingsort am Hafen, nicht ihre gemeinsame Küche, in der sie kürzlich noch saßen und Wein tranken, nicht mal das Café, wo er zum ersten Mal auf sie zukam und nach etwas Heißem und Innigem fragte. Bilder, Gedanken, Worte rasen durch ihren Kopf. Sie lässt Riekes Handy fallen.

Sie registriert wie in Watte gepackt, wie das verdammte Ding unten aufkommt und wie Rieke und Sonja ihren Namen sagen, sie beschwichtigen wollen.

»Lucy. Lass uns reden. Sag doch was. Hey!«

Sie kann nicht, ihre Kehle ist zugeschnürt. Sie muss hier raus. Ohne Antwort erhebt sich Lucy, läuft benommen zur Tür, reißt sie auf und stürzt in den dunklen, endlos scheinenden Hotelflur.

#dasdate

»Sollen wir ein Taxi rufen lassen?«, fragt Claas Lindström zuvorkommend hinter der Rezeption, nachdem er sie und Fiete begrüßt hat. Vielleicht bildet sich Mado das nur ein, aber ihr kommt es so vor, als liege ein unterschwelliges Bedauern in seiner Stimme. Natürlich kann sie jetzt auch nichts zu ihm wegen der Bonbons sagen.

»Das ist sehr nett, danke nein, wir gehen zu Fuß«, übernimmt Fiete.

»Tschüss«, murmelt Mado, fast hat sie ein schlechtes Gewissen gegenüber Claas.

»Na dann, einen schönen Abend noch«, wünscht ihnen Claas Lindström mit distanziertem Lächeln und widmet sich dann sofort wieder seinen Unterlagen.

»Tja«, sagt Fiete, »nun sind wir zwei hier, was?«

»Ja, schön … Ich freu mich sehr.« Mado lächelt ihr

Gegenüber unsicher über die flackernde Kerze auf dem Tisch hinweg an.

Sie sitzt mit Fiete beim Abendessen im *Alten Zollhaus*, dem gemütlichen Restaurant in einem altehrwürdigen Backsteinhaus im Herzen Westerlands. Die Küche ist ausgezeichnet, Mado hat Tagliatelle mit Trüffeln gewählt, Fiete das Thunfischsteak. Er sieht gut aus und trägt eine graue Jeans, ein schwarzes Hemd und modische Sneaker. Leger, doch trotzdem stilvoll und offensichtlich mit Bedacht ausgesucht. Das gefällt Mado. Sie versucht erneut ein Lächeln, das ziemlich misslingt, denn immer wieder kehren ihre Gedanken zu Lucy zurück. Am liebsten hätte sie nach der Hiobsbotschaft ihre Verabredung abgesagt. Allein beim Gedanken an Vince und diese Mia wird Mado ganz anders, und sie würde Lucy gern beistehen. Aber Rieke und Sonja haben so vehement auf sie eingeredet und ihr versichert, dass es keinem nütze, wenn sie ihr Rendezvous sausen ließe. Vielleicht haben sie ja recht. Sie gibt sich einen Ruck und will versuchen, den Abend zu genießen.

»Ja, nun …«, wagt Fiete gerade einen neuen Vorstoß, erhebt sein Glas mit Kir Quitte und lächelt sie an. »Cheers!«

»Cheers!«, schließt sich Mado an. Ihre Gläser stoßen zusammen, und sie ergänzt entschlossen: »Auf einen aufregenden Abend!«

Fiete wirkt verwundert. »Na, das will ich doch hoffen!«, sagt er überdreht.

Beide nehmen einen großen Schluck, wie um sich Mut anzutrinken.

»Jetzt zu dir, Mado. Wie sieht dein Leben in Hamburg aus? Du bist also Anwältin?«, fragt er neutral, aber interessiert.

Von Fiete weiß Mado bereits, dass er als Unternehmensberater im Gesundheitsmanagement arbeitet und durch seinen Job viel unterwegs ist. *Hoffentlich kommen wir im Laufe des Abends mal in einen Flirtmodus,* denkt sie, beginnt dann aber bereitwillig, Auskunft zu geben. Über ihre Arbeit, über schwierige Verhandlungen, Frauen am Gericht, ihre beruflichen Ziele und Pläne.

Sie muss mutiger und direkter werden, sonst wird das nichts. Mit schüchterner Zurückhaltung kann sie ihren geheimen Traum sicherlich nicht in die Tat umsetzen.

Dann übernimmt er wieder und erklärt ihr, auf was es in seinem Beratungsjob ankommt, verrät zudem, dass er sich mit Schwimmen fit hält. Sie hört ihm gerne zu. Fiete hat eine warme Stimme und redet wortgewandt.

Die Zeit verfliegt, die Unterhaltung fließt problemlos. Sie spielen sich, wenn auch harmlos, unverfänglich, ohne unangenehme Pausen die Bälle zu. Aber irgendwie kommt Mado über diesen Punkt nicht hinaus. Er reagiert nicht wirklich auf ihre kleinen Flirtversuche.

»Sorry, entschuldige mich kurz. Bin gleich zurück«, sagt sie und steht auf. Sie muss sich einen Moment rausziehen und eine Strategie ausdenken, um dem Abend eine erotischere Wendung zu geben.

Als sie von der Toilette wiederkommt, wo sie sich zudem die Lippen nachgezogen und neu gepudert hat, sieht sie, dass Fiete gähnt. Die Uhr über der Theke zeigt zehn vor zehn. Sie zieht schnell Bilanz: Das Dinner war köstlich, seine Gesellschaft sehr angenehm, sie verstehen sich gut, er ist höflich, freundlich und offen, außerdem äußerst attraktiv. Eigentlich lief bisher alles prima. Zumindest oberflächlich betrachtet. Nur so richtig warm im Sinne von heiß wird er mit ihr nicht. Das muss ja nichts bedeuten. Vielleicht sollten sie den Ort wechseln. Sie könnte das Irish Pub für einen Absacker vorschlagen – in einer Atmosphäre mit Musik und Bier wird er bestimmt lockerer. Und sie auch.

Er schaut lächelnd hoch, als sie wieder Platz nimmt. »Hallo.«

»Hi«, flötet sie extra sexy. Hofft sie zumindest.

»Du …«, setzt er da vorsichtig an und rutscht nervös auf seinem Stuhl hin und her.

»Ja?«, fragt sie alarmiert.

Mit einem Funken schlechtem Gewissen blickt er sie an. »Du, Mado, es tut mir echt leid, aber ich würde nun gerne langsam wieder ins Hotel gehen. Weißt du, morgen ist der letzte Tag unserer Yogafortbildung, wir treffen uns deshalb schon um sieben Uhr zur Abschlussmeditation. Danach gehen wir zusammen frühstücken. Ich hatte einen anstrengenden Tag und möchte dafür einigermaßen fit sein. Ist das okay für dich?«

»Oh.« Mado rutscht das Herz in die Hose beziehungsweise den Rock, und sie spürt Enttäuschung in sich aufsteigen. Sie schluckt. »Heißt das, du reist morgen ab?«

»Nein, nein. Das habe ich dir noch gar nicht erzählt. Ich hänge eine Woche Urlaub hier auf Sylt dran.« Er grinst.

»Großartig!« Sie strahlt übers ganze Gesicht. Sichtlich erstaunt über so viel Begeisterung lächelt er zurück. Dann bleibt ihr eine Woche Zeit, ihn rumzukriegen. Und heute wohl nichts anderes übrig, als es gut sein zu lassen, auch wenn sie es seltsam findet, dass er genug Schlaf einer ausgelassenen Nacht mit ihr vorzieht. Immerhin ist er wesentlich jünger als Länz. Aber was nicht ist, kann ja noch werden. Schade nur um die roten Dessous …

»Ich dachte eigentlich, wir gehen nach dem Essen für einen Drink in eine Bar oder so«, wagt sie einen Vorstoß, doch als er nur entschuldigend den Mund verzieht, fügt sie schnell hinzu: »Schon okay, Fiete. Es ist natürlich völlig in Ordnung. Wenn du müde bist, ergibt es natürlich wenig Sinn.«

»Es tut mir sehr leid. Bitte sei mir nicht böse, Mado. Ich mag nur heute nicht versacken.«

Das hat er nett gesagt und auch bedauernd, was Mado ein wenig versöhnlich stimmt.

»Wunderbar. Dann rufe ich mal den Kellner. Die Rechnung geht selbstverständlich auf mich.« Fiete schlägt mit der flachen Hand leicht auf den Tisch. Er will scheinbar keine Zeit verlieren, dreht sich suchend um und holt schon ein Bündel Scheine aus seiner Jeans.

Traurig nippt sie am Rest ihres Wassers. Das Date hat sie sich definitiv anders vorgestellt.

Auf dem Rückweg ist die Stimmung gedämpft, obwohl Mado sich bemüht, sich ihre Enttäuschung nicht anmerken zu lassen. Sie lässt ihn einfach reden und sagt ab und zu »ja«, »hm« und »interessant«.

Zurück im Hotel gehen sie zusammen bis zu den Fahrstühlen. So nah waren sie sich den ganzen Abend kaum. Er schwitzt leicht, das sieht sie auf seiner Stirn, und tritt von einem Fuß auf den anderen.

»Tja, also. Dann mal ... gute Nacht. Schön war es mit dir! Und jetzt ruft das Bett.« Fiete zögert kurz, guckt unschlüssig auf seine Schuhe, drückt schließlich auf den Knopf. Die Aufzugstür öffnet sich auf der Stelle. »Oh, da isser ja schon«, murmelt er, verabschiedet sich von Mado mit einem angedeuteten Handkuss und steigt ein.

»Schlaf gut!«, kann Mado gerade noch hinterherrufen, bevor er hinter der Tür verschwindet. Sie kommt sich vor wie bestellt und nicht abgeholt. Nix mit heißer Liebesnacht.

War die Farbe ihrer Reizwäsche doch die falsche? Hätte sie besser Blau wie das Meer wählen sollen? Sie seufzt. Dabei sieht sie echt hammermäßig aus heute – hat allerdings nichts genützt.

Unschlüssig bleibt sie stehen. Jetzt zu den anderen aufs Zimmer gehen und Lucy weinen sehen, Probleme wälzen und überdies gestehen müssen, dass sie wieder in Sachen Date versagt hat, das verkraftet sie nicht ohne Verschnaufpause. Sie fährt sich durch die Haare und beschließt, sich vorher einen Absacker zu genehmigen.

In der Hotelbar ist wie immer viel los, aber es verteilt sich einigermaßen, denn viele Gäste halten sich bei diesem für die Nordsee windstillen Wetter auf der Terrasse auf. Frustriert setzt Mado sich an den Tresen und schnappt sich die Getränkekarte.

Plötzlich bringt ihr der Barkeeper einen Martini rosso mit Orangenscheibe. Sie blickt überrascht hoch.

»Vom Chef«, übermittelt er ihr grinsend. Da sieht sie Claas hinter der Theke, wie er ihr mit einem umwerfenden Lachen und einem Martini in der Hand zuprostet. Er hat ein weißes Hemd an, die oberen Knöpfe geöffnet, die Ärmel hochgekrempelt, und eine blonde Strähne fällt ihm lässig in die Stirn. Ob er den Barkeeper unterstützt, weil so viele Gäste da sind?

»Feierabend?«, fragt er schmunzelnd und trinkt, ohne ein Prost von ihr abzuwarten. »Ich auch.«

»Sehr witzig. Kann man so sagen«, antwortet Mado lächelnd. Sie zuckt mit den Schultern und ergänzt fast entschuldigend: »Mein Date muss morgen früh raus.« Dann hebt sie ihr Glas und prostet ihm ebenfalls zu. »Danke!«

Claas nickt verständnisvoll. »Du hast ausgesehen, als könntest du den gebrauchen. Und ich finde, der Drink passt zu dir.«

»Grazie«, sagt sie. »Volltreffer.«

Er kommt näher, stellt seinen Martini direkt vor ihr ab und lehnt sich mit dem Ellenbogen auf den Tresen. Sein Kopf ist jetzt keinen halben Meter mehr von ihrem entfernt. Schlagartig erhöht sich ihre Pulsfrequenz.

»Was hältst du davon, wenn ich dir ersatzweise kurz Gesellschaft leiste? Eine so wunderschöne Frau lässt man doch nicht alleine an der Bar sitzen!« Seine tiefe Stimme ist gesenkt, fast flüstert er, und hört sich gleichzeitig so kraftvoll an wie ein Bluessänger. Mado wird etwas mulmig zumute. Sie rückt ihren Barhocker näher an den Tresen und nimmt einen weiteren Schluck.

»Es ist mir eine Ehre, Herr Lindström!«, antwortet sie stolz – und ein bisschen trotzig, im Hinblick auf Fiete.

Seine Augen leuchten. »Ganz meinerseits.« Er hebt sein Glas.

Mado weiß nicht genau warum, aber dieser Mann bringt sie aus der Fassung. Nun ist sie froh über das rote Kleid und die Spitzenwäsche, auch wenn keiner sie zu Gesicht bekommt. Sie überschlägt möglichst elegant die Beine. Lächelt Claas mit einem provozierenden Augenaufschlag an und beginnt, sich über den überraschenden Abschluss des Abends zu freuen.

Zumindest ein bisschen.

#damitdusweißt

»Rieke? Bist du das?«

»Aha, jetzt geht der werte Herr mal ran? Wo treibst du dich denn rum, wieder am Hafen?«, brüllt Rieke in ihr Telefon.

Vince stockt, dann antwortet er ruhig: »Ich? Ich bin zu Hause. Aber warum rufst du an? Und vor allem: Warum schreist du mich so an?«

Für den Bruchteil einer Sekunde ist Rieke versucht zu denken, dass alles im Lot ist und sie sich getäuscht hat. Doch dann hat sie wieder die Fotos von Vince und dieser Mia vor Augen.

»Wer's glaubt, wird selig!«, schreit sie.

»Was ist denn? Ist was mit Lucy?« Vince' Stimme wird schrill.

»Ob was mit Lucy ist!« Rieke betont jedes Wort. Seit ihrer Entdeckung heute Nachmittag hat sie verschiedene Emotionen im Schnelldurchlauf durchgemacht: Schock, Traurigkeit, Wut. Und seit Lucy vor zwei Stunden aus ihrem Hotelzimmer gestürmt ist, fühlt sie alles gleichzeitig.

Sonja hielt Rieke davon ab, ihr zu folgen. »Lass sie, sie muss das erst mal für sich verstehen. Die kommt zurück, wenn sie uns braucht.« Doch je länger Lucy weg ist, desto mehr wachsen Riekes Sorge und das Gefühl, als Überbringerin der schlechten Nachricht an der Misere mitschuldig zu sein. Dabei ist Vince derjenige, der Lucy verraten hat. Ohne lange nachzudenken, hat sie jetzt auf seine Nummer getippt, um ihn zur Rede zu stellen.

»Ich hätte wirklich nicht gedacht, dass du so blöd bist, deine Frau zu belügen und deine Beziehung aufs Spiel zu setzen.« Die Worte *deine Frau* kommen ihr ganz automatisch über die Lippen. Lucy und Vince sind schließlich das Traumpaar in ihrem Freundeskreis, jeder weiß, dass sie zusammengehören. Nur Vince checkt das offenbar nicht.

»Was meinst du damit? Kannst du mir bitte erklären, was los ist?«

»Lucy ist weg! Aus dem Hotel und vermutlich auch

aus deinem Leben, während du mit irgendeiner Schickse am Hafen rummachst und dann auch noch zu doof bist, die Tussi davon abzuhalten, eure Knutschfotos auf Insta zu posten!« Sonja applaudiert ihr lautlos aus dem Sessel. Auf der anderen Seite der Leitung herrscht Schweigen. Das bringt Rieke erst richtig in Fahrt. »Social Media, Internet! Schon mal gehört? Das reicht auch bis nach Sylt. Na, ist dir das Gehirn in die Hose gerutscht, oder was?«

»Das darf doch nicht wahr sein«, sagt Vince so leise, dass sie ihn kaum verstehen kann, und atmet hörbar aus.

»Ist es aber. Leider. Und ich musste Lucy wehtun. Wegen dir! Damit du die richtigen Koordinaten hast und kapierst, um was es hier geht: Lucy liebt dich wirklich, du Idiot. Weiß der Geier warum, aber sie liebt dich. Sie will ihr Leben mit dir verbringen, ihr ganzes Leben, bis sie alt und grau und tattrig ist. Ausgerechnet mit so einem Verräter – von wegen viel zu tun und Stress an der Uni! Bullshit! Den hab ich gesehen, den Stress an den Landungsbrücken, und Lucy auch. Während du durch Hamburgs Betten robbst, organisiert übrigens deine Freundin hier den schönsten Tag eures Lebens. Klingelt's? Eure Hochzeit! Heimlich, um dich zu überraschen, um dir Arbeit abzunehmen. Versteh das einer.« Rieke hat fast vergessen zu atmen. Auf der anderen Seite hört sie nur noch ein Stöhnen und Satzfetzen wie: »Nein, das kann nicht … das darf doch nicht …«

»Aber so was von!«, pampt sie ihn an und beendet den Anruf. Zornig wirft sie das Telefon auf die Bettdecke.

»Bravo! Dem hast du's gegeben. Sehr gut!«, kommentiert Sonja und steckt sich ein Häppchen vom inzwischen kalten Abendessen in den Mund, das sie aufs Zimmer geordert haben.

»Das musste raus jetzt und war ich Lucy schuldig. Nun weiß er wenigstens Bescheid. Auf alles Weitere hab ich keinen Einfluss.«

Sonja nickt. »Richtig. Soll Vince jetzt mal sein Leben in die Hand nehmen, und das von Lucy hoffentlich auch. Und darüber nachdenken, was er eigentlich will.«

#woistlucy

Als Rieke aufwacht, ist es dunkel, ihr ganzer Körper schmerzt. Sie zieht den Arm unter ihrem Körper hervor und tastet nach der Nachttischlampe. Hastig dreht sie sich herum. Lucys Betthälfte ist leer. Sie ist immer noch weg.

Rieke greift nach ihrem Handy. 5:56 Uhr. Sie wollte sich nur kurz hinlegen und auf Lucy warten. Vielleicht hat Lucy bei Mado und Sonja geschlafen, und sie hat alles verpennt und ihr nicht beigestanden. Um 0:33 Uhr hat Sonja geschrieben und gefragt, ob Lucy inzwischen zurück sei. Mist. Sie drückt auf Lucys Nummer, doch das Handy ihrer Freundin vibriert immer noch im Zimmer.

Rieke springt aus dem Bett, schlüpft in ihre weißen

Sneakers und saust nach nebenan. Leise klopft sie an die Zimmertür, um die anderen Gäste nicht zu wecken. Nichts. Rieke pocht erneut, dieses Mal etwas kräftiger, und Sonja öffnet ihr im Schlafshirt und mit zerzausten Haaren. Normalerweise würde Rieke sofort loslachen, aber heute nicht.

»Lucy war die ganze Nacht nicht da. Ist sie bei euch?«, ruft Rieke einen Tick zu laut und schlägt die Hand vor den Mund, ein bisschen auch, um ihre Angst zurückzuhalten.

»Hier ist sie nicht. Wenn sie über Nacht verschwindet, ist definitiv Alarmstufe Rot angesagt«, schaltet Sonja und geht Mado wecken.

Wenige Minuten später rennen die drei angezogen die Treppen hinunter. Sonja hat Mado einfach aus dem Bett gezerrt. Sonst geht sie nie ungeschminkt unter Leute, doch jetzt sieht sie wie ein junges Mädchen aus, verwuschelt und ganz pur. Unten im Foyer ist alles still. Die große Halle wirkt fast gespenstisch, von draußen malen die Laternen gruselige Schatten an Wände und Boden. Ein Hotel ohne Menschen ist der einsamste Ort, denkt Rieke.

»Brauchen Sie Hilfe? Kann ich etwas für Sie tun?«, fragt die Rezeptionistin der Frühschicht höflich.

Rieke erkundigt sich nach Lucy, leider hat die Hotelangestellte diese auch nicht gesehen.

»Wir müssen uns trennen. Es ergibt keinen Sinn, wenn wir alle zusammen suchen«, schlägt Sonja vor, während sie schon nach draußen laufen. Vor der Tür stoßen sie fast mit Claas zusammen, der offensichtlich vom Joggen kommt. Er trägt Sportklamotten, Gesicht und Haare sind verschwitzt.

»Hallo, guten Morgen!«, begrüßt er die drei überrascht.

Rieke dreht sich um. Während sie und Sonja weitergelaufen sind, ist Mado wie angewurzelt vor Claas stehen geblieben.

»Los komm!« Rieke winkt ihr hastig zu. Sie dürfen keine Zeit verlieren, wer weiß, was mit Lucy ist. *Nein, stop.* Sie zwingt sich, ruhig zu atmen. Lucy ist so ein positiver Mensch. Aber in einer Situation wie jetzt, wie gestern? Rieke macht sich wirklich riesige Sorgen. »Ich suche im Park«, ruft sie den anderen zu und geht schnell weiter.

Sonja reagiert. »Okay, ich laufe zum Strand.«

»Ich muss jetzt auch«, sagt Mado an Claas gewandt und schaut zu ihm hoch. Sie ist total verdattert, ihn so früh und aktiv hier zu treffen. Dabei haben sie bis weit nach Mitternacht an der Bar gesessen und sich unterhalten.

»Ist etwas passiert?«, fragt er besorgt.

»Unsere Freundin Lucy ist weg!«

»Wieso weg? Gefällt es ihr hier nicht?«, scherzt er.

»Nein, nicht so. Ach, das ist eine lange Geschichte. Sie hat gestern Abend eine – wie soll ich sagen? – eine furchtbare Nachricht bekommen, während ich aus war.«

Mado entschuldigt sich fast, sie hat ein schlechtes Gewissen. Sie ahnte die ganze Zeit, dass diese Alleingang-Hochzeit nicht gut ausgehen würde. Mit dieser Wendung hat sie allerdings nicht gerechnet, sie mag

Vince wirklich, er und Lucy sind ein tolles Paar. Ach, sie hätte gestern früher zurück aufs Zimmer gehen sollen. Ihr ist richtig übel von dem Schrecken am frühen Morgen, vor lauter Aufregung hat sie am Abend auch zu wenig gegessen, und später der Alkohol … Wo mag Lucy nur sein, ganz allein? Sie muss den anderen helfen! Aber wohin zuerst?

»Am besten schauen wir überall im Hotel nach«, meint Claas pragmatisch. »Pass auf, wenn deine Freundinnen draußen suchen, bleiben wir hier drinnen, ich helfe dir. Ich kann etwas später mit der Arbeit anfangen.« Er blickt an sich herunter: »Und duschen kann ich gleich noch. Wenn du meinen Geruch erträgst.« Er lächelt und lässt Mado den Vortritt.

»Das ist eine gute Idee! Danke, Claas!« Sie gibt Sonja ein Zeichen, die ein Stück weiter auf sie gewartet hat, und eilt zurück zur Rezeption.

»Na, dann los!«, ruft Claas und sprintet vorneweg. Zuerst sehen sie im Speisesaal nach, der um diese Zeit nur schwach beleuchtet ist und ziemlich unheimlich. Sie ist froh, dass Claas bei ihr ist. Er macht überall das Licht an und wiederholt mehrmals: »Wir finden sie, Mado. Ich bin ganz sicher.« Dabei wirkt er so zuversichtlich, dass Mado, die berufsbedingt immer Gegenargumente vorbringt, ihm ohne Widerworte glauben will.

Rieke läuft inzwischen durch den Park, sie sucht hinter jedem Baum, jeder Hecke, auf der Terrasse. Nichts. Lucy ist wie vom Erdboden verschluckt. Keuchend bleibt sie stehen, zieht ihr Handy aus den Shorts und klickt Lucys Nummer an, vielleicht ist sie ja wieder auf dem Zimmer. Doch nach mehrmaligem Klingeln hört sie nur die Mailbox: »Blumencafé *Heiß & Innig*, hier spricht Lucy Baumeister. Leider bin ich gerade nicht da oder kann nicht rangehen. So oder so, hinterlasst einfach eine Nachricht, ich freu mich sehr.«

»Lucy, wo steckst du nur? Ich mach mir solche Sorgen …«, spricht sie abgehackt und atemlos drauf. »Wenn du das hörst, ruf mich an! Sofort!« Rieke weiß, dass es wahrscheinlich sinnlos ist, Lucy hat ja das Handy nicht mit, und es wäre ein Riesenzufall, wenn sie gerade jetzt zurückgekommen wäre. Aber sie macht es trotzdem. Dann läuft sie weiter zum Schuppen hinterm Park. Dort, wo sonst Fahrräder, Luftmatratzen, Drachen, Schwimmringe ausgeliehen werden, ist so früh am Morgen keine Menschenseele zu sehen. Sie zieht an der Tür und hat Glück, es ist offen. Kurzerhand schnappt sie sich das erstbeste Rad, damit kommt sie schneller voran.

Wo kann Lucy nur sein? Was würde sie selbst in so einer Situation tun? Das kann sie sich beim besten Willen nicht vorstellen. Sie hüpft seit Jahren von Ort zu Ort und auch mal von Mann zu Mann, wenn es passt. Riekes Thema ist sicher nicht das Weiterziehen und Sichtrennen, es ist das Bleiben. Aber Lucy, die ist da anders, das Gegenteil. Also, wohin würde sie gehen? *Konzentrier dich.* Rieke denkt angestrengt nach. Klar, die Hochzeit! Vielleicht zu den ausgewählten Orten, der Kirche, dem Strandbistro, ihrem Strandkorb vom ersten Tag? Die muss sie abklappern. Sie steigt auf das blaue Rad und tritt mit aller Kraft in die Pedale.

»Hier ist sie nicht«, sagt Mado mutlos. Sie steht mit Claas in der Bar.

»Nein, auch nicht in der Küche«, antwortet er und hätte ihr gerne etwas anderes gesagt, das sieht sie ihm an.

»Verdammt.« Mado spürt, wie ihre Angst von Minute zu Minute wächst, dass Lucy Dummheiten gemacht hat oder ihr etwas Schlimmes passiert ist. Einfach zu verschwinden sieht ihr nämlich gar nicht ähnlich – Ausnahmesituation hin oder her. Mado ist immer noch flau im Magen und schwindelig dazu. Sie haben schon das Restaurant, das Bistro, die beiden Wintergärten und die Terrasse abgesucht. Und jetzt, in der Bar, ebenfalls kein Erfolg. Mado ist fix und fertig. Sie merkt, wie ihr die Tränen kommen.

»Was sollen wir bloß tun?«, schluchzt sie.

Claas legt ihr die Hände auf die Schultern. »Hey Mado, ganz ruhig. Wir finden sie. Du atmest jetzt tief durch, und ich mache uns einen schnellen Espresso. Dann überlegen wir weiter. Wir können noch im Sauna- und Wellnessbereich nachschauen. Wer weiß, vielleicht hat sie sich dort auf eine Liege verkrochen und schläft tief und fest. Einverstanden?« Er lächelt aufmunternd und zieht sie auf einmal an sich, dass sie mit dem Kopf seine Brust berührt. Da muss Mado fast wieder weinen, weil er so nett ist und mitfühlt. Gleichzeitig ist sie aber tatsächlich beruhigter. Er schiebt sie wieder von sich und schaut ihr prüfend in die Augen: »Einverstanden, Frau Mancini?«

Sie schluckt die Tränen hinunter und lächelt schief. »Ja, Sir.«

»Dann stärken wir uns mal mit dem besten Espresso der Welt. Komm.«

Er gibt ihr ein Zeichen, ihm an die Theke zu folgen. Sie setzt sich erschöpft auf einen Barhocker und beobachtet, wie er routiniert die Kaffeemaschine bedient. Er hat sicher recht. Danach wird es ihr besser gehen.

Sonja ist inzwischen erst die Promenade, dann den ganzen Strand abgelaufen und hat die Dünen des Sunset Beach erreicht. Die Gräser biegen sich im Wind, die wärmende Sonne ist aufgegangen, ihr Licht breitet sich wie ein Schleier hinter dem Meer aus. Keuchend bleibt sie stehen. Ein paar wenige Surfer sind schon draußen, sie sieht eine Frau mit Hund, und eine Gruppe von Joggern läuft den Strand entlang. Dann bleibt ihr Blick an der Surfschule hängen. Das ist doch Aiden.

Sonja atmet noch einmal kräftig die frische Morgenluft ein, dann läuft sie zur Surfschule.

Aiden trägt gerade Surfequipment aus der Hütte, als sie völlig aus der Puste vor ihm stehen bleibt.

»Hi Sunny, was machst du denn schon hier?«

Er schaut auf die nicht vorhandene Uhr an seinem linken Handgelenk und lacht. Sonja ist überhaupt nicht zu Scherzen aufgelegt. Seit sie mit der Suche begonnen haben, ist ihre Angst um Lucy immer größer geworden, zitternd berührt sie die Stelle über ihrem Herzen.

»Ich suche … also … wir vermissen Lucy.« Sie versucht, langsamer zu atmen, aber es gelingt ihr nicht. Da fällt ihr ein, dass Aiden gar nicht weiß, wer Lucy ist.

»Ganz langsam, Sonja. Was ist passiert?«

Sonja fängt an zu stottern, sie ist außer sich. Ihr ist alles zu viel. »Ja, also, es ist so … Ich … Ich suche Lucy, das ist eine meiner Freundinnen, mit denen ich hier bin, sie ist verschwunden, abgehauen, weil …« Sie weiß gar nicht, was sie erzählen soll.

»Ist Lucy vielleicht so eine kleine Frau mit langen blonden Haaren, who looks like an angel?«

»Ja, genau.« Sonja horcht auf und schöpft schlagartig Hoffnung. »Hast du sie gesehen?«

»Ja, sie war letzte Nacht hier. Sie hat geweint. Ich habe sie angesprochen …«

»Hier? Wo ist sie jetzt?«, schreit Sonja fast und dreht sich hastig in alle Himmelsrichtungen, dann packt Aiden sie am Arm und hält sie fest.

»Sunny, es geht ihr gut. Ich hab ihr geholfen.«

»Es geht ihr gut? Wo ist sie denn? Geholfen? Ist sie verletzt?« Sonja fehlt absolut die Geduld.

»Sie hat in der Surfschule geschlafen. Sie hockte gestern Abend hier alleine am Strand, hat total geheult und wollte nicht ins Hotel. Sie wäre wahrscheinlich die ganze Nacht im Sand sitzen geblieben. Da habe ich ihr angeboten, in der Hütte zu übernachten.«

Stürmisch fällt Sonja Aiden um den Hals. »Aiden, danke! Du bist der Beste!«, ruft sie erleichtert. Etwas Schöneres hätte er ihr in diesem Augenblick nicht sagen können.

Er lacht. »Na los, vielleicht ist sie inzwischen wach, schau nach. Du kennst dich ja aus.«

Das muss er ihr nicht zweimal sagen. Sonja rennt zur Surfschule und reißt die Tür auf. Lucy liegt in Embryohaltung auf der alten Couch in der Ecke, vor sich eine zusammengeknäulte Decke, an der sie sich festhält. Ihre sonst leuchtend blauen Augen wirken vollkommen leer. Als habe sie alle Tränen geweint, die sie in sich trug, und übrig geblieben ist nur diese Hülle.

»Lucy!«, ruft Sonja zärtlich und stürzt zu ihr. Liebevoll zieht sie ihre Freundin hoch und nimmt sie in den Arm. Ihre ganze Herzenswärme soll sie spüren. Sie stöhnt leise auf, als Sonja sie zu wiegen beginnt wie eines ihrer Kinder. Gut, dass Kinder nicht wissen, was im Leben noch alles auf sie zukommt …

»Schschsch, Liebes. Alles wird wieder, Lucy, bestimmt«, flüstert Sonja. Vielleicht liegt es an der Nordsee, dass sie das sicher weiß, an dieser ewig aufgewühlten und schäumenden, sich selbst erneuernden Natur. Oder an der Sonne, die sich ihren Weg bahnt und allem ihre Wärme schenkt, Tag für Tag aufs Neue. Sie bemerkt einen Schatten am Boden und blickt auf. Aiden steht im Türrahmen und nickt ihr ernst zu. Sonja schaut ihn an, und während sie Lucy umarmt, laufen ihr Tränen über die Wangen. Sie weint um Lucys Liebe, um deren verlorenen Traum, darüber, dass nichts im Leben bleibt, wie es ist, und gleichzeitig auch vor Glück, sie gefunden zu haben. Dabei formt sie zu ihm ein lautloses »Thank you!« mit den Lippen.

Etwas später treten sie zusammen hinaus. Sonja hat

die Freundin von ihrem Schlafplatz hoch- und aus der Holzhütte gezogen. Die Morgensonne und die frische Luft werden ihr bestimmt guttun. Und sie selbst muss auch durchatmen, nach der ganzen Aufregung. Fürsorglich breitet Sonja eine von Aiden geliehene Fleecedecke für Lucy im Sand aus, die nach wie vor kein Wort spricht. Danach holt sie ihr Handy aus der Hosentasche, schreibt Mado und Rieke »*Ich hab sie*« und sendet die Koordinaten vom Standort. Dann setzt sie sich mit Lucy an den Rand der Dünen.

Vor dem Bistro am Meer, wo Lucy ihr Hochzeitsessen abhalten wollte, stößt Rieke einen Jubelschrei aus. Jetzt erst bemerkt sie, dass der heutige Sonnenaufgang der schönste seit Langem ist. Sie berührt ihr Armband und brüllt »Danke, Hühnergott!« über die raue See.

»Grazie dio! Sonja hat sie gefunden!«, ruft Mado im Wellnessbereich der *Frischen Brise*, als sie die Nachricht liest, und lächelt erleichtert Claas an.

»Großartig«, freut er sich mit ihr. Prompt werden beide etwas verlegen, da ihre Mission nun beendet ist. Wie vertraut es sich plötzlich anfühlt, hier im Fitnessraum so zusammenzustehen – er immer noch im verschwitzten Sportdress und sie halb in Schlafklamotten.

»Tja, danke für deine Hilfe, Claas … Ich muss los zu den anderen«, bricht Mado das Schweigen.

»Gern geschehen. Ich geh lieber mal unter die Dusche. Bevor mein Team sich noch wundert, wie der Chef rumläuft.«

»Sieht fesch aus.« Sie zwinkert ihm zu. So forsch ist sie sonst nie, aber heute Morgen ist alles egal, und jetzt hat sie sowieso nichts mehr zu verlieren, nur gewonnen … Sie haben Lucy wieder.

»Dito! Und du erst.« Claas strahlt zurück. »Bis später.«

Und Mado glaubt ihm sogar, dass er es so meint.

#keinlichtamhorizont

Lucy sitzt umringt von Mado, Sonja und Rieke auf der Decke im Sand. Die Knie angezogen und den Kopf darauf gestützt. Sie ist heilfroh, dass ihre Freundinnen bei ihr sind. Wie ein Schutzwall fühlt es sich an.

In ihrem Innern tobt ein Sturm. Die Nachricht, dass Vince sie betrügt, hat sie völlig unvorbereitet getroffen. Sie fragt sich, wie sie nichts, aber auch gar nichts ahnen konnte. Die Vorstellung, dass Vince mit dieser Mia glücklich ist, vielleicht so glücklich, wie sie es früher mal mit ihm war, nimmt ihr fast die Luft zum Atmen. Ein zerstörerischer Tsunami ist über sie hinweggeschwappt und hat alles mit sich gerissen: ihre Leichtigkeit, ihre Liebe.

Sie berührt den feinkörnigen, fast weißen Sand und lässt ihn durch ihre Finger rieseln. Nichts ist von Dauer, schon gar nicht das Glück. Dennoch hat sie immer daran geglaubt und davon geträumt. Von ihrem Hochzeitstag als Start in ein gemeinsames Leben. Sie war sich so sicher, dass es Schicksal war, dass Vince und sie sich kennengelernt haben …

Lucy fröstelt, obwohl Sonja sie fest im Arm hält. Mado streicht ihr zart über die Beine, und Rieke, die ihr gegenübersitzt, lächelt ihr aufmunternd zu, als sie hochschaut. Aber Lucy fühlt sich weit weg, als würde sie ziellos durch das Universum schweben.

»Vielleicht sprichst du mal mit ihm, Lucy«, schlägt Mado vor und holt sie zurück in die Realität. »Ich bin die Letzte, die Vince verteidigen möchte, aber ich weiß, dass Reden hilft. Oft bringt es die Leute einander näher. Abgesehen davon sollte er nicht so einfach davonkommen. Und hat er nicht ein Recht zu erklären, was los ist?«

Lucy reagiert nicht. Sie will nicht wissen, was los ist, sie hat genug gesehen. Sie will nur, dass dieser Schmerz aufhört …

Rieke antwortet an ihrer Stelle. »Ich weiß nicht, Mado, was gibt es da zu reden? Das ist alles eindeutig. Bilder sagen manchmal mehr als Worte, und er ist seit Tagen schlecht erreichbar.«

Aiden kommt zu ihnen, ein Tablett mit Kaffee in den Händen. Lucy überreicht er zuerst eine Tasse, sie ist dankbar für die Wärme des Bechers und für seine Hilfe gestern, als sie am Strand hin und her lief und schließlich im Dunkeln am Wasser sitzen blieb. Als jede Zelle in ihr, jeder Herzschlag sagte: *Alles ist aus, Lucy. Aus und vorbei. Vince ist weg.*

Aiden reicht den anderen Kaffee. »Hey Ladys, ich

wollte euch noch einladen. Wenn ihr etwas Ablenkung braucht: Heute Abend steigt hier am Sunset Beach eine Party, die halbe Insel wird da sein. Vielleicht sogar die ganze.«

Lucy merkt, wie Sonja ihn anstrahlt, bevor diese sie noch ein wenig fester an sich zieht. Sie selbst fühlt sich zu matt, um zu antworten, und ist froh, dass Sonja es tut.

»Danke, Aiden. Das ist wirklich lieb. Aber ich weiß nicht, wie es heute passt. Ich glaube, Lucy braucht jetzt ein warmes Bett und Ruhe. Wir gehen am besten erst mal ins Hotel und sehen dann weiter.«

»Ja, klar. Wenn ihr später doch Lust habt, kommt einfach vorbei.« Aiden lächelt ihnen verständnisvoll zu und trottet zurück zur Terrasse der Surfschule, wo er begonnen hat, bunte Lampions für die Sommerparty aufzuhängen.

Lucy nimmt Sonjas Hand und lässt sich aufhelfen.

#bilderanderwand

Lucy sitzt auf dem Bett, die Decke um die Beine gewickelt, und nimmt lustlos ein paar Erdbeeren aus der Schale. Obwohl es ein warmer Tag ist, scheint sie zu frösteln. Sie reibt sich die Arme und sieht immer noch ziemlich blass aus. Rieke hat es sich mit ihrem Laptop am Schreibtisch bequem gemacht und beobachtet ihre

Freundin aus den Augenwinkeln, erleichtert, dass sie wenigstens wieder spricht und etwas isst. Sogar ein paar Stunden geschlafen hat sie.

Den anderen beiden musste Rieke hoch und heilig versprechen, bei Lucy zu bleiben. Doch vor einer halben Stunde hat Hanna ihr eine Nachricht geschickt und gefragt, ob sie die Bilder schon aufgehängt hätte für die Finissage morgen Abend, sie sei gerade an der Galerie vorbeigelaufen und hätte die van der Ulmens in Aktion gesehen. Das hat Rieke total vergessen in dem ganzen Gefühls-Auf-und-Ab. Sie wollte eigentlich auch am Nachmittag dorthin, nachdem Hanna und das Künstlerehepaar netterweise schon den Transport über den Hotelshuttle organisiert haben. Alle ihre Fotos lagern bereits dort und warten darauf, in Szene gesetzt zu werden. Am besten nimmt sie Lucy mit, das lenkt sie ab.

»Du, Lucy, ich müsste mal in die Galerie, die Bilder aufhängen helfen. Morgen ist ja die Ausstellung.«

»Klar, Rieke. Geh ruhig.« Lucy schaut traurig zu ihr rüber. »Es tut mir leid, du hockst sowieso schon viel zu lange hier drinnen wegen mir.«

Typisch Lucy, sogar wenn es ihr schlecht geht, denkt sie noch an andere. Rieke lächelt sie liebevoll an.

»Nix da. Das ist doch selbstverständlich, ich lass dich nicht allein. Außerdem hab ich die Zeit genutzt und ein paar Fotos bearbeitet und so.« Dass sie, während Lucy schlief, noch mal auf der Seite dieser Mia war und gesehen hat, dass diese die verräterischen Fotos mittlerweile gelöscht hat, verschweigt sie.

»Wie wär's, wenn du mitkommst, tut dir vielleicht gut, mal raus aus der Bude.«

»Ach, ich weiß nicht.« Lucy knabbert weiter an einer Erdbeere.

»Na los, Luzia. Ich bin froh, wenn ich nicht alleine bin, du musst mir helfen und mich vor den wilden van der Ulmens beschützen. Es dauert bestimmt nicht ewig. Und vielleicht ...«, wagt Rieke den nächsten Vorstoß, als kein Widerspruch vom Bett kommt, »... schauen wir danach heute Abend mal alle zusammen auf der Party am Strand vorbei. Die, von der Aiden erzählt hat. Was meinst du?«

Rieke versucht, sie vom Thema Vince abzulenken, aber Lucy hat nur eins im Kopf. »Ich habe mich entschieden, Vince anzurufen. Ich muss seine Stimme hören, wissen, was er dazu zu sagen hat. Mado hat recht. Und ich halte es nicht mehr aus. Was ist, wenn wir irgendetwas missverstanden haben? Vielleicht ist doch alles irgendwie anders ...«

Rieke hat diesbezüglich wenig bis gar keine Hoffnung, vor allem nachdem sie gestern Nacht mit Vince telefoniert hat und keines seiner Worte glaubhaft klang. Doch das will sie Lucy nicht auf die Nase binden. Die greift gerade zwischen verheulten Taschentüchern nach ihrem Handy. »Mist, Akku leer«, presst sie leise hervor.

»Los, dann soll das jetzt so sein«, meint Rieke. »Die Ablenkung stärkt dich vielleicht ein bisschen für das Gespräch mit ihm. So kannst du auch noch mal in Ruhe überlegen, was du am besten sagst.« Als Lucy den Kopf schüttelt und weiter auf ihr Handy starrt, fällt Rieke ein

Argument ein. »In der Galerie gibt es Steckdosen, überbrück doch die Zeit einfach dort. Komm mit, Luzia, bitte! Wir laden dein Handy auf, und ich kann mit deiner Unterstützung alles Nötige in der Galerie regeln.«

Auch wenn sie sich nicht vorstellen kann, wie Lucy ihr in dieser Verfassung helfen soll, zieht Rieke sie mit beiden Händen hoch. Das Stichwort »Unterstützung« wirkt, denn Lucy lässt ihre Freundinnen nie im Stich.

»Na gut«, murmelt Lucy. Dann geht sie ins Bad, spritzt sich Wasser ins verweinte Gesicht, nimmt ihre Strickjacke und folgt Rieke hinaus, die schon bereitsteht und an der offenen Zimmertür auf sie gewartet hat.

An der Rezeption fragt Rieke, ob die Minicards angekommen sind, die sie für die Ausstellung auf die Schnelle online bestellt hat. Sie hat Glück. Im Gehen reißt sie den Umschlag auf und zieht eine der kleinen Karten heraus, auf denen ein Nordseemotiv prangt, Wasser und Wolken spiegeln sich und gehen ineinander über. Oben rechts steht #spotaufmehr und auf der Rückseite Rieke Müller plus @riekeknipstdiewelt, der Name ihres Blogs. Die möchte sie morgen an Besucher verteilen, die sich für ihre Fotos interessieren.

Aufgeregt geht sie mit Lucy aus dem Hotel und um das Gebäude herum zum *Chez Fiffi*, wo Irene und Friedbert bereits die Ausstellung vorbereiten. In weißen Maleranzügen stehen sie auf Leitern und winken ihnen überschwänglich zu, dass Rieke fürchtet, sie könnten abstürzen.

»Da sind wir!«, ruft sie fröhlich und zieht Lucy in

den Salon. Es ertönt ein herzliches »Hallo!«, und auch Herr Bödefeld bellt freudig. Wie sein Frauchen trägt er heute eine rosa Schleife auf dem Kopf.

»Ha do gug no! Moinle!«, legt Irene auf Schwäbisch-Friesisch los. Friedberts Brummen, dass es Zeit sei, an Deck zu kommen und die Segel zu hissen, geht im wilden Hundegebell unter. Denn dieses ertönt, als die Freundinnen die Schwelle übertreten, nicht nur live von Herrn Bödefeld, sondern auch als Türglocke. Das Königspudelfrauchen lacht laut über die erschreckten Gesichter der beiden Neuankömmlinge.

Irene hüpft wie ein junges Mädchen von der Leiter und zeigt stolz die Räumlichkeiten. Rieke ist wirklich beeindruckt. Im vorderen Teil des Salons befindet sich die Verkaufsfläche für Hundebedarf samt Hundefriseur, an die ein langgezogener Raum mit weiß gestrichenen und perfekt ausgeleuchteten Wänden anschließt. In der Mitte stehen hellblaue Designerstühle, die zum Betrachten der Gemälde einladen. Durch einen Torbogen geht es in einen weiteren Raum. Obwohl das kleine Separee leer ist, fühlt sich Rieke dank des warmen Lichts und des Fischgrätparketts sofort wohl. *Geradezu pudelwohl*, denkt sie amüsiert und wirft einen Blick auf Herrn Bödefeld, der brav neben ihnen hertrottet.

»Das ist sozusagen deine Kajüte«, ruft Friedbert. In der Tat mutet dieser Teil der Galerie wie ein Schiff an, denn im Gegensatz zur langen Glasfront vor dem Hauptraum gibt es hier ein großes Bullaugenfenster. Rieke ist begeistert und könnte sich für ihre Bilder keinen besseren Ort vorstellen.

Sie geht langsam die Wände ab und weiß nach wenigen Minuten, wie sie ihre Bilder anordnen wird: Auf die Seite, die mittig durch den Bogen unterbrochen wird, kommen die Freundinnenmotive, an die lange Front die Bilder vom Meer. Und die glückliche Lucy am Strand, ihr Glanzstück im Hochformat, wird der Eyecatcher an der schmalen Seite.

Rieke schaut zu ihr, die im Bogen steht, und ist beruhigt zu sehen, dass Lucy auch ganz angetan ist und ihre Gesichtszüge sich etwas entspannt haben.

»Ich komme gleich wieder«, sagt Lucy und geht zum Counter, offensichtlich um ihr Smartphone aufzuladen. Das gibt Rieke die Möglichkeit, alleine ins angrenzende Lager zu gehen. Sie hat spontan entschieden, Lucys Porträt nicht jetzt zusammen mit ihr aufzuhängen. Das Bild steht zu sehr für ihr Glück und das Hochzeitsthema, das kann sie der Freundin heute unmöglich zumuten. Also dreht sie es kurzerhand zur Wand und lässt es hinten stehen.

Die van der Ulmens helfen Rieke und Lucy tatkräftig, sodass Riekes Bilder in Windeseile hängen. Als sie fertig sind, fällt die Abendsonne durch das Bullauge. Rieke ist sprachlos, wie schön ihre Fotos an der Wand wirken, in Serie inszeniert und mit Spotlights.

Mit leuchtenden Augen dreht sie sich zu Lucy um, die ihr Handy geholt und auf einem der Stühle Platz genommen hat. Rieke sieht, wie sie die Stirn runzelt.

»Sechsundachtzig Anrufe von Vince«, sagt Lucy. »Wieso hat er so oft angerufen, er hat sich doch die ganze Zeit kaum gemeldet? Das verstehe ich nicht.«

»Ich schon«, gesteht Rieke und reibt sich die prompt schwitzenden Hände an den Jeansshorts ab. »Vince weiß Bescheid, Lucy.«

»Was soll das heißen?« Lucy erstarrt.

»Er weiß, dass wir die Insta-Bilder gesehen haben – und du auch.«

Einen Moment ist es so still um sie herum, als sei die Welt stehen geblieben, und nur noch Lucy und sie hockten auf dieser Insel und schauten sich an.

»Du hast es ihm gesagt?«, stößt Lucy hervor.

»Ja, Lucy, das musste ich. Ich hab es nicht mehr ausgehalten, und du warst verschwunden.«

»Was hat er gesagt?«

»Nichts, nicht viel.« Rieke kommt zu Lucy und hebt entschuldigend die Schultern.

»Hat er ... hat er es abgestritten?«, fragt diese vorsichtig.

»Nein, eher rumgestammelt.« Rieke packt sofort wieder die Wut, sie sieht in Lucys Augen den Schmerz, verraten worden zu sein, ausgerechnet von dem Menschen, den sie am meisten liebt. »Ich konnte nicht anders, es tut mir leid, Lucy, ich musste ihm einfach stecken, was für ein unglaublicher Idiot er ist, was für ein gefühlloser und selten dämlicher Arsch, so eine wunderbare Frau wie dich zu betrügen. Bitte sei mir nicht böse, bitte«, fleht Rieke, als sie sieht, wie Lucy zu weinen beginnt. Doch die nimmt sie in den Arm. Rieke flüstert in ihr Ohr: »Es tut mir so leid, so furchtbar leid ...«

Was für eine beschissene Situation, denkt sie.

Lucy reibt sich mit beiden Händen die Tränen von den Wangen und drückt Rieke einen Kuss auf die Stirn. »Es ist gut, dass du ihn angerufen hast. Danke dir und Mado und Sonja, dass ihr da seid. Für mich. Und immer. Ihr seid einfach die besten Freundinnen der Welt.«

»Und was machst du jetzt?«, fragt Rieke.

»Soll er noch sechsundachtzig Mal anrufen und so oft auf meine Nummer tippen, bis ihm die Finger weh-tun«, sagt Lucy traurig und legt das Handy zur Seite.

Für Rieke fühlt es sich an wie die Ruhe vor dem Sturm. Nachdenklich blickt sie zu den Gewitterbildern.

#manmussdaslebentanzen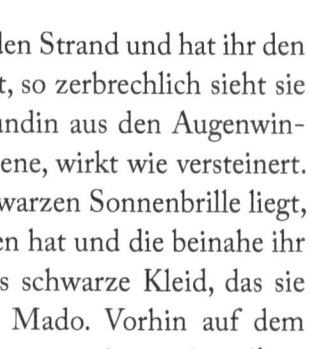

Sonja geht neben Lucy über den Strand und hat ihr den Arm um die Schultern gelegt, so zerbrechlich sieht sie aus. Sie beobachtet ihre Freundin aus den Augenwin-keln. Lucy verzieht keine Miene, wirkt wie versteinert. Was auch an der riesigen schwarzen Sonnenbrille liegt, die sie sich von Mado geliehen hat und die beinahe ihr halbes Gesicht verdeckt. Das schwarze Kleid, das sie trägt, stammt ebenfalls von Mado. Vorhin auf dem Zimmer hat sie sich vehement geweigert, eines ihrer weißen Sommerkleider anzuziehen, und darauf be-standen, Schwarz zu tragen. Wie in Trauer. Furchtbar, findet Sonja, das Düstere passt überhaupt nicht zu der Lucy, die sie seit fünfundzwanzig Jahren kennt. Es war aber nichts zu machen, sonst wäre sie nicht mitgekommen.

Vor ihnen stapfen Rieke und Mado durch den Sand. Rieke in Jeansshorts und gestreiftem Shirt mit der roten Glitzeraufschrift *Love*, Mado im langen olivgrünen Trägerkleid. Sonja selbst trägt ein wallendes buntes Blumenkleid. Sie mag es, weil es an Woodstock erinnert, und sie genießt es, wie der milde Sylter Abendwind durch ihre langen Locken fährt.

Sie inhaliert die klare Luft und blickt nachdenklich übers Meer, das in ruhigen Wellenbewegungen ans Ufer plätschert. Die Sonne hängt tief am Horizont und färbt den Himmel orange. Sonne und Meer lassen sich von nichts erschüttern, im Gegensatz zu den Menschen. Hier an der Nordsee mit ihren Gezeiten zeigt sich noch viel deutlicher, was das Leben ausmacht: Ebbe und Flut, Kommen und Gehen, Abschied und Neuanfang zugleich. Sonja mag den Gedanken: Das Glück kommt in Wellen, und wenn es da ist, muss man sich reinwerfen.

»Wir müssen heute dringend abschalten und tanzen!«, ruft Mado ihnen über die Schulter zu. Abgesehen von ihrer Sorge um Lucy ist sie heute bester Stimmung und hofft inständig, Fiete zu treffen.

»Der DJ heißt übrigens Alex Prinz, ein Prinz ist also schon mal da und legt auch noch auf – das muss ja bombastisch werden!« Rieke lacht, dreht sich um und macht ein paar Dancemoves.

Sonja verdreht die Augen zu Lucy hin, die das nicht wahrnimmt, von Traumprinzen und Fröschen hat sie ja aktuell die Nase gestrichen voll. Sie guckt weiter starr geradeaus. Sonja streichelt ihr sachte den Arm. »Etwas Ablenkung tut dir bestimmt gut, Liebes, du wirst sehen«, flüstert sie der traurigen Freundin zu und denkt insgeheim: *Uns allen.*

Am Sunset Beach ist richtig was los. Breakbeats und buntes flirrendes Licht locken Gäste von allen Seiten an. Sonja spürt kribbelnde Vorfreude in sich aufsteigen. Sie hat große Lust zu tanzen. Plötzlich bleibt Lucy neben ihr stehen.

»Was ist los?«, fragt Sonja besorgt und ruft zu den anderen beiden: »Hey, wartet mal kurz!«

Mado und Rieke drehen um und kommen zu ihnen.

»Alles okay?« Mado schaut Lucy prüfend an, und Rieke streicht ihr liebevoll übers Haar.

Lucy nimmt die Sonnenbrille ab und sieht sie nacheinander eindringlich an. »Hört mal, ich möchte, nein ich *wünsche* mir von Herzen, dass ihr heute Abend richtig feiert, und zwar ohne Rücksicht auf mich. Bitte versprecht mir das. Ihr habt schon genug für mich getan, ohne euch wäre ich durchgedreht. Heute Abend habt ihr euch eine Auszeit verdient. Macht euch um mich bitte keine Sorgen, ich setz mich irgendwohin und beobachte die Leute. Ich hau auch nicht wieder ab. Ehrlich.«

Sonja, Mado und Rieke nicken. Lucy ist zwar im Innersten tief erschüttert, und Vince' Betrug hat ihr den Boden unter den Füßen weggerissen, aber trotzdem ist sie stark und kann auch dunkle Stunden überstehen. Sie ist dankbar, die Freundinnen zu haben, und möchte etwas zurückgeben, begreift Sonja. »Okay. Ich verspreche es dir, Liebes«, antwortet sie Lucy deshalb sofort.

»Geht klar, Luzia.« Rieke nickt, und Mado ergänzt: »Wie immer, die Syltschwestern stehen zusammen – eine für alle, alle für eine!«

Lucy schießen die Tränen in die Augen. »Danke.« Rasch setzt sie die Brille wieder auf. »Also, dann feiert bitte für mich mit und genießt es. Ich nehm euch beim Wort.«

Daraufhin haken sich alle vier unter und nehmen die letzten Meter zur Beachparty gemeinsam.

Eine Stunde später stehen Sonja, Rieke und Mado auf einer kleinen Tribüne neben der Surfschule, jede ihren Lieblingscocktail in der Hand, und beobachten das ausgelassene Treiben am Strand. Lucy hat sich auf einem der bunten Sitzsäcke in der Nähe der Tanzfläche niedergelassen. Von dort hat sie die Freundinnen und das Partygeschehen optimal im Blick.

Sonja ist begeistert von der Stimmung. Überall tanzen oder unterhalten sich Leute. Über den Strand verteilt sind weiße Getränkepavillons und verschiedene Foodtrucks aufgebaut. Ein großes, überdachtes DJ-Pult mit einer glitzernden Discokugel ist etwas erhöht am Eingang zur Surfschule zu erkennen, wo der »Prinz« in Beanie und Pilotenbrille seine Tracks auflegt und den Tanzenden einheizt. Alles blinkt farbig eingetaucht, und die Pavillons, die Surfschule und das Café daneben schmücken Lichterketten in Rot, Blau, Weiß. Da hat Aiden am Morgen ganze Arbeit geleistet.

Mado, Rieke und sie bewegen sich im Takt der Musik, und Sonja ist beruhigt, dass Lucy wenigstens ab und zu an einem Lillet Wild Berry nippt, den Rieke ihr gebracht hat.

Sonja spürt den Bass im ganzen Körper, er vibriert mit. Wie schön sich das anfühlt. Sie ist nur noch Musik, die Bässe und Töne lassen sie wie auf den Wellen surfen. Sogar Mado – mit geröteten Wangen und Armen in die Höhe – scheint sich frei und leicht zu fühlen wie lange nicht mehr. Und Rieke braucht eh nie lange, um abzuschalten, sobald sie Musik hört, beginnt sie sofort zu zappeln.

»Ich glaub, dahinten sind welche aus dem Hotel«, brüllt Rieke auf einmal gegen den Lärm an und zeigt auf die Tanzenden im Sand.

»Ja, stimmt! Da ist auch Fiete mit seinen Yogis. Kommt mit, schnell!« Mado ist plötzlich ganz aufgeregt und zieht Sonja am Arm.

»Gut, dass du nur weitsichtig bist, Mado. In die Ferne sehen klappt ja einwandfrei«, sagt Sonja lachend. Dann zögert sie. »Wisst ihr was, geht ihr schon mal vor, ich bleib noch ein bisschen hier und behalte Lucy im Auge, okay? Bin gleich bei euch«, ruft sie Mado ins Ohr.

»Alles klar. Komm, Rieke!« Mado eilt mit glühenden Wangen und Rieke im Schlepptau zu Fiete und den anderen.

Sonja lächelt, nippt an ihrem Tequila Sunrise, schaut beim Tanzen immer wieder in die Menge oder zum Meer. Sie fühlt sich in diesem Moment so frei wie beim Kiten auf dem Wasser.

Da sieht sie Jenny in ultraknappem Minikleid mit einer Ausbeute an Pfandflaschen in die Hütte verschwinden. Hoffentlich muss sie der heute nicht begegnen.

»Hey Sunny!«, erklingt es plötzlich ganz dicht an ihrem Ohr, und zwei Hände legen sich auf ihre Hüften. Sie fährt herum. Beinahe wären sie mit den Köpfen zusammengestoßen, so nah steht Aiden vor ihr.

»Du hast mich vielleicht erschreckt! Ich krieg ja noch einen Herzinfarkt!«, lacht sie ihn an und boxt ihn gespielt empört gegen die Brust, dabei freut sie sich sehr, dass er zu ihr gekommen ist. Aidens Karibik-Augen leuchten in seinem sonnengebräunten Gesicht, die gelockten Haare fallen ihm wild um den Kopf. »Du weißt doch, Baby, ich bin unberechenbar«, scherzt er. »Schön, dass ihr da seid!«

Es ist ungewohnt für Sonja, ihn nicht im Neoprenanzug und mit nassen Haaren zu sehen, zugegebenermaßen findet sie Aiden aber im Freizeitlook äußerst attraktiv. Heute Abend trägt er ein helles aufgeknöpftes Kurzarmhemd, das einen Blick auf seinen muskulösen Oberkörper freigibt, dazu Chinos und weiße Sneakers. Wie Mark wohl in diesen Klamotten wirken würde? Sonja muss grinsen. Unvorstellbar.

Dann wird Aidens Miene ernster. »Wie geht es Lucy? Ich war eben kurz bei ihr, sie sieht nicht happy aus. I'm so sorry … Kann ich irgendwas tun?«, fragt er mitfühlend.

»Das ist lieb, Aid, aber ich glaube, wir müssen sie einfach mal in Ruhe lassen. Du hast ja auch schon viel für sie getan.«

»Ich könnte dem Mann, der sie so unglücklich macht, die ... wie heißt es ... den Arsch aufreißen? Den Kopf waschen?« Spielerisch ballt er die Hand zur Faust. »Das wird der Typ nicht vergessen!«

»Bringt leider nichts«, erklärt Sonja und zuckt mit den Schultern. »Der Typ heißt Vince und ist gar nicht hier. Und eigentlich ist er auch ein Guter, weißt du. Das macht es noch schlimmer. Er hat Lucy sehr enttäuscht. Keine von uns kapiert wieso.«

»Okay, verstehe.« Aiden nickt. »Wenn sie ihn liebt, wird sie ihm irgendwann verzeihen. Who knows?«

Sonja staunt, dass so was von Aiden kommt. »Ja, wer weiß. Vielleicht. Jetzt tut es auf jeden Fall verdammt weh.«

Er überlegt einen Moment. »Okay, Sunny. Lassen wir sie in Ruhe.... Und jetzt: Time to party!« Aiden strahlt, zeigt in bester Laune einen perfekten Moonwalk, und das doofe Thema ist bereits vergessen. Sonja muss wieder lachen und klatscht Beifall. Er verbeugt sich. »Warte!«, ruft er dann. Er läuft zu einem Pavillon an der Seite der Tribüne und kommt breit grinsend mit einem Tablett und einer Flasche Tequila, Gläsern, Orangenscheiben und Zimt wieder.

»Lust auf einen Tequila?«, fragt er herausfordernd.

Das kann ja heiter werden. Aber Sonja spielt mit und antwortet mit frechem Augenzwinkern: »Auch auf zwei!«

Die Beats schlagen laut durch die Nacht, der Bass dröhnt weit über das Meer. Das Stimmengewirr und das Discolicht vermischen sich mit der Musik zu einem berauschenden Sog, dem sich Rieke und Mado gerne hingeben. Die Musik ist großartig, DJ Prinz macht seinem Namen alle Ehre. Techno, Drum & Bass, House und Funk-Rhythmen wechseln sich ab, und die beiden powern sich beim Tanzen aus wie zuletzt mit zwanzig auf einer von Riekes WG-Partys. Die Stimmung ist grandios, es ist das beste Fest seit Langem, da sind sie sich einig. Viele Gäste aus der *Frischen Brise* sind auch zur Beachparty gekommen, Dennis und Malte, wirklich ein paar Leute von Fietes Yogagruppe, die noch nicht abgereist sind, und die Surfjungs. Rieke flirtet und tanzt ausgelassen mit Glatzen-Andi und hat sichtlich Spaß dabei. Mado beobachtet sie kurz und dreht sich dann wieder zu Fiete, der neben ihr tanzt. Er bewegt sich etwas schlaksig und unbeholfen, aber Mado mag es, weil sie ihn mag. Fiete hat sie mit Küsschen links und rechts begrüßt, er wirkte schon ein wenig angetüddelt, als sie dazukamen. Seitdem tanzen sie mit- oder nebeneinander und quatschen zwischendurch nett über dies und das. Hier weiter unten am Strand hat die Musik die ideale Lautstärke, sodass man sich problemlos noch unterhalten kann.

Bisher gab es jedoch keinerlei Anspielungen oder Annäherungsversuche seinerseits. Mado versucht immer wieder mal, sich näher an ihn zu schmiegen und die Arme um ihn zu legen, aber so richtig springt er auch heute nicht darauf an. Vielleicht hat ihr Deo versagt? Unauffällig hebt sie beim Tanzen die Arme und schnuppert. Nein, das kann es nicht sein. Langsam ist sie mit ihrem Flirtlatein am Ende, und seine distanzierte Freundlichkeit irritiert sie.

»Hol euch noch was zu trinken!«, zischt ihr Rieke ins Ohr, die zu ihr rübergeschwoft ist und scheinbar ihre Gedanken erraten hat. Sie glüht und hat Schweißperlen auf der Stirn, hübsch sieht sie aus.

»Ich weiß nicht, was ich noch tun soll, Rieke. Die Party ist eigentlich super zum Flirten. Eine bessere Gelegenheit wird es bestimmt nicht mehr geben. Aber er reagiert nicht richtig auf mich. Vielleicht steht er doch auf Blond und Langhaarig? Oder auf Männer?«

Mado blickt ihre Freundin hilflos an. Sie legt den Kopf auf Riekes Schulter. Die streichelt ihr zart übers Haar und meint: »Nee, Schatz, vertrau mir – der ist nur ein bisschen zu steif für ein heißes Abenteuer. Gib ihm noch eine Chance, die Nacht fängt gerade erst an. Ihr wart schließlich schon essen, und er unterhält sich gerne mit dir. Der muss erst lockerer werden. Du sagst ihm jetzt, du besorgst euch zwei neue Drinks – was hältst du von Champagner, der steigt schön schnell in den Kopf – und dann ziehst du noch mal alle Register! Auch wenn dir das schwerfällt, aber du tust es ja für dich … und für deinen Traum!« Rieke nimmt Mados Gesicht zwischen ihre Hände und schaut ihr eindringlich in die Augen: »Verstanden?! Nicht aufgeben, Schatz, okay?«

Resigniert antwortet diese: »Okay …«

»Na also! Das wollte ich hören!« Rieke gibt ihr einen Schmatzer und tanzt davon zu Andi und den anderen Surfern.

Mado fasst sich ein Herz und bewegt sich im Rhythmus der Musik auf Fiete zu, der sich nun etwas an den Rand der Tanzfläche gestellt hat und mit einem Yogakollegen unterhält. Er schaut auf, als sie kommt.

»Na?«, fragt er.

»Trinkst du einen Sekt mit mir? Ich bring auf dem Rückweg welche mit, muss eh mal wohin …«, raunt sie ihm zu. Dabei legt sie ihm schüchtern die Hand auf die Schulter und berührt mit den Lippen leicht sein Ohr.

»Hmmm … ich steh zwar nicht so auf Sekt, ist eher was für Frauen … aber warum nicht – klar!«, kommt seine Antwort gewohnt freundlich. Er weicht dabei zwar nicht vor ihr zurück, fasst sie aber auch nicht an.

»Schön, dann bis gleich. Nicht weglaufen!«, startet sie im Gehen noch einen Flirtversuch mit dramatischem Augenaufschlag.

»Nee, nee!«, nimmt Fiete den Gag auf.

Der Typ neben ihm guckt jetzt ziemlich neugierig, vielleicht sollte sie dem auch ein Gläschen mitbringen. Das mit der heißen Nacht hat sie sich auf jeden Fall leichter vorgestellt, das artet ja regelrecht in Arbeit aus.

Außerhalb seiner Hörweite atmet Mado laut aus und schlängelt sich durch das Gewimmel. Was Sonja und Lucy wohl gerade machen? Komisch, Sonja ist gar nicht mehr aufgetaucht. Sie schreibt ihr am besten gleich mal eine Nachricht, ob alles gut ist.

Mist. Als sie sich an der Sektbar anstellen möchte, erkennt sie an einem Stehtisch im Pavillon Bertram Bullig in angeregter Unterhaltung mit Claas Lindström. *Na super.* Der fehlt ihr gerade noch. Was nun?

Egal, Augen zu und durch, alles auf eine Karte setzen. Sie ist eine selbstbewusste Frau und hat im Gerichtssaal schon ganz andere Herausforderungen mit männlichen Kontrahenten gewonnen. Sie betritt das Zelt und reiht sich in die Schlange ein. Am besten tut sie einfach so, als sehe sie die zwei nicht.

Keine zwei Minuten später hört sie eine ihr bekannte, tiefe Männerstimme fragen: »Versteckst du dich vor mir?« Sofort wird ihr flau im Magen, und ihr Herz beginnt schneller zu klopfen. Claas schaut auf sie runter, direkt neben ihr steht er und hält ihr lächelnd eine Champagnerschale hin. »Für dich! So wird das Warten nicht so lang. Cheers!«

»Danke! Bist du jetzt überall für meine Getränkeversorgung zuständig?« Das klang ruppig, merkt Mado im selben Moment. Sie versucht ein unsicheres Lächeln. »Wo ist dieser Bulli? Du weißt schon?« Hektisch schaut sie um sich.

»Der hat, wie es scheint, die Flucht ergriffen, als er dich gesehen hat«, sagt Claas grinsend und hält ihr das Glas erneut entgegen.

»Ach, Quatsch.« Sie richtet sich wieder zu voller Größe auf und schiebt die Schultern nach hinten. »Worauf sollen wir trinken?«, fragt sie, um rasch das Thema zu wechseln.

»Darauf, dass ihr Lucy wohlbehalten wiedergefunden

habt?«, schlägt Claas vor und wartet geduldig, dass sie ihm das Glas abnimmt.

Mado ist unschlüssig, ihr ist dieses Wiedersehen zwischen Fiete, Bulli, Claas und Toilette zu viel und mehr als unangenehm. Muss dieser Mann denn überall da auftauchen, wo sie ist? Außerdem wollte sie auch noch nach Lucy schauen, bevor sie zur Tanzfläche zurückkehrt. Ein Schnack passt jetzt hier überhaupt nicht rein, sie muss weiter.

»Du, Claas, es tut mir leid«, sagt sie daher, »ich kann nicht, ein anderes Mal vielleicht. Ich wollte gerade, also ... es wartet jemand auf mich ... Fiete Kampmann.«

Am liebsten würde sie im Boden versinken.

»Oh.« Claas' Blick wird kühler und distanziert, er zieht die Hand mit der Sektschale zurück. »Natürlich. Bitte entschuldige, das war sehr aufdringlich von mir. Selbstverständlich bist du verabredet. Ein anderes Mal ...«

Auf einmal nimmt er professionelle Zurückhaltung an. Doch sie bemerkt ein Zucken um seine Augen und – wie schon einmal – ein leises Bedauern in seinem Blick. Und dann noch etwas, einen merkwürdigen Ausdruck, den sie nicht deuten kann. Als wäre ihm plötzlich etwas klar geworden, das ihm Sorgen bereitet.

»Was hast du?«, fragt sie. »Stimmt was nicht?«

Er schaut sie an. Nachdenklich. »Tja, weißt du, es ist nichts, nur ... manchmal sollte man ganz genau hinschauen, auf welche Karte man setzt.«

Mado versteht nicht. »Wie meinst du das?«

Claas antwortet nicht gleich, sondern kippt in einem

Zug seinen Schampus runter und schenkt den zweiten einer jungen Frau, die gerade vorbeiläuft. »Na …«, erwidert er kryptisch und schaut ihr nachdenklich in die Augen, »wenn man nicht aufpasst, entpuppt sich so mancher Joker als Schwarzer Peter.«

»Aha«, antwortet sie, ohne zu kapieren, worauf er hinauswill. Abgesehen davon hält Mado eine Strandparty auch für den falschen Ort für philosophische Betrachtungen.

»Da bist du ja«, ertönt plötzlich Lucys leise Stimme neben ihnen. Mado und Claas drehen sich gleichzeitig zu ihr herum.

»Hey Lucy! Wie geht's dir? Ich habe gerade schon zu Herrn Lindström gesagt, dass ich auf dem Weg zu dir bin.« Halb stimmt das zumindest, trotzdem vermeidet sie es, Claas anzuschauen. »Alles okay bei dir?«, fragt Mado und konzentriert sich auf Lucy, die noch fertiger aussieht als vorhin. Fürsorglich legt sie den Arm um sie.

»Ich bin okay«, sagt diese, »aber sehr müde, ich möchte zurück ins Hotel.« Sie klingt richtig erschöpft. Mados Sonnenbrille und das zu große dunkle Kleid machen den Eindruck nicht besser.

»Soll ich dich …«, setzt Mado deshalb an, in dem Zustand kann sie Lucy nicht alleine den Weg zurückgehen lassen. Fiete hin oder her.

»Das trifft sich gut«, reagiert Claas ebenfalls. »Ich wollte auch gerade gehen. Ich begleite Sie zum Hotel, wenn Sie nichts dagegen haben.«

Mado schaut Claas überrascht und mit einem schlechten Gewissen an. »Aber …«

»Das wäre ganz lieb«, antwortet Lucy dankbar. »Geh ruhig wieder feiern, Mado. Lass dir bitte von mir nicht die Laune verderben. Sagst du den anderen Bescheid?«

Sie nickt, als Lucy sich sichtlich erleichtert mit einer Umarmung verabschiedet.

»Ja klar, mach ich. Gute Nacht und schlaf schön.« Mehr fällt Mado nicht ein.

Lucy geht schon mal vor, raus aus der Bar, während Claas noch schnell sein Glas abgibt. Er dreht sich noch einmal zu Mado um, mit nachdenklichem Blick.

Dann lässt er sie einfach stehen.

#leichtundfrei

Sonja tanzt mit Aiden. Sie wirbeln herum, halten sich an den Händen und lassen sich wieder los, sie twisten und werfen ihre Locken hin und her, schreien und lachen. Die Flasche Tequila ist inzwischen halb leer. Sie verstehen sich blendend und feiern in der Cafébar mit vielen anderen Gästen unter einer großen Discokugel. Es ist total eng auf der Tanzfläche, bei jeder Bewegung berührt man jemanden.

Sonja ist so aufgedreht und glücklich, sie weiß gar nicht, wohin mit ihrer Energie. Sie fühlt sich wieder ganz als Frau, als die Sonja, die sie immer war, und saugt den Moment, das Leben, das Tanzen, Feiern, die Musik und das unkomplizierte Zusammensein mit Aiden in sich auf. Endlich vollkommen sie selbst sein. Ohne Verpflichtungen, Vorgaben, Verantwortung. Frei sein. In diesen Minuten ist sie nur Sonja. Oder Sunny, wie Aiden sie seit dem ersten Tag nennt.

Der lacht sie an und schneidet eine lustige Grimasse, dann gibt er ein paar seiner Breakdancekünste zum Besten, denn DJ Prinz legt jetzt Hip-Hop und Funk auf. Einige Surfbuddys beginnen ihn anzufeuern und zu klatschen. Es bildet sich eine kleine Traube um ihn herum. Sonja klatscht begeistert mit.

Auch Jenny hat sich dazugesellt und feuert Aiden an. Sonja ertappt sich dabei, wie sie der hübschen jungen Frau einen missmutigen Blick zuwirft. Jenny tut, als wäre sie Luft. Logisch, was soll sie auch Sonjas Anwesenheit jucken.

Nach einer Nummer im Stehen zeigt Aiden ein paar Footworks auf dem Boden, stoppt bei eindrucksvollen Freezes, dreht halsbrecherische Power Moves und steigert sich dann im Improvisieren von überirdischen Drehkombis. Sonja wundert sich im gleichen Moment, dass sie noch weiß, wie das alles heißt, obwohl sie Tequila intus hat und Aiden ihr das erst vorhin erklärt hat. Passt zu ihm, dass er Breakdance kann. Ein paar Kumpels haben es ihm mit fünfzehn beigebracht, hat sie von ihm erfahren. Am Ende der Tanzeinlage verbeugt er sich lachend, alle applaudieren und pfeifen. Erschöpft kehrt Aiden mit Sonja an die Bar zurück und trinkt erst mal eine halbe Flasche Wasser.

»Ich bin zu alt dafür«, schnauft er. »It's harder than surfing!« Er lacht sie an, fährt sich mit den Händen durch die nun verschwitzten Haare und streicht sich über das gerötete Gesicht.

»Das war richtig gut!«, ruft Sonja und umarmt ihn vor lauter Begeisterung.

»Hey Aiden, ich hau jetzt ab. Kommst du mit?« Plötzlich steht Jenny bei ihnen, ignoriert Sonja weiterhin komplett und schaut ihren Kollegen mit unschuldigem Gesichtsausdruck und klimpernden Wimpern fragend an.

»Hi Jenny«, sagt Sonja extra laut zu ihr.

Jenny wendet den Blick nicht eine Sekunde von Aiden ab. »Hi Sonja«, presst sie in arrogantem Ton hervor, dann wiederholt sie an ihn gewandt: »Also, kommst du?«

Aiden wedelt mit seinem Hemd, um sich etwas zu erfrischen, und lockert seine Beine. »Nein, ich bleibe. Die Flasche Tequila ist noch nicht leer!«, antwortet er und legt Sonja den Arm um die Schultern. »Sunny hilft mir, don't you?«

Sonja könnte vor Genugtuung losprusten, als sie beobachtet, wie Jennys Gesichtszüge entgleisen und sie das Paar völlig konsterniert mustert.

»Wenn du meinst«, zischt sie ihn an, zieht ihr Minikleid etwas weiter herunter und dampft beleidigt ab.

Sonja hält es jetzt nicht mehr aus, sie ist zu neugierig. »Sag mal, läuft da was zwischen euch?«

»Auf jeden Fall nichts Ernstes!« Aiden grinst. »Wir hatten letzte Saison viel Spaß zusammen. Das war's. Im Winter haben wir uns dann aus den Augen verloren. Jetzt hofft Jenny, wir können da weitermachen, wo wir letztes Jahr aufgehört haben.« Aiden blickt sie treuherzig an und zuckt mit den Schultern, als könne er nichts dafür.

»Und«, bohrt Sonja weiter, »willst du nicht?«

»Nope. Ich weiß nicht mal, warum nicht. Manchmal reicht Hübschsein nicht, you know.«

»Verstehe.«

»Verdammt heiß hier drin. Kommst du mit raus, Sunny? Ich brauch mal frische Luft. Wir nehmen die Flasche einfach mit, okay?«, fragt er fröhlich und zwinkert ihr zu.

»Nichts lieber als das!« Sie hakt ihn unter, sie schnappen sich die Tequila-Trinkutensilien und verziehen sich nach draußen.

»Lass uns vorher mal kurz in die Surfschule gehen, ich zieh mir ein neues T-Shirt an. Mein Hemd ist total nass.«

»Okay.« Sonja findet das gut, dann kann sie auch mal durchatmen.

Er nimmt sie an die Hand. »Let's go.«

Sie folgt ihm, und er drängelt sich durch die Partymeute bis zum Eingang der Surfschule. Er holt einen Schlüssel aus seiner Hosentasche und öffnet die Tür. Er lässt das Licht aus, durch die Fenster scheint das bunte Discolicht gerade so hinein, dass man alles sehen kann. Aiden stellt Tequila, Gläser und Co. auf den Empfangstresen und sagt zu Sonja: »Bin gleich wieder da.«

»Ja, ja, alles gut. Lass dir Zeit.«

Als Aiden zurückkehrt, hat er ein frisches Shirt an, türkisblau, fast wie seine Augen, und ein Männerparfum aufgetragen, das nach Moschus und Limette duftet. Er kommt zur Theke und lehnt sich lässig an. Sonja hat währenddessen schon die Gläser bereitgestellt und Orangen geschnitten.

Die Stimmung in der Hütte kommt ihr gerade so unwirklich vor, wie in einem Traum. Dunkel und gleichzeitig bunt, schummrig und schwül, und sie nimmt alles viel deutlicher wahr. Die Musik erfüllt auch hier den ganzen Raum, zwischen Gummianzügen, Brettern, Kites und allerlei Surfzubehör. Sie fühlt sich immer noch ganz bei sich und hat große Lust, bis zum Morgen durchzufeiern.

Sonja hält Aiden ein Glas hin, schwungvoll füllt er es bis zum Rand. Sie nähert sich, nimmt es ihm ab. Er fasst ihre freie Hand, führt sie zu seinem Mund, leckt einmal im Halbkreis vom Zeigefinger- zum Daumenknöchel und streut ganz langsam Zimt darauf.

O Gott. Sie pustet sich eine Strähne aus der Stirn. Ihr Herz pocht wild. Ihre Wangen glühen wie im Fieber. Aiden kommt ihr gleichzeitig vertraut und fremd vor, so ein Gefühl hat sie noch nie erlebt.

Sie wechseln einen tiefen Blick. Er reicht ihr die Orangenscheibe. »Auf das Meer, Sunny«, flüstert er und hebt sein Glas.

Sie holt sich mit ihrer Zunge den Zimt von der Hand, schmeckt das süßlich-holzige und würzig-herbe Aroma. »Auf das Meer!«, erwidert sie leise, dann stoßen ihre Gläser verheißungsvoll aneinander. Sie leeren den Tequila in der gleichen Sekunde und lutschen beinahe synchron das Fruchtfleisch ihrer Orangenscheibe ab.

Das Lied »Denk, was du willst« tönt jetzt von draußen herein, und die Klänge der Westerngitarre sind melancholisch und aufwühlend. Sonja bewegt sich ganz leicht zur Musik. Sie liebt diesen Song. Er beobachtet sie schweigend.

In wellenartigen Tanzbewegungen nähert sie sich Aiden. Als sie dicht vor ihm steht, streicht sie ihm aus einem Impuls heraus mit der Hand über die Haare – sie fühlen sich leicht filzig an, bestimmt vom Sand, Salz und Wind. Er neigt den Kopf etwas, lässt es geschehen, wartet ab. Sie nimmt ihre Hand wieder zurück, geht noch einen Schritt näher auf ihn zu. Jetzt kann sie sogar einen Hauch Zimt aus seinem Mund riechen. Die Gitarrenklänge klingen fremd und fern, verstärken die Spannung … Da packt Aiden sie ohne Vorwarnung um die Hüften, zieht sie entschlossen zu sich und drückt sie an den Tresen. Sie wehrt sich nicht, umschlingt seinen Nacken, zieht ihn fest an sich, und er nähert sich mit seinem Mund. Er will sie küssen – *o nein … oder doch? –,* und Sonja lässt ihn eine Sekunde ihre Lippen berühren, zwei, drei, aber dann wendet sie blitzschnell den Kopf ab, gerade noch rechtzeitig.

»Sunny«, raunt er ihr zu, will sie an der Hand festhalten. Aber sie weicht ihm aus.

»Sorry, Aid, ich hau jetzt besser ab.«

»Lauf doch nicht weg«, sagt er eindringlich.

»Ich muss gehen.« Sie stürzt zur Tür hinaus.

Sonja eilt den Strand hinunter. Inzwischen ist es bestimmt schon weit nach Mitternacht. *Mark,* denkt sie plötzlich. *Mark.* Sie schiebt den Gedanken fort, wischt sich einmal über die Lippen, als könne sie damit auch die Spuren von Aiden verschwinden lassen. Dabei fühlt sie seine Berührung auch jetzt noch ganz genau. Wo sind Mado und Rieke? Sie will jetzt zu ihren Freundinnen, braucht vertrautes Terrain.

Sonja findet sie unten auf der Tanzfläche im Sand. Mado steht mit ziemlich frustriertem Gesicht neben Fiete. Rieke tanzt mit diesem Andi und Hanna, die scheinbar auch noch auf die Party gekommen ist. Sonja fällt Mado um den Hals.

»Hi! Wo kommst du denn her?«, fragt diese überrumpelt.

»Von drinnen. Ich war mit Aiden ... und ein paar Surfern feiern«, antwortet sie und gibt sich Mühe, möglichst harmlos zu klingen.

Mado schaut sie prüfend an. »Stimmt was nicht?«

»Doch, doch. Wie lange willst du bleiben? Und Rieke? Ich glaube, ich möchte jetzt ins Bett. Wo ist Lucy?« Sonja hofft, dass ihre Juristenfreundin nicht weiter nachbohrt.

Mado seufzt. »Lucy ist schon längst im Hotel, Claas Lindström hat sie begleitet.«

»Der war auch da?«, fragt Sonja überrascht.

»Ja, stell dir vor. Und der hier ...« Mado zeigt unauffällig mit dem Kopf Richtung Fiete, »da mach ich einfach keine Fortschritte. Ich kann mir einfallen lassen, was ich will, alle weiblichen Tricks auspacken und so weiter, aber nix, niente, nada. Alles für'n Arsch. Mir reicht's. Ich glaub, ich komm mit.«

Sonja nickt verständnisvoll. »Dann lass es sein. Zu-

315

mindest für heute. Vielleicht zu viele Leute drum herum. Kannst ihn ja nicht zwingen. Und unser Küken?«

»Warte, ich frag sie.«

Mado drängelt sich zu Rieke auf die Tanzfläche und flüstert ihr etwas ins Ohr. Rieke schaut zu Sonja, winkt ihr fröhlich zu und hält ihren Daumen hoch. Dann kehrt Mado wieder zurück.

»Sie bleibt noch mit Hanna und den anderen. Wir sollen ruhig schon gehen.«

»Na dann, prima.«

Sonja will los, sie wünscht sich Ruhe, muss die Gedanken sortieren, die in ihrem Kopf Achterbahn fahren. Mado verabschiedet sich noch von Fiete, gibt ihm einen Kuss auf die Wange, und sie wechseln ein paar letzte Worte. Aber es stimmt, er lächelt zwar und drückt Mado leicht, wirkt aber irgendwie gehemmt. Seltsam. Verstehe einer die Männer. Oder die Liebe. Wer soll sich da noch auskennen?

Mado schaut wirklich bedröppelt und tut Sonja leid. »Schätzchen, vergiss ihn erst mal«, sagt sie nur, hakt Mado unter, und die beiden machen sich langsam auf den Rückweg.

Das dunkle Meer neben ihnen schlägt gleichmäßig seine Wellen ans Ufer. Der Nordseewind ist nun kühl, der Mond scheint hell und wirft seinen Lichtschleier auf das Wasser. *Ein Mondmeer*, denkt Sonja. Und alles so friedlich. Sogar die Sterne leuchten heute Nacht besonders, sie glitzern und funkeln gleichermaßen wissend und unschuldig. Bemerken die überhaupt, dass sie jemand sieht?

»Jetzt eine Sternschnuppe«, unterbricht Sonja die Stille.

»O ja. Das wär's«, flüstert Mado melancholisch und schaut ebenfalls nach oben.

Bestimmt hätten sie beide tausend Wünsche auf einmal, die sie ans Universum schicken würden.

#katerstimmung

Mado kommt mit Müslischale und Milchkaffee vom Büfett zurück. Sonja sitzt mit Lucy schon am Tisch. Sie ist ziemlich müde, obwohl sie heute beim Frühstück fast die Letzten sind. Nur Rieke schläft lieber aus, als zu frühstücken, schließlich will sie fit sein für ihren großen Ausstellungsabend.

Mado nimmt mit tiefen Augenringen und grimmigem Gesichtsausdruck Platz, während Lucy behauptet, sie habe keinen Hunger, und ihren Toast nicht anrührt.

»Mado, was oder wer ist dir denn eben über die Leber gelaufen? Charly kann es ja nicht gewesen sein.« Sonja wirft dem betagten Kellner ein freundliches Lächeln zu, in dem Versuch, wenigstens ein bisschen gute Laune zu verbreiten, obwohl ihr selbst eher nach Verkriechen zumute ist. Sie hat kaum ein Auge zugetan, sich vorhin am Telefon schlimm mit Mark gestritten, der zu Hause doch nicht alles so im Griff hat, wie es sich zunächst anhörte, und nur rumgejammert hat, wie anstrengend die Kinder und der Hund seien, dass sie ein Wespennest unter der Markise hätten und er am Ende sei. Zu Mitleid und Verständnis konnte sich Sonja in ihrer aktuellen Verfassung allerdings absolut nicht durchringen, was Mark wiederum unsensibel fand, weshalb er einfach auflegte. Sie muss ihn später noch mal anrufen, wenn sich ihre Katerstimmung gelegt hat. Und außerdem geht ihr die ganze Zeit die Szene mit Aiden im Kopf herum. Sie hatten eindeutig den einen oder anderen Tequila zu viel …

Wenn sie daran denkt, brummt ihr direkt der Schädel. Sie legt die Hand auf die Stirn. Sie kann unmöglich morgen kitesurfen gehen und so tun, als sei nichts gewesen. Wie soll sie sich da bloß zu ihm verhalten? Am besten behält sie das Ganze erst mal für sich. Ihre Freundinnen haben ja alle drei wahrlich eigene Sorgen.

Da Mado ihr eben nicht geantwortet hat und nur deprimiert ihr Müsli löffelt, fragt Sonja erneut: »Hey du, Frau Mancini, was ist los?«

Mado hört auf zu essen und schaut zu ihr auf. »Ach, ich hab Fiete am Büfett getroffen.«

»Ja, und?«

»Er hat sich vor mir versteckt. Hinter der großen Kaffeemaschine«, erwidert Mado gekränkt.

»Wie, versteckt?«, schaltet sich jetzt auch Lucy ein, nach »Guten Morgen« ihr erster Satz heute.

»Er hat mich zum Büfett kommen sehen und ist hinter der Maschine in Deckung gegangen.«

»Vielleicht ist ihm ja genau in dem Moment etwas

auf den Boden gefallen, und er musste sich bücken, um es aufzuheben«, spekuliert Lucy.

»Keine Ahnung. Ich fand das so blöd, dass ich einfach zu ihm hingegangen bin. Da hat er ganz kleinlaut und wie ertappt gewirkt. Er hat nur ›Oh, hallo, Mado‹ gestammelt und behauptet, er müsse zum Yoga. Dabei ist die Yogafortbildung seit gestern rum.« Mado schluckt und zuckt ratlos mit den Schultern.

»Vielleicht war ihm nicht nach Reden heute?«, vermutet Lucy.

»Aber wir haben uns doch erst gestern Abend unterhalten. Wir standen fast die ganze Zeit zusammen. Ich verstehe das nicht.« Mado nippt an ihrem Kaffee. Sonja sieht ihr an, wie niedergeschlagen sie ist. »Mit Länz war es nie so schwierig.«

»Jetzt hör aber auf! Vielleicht nicht schwierig anzubandeln, aber danach auch nicht wirklich sexy. Mit dem gab es andere Probleme.« Sonja kommt das mit diesem Fiete langsam ebenfalls seltsam vor. Trotzdem will sie ihre Freundin nicht entmutigen. Mado tut das nämlich richtig gut, auf der Insel mal nicht nur an Paragrafen, ihre Fälle und Gerichtsverhandlungen zu denken. »Hm, merkwürdig. Vielleicht hat Fiete einen dicken Kater«, sagt sie zu Mado und fügt hinzu: »Aber was haltet ihr davon: Heute können uns einfach sämtliche Kerle, die uns Sorgen bereiten, gestohlen bleiben. Wir schenken ab jetzt für den Rest des Tages unsere gesamte Aufmerksamkeit Rieke und ihrer ersten Ausstellung. Einverstanden?« Sonja zieht die rechte Augenbraue hoch und beißt herzhaft in ihr Marmeladenbrötchen.

Dabei tropft ihr ein Klecks Erdbeermarmelade herunter.

Nun muss sogar Lucy schmunzeln. »Abgemacht«, sagt diese und lächelt, wenigstens ein bisschen, und es tut gut, das an Lucy zu sehen.

»Auf den Mond mit den miesen Typen! Außer Herrn Bödefeld«, klinkt sich Mado ein. Jetzt grinst auch sie wieder und wirft dem Königspudel am Nachbartisch einen milden Blick zu.

»Außer Herrn Bödefeld!«, spielt Sonja mit. In diesem Moment hebt er den Kopf. Ein sonderbares Tier. Irgendwie allwissend.

#allespotsan

Rieke steht in der Mitte der Galerie, ein bisschen fühlt sie sich, als würde sie schweben, so sehr ist sie vom Lob und den Glückwünschen der Gäste getragen. Mado, Sonja und Lucy sind vor einer Weile gekommen, schick gestylt für ihren großen Abend, und lächeln ihr immer wieder begeistert zu, während sie mit anderen Ausstellungsbesuchern plaudert.

Der Außeneingang zum Salon *Chez Fiffi* ist heute Abend in pinkes Licht getaucht, und passend dazu fließt der Rosésekt in Strömen. Irene drückt allen Gästen beim Reingehen ein Glas davon in die Hand und zwei Küsschen auf die Wangen. Unter den Besuchern ist von Stammkunden und Hundebesitzern, den Reichen und Schönen der Insel bis hin zu Künstlern und Kunstbeflissenen in Jeans und Wallekleidern alles dabei. Viele tummeln sich vor den ausgefallenen Hundeporträts der van der Ulmens und bedenken die Gemälde mit Kommentaren wie: »Guter Strich«, »Unglaublich, wenn man mal die zweite Ebene betrachtet« und »Extravagantes Thema«.

Doch der meiste Andrang herrscht im hintersten Raum. Dicht gedrängt und viel leiser als vor den Hundeporträts bewundern hier die Ausstellungsbesucher Riekes Inselfotos im Großformat. Auffällig ruhig ist es hier trotz der Traube der Wartenden, die sich bereits vor dem Torbogen gebildet hat, um einen Blick zu erhaschen. Zwischendurch wird Rieke von Journalisten der Sylter Radiosender und Lokalzeitungen interviewt, und sie ist dankbar, dass Sonja und Mado ihr hin und wieder etwas zu trinken oder Kanapees reichen. Nicht ohne den Hinweis: »Keine Sorge, nicht vom Hundebüfett.« Denn in der Tat gibt es auch Leberwurstcookies, Dogpralinés und sogar vegane Leckerlis für Vierbeiner, Letztere in Herzform, für das Tier mit Fleischintoleranz. Nur zum Teil unter durchsichtigen Hauben. Rieke sieht, wie Herr Bödefeld ein paar Leberwurstteilchen verspeist, die ihm sein Frauchen liebevoll hinhält, und muss lächeln. Zur Feier des Abends trägt der Königspudel eine goldene Schleife mit schwarzen Lettern, *Proud of my hosts*.

Irene ist wahnsinnig gerührt von der ganzen Situation, alle paar Minuten fällt sie Bekannten um den

Hals, lacht und weint gleichzeitig und schnäuzt sich in Taschentücher mit Mopsmotiv.

»Wir sind so stolz auf dich«, sagt Sonja strahlend, als Rieke zu ihren Freundinnen geht, um kurz Luft zu holen.

Rieke drückt ihr einen Kuss auf die Wange und umarmt Mado und Lucy. Sie könnte springen vor Freude und Dankbarkeit. Jedes Mal wenn sich neben ihr eine kleine Schlange interessierter Besucher bildet, verteilen ihre Freundinnen die Minicards. Inzwischen ist nur noch ein kleiner Stapel übrig, und viele der Besucher zücken ihre Smartphones, um Rieke und ihre Bilder zu googeln.

Als Friedbert van der Ulmen schließlich mit einem Löffel vom Büfett kräftig an sein Glas schlägt, wird es augenblicklich ruhiger in der Galerie, nur das Hecheln der zahlreich vertretenen Hunde ist zu hören. Und schon setzt Friedbert, unterstützt von seiner Frau, zu einer Abschiedsrede an. Er erzählt rückblickend von den Stürmen, die sie auf der Insel und auf der hohen See der Kunst überstanden haben, verweist immer wieder auf einzelne Porträts von »Hunden und Menschen am Meer«.

»Heute heißt es: Abschied nehmen und Segel setzen, ahoi und Mast- und Schotbruch. Wir schippern in südlichere Gefilde. Umso mehr freuen wir uns, euch eine großartige junge Kollegin vorzustellen.« Schwungvoll nehmen die van der Ulmens Rieke in die Mitte und haken sie unter. »Die Hamburgerin ist bekannt für ihre außergewöhnliche Fotokunst, und wir schätzen uns glücklich, sie sozusagen frisch aus der Elbe gezogen zu haben.« Friedbert lacht, und einige Gäste stimmen ein. »Sie haben sich, wie es aussieht, schon von ihrem Können überzeugt, umso mehr hoffen wir, dass diese wunderbare Fotografin nun häufiger dem Ruf der Insel folgen wird.«

Rieke lächelt gerührt. »Vielen Dank, liebe Irene und Friedbert, und danke auch an Sie alle natürlich. Ich freue mich sehr, hier zu sein, und wenn die Arbeit mich lässt, komme ich gerne wieder. Ich wünsche Ihnen einen schönen Abend und dem Ehepaar van der Ulmen alles Gute für ihren Neuanfang, in dem ja bekanntlich immer ein Zauber liegt.« Sie ist selbst ganz überrascht von ihrer kleinen Rede. Obwohl sie so aufgeregt war, sind die Sätze einfach aus ihr herausgeflossen, als würde sie so was ständig machen.

Dafür ertönt richtig viel Applaus, bevor die Gespräche wieder einsetzen und die Menge sich verteilt. Irene nimmt Rieke freundschaftlich in den Arm, um direkt mit ihr anzustoßen.

Drüben an der Theke heben Mado und Sonja ein paar Werbekärtchen auf, wahrscheinlich bevor sie komplett vergriffen sind. Sonja gibt Rieke ein Zeichen, dass sie schon mal alleine in das Fotoseparee vorgehen. Gute Entscheidung, bis eben war es dort proppenvoll, jetzt sieht es etwas leerer aus. Rieke will schon ihr Glas abstellen und hinterher, da spricht sie der Hotelchef an.

»Kompliment, Frau Müller«, gratuliert Claas und gibt Rieke die Hand. »Mir war nicht klar, was für ein Talent unter unserem Dach zu Gast ist. Die Fotos vom Meer und …« – Rieke kommt es so vor, als würde er an dieser Stelle eine Minipause machen und kurz zu der Stelle rüberschauen, wo eben noch ihre Freundinnen standen – »… diese Porträts sind großartig. Man hat das Gefühl, draußen am Strand zu sein und am Glück des Augenblicks teilhaben zu dürfen, gepaart mit so einer warmen Sehnsucht …« Richtig nachdenklich wird der Hotelchef bei seinen eigenen Worten, kriegt dann aber die Kurve: »Vergessen Sie's. Ich wollte einfach sagen: Ihre Fotos sind sehr beeindruckend, und die Hashtags, die Sie so harmonisch eingearbeitet haben, als gehören sie genau dorthin, sind wirklich eine außergewöhnliche Idee. Ich bin schlichtweg begeistert. Punkt.« Claas lässt sein Sektglas an ihres klingen und prostet ihr freundlich zu. »Da können Sie mal sehen, was Ihre Bilder mit den Leuten anstellen, wenn ich schon anfange herumzuphilosophieren.« Er lacht über sich selbst. Das ist eine gute Eigenschaft, findet Rieke, das mag sie. Richtig sympathisch.

»Vielen Dank, Herr Lindström. Danke für Ihre lieben Worte. Ich weiß gar nicht, was ich sagen soll.«

»Sie haben doch schon alles gesagt.« Er zeigt auf Riekes Ausstellung und dreht sich um, bevor ihm anscheinend noch etwas einfällt. »Das hätte ich fast vergessen.« Er tippt sich an die Stirn. »Wissen Sie eigentlich, dass die Galerie zum nächsten Ersten schließt? Es gibt bisher keinen Nachfolger.«

»Ja, ich weiß. Wirklich schade.«

»Nicht wahr? Ich bedaure auch, dass die van der Ulmens gehen. Zwei echte Unikate, die beiden.« Er wirft einen Blick in deren Richtung. Irene winkt ihm überschwänglich zu, gerade im Gespräch mit einer älteren Dame im Leolook und dem schönen Dennis. »Aber dass Irene und Friedbert uns verlassen, sollte nicht das Ende sein. Das wäre sehr traurig. Die Kombi aus Shop und Ausstellung kommt bei den Gästen und Touristen gut an. Wir sind aktuell auf der Suche nach Interessenten, die Räumlichkeiten sollen neu vermietet werden.«

»Entschuldigen Sie, dass ich Sie störe. Haben Sie noch welche von den hübschen Kärtchen mit den Hashtags, und gibt es vielleicht auch welche mit anderen Motiven? Ich würde gerne ein paar an Freunde verschicken«, unterbricht sie in diesem Moment eine Besucherin mit West Highland Terrier auf dem Arm.

»Oh, ich fürchte, wenn vorne keine mehr liegen, sind die leider aus, aber vielleicht kann ich die Tage noch ein paar nachbestellen und hier auslegen«, vertröstet Rieke die Frau.

»Das wäre toll! Danke sehr!«, freut sich die Dame und verschwindet wieder im Trubel.

»Sehen Sie, das Geschäft läuft ja schon von ganz alleine.« Claas zwinkert ihr zu. »Jedenfalls können Ihre Fotos bis Ende des Monats gerne hängen bleiben, sofern nicht bis dahin sowieso alle verkauft sind. Ich habe schon einige rote Punkte auf den Rahmen entdeckt. So oder so, ich wollte Ihnen nur Bescheid sagen, vielleicht wäre die Galerie ja was für Sie? Ich kann mir eine Zusammenarbeit jedenfalls sehr gut vorstellen. Und eine moderne Künstlerin als Mieterin kann auch für das Image der *Brise* nur von Vorteil sein.«

Rieke ist perplex, bietet dieser Lindström ihr echt an, die Galerie zu übernehmen? Er scheint es wirklich ernst zu meinen. Sie hat doch null Ahnung von diesem Metier, außerdem lebt sie in Hamburg, reist durch die Welt, sie weiß gar nicht ...

»Sie können es sich ja in Ruhe durch den Kopf gehen lassen. Jetzt feiern Sie erst mal ausgiebig Ihren Erfolg.« Er lächelt sie an. »Und klopfen Sie jederzeit an meine Bürotür, wenn Sie Fragen dazu haben oder eine Entscheidungshilfe brauchen.«

Was für ein verrückter Abend. Rieke ist aufgewühlt. Doch zunächst ist freuen angesagt, da hat dieser Lindström recht, nachdenken kann sie später noch. Sie wird sich seinen Vorschlag genau überlegen und mit ihren Freundinnen besprechen, aber jetzt will sie diesen wunderbaren Moment mit ihnen teilen. Sie hat sie heute Abend kaum gesprochen und entdeckt die anderen am Büfett. Als sie glücklich auf sie zukommt, wird sie mit lieben Worten überschüttet.

»Halt, halt!«, sagt Rieke lachend, »habt ihr meine Bilder überhaupt schon angeschaut?«

»Wir wollen natürlich eine Exklusivführung von der Fotografin persönlich«, witzelt Sonja.

Zusammen gehen sie ins Separee und bleiben vor dem Strandfoto stehen, das, wie ein roter Punkt am Rand verrät, bereits verkauft ist.

Mado begutachtet begeistert das Bild, schaut mit Abstand und aus der Nähe und sieht aus, als habe sie einen Kloß im Hals. »Rieke, du hast unserer Freundschaft damit ein wunderschönes Denkmal gesetzt. Ist dir das klar?«

»Ja, ich spüre beim Anschauen die Freude dieses Tages, das ist der Hammer.« Sonja umarmt Rieke stolz und scannt jedes Detail.

Auch Lucy fehlen vor Rührung die Worte. Dann schaut sie sich schüchtern um, und Rieke zeigt zu dem Porträt von Lucy, wie sie glücklich strahlt.

»Was für ein unfassbar schönes Bild! Das mit dem *#sommerleuchten*«, sagt eine Frau neben ihnen. »Man hätte es auch *#glück* nennen können, *#leben* oder *#lieben*«, sinniert sie.

»Genau, *lieben*«, sagt ihr Partner und küsst sie auf den Mund.

Rieke sieht, wie Lucy Tränen in die Augen schießen. Sicher denkt sie an Vince. Sie streicht der Freundin aufmunternd über den Arm.

»Ich muss an die Luft«, stößt Lucy plötzlich hervor und schlängelt sich an den Gästen vorbei nach draußen.

#wieesaussieht

Draußen vor der Galerie atmet Lucy tief ein. Vom Meer weht ein frischer, salziger Wind.

Zum ersten Mal seit Tagen wählt sie Vince' Nummer. Immer wieder hat sie in den vergangenen vierundzwanzig Stunden seinen Kontakt aufgerufen, aber letztlich nie angerufen. Schließlich klingelt es zweimal, es kommt ihr endlos vor, dann hört sie Vince' Stimme.

»Lucy?« Er klingt gehetzt, froh, erschöpft, alles zusammen. »Lucy! Endlich, mein Gott, ein Glück.«

Sie hat keine Ahnung, was sie darauf erwidern soll. Sie hat sich nichts zurechtgelegt, also sagt sie spontan: »Ich weiß … dass du weißt, dass ich weiß …«

Was für ein Schwachsinn! In Wahrheit weiß sie gar nichts, ihre Gedanken, Gefühle kämpfen in ihrem Kopf, gleichzeitig fangen ihre Beine an zu zittern. Sie wünscht sich sehnsüchtig, dass er etwas Rettendes sagt, irgendetwas Hoffnungsvolles, Kluges, Erleichterndes, Wiedergutmachendes. Etwas, das ihr die Angst nimmt und diese in die Luft wirft und dann hinaustreibt, weit weg übers Meer, wo sie keiner mehr sehen, spüren, finden, auch nur erahnen kann. Sie wünscht sich ein Wunder oder wenigstens einen kleinen Satz, der sie ihm wieder näherbringt, und sei es nur ein winziges Stück.

»Lucy, es tut mir sehr leid. Es ist nicht so, wie es aussieht.«

Hat er das wirklich gesagt? Warum steht eigentlich in keinem Beziehungsratgeber, dass man diesen Satz *auf keinen Fall!* sagen darf, dass es dieser Satz ist, der alles kaputt macht – *»Es ist nicht, wie es aussieht«* –, weil er eigentlich bedeutet: »Ja, du hast es erkannt. Es ist genau, wie es aussieht; exakt so, vielleicht sogar noch viel schlimmer.«

Sie ist so furchtbar enttäuscht, dass sie sich nicht mehr bewegen kann. Die Enttäuschung kriecht wie ätzendes Gift in ihr hoch und tötet jegliche Hoffnung, die kurz zuvor aufgeblitzt ist. Das ist alles, was Vince als Erklärung sagt? Ernsthaft? Ein verdammtes, ausgelutschtes, feiges Klischee? Fassungslos versucht sie, sich zu sammeln.

Sie findet nur einen einzigen Ausweg. Es gibt keine andere Perspektive nach alldem, nach diesem belanglosen Satz zur Entschuldigung, nach all den gemeinsamen Jahren. Für nichts weiter hat sie noch Kraft.

»Es ist aus, Vince. Endgültig. Lass mich in Ruhe. Ich will nichts mehr hören. Es ist vorbei.« Entschlossen legt Lucy auf, dann geben ihre zitternden Knie nach, und sie sinkt auf die Wiese am Weg, der zum Hotel führt.

Je länger Lucy wegbleibt, desto unruhiger sind die Freundinnen in der Galerie. Schließlich hält es Mado nicht aus, weiter zu warten. Eilig geht sie ihr hinterher. Doch in der offenen Glastür zum Salon stößt sie mit einem Pärchen zusammen.

»Hoppla!«, ruft die Frau mit rötlichem Pagenkopf und weißem Sommerkleid.

Ach herrje, Mado hätte sie beinahe umgerannt. Sie schaut hoch, will sich entschuldigen, dann erkennt sie den Mann neben ihr. Ihr bleiben die Worte im Hals stecken. Fiete Kampmann im schicken schwarzen Sakko, Hand in Hand mit der Unbekannten.

»Oh, Mado. Hallo. Äh ... Darf ich dir meine Frau vorstellen?« Er guckt sie peinlich berührt an und nickt zu der Rothaarigen.

Die blickt überrascht von Mado zu Fiete. »Ihr kennt euch?«, fragt sie misstrauisch.

»Vom Yoga«, kommt es blitzschnell von Fiete.

Mado lächelt gequält, ihr fällt absolut keine kluge Antwort ein. »Sorry, keine Zeit«, sagt sie deshalb nur schnippisch. Fiete weicht einen Schritt zurück, ihm ist die Begegnung merklich unangenehm, und seine Frau schaut jetzt noch irritierter. Mado würde am liebsten schreien, sie muss hier weg. Entschlossen schiebt sie sich an Fiete vorbei ins Freie, soll der Idiot jetzt erst mal seiner Gattin was erklären ...

Mado findet Lucy schließlich zusammengesunken auf der Wiese und setzt sich neben sie. Lucy ist kreidebleich und sieht aus, als würde sie gleich ohnmächtig werden.

»Lucy, hey, was ist denn?«

Mit verweinten Augen schaut diese hoch: »Es ist aus, Mado«, sagt sie leise. »Ich habe es ihm gesagt.«

»Bist du dir sicher? Vielleicht solltest du das mit Vince lieber in einem ehrlichen Gespräch zu Hause klären«, meint Mado und streicht Lucy über die Wange.

»Bin mir sicher. Ich wünschte, ich könnte dir eine andere Antwort geben. Aber es geht nicht ...« Lucy schluckt.

Mado nickt ernst. »Und was meint er dazu?«

»Nichts. Ich hab sofort aufgelegt.« Wieder laufen Lucys Tränen.

»Das tut mir sehr leid«, sagt Mado, »aber vielleicht ist es besser so.« *Lieber ein Ende mit Schrecken als ein Schrecken ohne Ende*, denkt sie und hat dabei auch diesen Feigling Fiete klar vor Augen. »Und, wie geht's dir, sollen wir zurück zu Rieke gehen? Es ist ihr Abend, sie braucht uns. Das dauert hier bestimmt nicht mehr lange, die meisten sind eben schon zum Livekonzert ins Hotel aufgebrochen.«

»Okay …«, flüstert Lucy mit brüchiger Stimme und wischt sich das Gesicht trocken. »Du hast recht, wir müssen Rieke unterstützen.«

»Na, komm.« Mado, die sich gerade am liebsten selbst in der hintersten Ecke der Anlage verkriechen würde, hilft Lucy hoch. Was für ein Schlamassel, das alles.

Als die beiden wieder ins pinke Licht der Galerie eintauchen, steht Rieke vor der gerahmten Lucy, neben ihr das Pärchen, das vorhin bei dem Foto so ins Schwärmen geriet.

»Tut mir leid«, erklärt sie, »das Bild ist leider schon verkauft. Aber ich arbeite aktuell an einer weiteren Porträtserie. Soll ich mich mit Ihnen in Verbindung setzen, wenn ich so weit bin?«

Etwas enttäuscht drehen die beiden sich um, drücken Rieke aber vorher noch eine Visitenkarte in die Hand. Jetzt erst fällt Mado auf, dass die Frau lange blonde Haare hat und Lucy ein bisschen ähnlich sieht.

»Hoffentlich hat die mehr Glück in der Liebe«, sagt Lucy leise neben ihr, und Mado nickt deprimiert.

Es ist noch ganz früh am Morgen, draußen kreischen die Möwen, und die Sonne versteckt sich hinter dicken Wolken. Sonja und Mado können nicht mehr schlafen, liegen noch im Bett und lassen den Abend Revue passieren. Für Rieke war er ein voller Erfolg. Sie hat tolles Feedback bekommen und war überglücklich, zum ersten Mal ihre Bilder vor Publikum auszustellen. Lucy meint es scheinbar ernst, von Vince nichts mehr wissen zu wollen, hat aber den restlichen Abend wenigstens nicht mehr geweint.

Sonja wirft einen Blick zu Mado, die mit gerunzelter Stirn an die Decke starrt. Ihre Freundin hat ihr gerade erzählt, dass Fiete ihr seine Ehefrau verschwiegen hat.

»Sonja, ganz ehrlich, warum tut er so was? Wieso ist er überhaupt mit mir essen gegangen? Und was stimmt mit mir nicht? Bin ich nicht reizvoll für Männer? Warum hab ich so ein Pech?«

Mado hat sich zu Sonja umgedreht, das Kissen unter den Kopf gestützt. Sie sieht so hilflos und niedergeschlagen aus, dass es Sonja einen Stich versetzt. Sie hockt sich in den Schneidersitz, lehnt sich mit dem Rücken an die Wand und schaut voller Mitgefühl auf sie hinunter.

»Ach Liebes, zieh dir bitte den Schuh nicht an. Wir Frauen zweifeln immer zuallererst an uns, was für ein Quatsch eigentlich. Ich denke, Fiete fand dich schon interessant. Wahrscheinlich ist er ewig lange in seiner

Beziehung, und da reizte ihn das Neue. Vielleicht ist er mit dir ausgegangen, weil er dich nicht verletzen wollte, und ein Essen ist ja harmlos, wird er sich gedacht haben. Nicht zu verraten, dass er verheiratet ist, war natürlich blöd. Na ja, und dann kam er aus der ganzen Sache nicht mehr unbeschadet raus. Deshalb war er auch so zurückhaltend, was körperliche Annäherungsversuche anging, und du hast eben gedacht, er sei nur schüchtern. Dumm gelaufen! Es gibt Schlimmeres, siehe Lucy. Und bitte, Mado, das mit Dennis und Bulli, na komm, geschenkt! Wo gehobelt wird, da fallen Späne, sagt meine Mutter immer.« Sonja lächelt, dann fährt sie fort, denn Mado guckt immer noch bedrückt: »Zieh einen Strich drunter. Neue Woche, neues Glück. Gib deinen Traum nicht auf, nur weil es anfangs holprig läuft. Das passt nicht zu dir, Mado. Du hast doch Biss. Oh, ich hab's!«

Sonja kommt plötzlich die rettende Idee, für sich und für ihre Freundin. Sie legt sich wieder auf die Seite und sieht Mado erwartungsvoll an.

»Was?«, fragt Mado müde.

»Wie findest du eigentlich Aiden?«

Mado schaut irritiert. »Wen?«

»Meinen Surflehrer! Der ist bestimmt für ein Abenteuer zu haben.«

»Ach der ... Woher willst du das wissen?«

»Sagt mir mein Gefühl.« Wie nahe sie ihm selbst schon gekommen ist, braucht ihre Freundin nicht zu wissen. »Wär der nichts für dich? Haben wir das nicht sogar schon mal angedacht? Er ist cool, witzig, sportlich, attraktiv und frei!« Sonja assoziiert kurzzeitig einen Werbespot, dann sagt sie ernster: »Ich wollte heute eh meinen Kurs absagen. Ich hab furchtbare Migräne. Kann mir nicht vorstellen, in dieser Verfassung zu surfen.«

»Du hast sonst nie Migräne!«, unterbricht Mado sie skeptisch.

»Ja, weiß ich, aber heute schon«, lügt Sonja schnell. Sie kann ihr jetzt nicht verraten, was am Samstag in der Surfschule fast zwischen ihnen geschehen wäre und dass sie sich schlichtweg heute nicht traut, Aiden unter die Augen zu treten. Mit Mark hat sie sich auch noch nicht richtig vertragen.

»So, so.« Mado klingt misstrauisch.

»Und deshalb«, fährt Sonja fort, »könntest du doch heute meine Surfstunde bei ihm übernehmen, und wenn er dir gefällt, wird er dein nächster Kandidat! Deine vielleicht letzte und dafür echt heiße Option in diesem Urlaub, wer weiß?« Sonja gerät ins Schwärmen. Begeistert von ihrem Vorschlag klatscht sie in die Hände. »Abgesehen davon bringt es dich auf andere Gedanken, und Sport machst du auch gerne. Na, was sagst du?«

Mado denkt wohl nach. Sonja sieht ihr an, dass sie noch unschlüssig ist. Doch dann sagt sie: »Ja, gute Idee. Warum nicht? Aiden ist zwar nicht mein Typ, aber wer weiß ...«

»Eben, du hast absolut nichts zu verlieren. Und du würdest mir noch einen Gefallen tun, die Stunde würde nicht einfach ausfallen«, sagt Sonja erleichtert. »Ich ruf an und frag ihn. Das ist sicher kein Problem.« Sie steigt aus dem Bett und schnappt sich ihr Handy vom Tisch.

»Er ist wirklich sehr offen und supernett, er wird dir gefallen!«

In Wahrheit ist sich Sonja überhaupt nicht sicher, ob die beiden zusammenpassen. Egal, Mado braucht eine neue Chance. Und Aiden ist auf jeden Fall ein Kerl, der nichts anbrennen lässt. Außerdem wäre das für sie ebenfalls die beste Lösung. Wenn aus Mado und Aiden was werden würde, wäre sie raus aus der Bredouille und könnte in Ruhe weiter surfen lernen. Fertig.

LIEBE, LICHT UND MEER

#duhier

»Das war ein schöner Nachmittag«, sagt Lucy, als sie mit Rieke und Sonja zur *Frischen Brise* zurückkehrt. Während Mado Sonja beim Surfen vertreten hat, haben sich die drei Strandkorbzeit gegönnt. Lucy fühlt sich trotz des Endes ihrer Beziehung ein wenig besser.

In ihrer linken Sandale pikst ein Steinchen, sie bückt sich auf dem Kiesweg, um es aus dem Schuh zu entfernen. Dabei muss sie an einen Kalenderspruch denken: »Wenn das Leben dir Steine in den Weg legt, bau ein Haus draus.« Von wegen. Manchmal sind es eher Felsbrocken. Sie schluckt den Kummer herunter, der in ihr aufsteigen will, wirft den Kiesel zur Seite und läuft den Freundinnen hinterher.

Als sie die Lobby betreten, kommt der Rezeptionist auf sie zu.

»Hallo, Frau Baumeister. Sie haben Besuch. Dort hinten in der Lounge wartet ein Herr auf Sie.« Leise ergänzt er: »Schon einige Stunden übrigens.«

Überrascht dreht sich Lucy um. Wer soll denn auf Sylt auf sie warten? Auch Rieke und Sonja recken neugierig die Köpfe.

»Hast du jetzt etwa auch ein Date?«, witzelt Sonja.

»Quatsch!«, antwortet Lucy irritiert.

In diesem Moment kommt ihnen Vince entgegen. Neben dem Sessel, aus dem er aufgesprungen ist, erkennt Lucy seinen alten Trekkingrucksack. Sie ist völlig überrumpelt. Ihr erster Impuls ist, ihm entgegenzulaufen und ihn zu umarmen. Sie macht einen kleinen Schritt auf ihn zu, ihre Fußsohle sticht an der Stelle, wo eben noch das Steinchen drückte.

Er bleibt dicht vor ihr stehen. Sein Gesicht ist fahl, und unter den sonst so wachen Augen zeichnen sich schwarze Ringe ab. Seine Haare sind zerzaust und strähnig, die Hose und das weiße Shirt mit College-emblem für ihn untypisch zerknittert.

Lucy tut es gut, ihn zu sehen. Gleichzeitig ist es entsetzlich, dass er da ist. Die Felsbrocken, an die sie eben noch dachte, spürt sie jetzt auf der Brust. Sie kann nicht mit ihm reden. Mit starrem Blick fragt sie: »Was machst du hier?«

»Ich musste dich sehen, Lucy, mit dir sprechen. Du gehst ja nicht ans Telefon und …« Er macht eine Bewegung, als wolle er sie berühren, lässt dann aber die Hand sinken. »Lucy, bitte, du kannst doch nicht einfach Schluss machen, ohne …« Seine Stimme versagt, und ein flehentlicher Ausdruck liegt in seinen Augen.

Lucy wird es schwindelig. Vince steht tatsächlich vor ihr, und prompt ziehen die Hashtags dieser Mia vor ihren Augen vorbei wie ein Schwarm Fische, dazwischen blitzen die Fotos der beiden auf. Sie muss das aus dem Kopf kriegen.

»Ich finde, es ist alles gesagt. Und geschrieben ist es auch …«, sagt sie betont hart.

Einem Impuls folgend legt sie sich das Badehandtuch, das sie unterm Arm trägt, um die Schultern. Obwohl sie sich schon so lange kennen, ist es ihr plötzlich unangenehm, ihm nur in Bikini und Pareo um die Hüften zu begegnen. Noch angreifbarer und verletzlicher kommt sie sich damit vor.

»Nichts ist gesagt, Lucy. Lass uns reden. Bitte!«

Vince klingt ehrlich verzweifelt, und es tut ihr in der Seele weh, ihn in diesem Zustand zurückzuweisen. Aber er hat auf ihre Gefühle auch keine Rücksicht genommen, sie muss sich schützen. Das feuchte Handtuch drückt auf ihre Schultern, Lucy friert. Mehr kann sie nicht ertragen, nicht jetzt. Wenn sie Mitgefühl für ihn zulässt, reißt der Schutzwall um ihr Herz, den sie in den vergangenen Stunden mühsam aufgebaut hat, ein.

Sie spürt Sonjas Hand auf ihrem Arm, die Freundin dreht sie sanft zu sich um.

»Lucy, ich glaube, es ist wichtig, dass du mit Vince sprichst, und zwar in Ruhe, unter vier Augen. Er ist doch extra hergekommen. Hör dir einfach an, was er zu sagen hat. Und wenn du uns brauchst, sind wir für dich da«, schlägt Sonja liebevoll, aber nachdrücklich vor.

Eigentlich schätzt Lucy Sonjas Stärke, Streit zu schlichten, aber jetzt …

»Lucy, bitte. Nur *ein* Gespräch.« Dankbar greift Vince Sonjas Vorschlag auf. »Ich muss dir doch erklären dürfen, was …« Er bricht ab. »Lass uns heute Abend essen gehen. Bitte. An einem neutralen Ort?«

Lucy ringt mit sich. Schließlich sagt sie so distanziert wie möglich: »Okay, wenn du unbedingt möchtest. Es gibt da ein Bistro am Strand. Die haben sogar eine Jukebox.« Bei dem zischenden »x« am Ende des Wortes erstickt ihr die Stimme, nur ein Krächzen kommt hervor. Sie hat noch sagen wollen: Die spielt auch dein Lied.

»Lucy, findest du wirklich, dass *dieses* Bistro der richtige Ort ist?«, meldet sich nun Rieke zu Wort.

»Geht doch lieber ins *Zollhaus*. Mado hat es dort gut gefallen, weil man sich ungestört unterhalten kann«, schlägt Sonja vor.

»Nein. Das Bistro ist perfekt, es passt. Für ganz unterschiedliche Anlässe«, fügt Lucy mit bitterem Unterton hinzu. »Und die Aussicht aufs Meer ist unübertroffen.«

Rieke und Sonja tauschen vielsagende Blicke. Insgeheim denkt Lucy, wenn reden, dann *muss* es am Meer sein. Dann können sie draußen sitzen, besser atmen. Da besteht weniger Gefahr, an ihrer Traurigkeit zu ersticken. Dort sieht sie die Weite des Horizonts. Und vielleicht trägt der Nordseewind die schlimmsten Lügen fort.

#keindraht

»Was meint ihr, wie das Gespräch zwischen Lucy und Vince läuft? Dass er herkommen würde, hätte ich nicht gedacht! Das zeigt, wie wichtig ihm Lucy ist. Ich bin echt gespannt, wie er sich erklärt«, sagt Mado zu Sonja und Rieke mit vollem Mund. Nach der anstrengenden Surfstunde ist sie heilfroh, dass endlich Abendessenszeit ist.

Sonja muss über Mados Appetit grinsen. »Wenn Lucy sich nicht vollkommen dagegen sperrt, glaube ich, dass eine Aussprache zwischen ihnen möglich ist. Ich hatte den Eindruck, Vince ist richtig am Ende. Du hättest ihn sehen müssen. Vielleicht will er um sie kämpfen?« Sie nimmt jetzt ebenfalls einen großen Bissen von ihrem Kartoffelgratin.

»Ich weiß nicht«, klinkt sich Rieke ein, die nachdenklich an ihrer Cola nippt, »da ist zu viel Vertrauen zerstört, meint ihr nicht? So ein Betrug ist doch was ganz Elementares. Ob eine Beziehung danach je wieder gut werden kann?«

»Na, das ist aber sehr schwarz gesehen, Rieke! Wie viele Paare haben sich denn schon einen Seitensprung verziehen? Gerät denn nicht jeder mal auf Abwege?«, findet Sonja empört und stellt sich diese Frage insgeheim selbst.

»Wir werden sehen. Sind die denn echt in das Bistro gegangen, wo Lucy feiern wollte? Das grenzt ja an Masochismus!« Mado kann gar nicht glauben, dass sich Lucy das antut.

»Ja, sie wollte das unbedingt! Wir haben versucht, sie umzustimmen. Aber jetzt erzähl du mal, Mado. Wie war denn deine Kursstunde, und wie fandest du Aiden?« Rieke klappt ihren Block auf, auf dem sie Aiden schon als neuen *Kandidat eins* notiert hat.

Mado trinkt einen Schluck Rotwein, dann zuckt sie mit den Schultern und blickt Rieke und Sonja ratlos an. »Es war okay. Er war sehr nett, hat mir alles gut erklärt, erst theoretisch, dann waren wir mit dem Board ein bisschen Wellenreiten. Ich hab mich gar nicht schlecht angestellt. Ich finde ihn auch echt sexy, er scheint zudem Köpfchen zu haben und ist lustig …« Mado stockt, überlegt.

»Und?«, drängt Sonja. »Ich halte es kaum aus vor Spannung!«

»Nun ja … ich weiß nicht recht, ich glaube, wir haben nicht so richtig einen Draht zueinander gefunden. Ich hatte nicht das Gefühl, dass er sich für mich interessiert.«

»Das darf er gar nicht zeigen, oder? Das wäre unprofessionell«, meint Rieke und nimmt sich ein Stück Knoblauchbaguette.

»Vielleicht. Dafür hat er mehrmals nach dir gefragt, Sonja: wie dir die Party gefallen habe, wie es dir gehe und so weiter. Also kurz und gut, zum Flirten kam ich nicht, und es hat auch nicht gepasst. Ich sag euch doch, bei mir läuft es einfach nicht!« Mado seufzt und steckt sich eine Gabel voll Krabben in den Mund. Sonja und Rieke schauen sich unschlüssig an.

»Würdest *du* denn gerne mit ihm ausgehen?«, fragt Rieke.

Mado überlegt einen Augenblick, dann antwortet sie: »Ja, doch. Er ist mal ganz anders und erweitert meinen Männererfahrungsschatz.« Sie muss lachen, und die anderen fallen mit ein.

»Anders als Länz ist er in jedem Fall«, schmunzelt Sonja. »Lass es uns so machen: Wir beide gehen morgen zusammen zur Surfschule. Ich klär das heute Abend noch, ob er uns beide unterrichten kann. Am Ende der Stunde fragst du ihn, ob er mit dir was trinken gehen möchte. In einer lockeren Atmosphäre werdet ihr bestimmt wärmer miteinander, und er ist offen für so was, das weiß ich.« Sie beißt sich auf die Zunge bei dem letzten Satz. Die Freundinnen scheinen zum Glück nichts gemerkt zu haben.

»Das finde ich einen Spitzenplan«, schaltet sich Rieke ein. »Was sagt eine einzige Begegnung denn schon aus? Sonja hat recht, geh morgen mit und angel ihn dir!« Rieke ahmt eine Angelbewegung nach, als zöge sie einen Fisch an Land.

»Ist ja gut«, lenkt Mado ein. »Also, okay, ein allerletzter Versuch – ich schwöre: der *allerletzte*! Es sind noch vier Tage bis zu unserer Abreise. Wenn das nichts wird, dann war's das mit meinem Traum – keine heiße Nacht, kein aufregender Fremder!«

»Zumindest für diesen Urlaub«, kann sich Sonja nicht verkneifen und erntet dafür einen freundschaftlichen Knuff von Mado.

»Noch einen Eistee, die Damen?«, werden sie von Charly unterbrochen. »Sorte des Tages diesmal Aprikose. Oder bleiben Sie beim Rotwein?«

»Beides!«, kommt es von Sonja.

»Auf was trinken wir?«, fragt Rieke.

»Darauf, dass du bald deinen Hühnergott findest!«, schlägt Mado vor und hebt ihr Glas.

»Oh, das ist super«, findet Sonja, »und darauf, dass Aiden dem Date zustimmt und dass Lucy und Vince heute Abend ein ehrliches Gespräch führen!« Sie hält ihr Glas an Mados und wartet auf Rieke.

»Ja, genau«, ergänzt diese, »und wir trinken auf deine letzte Kitesurfwoche, Sonja – darauf, dass du nur so über die Wellen fliegen wirst! Trotz Gegenwinds von Mark!«

Die Gläser klirren. Damit besiegeln sie all das, was sie sich füreinander wünschen. Bestimmt denkt jede dabei noch mal ganz fest an ihren eigenen geheimen Traum, so stellt es sich Sonja zumindest vor, der für die eine Freundin unerreichbar scheint, für die andere wiederum zum Greifen nah. Doch wie es wirklich ausgehen wird, das steht noch in den Sternen.

#soeinfachistdasnicht

Lucy betrachtet die Sonne, die gerade orangerot im Meer versinkt. Als Kind hat sie sich immer gefragt, ob sie vielleicht gar nicht richtig untergeht, sondern einfach hinter dem Meer weiterleuchtet, dass es aussieht, als sei sie verschwunden. Daran muss sie denken, als sie ihren Blumencafé-Wagen auf dem kleinen Sandplatz zum Stehen bringt, der zum Bistro am Meer gehört. Sie hat extra das Auto genommen, um im Notfall schnell wegzukommen. Ohne Begleitung. Einen Moment bleibt sie sitzen und starrt auf das Postkartenpanorama vor sich. Eigentlich wollte sie in den nächsten Tagen hierherkommen, um für sich und Vince das Hochzeitsmenü auszusuchen. Diese Vorstellung ist heute Abend so weit entfernt wie die Sonnenwelt hinterm Horizont.

Angespannt legt sie den Kopf aufs Lenkrad. Schließlich steigt sie aus und begibt sich den schmalen Weg hoch zum Restaurant. Vince wartet bereits an einem Tisch auf der Terrasse mit den weiß gestrichenen Schiffsbaudielen und blickt ernst geradeaus. Von drinnen ist leise Musik zu hören.

Als Lucy über die Außentreppe auf ihn zukommt, springt er auf und eilt auf sie zu, den Anflug eines Lächelns im Gesicht.

»Hallo. Danke, dass du gekommen bist.«

Er sieht besser aus als gestern, geduscht und in Jeans und Hemd, wie Lucy ihn kennt und liebt. Das letzte Wort schiebt sie aus ihren Gedanken. Schweigend nimmt sie auf der anderen Seite des Tisches Platz. Auch er setzt sich wieder hin. Wie am Vortag sind seine Augen unendlich traurig.

Ohne lange in die Karte zu schauen, bestellen sie eine Platte friesische Tapas, Sprudelwasser für Lucy und ein Bier für Vince. Lucy schweigt unbehaglich. Es kommt ihr vor, als säße ihr ein Fremder gegenüber.

»Lucy, mir tut das alles unendlich leid. Das musst du mir glauben. Ich wollte niemals, dass so etwas passiert, es so ausgeht.« Als sie nicht reagiert, hält er inne: »Sag doch was, Lucy.«

»Was soll ich sagen, Vince? Was willst du hören? Was soll das bringen?«

Er fährt sich nervös durch die dunkelblonden Haare, die im Sommer manchmal einen Rotschimmer haben, den Lucy gerne mag, wie jetzt im Licht der Abendsonne. Ob dieser anderen Frau das auch gefällt? Sie wendet den Blick ab.

Er trinkt von seinem Bier, und Lucy starrt auf die brennende Kerze in der Tischmitte. Sie steckt in einer kleinen Flasche, die offensichtlich schon länger in Gebrauch ist, Wachsbahnen zieren das Glas. *Nichts ist von Dauer*, denkt Lucy.

»Also gut«, beginnt sie. »Wer ist die Frau auf den Fotos? Was hat sie mir dir zu tun? Oder du mit ihr?« Jetzt ist es raus. Die Karten liegen auf dem Tisch. Sie schluckt.

»Es ist nicht so ...«, setzt er an, aber sie unterbricht ihn. Die Ausrede kennt sie schon vom Telefon, und Wut steigt in ihr auf.

»Sag bloß nicht noch mal, ›wie es aussieht‹. Ich habe genau gesehen, wie es aussieht!« Ihr schlägt das Herz bis zum Hals. Rasch nimmt sie einen Schluck Wasser, mit beiden Händen greift sie das Glas und stellt es sofort wieder hin – er soll nicht sehen, wie sie zittert. »Also, wer ist sie?«, zischt sie. Nie hätte sie gedacht, dass sie das Vince jemals fragen würde, dass sie beide so an einem Tisch sitzen würden. Einem Tisch am Meer, hinter dem mit der Sonne gleich auch die Hoffnung am Horizont verschwindet.

»Mia ist eine Kollegin.« Vince hält ihrem Blick stand, ernst und niedergeschlagen.

»Ach! Kein Wunder, dass du immer so viel zu tun hast

an der Uni.« Lucy wird zynisch. Eine Art, die sie eigentlich überhaupt nicht leiden kann, weder an anderen noch an sich selbst. Aber sie kann einfach nicht anders.

»Sie hat eine Vertretungsstelle am Institut für Anglistik, seit …«

»Guter Hinweis. Wie lange geht das schon mit euch?«

Er stöhnt leise auf, offensichtlich hat sie einen wunden Punkt getroffen.

»Ein paar Wochen nur, Lucy. Und eigentlich auch nicht richtig. Wir haben uns ein paarmal getroffen, und ja: Wir haben uns geküsst. Mehr nicht. Es tut mir leid, hörst du?«

Die Sätze wandern zu ihr herüber und graben sich tief in ihr verletztes Herz hinein. Sie lacht künstlich auf. »*Nur*. Das ist ja interessant. Ich wusste gar nicht, dass du es für normal hältst, mit zwei Frauen gleichzeitig zusammen zu sein. Und beide zu küssen. Da haben wir wohl grundverschiedene Vorstellungen von einer Beziehung.« Ihre Augen werden wässrig, sein Gesicht verschwimmt, *bloß nicht weinen*. Sie atmet tief durch die Nase ein und wieder aus; sie hat mal in einem Hochzeitsmagazin gelesen, dass das hilft bei Trauungen, wenn nicht sofort vor Rührungstränen die Schminke verlaufen soll. Völlig absurd, dass ihr das gerade jetzt einfällt.

»Nein, das haben wir nicht, Lucy! Natürlich nicht. Und das weißt du auch.«

Seine Hand berührt ihre Hand, sie zieht sie ruckartig zurück, legt ihre Hände gefaltet in den Schoß. Sie muss sich festhalten, sonst erträgt sie die Situation nicht. Ihr ist eiskalt. »Ich weiß überhaupt nicht mehr, was ich denken oder glauben soll, Vince.«

»Mia geht zurück nach München, sie hat nur eine befristete Stelle«, fährt er fort. »Und wir sind auch nicht …«, er stockt kurz, um neu anzufangen: »Wir *waren* auch nicht ›zusammen‹, wie du es nennst. Mia und ich, wir werden uns nicht mehr treffen. Ich habe es ihr schon gesagt.«

»Schön für sie, schade für dich. Oder umgekehrt. Könnt ihr euch aussuchen.« Das will Lucy sich wirklich nicht anhören und schon gar nicht vorstellen müssen, wie *ihr* Vince – verdammt noch mal, er ist doch *ihr* Freund – über seine Angelegenheiten mit einer anderen Frau spricht. Allein die Worte »Mia und ich« klingen in ihrem Kopf nach und versetzen ihr ein Stich ins Herz. Sie dreht gleich durch. Er muss doch merken, wie es ihr geht. So elend hat sie sich noch nie gefühlt. Wenn er sie nur in den Arm nehmen könnte, trösten und versichern, dass es ein Irrtum war, ein riesengroßes Missverständnis, und alles wieder gut wird.

»Es tut mir sehr leid, Fee, dass du auf diese Weise davon erfahren hast. Und falls das irgendetwas rettet, ich hatte schon mit Mia gesprochen, bevor Rieke angerufen hat und mich zusammenstauchte.«

Lucy schaut weg. Dass er sie bei ihrem Kosenamen nennt, tut ihr noch mehr weh. Als die Tapas gebracht werden, schiebt er ihr einen Teller hin und fragt: »Soll ich dir etwas drauflegen, Fisch, Melone …?«

»Nein!«, wehrt sie ab. Die hätten sie auch bei der

Hochzeit bestellen können, an einer langen Tafel oder als Büfett. Keinen Bissen bekommt sie in dieser Situation herunter. Erneut sieht sie die Hafenbilder vor sich, die glücklichen Gesichter von Vince und dieser Mia. »Vince, ich kann nicht verstehen, wie du das tun konntest mit dieser Frau, unsere Beziehung in Gefahr bringen, ohne wenigstens irgendwann mal mit mir zu reden. Mir zu sagen, was nicht stimmt. Was du vermisst. Mir eine Chance zu geben, *uns*. Und warum um Himmels willen hast du zugelassen, dass sie diese Fotos online stellt und schreibt, dass du der Mann *ihres* Lebens bist und so weiter, verdammt, Vince! *Ihres Lebens*, nicht *meines* – in die ganze Scheißwelt da draußen hat sie das hinausposaunt und riskiert, dass ich das sehe! Und alle anderen auch!« Lucy ist laut geworden. Solche Worte benutzt sie sonst nie, das weiß er.

»Lucy, ich hatte davon keine Ahnung. Ich halte mich doch nicht in sozialen Medien auf, und mir war wirklich nicht klar, dass sie unser« – er sucht nach dem passenden Wort – »›Zusammensein‹ so einschätzt. Es war einfach nur ein schöner Tag, alles war unbeschwert, leicht …«, versucht er vorsichtig zu erklären.

»Klar, und mit uns ist immer alles schwer, kompliziert und obendrauf der schnöde Alltag. Willst du das damit sagen?« Ihre Stimme bricht. Natürlich ist ihr bewusst: Sie arbeiten beide viel zu viel, und ja, das Café und der Garten brauchen jede Menge Aufmerksamkeit. Und ja, die Schmetterlinge fliegen nicht mehr wild durch die Gegend wie am Anfang, aber dafür ist da dieses wunderschöne Gefühl gewachsen, zueinander zu gehören, füreinander da zu sein, tiefe Liebe ... Schluss! Es *war* da.

»Nein, das will ich nicht, Lucy, ich liebe unser Leben, und ich liebe ...«

»Hör auf! Bitte nicht, sag es nicht, Vince.«

»Lucy, ich wollte, ich könnte alles rückgängig machen. Mia hat es absichtlich gepostet, das hat sie mir gesagt. Du oder jemand anderes sollte es sehen, sie wollte mich unter Zugzwang setzen, denn ich sollte mich entscheiden.«

»Aha, und?« Ihre Knie beginnen zu zittern.

Er schaut sie ungläubig an, als verstünde er die Frage nicht. »Ich habe mich entschieden. Für dich, für uns.«

Lucy schüttelt den Kopf. »Nichtsdestotrotz bist du mit ihr an unseren Lieblingsort gegangen. Klingt nicht überzeugend. Was würdest du deinen Studenten sagen, wenn sie so eine Geschichte analysieren müssten? Finde den Fehler, Vince.«

»Du irrst dich, ich bin nicht mit ihr an unseren Ort gegangen. Ich war dort spazieren, alleine. Du weißt ja, dass ich dort gerne bin zum Nachdenken. Dann haben wir uns am Hafen getroffen, sind aber in die andere Richtung weitergelaufen. Das musst du mir glauben«, sagt er eindringlich.

»Ich kann das nicht, es tut mir leid. Wir sind es, die in verschiedene Richtungen gehen. Ich habe keine Ahnung, wie lange schon. Warum haben wir das nicht gemerkt? Vielleicht hätten wir noch umkehren, was retten können. Uns retten können ...« Sie streicht sich eine Haarsträhne aus dem Gesicht und fährt leise fort:

»Es ist zu spät. Ich kann das nicht mehr so. Es tut zu weh. Am besten fährst du wieder zurück nach Hamburg.« Den Ausdruck *nach Hause* hat sie bewusst vermieden. Er schweigt einen Augenblick.

»Nein, ich bleibe«, erwidert er dann resolut. »Bitte glaub mir, das mit Mia ist vorbei. Es war ein Riesenfehler. Ich bin hier, Lucy. Bei dir. Und ich weiß, dass das alles überhaupt nicht fair war, nicht dir und auch nicht Mia gegenüber.«

»Nicht fair.« Lucy lacht trocken, sie kann nicht verbergen, wie getroffen sie ist. Sie hält das nicht mehr lange aus. Dieses Zusammensein, sich gegenüberzusitzen und doch tausende von Meilen entfernt. »Oh, sorry, wegen mir hättet ihr euch nicht trennen müssen.« Er schafft es, dass sie sich selbst nicht leiden kann.

»Es ist nicht wegen dir, es ist...« An dieser Stelle versagt ihm die Stimme. Er trinkt einen langen Zug, dann fährt er hastig fort: »Es ist längst nicht alles gesagt! Wir haben ja nicht mal richtig angefangen. Lass uns hier unterbrechen und morgen weiterreden oder spazieren gehen oder...«

Sie hat ganz vergessen, wie hartnäckig er sein kann, wenn er etwas wirklich will. Sie muss weg. Es reicht. Seine Gegenwart erträgt sie nicht länger, dieses Hin- und Hergerissensein zwischen Vertrautheit und Entfremdung, zwischen Verletztsein, Wut, Traurigkeit und einem winzigen Funken Hoffnung.

»Ich gehe jetzt besser«, sagt sie und steht auf.

Er schaut sie betrübt an. Dann reicht er ihr hastig eine Visitenkarte. »Hier. Ruf mich an oder komm einfach vorbei. Bitte. Ich wohne in der *Pension Ankerglück*. In der *Frischen Brise* habe ich kein Zimmer mehr bekommen.«

Dann laufen wir uns wenigstens nicht dauernd über den Weg, denkt Lucy. Sein Auftauchen und dieser Abend haben sie ziemlich an ihre Grenzen gebracht.

»Wir werden sehen. Ich muss los«, flüstert sie, nimmt die Karte und steckt sie in ihre Tasche.

Wie bei einem Businesstermin, schießt es ihr durch den Kopf. Dort sind solche Karten meistens bloß der Anfang einer Beziehung und nicht wie bei ihnen – das Ende.

#rückenwindfürrieke

»Ah, Rieke! Gut, dass ich dich, Entschuldigung, Sie treffe. Haben Sie einen Moment Zeit für mich?«

Claas Lindström winkt Rieke heran, die an diesem Vormittag mit ihrer Spiegelreflexkamera durch das Hotelfoyer eilt.

»Klar, und bleiben Sie gerne beim Du.« Lächelnd geht sie auf den Geschäftsführer der *Frischen Brise* zu. Seit der Ausstellung schwebt sie auf Wolke sieben. Und dann noch sein Angebot, ob sie nicht vielleicht die Galerie übernehmen möchte.

»Sehr gerne, Rieke! Wollen wir uns kurz setzen?« Er deutet auf die Sessel in der Lobby. »Ich würde gerne etwas mit dir besprechen. Hast du es dir schon überlegt? Kannst du dir vorstellen, die Galerie zu übernehmen?«

»Du bist ganz schön hartnäckig, muss ich sagen.« In Wahrheit freut und schmeichelt das Rieke, die Anerkennung für ihre Arbeit tut ihr gut.

Claas bestellt bei den Kollegen an der Rezeption zwei Kaffee aufs Haus.

»Aber um ehrlich zu sein«, fährt Rieke fort, »das Angebot kam total überraschend. Das mit dem Fotografieren war bisher mehr so eine Art Berufung für mich als ein Beruf.« Sie vermeidet das Wort »Hobby«, das sie doof findet.

»Beste Voraussetzungen, würde ich sagen. Schließlich ist es viel wichtiger, dass jemand für seine Sache brennt, als wenn es nur ums Verdienen geht.«

»An der Leidenschaft scheitert es bei mir nicht.« Sie zieht Kamera und Smartphone aus ihrem Rucksack. »Ich kann gar nicht fassen, was in den vergangenen Tagen alles los war, obwohl ich ja eigentlich nur mit meinen Freundinnen im Urlaub bin.«

Rieke bedankt sich für den Kaffee, der gerade an den messingfarbenen Beistelltisch gebracht wird. Auf dem Milchschaum ist ein Anker aus Kakaopulver.

»Die Sache sieht so aus, Rieke, ich möchte ehrlich sein. Es gibt inzwischen zwei Interessenten für die Galerie: eine Dame, die den Hundesalon weiterführen möchte, und eine maritime Boutique aus List, die eine Zweigstelle eröffnen will. Doch ich finde die Vorstellung am besten, in unseren Räumen deine Fotokunst zu zeigen, kombiniert mit einem Shop mit hochwertigen

Sylt-Souvenirs, alle mit deinen Hashtags versehen. Das wäre für unser Hotel etwas Besonderes, ein echtes Alleinstellungsmerkmal.« Er grinst, wohl wissend, dass es sich um seine eigene Idee handelt. »Daher wäre es notwendig, dass du dich bis Ende der Woche entscheidest. Ich habe da noch eine Idee, die dir vielleicht helfen kann. Heute Morgen habe ich nämlich länger mit unserer Zentrale in Hamburg telefoniert. Dir ist bestimmt schon aufgefallen, dass die Bilder im Hotel sehr unterschiedlich und zum Teil auch recht altbacken sind. Weitere Dekorationen gingen beim Umbau und Redesign vor ein paar Jahren vor. Aber das Thema Wandbilder möchte ich schon länger angehen. Die gute Nachricht ist: Die Zentrale geht mit.«

Rieke schaut ihn begriffsstutzig an. »Ich verstehe nicht ganz …«

»Sie machen Butter bei die Fische, wie es so schön heißt, und wollen für die *Frische Brise* eine neue Wandausstattung in Auftrag geben. Eine Fotoserie. Da dachte ich an dich. Kommt das für dich infrage? Wir würden das natürlich angemessen honorieren, und ein Projekt dieser Größenordnung wäre außerdem eine interessante Basis für den Start als Galeriechefin, was meinst du?« Er zwinkert ihr zu und trinkt an seinem Kaffee.

Das gibt es doch nicht. Rieke ist platt. Dieser Claas Lindström meint das wirklich ernst. »Wir reden von Fotos für alle Zimmer und Bereiche im Hotel?«, muss Rieke sich vergewissern, dass das alles kein Traum ist, weil sie gerade keiner zwicken kann.

»Richtig«, sagt er lächelnd. »Natürlich würden wir

erst mit den Gemeinschaftsräumen anfangen und uns dann Etage für Etage vorarbeiten. Ach, und wegen der Wohnungsknappheit auf Sylt: Für die erste Zeit könnten wir dir ein Zimmer im Personaltrakt zur Verfügung stellen. Von hier könntest du in Ruhe nach einer eigenen Wohnung suchen.«

»Claas, Mensch! Du hast ja an alles gedacht! Was soll Frau da sagen?!« Rieke bleibt der Mund offen stehen. Und der Hotelchef lacht geehrt.

In diesem Moment kommt Mado vom Joggen zurück. Rieke winkt ihre Freundin eifrig herüber, denn in Businessfragen kennt diese sich eindeutig besser aus als sie. Mado gibt ihr ein Zeichen, dass sie eigentlich schnell nach oben in die Dusche verschwinden möchte, aber Rieke lässt nicht locker. Sie ist so aufgeregt, diese Sache mit den Fotos nimmt ungeahnte Formen an, die ihr Leben, ihre Zukunft verändern könnten.

»Mado, hierher schnell, das musst du hören!«, ruft sie.

Mado gibt auf. »Hi«, grüßt sie unsicher, als sie vor ihnen steht, blickt von Rieke zu Claas und wieder zurück.

Claas sagt kurz »Hallo« zu Mado, dann steht er auf. »Ich verabschiede mich. Du kannst ja deine Freundin auf den neuesten Stand bringen«, schließt er ganz neutral, als würde er Mado gar nicht kennen. »Bitte überleg es dir, Rieke. Beides natürlich. Die Option mit den Fotos besteht unabhängig von der Galerie. Sag mir bitte bis spätestens Freitag Bescheid, wie du dich entscheidest, okay? Ihr entschuldigt mich bitte, ich muss weiter.«

Er nickt Mado zu und streckt Rieke zur Besiegelung seine rechte Hand hin. Diese ergreift sie aufgeregt und verspricht vorbeizuschauen, während er schnellen Schrittes wieder an seine Arbeit geht.

»Mado, das glaubst du nicht«, flüstert sie, obwohl er schon außer Hörweite ist. Sie mimt einen lautlosen Schrei mit stummem Freudetrampeln und lässt sich völlig geschafft in die Polster zurücksinken. Während ihr Blick neben der Rezeption auf die Holzschilder aus Treibgut fällt, denen sie bei ihrer Ankunft gefolgt sind, taucht die Ahnung in ihr auf, dass dieser Urlaub ein Wegweiser für ihre Zukunft werden könnte.

#werdiewahlhat

»Das ist ja der Hammer, Rieke! Was wirst du tun?« Mado ist sprachlos. Schnaufend bleibt sie oben am Treppenabsatz stehen, auf dem Weg zu ihren Zimmern, und hält Rieke fest. »Weißt du, was das für eine Chance ist? Jede Künstlerin würde sich danach sehnen! Da würde ich nicht allzu lange überlegen. Ich finde das super für dich! Kannst du dir denn vorstellen, Hamburg zu verlassen, auf Sylt zu leben, neu anzufangen?«

Fragen über Fragen und keine Antwort. Rieke hebt unschlüssig die Schultern, ihre Augen jedoch strahlen. Sie schwebt in einem Zustand zwischen Lachen und Weinen. Einerseits könnte sie die ganze Welt umarmen und herumhüpfen wie ein kleines Kind, so aus dem Häuschen ist sie. Andererseits ist sie total unsicher. Wohin geht die Reise? Was passiert, wenn sie die falsche Entscheidung trifft? Gibt es das überhaupt, *falsche* Entscheidungen? Solche großen Sinnfragen hat sie bisher erfolgreich umschifft. Vielleicht zeigt ihr das Leben nun auf diese Weise, dass es an der Zeit für sie ist, etwas zu wagen, Veränderung zuzulassen? Wenn sie nur wüsste, was sie tun soll.

»Komm, wir setzen uns mal kurz.« Sie deutet auf die Stufe neben sich. »Tja. Keine Ahnung, ich weiß nicht, ob ich mir vorstellen kann, in Hamburg alle Zelte abzubrechen. Ich hab Claas' Vorstoß von Sonntag gar nicht wirklich ernst genommen und mich einfach nur riesig über die Ausstellung gefreut. Aber dass er sein Angebot wiederholt, dass ich die Galerie übernehmen könnte, und heute auch die Aussicht auf den Fotojob … Ich musste mich noch nie schnell für so etwas Wichtiges entscheiden. Das macht mich fertig!« Rieke rauft sich die Haare und lacht dabei.

Mado scheint in Gedanken versunken. Sie starrt an Rieke vorbei, das Treppenhaus hinunter.

»Hörst du mir überhaupt zu, Mado?« Rieke knufft ihre Freundin in die Seite.

Mado dreht den Kopf zu ihr. »Ja, ja, natürlich. Da musst du dranbleiben, unfassbar ist das. Einfach großartig! Kann ich dir dabei denn irgendwie helfen?«

»Wenn ich das wüsste. Ich dachte, wir machen einfach mal Urlaub, wir vier, nur für uns, und jetzt das! Plötzlich steht mein ganzes Leben kopf!«

»Aber wie!« Mado legt Rieke den Arm um die Schultern und schaut sie ernst an. »Ist das nicht längst überfällig, Rieke? Schließlich hast du an Lucys Geburtstag von ›ankommen‹ gesprochen.«

»Hmmm, aber auch vom Hühnergott suchen und finden. Der soll mir doch den Weg zeigen.« Rieke seufzt aufgewühlt.

»Siehst du, den Hühnergott braucht es anscheinend gar nicht. Manchmal reichen auch Hotelmanager.«

»Und das Meer und der Wind«, ergänzt Rieke in nachdenklichem Ton. »Aber Mado, kannst du dir mich denn als Selbstständige vorstellen? Seit ich arbeite, war ich angestellt, nie richtig festgelegt oder mit Verantwortung, mal hier, mal da. Dazwischen hab ich getan, was mir Spaß macht. Mich hat es immer in die Welt hinausgezogen. Ein eigener Laden, eine Galeriiiieeee«, sie zieht das »ie« absichtlich in die Länge, »das bedeutet jede Menge Verantwortung, mich für einen Ort entscheiden, sesshaft werden …«

»*Ankommen*, cara mia, das heißt auch anhalten, bleiben und erwachsen werden. Weißt du, die Welt läuft dir dadurch ja nicht weg! Vielleicht kommt sie eher mal zu dir, oder es eröffnen sich neue Wege. An die Verantwortung gewöhnt man sich schnell, wenn es um eine Sache geht, die man wirklich will, worin man gut ist. Die Erfahrung kann ich dir aus der Kanzlei mitgeben. Ich wollte nie etwas anderes sein als Anwältin. Und dann bedeutet die Verantwortung auch Freiheit. Es ist ein Glück, Geld mit dem zu verdienen, was du liebst.«

Rieke ist immer noch hin- und hergerissen. Doch

Mado bleibt dran. »Du bist ja nicht allein. Ich kann dir helfen mit dem Verwaltungskram, der Buchhaltung, bei rechtlichen Fragen und alldem. Lucy wiederum weiß, wie man einen eigenen Laden und Mitarbeiter führt und so weiter. Vielleicht gibt es sogar eine passende finanzielle Starthilfe für Gründerinnen, Kunst, was auch immer. Wir kriegen das raus. Was sagst du?«

»Du bist die Beste! Danke. Das hört sich gut an. Aber in mir tanzt eine Herde Flöhe Cha-Cha-Cha. Ich glaube, ich muss erst mal den Kopf frei kriegen.«

»Wie denn? Willst du weiter nach einem Hühnergott suchen, in der Hoffnung, dass der Stein dir die Entscheidung abnimmt?«

»Vielleicht. Oder eine Liste schreiben, mit Pros und Cons.« Demonstrativ schwenkt Rieke ihren Stift am Hals.

»Notier dann aber auch die offenen Fragen, die dich beschäftigen«, bestärkt sie Mado. »Und später beratschlagen wir alles mit Sonja und Lucy.«

»Ja, stimmt, ein Freundinnenrat schadet nie. Also los.«

Schweigend gehen sie weiter zu ihren Zimmern. Jede hängt ihren Gedanken nach. Als Rieke sich verabschieden und ihre Tür aufschließen will, hält Mado sie am Arm zurück.

»Warte kurz. Sag mal ...«, setzt sie verhalten an. »Claas Lindström ist mir gegenüber seit ein paar Tagen so distanziert. Hat er was zu dir gesagt?«

»Über dich?«, fragt Rieke zurück und sieht, wie Mado rot anläuft und verlegen zu Boden sieht.

»Ja. Seit der Party geht er mir aus dem Weg, auf der Finissage hat er nicht ein einziges Mal mit mir gesprochen, und gestern war er nirgendwo im Hotel zu sehen. Beim Frühstück und Abendessen im Restaurant hat er es sogar richtig vermieden, auch nur in unsere Nähe zu kommen. Und eben war er auch so kurz angebunden. Da stimmt was nicht, irgendwas hat er«, sagt sie und sieht Rieke traurig an.

»Ich wusste gar nicht, dass ihr euch so gut kennt und dass er dir überhaupt wichtig ist«, wundert sich Rieke mit einem Augenzwinkern. »Aber im Ernst. Kann es sein, dass sein Verhalten etwas mit Fiete zu tun hat? Am Samstag ist er doch so schnell von der Party verschwunden. Wenn du meine Meinung hören willst: Der Kerl ist auch ein Mann, nicht nur ein Hotelmanager, übrigens ein ziemlich attraktiver.« Rieke grinst und knufft die Freundin provozierend in die Seite.

Mado zuckt mit den Schultern und setzt eine ungerührte Miene auf, aber Rieke sieht ihr an, dass die Sache sie nicht kaltlässt.

»Ach was! Es geht mir nur ums Prinzip. Was soll ihn das angehen, mit wem ich mich verabrede? Oder denkst du etwa, er ist an mir interessiert? Nur weil wir uns öfter, zugegeben, ganz gut unterhalten haben und auch einmal zusammen an der Bar versackt sind und er mir beziehungsweise uns zufällig ab und zu geholfen hat, bedeutet das noch lange nicht, dass …« Mado steigert sich immer mehr rein und bekommt plötzlich einen Hustenanfall. »… dass … also … ach egal! Gehören tue ich sowieso keinem! Ich bin doch kein Liegestuhl, auf den man sein Handtuch gelegt hat, um ihn zu reservieren, typisch deutsch diese Denke«, krächzt sie. »Und wenn ich mit dem ganzen Hotel aus- und ins Bett gehe, ihm kann es wurscht sein!«

»Ist der nicht Däne?«

»Dänisch-schwedisch!«

»Siehste!« Rieke schmunzelt und klopft ihr auf den Rücken. »Ganz ruhig, Mado. Komm mal runter, du feurige Italienerin. Ich finde, du tust Claas unrecht. Er hat sicher nichts gegen dich, und launisch ist er gewiss nicht. Überhaupt lass ich ab heute nichts mehr auf ihn kommen, wir sind jetzt so«, scherzt Rieke und überkreuzt ihren Zeige- und Mittelfinger.

»Trotzdem arrogant, wie kann er erst so nett sein und dann so kühl? Blödes Nordlicht!« Mado hat zwar aufgehört zu husten, schaut jedoch ein bisschen wie ein trotziges Kind.

»Warum ist dir das denn nicht egal, Mado? Willst du heute nicht bei Aiden alles auf eine Karte setzen? Oder etwa nicht? Ist doch völlig schnuppe, wie Claas sich verhält«, forscht Rieke nach.

»Das hat damit nichts zu tun«, entfährt es Mado mit stolzer Stimme. »Aiden ist Aiden, Claas ist Claas. Es ärgert mich einfach. Basta!« Das sagt sie immer, wenn ihr kein besseres Argument mehr einfällt.

»Okay. Dann sprich ihn darauf an. Ihr habt euch ja von Anfang an prima verstanden. Frag ihn einfach, warum er dich schneidet, was du ihm getan hast.«

Mado wurschtelt in ihrer Joggingbauchtasche herum und sucht die Zimmerkarte. »Das mach ich auch!«, ruft sie schließlich, holt das Ding heraus und funkelt Rieke kämpferisch an. »Gleich nachher!«

Rieke lacht. »Geht doch.«

»Und jetzt unter die Dusche! Bis später.« Ohne ein weiteres Wort schließt Mado ihre Tür auf – sie muss es mehrmals probieren, vor Aufregung hält sie die Karte verkehrt herum – und verschwindet kurze Zeit später mit lautem Knall im Zimmer.

»Was geht denn da ab?«, sagt Rieke und schüttelt belustigt den Kopf.

»Meinen Sie mich?«, fragt das Zimmermädchen irritiert, das gerade mit einem Stapel neuer Handtücher neben sie getreten ist.

»O nein! Ich rede nur mit mir selbst.« Rieke grinst, öffnet die Tür und nimmt dem Mädchen den Nachschub ab.

Drinnen wirft sie die Sachen aufs Bett, zieht den Block aus ihrem Rucksack und klappt Mados Liste auf. Aiden steht da noch als einziger und, wie die Freundin behauptet, letzter Kandidat. Das kann es doch nicht gewesen sein. Kurzerhand notiert Rieke einen weiteren Namen. Mit Schwung malt sie einen Kreis um die fünf Buchstaben und setzt dahinter drei Ausrufungszeichen: *Claas!!!*

Mensch, das wäre ein Match. Der charmante Schwedendäne ist perfekt für Mado. Sofort überlegt sie, wie sie da auf die Sprünge helfen könnte. Zur Abwechslung könnte ja Mado mal eingeladen werden, zudem ist sie aktuell mehr als unentspannt, was Dates angeht. Bei den Blicken, die sich die zwei ständig zuwerfen, muss man ihn bestimmt nicht lange überreden. Ein kleiner Hinweis sollte genügen. Zuversichtlich nimmt sie den Hörer des Haustelefons.

»Hallo«, meldet sie sich. »Rieke Müller hier, können Sie mich bitte mit Claas Lindström verbinden? Es ist dringend.«

#aufdieplätzeangelraus

Am frühen Dienstagnachmittag brechen Sonja und Mado gemeinsam zur Surfschule auf. Sonja ist zwar nervös, Aiden das erste Mal seit der Party gegenüberzutreten, aber der Plan, Mado mit ihm zu verkuppeln, hilft ihr.

»Ich muss noch an der Rezeption was fragen«, sagt Mado, als die zwei vom Aufzug in die Lobby treten.

»Was denn?«, fragt Sonja entgeistert.

»Och nichts. Wegen Lindström. Nichts Wichtiges«, nuschelt Mado.

»Wolltest du deswegen schon so früh los?« Sonja geht ein Licht auf. Im Zimmer hat die Freundin sie zum Aufbruch gedrängt, obwohl genug Zeit war. Da könnten sie ja rückwärts und im Schneckentempo zum Sunset Beach kriechen, hat Sonja erwidert und Mado zuliebe trotzdem schnell ihre Siebensachen gepackt.

Mado schaut sie mit ihren großen Rehaugen an. »Quatsch. Ich bin halt gerne pünktlich. Warte bitte einen Moment, ich beeil mich.« Sie biegt zur Rezeption ab.

»Dann klär mal, was du klären musst.« Sonja kann sich ein Grinsen nicht verkneifen. »Wir sind ja eh zu früh.«

Mado übergeht das elegant, während sie sich dem Empfangscounter nähern.

»Hallo. Wo kann ich Herrn Lindström finden? Ich muss ihn sprechen.«

»Soll ich ihn für Sie anrufen? Er hat das Haustelefon dabei«, fragt die Rezeptionistin zuvorkommend und greift schon nach dem Hörer.

Mado unterbindet dies sofort. »Das ist sehr nett, lieben Dank, aber nicht nötig, ich muss ihn in persona sprechen. Ist er in seinem Büro?«

»Ja, Sie könnten Glück haben. Klopfen Sie ruhig. Und wenn er nicht da ist und ich ihn später doch für Sie anrufen soll, sagen Sie gerne Bescheid.« Die Rezeptionistin lächelt, und Sonja sieht der Dame an, dass sie zu gerne wissen würde, was Mado von ihrem Chef will.

»Vielen Dank«, antwortet diese jedoch nur bedeckt und wendet sich Sonja zu. »Ich bin gleich wieder da.«

Mit schnellen Schritten hastet sie quer durch die Eingangshalle und biegt in den Gang ein, wo Claas' Büro zu finden ist. Sonja blickt ihr hinterher, grinst und muss an Länz denken. Tut Mado wirklich gut, sich von ihm gelöst zu haben. Und der Urlaub sowieso. Es hat ein bisschen gebraucht nach der Scheidung, aber sie entdeckt immer mehr neue Seiten an Mado, die wieder viel offener im Leben steht.

Sonja holt ihr Handy hervor und checkt die Nachrichten. Eine WhatsApp von Mark. Sie hatten zwar gestern Abend telefoniert, aber die Kinder waren um ihn herum, sodass sie sich nicht in Ruhe austauschen konnten. Sonja hat es dann kurzerhand vertagt und sich lieber Lola, Edwin und Mina einzeln an die Strippe geben lassen. Jetzt schreibt ihr Mann allen Ernstes:

> Sorry, ich bin extrem überreizt. Die Kinder und alles im Haus bringen mich an meine Grenzen. Deshalb muss ich einfach mal raus. Habe ein paar Tage Notdienst im Krankenhaus übernommen. Marlis übernimmt so lange. Wir reden später.

Das war ja vorauszusehen. Jetzt ist ihm bewusst, was die alleinige Verantwortung für drei Kinder, Haus, Garten, Hund & Co. konkret jeden Tag bedeutet. Und was ist das Einzige, was ihm dazu einfällt? Abhauen und ihre Mutter einquartieren. Na super. Sonja zwingt sich, den aufkommenden Ärger herunterzuschlucken. Sie lässt sich diesen Urlaub nicht verderben, da kann er sich auf den Kopf stellen. Soll er doch sehen, wie er klarkommt. Hauptsache, die Kinder sind gut versorgt.

»Entschuldigung, Frau Peters, darf ich Sie kurz stören?«, fragt da die Rezeptionistin.

Sonja schaut hoch und steckt das Handy wieder in ihre Tasche. »Selbstverständlich.« Sie geht zum Tresen und stützt sich mit den Ellenbogen auf. »Was gibt's?«

Die junge Frau überreicht ihr einen Umschlag. »Der ist für Frau Baumeister. Sie sind doch befreundet?

Könnten Sie ihr den Brief bitte ausnahmsweise überbringen? Er ist heute Mittag abgegeben worden und soll nur persönlich ausgehändigt werden. Es sei äußerst dringend, sagte man mir. Deshalb wollte ich ihn nicht einfach kommentarlos in das Zimmerfach legen. Wir haben Frau Baumeister heute noch nicht gesehen, könnten Sie also vielleicht ...«

Sonja nimmt den Brief freundlich entgegen. »Kein Problem, mach ich gerne. Sie ist auf einer Radtour, ich sehe sie aber nachher.«

Die Rezeptionistin schaut erleichtert. »Sehr gut. Vielen Dank, Frau Peters!«

Der Briefumschlag ist weiß, und es steht nur *Für Lucy Baumeister, persönlich* darauf. Kein Absender. Aber ein Logo der *Pension Ankerglück*. Wenn der mal nicht von Vince ist. Sonja ist froh, dass er anscheinend nicht lockerlässt. Sie ist nach wie vor überzeugt, dass Lucy und er optimal zusammenpassen. Wenn diese blöde Geschichte bloß nicht gewesen wäre ...

Sie steckt den Brief ein und will gerade schon mal raus an die frische Luft gehen, da kommt Mado, etwas außer Atem, zurück.

»Und?«, fragt Sonja.

Mado guckt etwas enttäuscht. »Er war nicht da. Ich versuche es später wieder.«

»Also ab in die Fluten?« Sonja hakt Mado fröhlich unter und zieht sie aus dem Hotel. »Bereit für den neuen Kandidaten Numero uno? Angelhaken ausfahren? Bereit fürs Board?«

»Mehr als bereit!« Mado ballt lachend die Siegesfaust.

So ein Glück, freut sich Sonja mehr als drei Stunden später beim Umziehen nach dem Kiten, *dass Aiden heute so locker zu mir war.* Er hat sie vorhin total entspannt mit »Hey Sunny-Baby« begrüßt und ihr zwei Küsschen auf die Wangen gedrückt. Dann konnte er sich zwar nicht verkneifen: »Traust du dich wieder her?«, aber das hat sie einfach ignoriert. Sie war sofort gelöster, und beide taten so, als wäre am Samstag in der Hütte nichts zwischen ihnen gewesen. Besser ist das.

Nach einer kurzen Einweisung mit Mado und ihr hat sich schließlich Aidens Kumpel um Sonja gekümmert – dieser schluffige Bobby aus dem Surfshop, wie sich herausstellte. Er hat sie nicht wiedererkannt, nur am Anfang der Stunde kurz irritiert gefragt: »Kennen wir uns?« Sonja hat schnell verneint, denn die ganze Aktion in seinem Laden ist ihr bis heute peinlich.

Währenddessen half Aiden Mado aufs Brett und begleitete ihre ungeduldigen Trocken- und Flachwasserversuche. Sonja selbst hatte nach ihrer dreitägigen Pause etwas Startschwierigkeiten. Erst nach einer Weile bekam sie den Dreh wieder raus und flog nur so über die Wellen! Am Ende war es ein richtig guter Kitesurftag. Beim Gedanken daran muss Sonja stolz lächeln. Sie legt den Neoprenanzug ab, zieht ihr Kleid wieder über und rubbelt sich mit einem Handtuch die Haare etwas trocken.

Die Tür geht auf. Sonja wirft ihren Kopf zurück und

sieht Mado reinkommen. In deren Gesicht kann man nichts lesen, sie ist gerötet von der Anstrengung, und ihre kurzen braunen Haare sind ebenfalls pitschnass. Sie geht zu Sonja und setzt sich auf die Holzbank neben den Schließfächern.

»Und?«, sprudelt es sofort aus Sonja heraus. »Wie war's?!«

Mado stöhnt auf und blickt ihr resignierend in die Augen. »Aiden hat mir einen Korb gegeben.«

»Was? Was hat er gesagt? Erzähl!«

Mado schnappt sich ihre Wasserflasche und trinkt die Hälfte in einem Zug aus. »*Nein* hat er gesagt! Es war so: Wir haben uns auch heute wieder bestens verstanden, alles lief wie am Schnürchen. Ich bin nach dem Kurs mit ihm aus dem Wasser gekommen, und dann habe ich ihn auf dem Rückweg zur Surfschule gefragt, ob er Lust hat, morgen Abend mit mir etwas trinken zu gehen. Aiden hat mich verwundert angeschaut, aber ganz cool geantwortet: ›Nein, sorry, ich kann nicht.‹ Okay, hab ich gedacht, vielleicht liegt es am Termin, dass er schon was vorhat, also hab ich gleich gefragt: ›Was ist mit Donnerstag?‹ Er hat gelächelt und sagte dann: ›Leider auch nicht.‹ *Leider* hat er gesagt, deshalb bin ich drangeblieben und hab noch einen allerletzten Versuch gewagt, was soll's, eben getreu dem Motto *Alles auf eine Karte.*« Mado macht eine Pause, seufzt und trinkt das restliche Wasser aus.

Sonja hält die Spannung kaum aus. »Ja, und weiter?«

»Wirklich, ich hab alle meine weiblichen Verführungskünste hervorgeholt und mit einem unwiderstehlichen Augenaufschlag gehaucht: ›Freitag kann ich auch.‹« Mado zieht ein Schmollgesicht. »Aiden hat darauf nicht reagiert. ›Sorry, Mado, es klappt wirklich nicht‹, war seine endgültige Antwort. Bäm. Das war's. Ein eindeutiger, dreifacher Korb!« Sie zuckt mit den Schultern und beginnt, sich langsam umzuziehen.

»Das gibt's ja nicht«, entfährt es Sonja ungläubig. Sie weiß nicht, was sie zu ihrer Freundin sagen soll. Ihr Eindruck war, dass Aiden bei Frauen nichts anbrennen lässt. Hat sie ihn etwa falsch eingeschätzt?

»Doch«, antwortet Mado lakonisch. »Ist nicht schlimm, Sonja, jetzt mach bitte nicht so ein Gesicht! Weißt du, Aiden ist supernett, und ein Date mit ihm hätte mich auch interessiert. Aber er ist jetzt nicht gerade der Traum meiner schlaflosen Nächte, tutto bene. Ich bin mir nicht mal sicher, ob wir überhaupt einen ganzen Abend gemeinsam überstanden hätten, wir sind schon sehr verschieden. Jetzt schäme ich mich ein wenig, bin aber nicht tief getroffen, okay? Wenn ich es mir recht überlege, bin ich sogar ein bisschen froh, dass ich wirklich *alles* probiert habe und mir nichts vorwerfen kann. Pech gehabt. Aus der Traum. Wenn die Männer mich nicht wollen, dann eben nicht. Mir jedenfalls reicht es! Finito.«

Mado schaut Sonja erschöpft an, und diese ist erleichtert, dass ihre Freundin die Schlappe so locker aufnimmt. Sie umarmt Mado und drückt sie einmal ganz fest an sich. »Kluge Einstellung, Schatz. Mehr kannst du nicht tun. Und jetzt genießen wir die restlichen Tage hier trotzdem weiter in vollen Zügen!«

Lucy sitzt mit Mado, Rieke und Sonja in Korbstühlen unter den alten Bäumen im Hotelpark. Über ihren Köpfen rascheln die Blätter im Abendwind. Es war Mados Idee, nach dem Essen noch mal für einen Drink rauszugehen, um ungestört unter sich zu sein. Dass sie nach dem Fiasko mit Aiden die Nase voll von Männern hat und keine Lust, Fiete, Claas oder Bulli über den Weg zu laufen, muss sie nicht extra erwähnen.

Sonja hat die Beine angewinkelt und die Füße auf Riekes Stuhl gegenüber abgestellt, die den Kopf zu-rückgelegt und die Augen geschlossen hält. »Ich liebe es, nur der Natur zuzuhören. Das erdet mich. Überall auf der Welt und zu verschiedenen Tages- und Jahres-zeiten klingt das anders«, sagt Rieke entspannt, und Lucy kommt es besonders fröhlich vor.

»Vielleicht einen Moscow Mule. Nein, lieber was Frisches. Wie wäre es mit Tequila?«, fragt Mado.

»Auf keinen Fall«, lehnt Sonja kategorisch ab.

»Okay, dann Gin Tonic, Caipi, Wodka Lemon oder ...« Mado blättert weiter.

Lucy starrt derweil auf ihren Rucksack, als könnte sie durch den Stoff lesen, was in dem weißen Kuvert, mit Anker und Kleeblatt drauf, geschrieben steht. Rieke und sie kamen vorhin von ihrer Inselradtour in den Speisesaal, als Sonja ihr den Brief gab. Einerseits wollte sie ihn sofort aufreißen und wissen, was Vince geschrie-ben hat, andererseits fürchtete sie sich davor. Bis jetzt.

Worte auf Papier haben etwas verdammt Endgültiges. Was, wenn er darin schreibt, dass er akzeptiert, dass es aus ist. Oder ist er inzwischen sogar abgereist? Wie sie es ja wollte und ihm an den Kopf geworfen hat. Sie weiß, dass es absolut schizophren ist, Angst vor etwas zu haben, das sie selbst ausgesprochen hat.

Manchmal wünscht Lucy sich, die Zeit zurückdrehen zu können, dass Rieke diese vermaledeiten Fotos nie entdeckt hätte. Aber wäre es nicht trotzdem irgendwann irgendwie herausgekommen? Und wenn sie es nicht gewusst hätte, würde sie so leben wollen? Belogen und betrogen? Nein.

»Jetzt lies ihn schon. Wir sind doch da«, sagt Sonja sanft. »Und danach müssen wir über dein unglaubliches Jobangebot reden, Rieke«, ergänzt sie.

»Erst der Brief«, beschließt Rieke. »Wenn der Mistkerl was Schlimmes schreibt, stürzen wir rüber in die Pension und knöpfen ihn uns vor.« Sie stemmt kämpferisch die Arme in die Hüften.

Lucy muss lächeln, und sie fasst sich ein Herz und zieht das weiße Kuvert zwischen Geldbörse, Taschentüchern und Halstuch heraus.

»Ich hab's! Was wir trinken«, ruft Mado und nimmt die schicke Lesebrille ab. »Auf der Karte fehlt was. Kir Quitte mit Zitrone und Zimt. Sonjas Drink aus dem Garten. Eine Mischung aus Sommernachtstraum und Weihnachten.«

»Hmmm, au ja!«, bestätigt Sonja. »Ein Getränk, das dich sogar poetisch macht …«

»Etwas Prickeln tut uns jetzt allen gut. Andiamo!«,

entscheidet Mado und bestellt bei Lieblingskellner Charly. Dieser ist zuversichtlich, dass der Barmann das hinkriegt. Sie klappt die Getränkekarte zu. »Erledigt. Und nun, Lucy, mach ihn endlich auf.«

Die drei Freundinnen beobachten gebannt, wie Lucy weiter den Brief fixiert, den ihre Finger verkrampft festhalten. Schließlich reißt sie mit stolperndem Herzen den Umschlag auf und zieht eine mit blauer Tinte beschriebene Karte heraus. Still und in sich versunken liest sie die Zeilen.

Liebe Lucy,
eigentlich möchte ich schreiben, meine liebe Lucy,
aber das habe ich mir gründlich verbockt. Da ich Dich
mobil nicht erreiche, versuche ich es auf diesem Weg und
hoffe sehr, dass dieser Brief zu Dir gelangt. Ich konnte
Deinem Wunsch, sofort wieder abzureisen, nicht nach-
kommen. Verzeih! Dies und auch alles andere. Tausend
Mal, Lucy. Bitte lass uns noch mal reden. Ich habe viel
nachgedacht. Es gibt viel zu sagen, zu erklären. Und ich
muss Dich auch dringend noch etwas fragen. Können
wir uns morgen Nachmittag treffen? Vielleicht zu
einem Spaziergang am Meer? 16 Uhr?
Sag Ja. Bitte! Danach lass ich Dich in Ruhe, wenn Du
das möchtest, das verspreche ich.
Vince

PS: Schick mir eine kurze Nachricht, ob Du einverstan-
den bist.

Die letzten Worte liest sie wie hinter einem Nebelschleier, bevor sie die Karte mit Tränen in den Augen in den Umschlag zurückschiebt.

All die Jahre hat sie sich so sehr gewünscht, dass er sie etwas fragt, ihr eine ganz bestimmte Frage stellt, und jetzt stehen sie beide vor einem Scherbenhaufen. Sie steckt den Brief in den Rucksack und schaltet ihr Handy ein. Stimmt, er hat auch heute mehrmals angerufen. Traurig blickt sie auf.

»Und?«, fragt Rieke neugierig.

»Vince bittet mich um ein Treffen. Er will noch mal mit mir reden und mich etwas fragen. Was weiß ich ...«

»Mach das!«, raten Mado und Sonja unisono.

»Voilà die Damen, Ihr Kir Quitte.« Charly stellt ein Silbertablett mit vier Kristallgläsern auf dem Vintage-Tisch ab. Er bemerkt die betretene Stimmung und versucht, seine Gäste aufzumuntern. »Aber, aber, so lange war ich nun auch nicht fort.«

Er grinst freundlich, und Mado zieht die Schultern hoch. »Danke, Charly.«

Der Kellner zündet das Windlicht an und stellt ihnen eine Schale mit Knabbereien hin. »Für Seele und Nerven. Auf Ihr Wohl«, sagt er leise und verbeugt sich leicht, bevor er geht.

Rieke schnappt sich ein Glas. »Okay, Mädels, Charly hat recht, erst mal: Prost!«

Sonja nickt Lucy aufmunternd zu und gibt ihr den Drink in die Hand.

»Lecker! Hat der Barkeeper super hingekriegt«, stellt Mado zufrieden fest und nimmt noch einen Schluck.

Dann wendet sie sich zu Lucy, die nachdenklich auf ihrem Strohhalm herumkaut. »Was wirst du Vince antworten?«

Lucy lehnt sich im Korbsessel zurück und blickt durch die Blätter der alten Linde in den mittlerweile dunkelblauen Abendhimmel. »Ich glaube, ich gehe hin«, antwortet sie nach oben, als rede sie zu den Sternen.

#sandengelstimmung

»Frau Mancini?«

Mado ist gerade mit Sonja auf dem Weg zum Frühstück, als sie von der Rezeptionistin angesprochen wird.

»Ich habe gestern Herrn Lindström informiert, dass sie ihn sprechen wollten. Er lässt ausrichten, dass er sie ebenso zu konsultieren wünscht.«

»Ach wirklich?«, fragt Mado überrascht.

»Ja, er braucht einen juristischen Rat. Er bittet Sie deshalb, heute um elf Uhr in sein Büro zu kommen. Passt Ihnen das?«

Mado muss nicht lange überlegen, auch wenn es sie wundert. Vielleicht hat sie sich ja nur eingebildet, dass er ihr aus dem Weg geht, und sie war durch diese dämliche Kandidatensuche völlig durcheinander.

»Passt mir gut«, bestätigt sie, dabei versucht sie ganz cool zu bleiben. »Richten Sie ihm bitte aus, dass ich komme.«

»Prima.« Die Frau notiert Mado den Termin auf einen Zettel und überreicht ihn ihr mit einer Schale Himbeerbonbons. »Auch vom Chef. Er lässt freundlich grüßen.«

»O toll! Ich bin schon süchtig nach diesen Dingern.« Sonja reißt Mado die Bonbons aus der Hand und ruft noch ein schnelles »Danke!« zur Empfangsdame hin. Dann steckt sie sich gleich drei auf einmal in den Mund und beginnt genussvoll daran zu lutschen.

»Und das vor dem Frühstück! Du bist unmöglich«, kommentiert Mado trocken, muss dann aber lachen.

»Nee, hungrig«, antwortet Sonja selig.

Zwei Stunden später klopft Mado an Claas' Bürotür. Nichts. Sie wartet kurz, dann klopft sie erneut. Kein Laut ist zu hören. Ob er noch im Hotel unterwegs ist? Sie muss zugeben, sie hat ein flaues Gefühl im Bauch. Außerdem liegt ihr der Blaubeerpfannkuchen schwer im Magen, den sie sich eben zum Frühstück gegönnt hat. Sonja hat sie überredet. So reichhaltig isst sie morgens sonst nie.

Sie klopft noch mal, jetzt lauter. Keine Antwort. Sie checkt die Uhrzeit auf ihrem Handy und die Karte mit dem notierten Termin. Kurz vor elf, stimmt alles, sie ist überpünktlich.

Sie legt das Ohr vorsichtig an die Tür und horcht angestrengt. Drinnen ist es mucksmäuschenstill.

Da wird plötzlich die Tür mit einer Wucht aufgerissen, dass Mado beinahe ins Zimmer fällt. Stattdessen stürzt sie in die langen Arme von Claas Lindström.

»Hoppla!«, ruft er geistesgegenwärtig und fängt sie auf. »Hast du etwa gelauscht?«

»Quatsch!« Mado kommt wieder auf die Beine, ordnet ihr Kleid und räuspert sich lautstark. Er ist wirklich riesig, wird ihr wieder bewusst, als sie zu ihm hochschaut. »Guten Morgen! Ich hab schon mehrmals geklopft. Gerade wollte ich wieder gehen«, antwortet sie vorwurfsvoll. Einen Tick zu viel, wie sie selbst findet, aber sie ist so nervös, dass ihr die nötige Diplomatie fehlt. Um einzulenken, versucht sie sich an einem Lächeln. Im Gegensatz zu ihr wirkt Claas charmant wie immer.

»Guten Morgen, Mado. Schön, dass du es einrichten konntest. Setz dich doch bitte. Ich habe über mein Headset Nachrichten gecheckt und dein Klopfen nicht gehört. Jag borde skämmas, sagt man bei uns, ich sollte mich schämen.«

Er scherzt, das ist gut. Mado nimmt ihm gegenüber am Schreibtisch Platz und schlägt die Beine übereinander. Sie möchte unbedingt entspannt wirken. »Kein Problem, jetzt bin ich ja quasi in dein Büro ›reingefallen‹ und stehe dir vollkommen zur Verfügung«, schwenkt sie um und nimmt seinen betont locker-leichten Ton auf. Claas wirft ihr einen unergründlichen Blick zu, sodass ihr ganz schwindelig wird, und setzt sich auf seinen schwarzen Lederstuhl. Sie beobachten sich schweigend. Claas dreht sich mit dem Stuhl hin und her, sagt aber immer noch nichts, sieht sie nur an.

»Was kann ich denn für dich tun?«, ergreift Mado die Initiative, weil ihr die Stille langsam unangenehm wird.

»Wolltest *du* nicht gestern zu mir?«, fragt er zurück.

Mist, er gibt den Ball an mich ab, denkt sie. In diesem Moment, vor seiner starken Präsenz und seinen prüfenden grünbraunen Augen fehlt ihr plötzlich der Mut, ihn auf sein distanziertes Verhalten der letzten Tage anzusprechen. In ihrem Bauch fährt mittlerweile eine Achterbahn, mindestens. »Das hat sich erledigt«, behauptet sie deshalb schnell. »Aber du brauchst einen juristischen Rat, sagte man mir?« Besser ablenken, damit er nicht weiter nachhakt.

Claas nickt und stoppt sein Drehen. »Du meine Güte! Ich hab dir gar nichts zu trinken angeboten! Magst du ein Wasser? Kaffee, Tee? O-Saft? Bitte entschuldige, das war mehr als unhöflich«, übertreibt er ihrer Meinung nach etwas.

Mado winkt ab. »Alles wunderbar, danke nein, ich komme gerade vom Frühstück und bin rundum zufrieden.« Sie wartet gespannt, was jetzt folgt.

»Okay.« Er schenkt Sprudelwasser nach. »Nun, verehrte Mado Mancini«, beginnt er endlich, »die Wahrheit ist: Ich brauche gar keinen juristischen Rat.« Er schaut ihr ehrlich und direkt in die Augen.

Mado stutzt. »Wie bitte? Nicht? Ähm … Das verstehe ich nicht.«

»Das war ein Vorwand.«

»Ein Vorwand?« Mado begreift immer noch nicht. Sie rutscht unsicher auf ihrem Stuhl herum.

»Ein Vorwand, genau. Für meine andere Frage.« Er schenkt ihr solch ein warmes Lächeln, dass ihre Hände zu schwitzen beginnen. »Ich habe mir etwas überlegt«, fährt Claas fort, »da Herr Kampmann und Co. aktuell vielleicht nicht mehr für weitere Verabredungen zur Verfügung stehen und du außerdem am Samstag abreist – was ich übrigens sehr bedaure –, wollte ich dich fragen … ob du mir die Ehre erweist, mir deinen letzten Abend zu schenken?«

Mado muss schlucken, ist kurzzeitig sprachlos. »Ein Date?!«, platzt es dann aus ihr heraus.

»Nenn es, wie du magst. Ich würde mich auf jeden Fall sehr freuen, dich am Freitagabend zum Abschluss eures Urlaubs an unsere Bar entführen zu dürfen.«

Ihr wird wieder schwindelig. Sie mustert ihn.

»Ich stehe für alle Gesprächsthemen deiner Wahl zur Verfügung! Von A wie Austernfarm bis Z wie Zölibat«, fährt er zum Glück weiter fort und grinst.

Tausend Gedanken rasen Mado durch den Kopf: Claas ist nicht sauer, eine echte Verabredung, Bar, letzter Abend, Abreise … und das hat er so lieb und offen gefragt, dass sie ganz berührt ist. *Jetzt bloß gelassen bleiben, souverän reagieren.* Ihre Blicke treffen sich. *Es spricht absolut nichts dagegen. Manchmal sind die Dinge ganz einfach.*

Ihre innere Stimme redet ihr deutlich zu, und das Gleiche würden ihr auch Lucy, Sonja und Rieke raten, da ist sich Mado sicher.

»Ihr Freundinnen wollt bestimmt den letzten Abend noch mal gemeinsam zum Dinner, deshalb dachte ich, wir treffen uns erst danach«, sagt er.

Wie aufmerksam von ihm. Los, sag es!, fordert es in ihr drängender. *Worauf wartest du?*

»Habt ihr auch genug Martini Rosso auf Lager?« Sie legt den Kopf schief und schenkt ihm ein herausforderndes Lächeln. Sichtlich erleichtert haut Claas mit der flachen Hand auf den Tisch. »Großartig! Den ganzen Keller voll, so viel du willst!«, sagt er strahlend.

»Va bene. Dann verbringe ich sehr gerne meinen letzten Abend in Ihrer Gesellschaft, Signor Lindström!« Mado zwinkert ihm zu.

»Es ist mir eine Ehre! Wäre zehn Uhr in Ordnung? Ich warte auf dich am besten Platz an der Bar.«

»Das schaffe ich. Also denn …«

Mado steht auf, er erhebt sich ebenfalls und reicht ihr etwas umständlich die Hand. Seine große lässt ihre kleine komplett verschwinden, und fast hätte er ihre zarten Finger in seinem Überschwang zerquetscht, protestiert sie scherzhaft.

»Das würde ich nie tun«, wehrt er sich amüsiert, lässt sie wieder los und verabschiedet sich nordisch-kurz mit einem schlichten »Tschüss«.

»Bis dann!« Mado geht aus seinem Büro. Von draußen hört sie ihn »Yes!« rufen. Vielleicht hat sie sich aber auch getäuscht.

Plötzlich spürt sie eine Welle von Glück in sich aufsteigen, vermischt mit einem Gefühl der Überraschung und Aufregung. Mit einem Dauerlächeln im Gesicht schwebt sie nahezu den Gang zurück, durchquert das Foyer Richtung Ausgang, folgt einem Impuls und wird schneller. Sie zieht ihre Sandalen aus und beginnt zu rennen. Sie läuft aus dem Hotel, den Strandweg hinunter, wird schneller, immer schneller. Zuletzt ist Mado als

Mädchen so gerannt, dass sie den Wind im Gesicht spürte und sich ausmalte, fliegen zu können.

Am Strand lässt sie sich in den weichen Sand fallen, schaut in den Himmel, streckt Arme und Beine aus und macht voller Ausgelassenheit einen Sandengel. Wieder und wieder. Wie früher. Sie muss lachen.

Warum hat sie das nicht schon längst getan?

#donttouchme

Sonja steht etwas unschlüssig am Sunset Beach. Sie ist schon fürs Training umgezogen und wartet vor der Surfschule auf Aiden. Sie friert. Um die Mittagszeit fing es an zu regnen, jetzt ist der Himmel immer noch bedeckt, aber es weht ein idealer Wind. Sie lockert ihre Beine, um sich aufzuwärmen.

»Aiden kommt gleich, er telefoniert noch.«

Sonja dreht sich zur Seite. Jenny ist zu ihr getreten. Auch sie steckt in voller Surfmontur, trägt einen hochgebundenen Pferdeschwanz, hat ihr Board in der Hand und drei Surfschüler im Schlepptau.

»Okay, danke.« Sonja bemerkt, wie Jenny sie von oben bis unten mustert.

»Bist du überhaupt eingecremt?«, fragt sie abschätzig. »Du bist knallrot im Gesicht.«

Sonja unterdrückt ihre Wut über Jennys Ton und versucht sich an einem Lächeln. »Mach dir mal keine

Gedanken um mich, liebe Jenny, das vergeht gleich wieder. Ist nur eine normale allergische Reaktion auf unfreundliche Menschen.«

Die Surfschüler kichern, und Jenny wirft ihr einen vernichtenden Blick zu.

»Hahaha, was haben wir wieder gelacht, Sonja.« Mit erhobenem Kopf und wippendem Pferdeschwanz dampft sie samt Gefolge ab. Sonja grinst, die Runde ging an sie.

»Was ist mit unfreundlichen Menschen?«, ertönt Aidens Stimme hinter ihr. Erschrocken dreht sich Sonja um, schon wieder hat er es geschafft, sich lautlos anzuschleichen.

»Hi Aid. Ach, nix Wichtiges.«

»Okay, Sunny. Traust du dich heute alleine in die Höhle des Löwen? Ich hab schon gedacht, du hast jetzt Angst vor mir und kommst nur noch mit Bodyguard.«

Er geht lachend auf sie zu, zieht sie an den Schultern zu sich und drückt ihr Begrüßungsküsschen auf die Wangen. Sie weicht etwas zurück, als er sie wieder loslässt.

»So schnell macht man mir keine Angst, darauf kannst du wetten«, kontert sie hastig, irgendwie froh, mit wie viel Humor er ihr begegnet. Aiden sieht hinreißend aus und blickt sie mit seinen offenen, freundlichen Augen an.

»Sounds good. Ich hab schon befürchtet, du schickst mir heute die nächste Freundin als Vertretung.«

Sonja beißt sich nervös auf die Unterlippe. Ihr ist unangenehm, dass er sie offensichtlich durchschaut.

»Blödmann!« Mit gespielter Empörung haut sie ihm auf den Arm. »Wie kommst du denn darauf? Natürlich *nicht*!«

»Hey, don't touch me«, sagt er lachend und wehrt sie mit beiden Händen ab. »Du weißt ja, was passieren kann, wenn du mir zu nahe kommst. Bei einer Frau wie dir kann ich für nichts garantieren. No way.« Er hebt warnend den Zeigefinger und zwinkert ihr frech zu.

Sonja kann plötzlich nicht mehr an sich halten und fängt lauthals an zu lachen. Sie muss so lachen, über ihn, über sich, die ganze absurde Situation, dass ihr die Tränen kommen. Sie lacht und lacht und lacht. Sie kann gar nicht mehr aufhören. Ihre innere Anspannung löst sich. Aiden fällt mit ein, und sie bekommen einen waschechten, befreienden Lachanfall, sodass Jenny vom Ufer aus grimmig zu ihnen rüberschaut.

»Du Idiot!«, sprudelt es aus ihr heraus, als sie wieder sprechen kann. »Ich bin viel zu alt für dich.« Sie boxt Aiden extra ein paarmal in den Bauch.

»Don't panic, ich mag das – und überhaupt, die paar Jahre …«, antwortet er. Sie boxt weiter im Spaß auf ihn ein. Er gibt den Wehrlosen und versucht, sich zu schützen. »Aua! Sunny, hey, don't touch! Keine neuen Annäherungsversuche. Hilfe, ich werde geschlagen!«, ruft er und tut so, als würde er mit ihr raufen.

Sie lässt von ihm ab. »Du bist so blöd!« Sie stemmt die Hände in die Hüften und versucht, ihren Atem unter Kontrolle zu bekommen.

Aiden fährt sich durch die Locken und beobachtet sie amüsiert. »Haben wir jetzt alles Wichtige geklärt?

Okay, dann let's go! Gehen wir ins Wasser. Wir üben heute zuerst den Wasserstart, der muss besser werden. Ready?« Jetzt ist er wieder ganz der gewissenhafte Trainer.

Sonja hat sich gefangen und wieder Luft. Frieren tut sie jetzt auch nicht mehr. »Ready, Aid. Ich bin so weit.«

#daswollteichallesmitdir

Lucy ist außer Atem, die Promenade wirkt auf sie heute unendlich lang. Sie sieht, wie Vince ihr entgegen-kommt. Unter tausend Männern würde sie ihn an sei-nem Gang erkennen. Was für ein lässiger, sympathischer Typ, hat sie damals gedacht, als er das erste Mal zu ihr ins *Heiß & Innig* kam. Ausgerechnet jetzt muss sie an ihre erste Begegnung denken.

Als sie sich hinter der Konzertmuschel auf dem be-tonierten Weg gegenüberstehen, vermeidet Vince es, sie zu berühren, und sagt nur freundlich »Hallo«. Mit fra-gendem Blick deutet er zur Treppe, die zum Strand hinunterführt. Auch Lucy grüßt so neutral wie möglich, schlüpft aus ihren Sandalen und nimmt die ersten Stufen.

Sie gehen den Strand entlang, und Lucy achtet akri-bisch darauf, Vince nicht versehentlich zu streifen. Die Tatsache, dass sie sich an einer neutralen Stelle treffen, beruhigt sie. Obwohl es heute Vormittag geregnet hat,

findet Lucy es warm. Der Rucksack mit ihren Wechsel-
sachen und Schirm drückt schwer auf ihren Schultern.
Für das Treffen hat sie sich extra ein dunkelblaues Kleid
gekauft. Auf keinen Fall wollte sie ihm heute in einem
ihrer weißen Sommerkleider gegenübertreten. Vince
soll sehen, dass sie nicht mehr die zarte, naive, stets gut
gelaunte Lucy aus dem Blumencafé ist.

Schweigend schlängeln sie sich an Strandkörben und
Federball spielenden Leuten vorbei, gehen um die kleinen Kunstwerke aus Sand herum, bis sie am Wasser
sind. Lucy ist dankbar für das rege Leben um sich und
auch für den Wind, der das Unausgesprochene zwischen
ihnen erträglicher macht und sie durchatmen lässt.

Vince deutet fragend nach links. »Da lang?«

Als sie mit den Schultern zuckt, geht er um sie
herum, sodass er mit den Füßen durchs Wasser läuft
und sie neben ihm durch den nassen Sand, etwa auf
Augenhöhe. Sie weiß, dass das ein bewusster Akt ist.
Vince achtet auf solche Dinge, Respekt zwischen den
Menschen ist ihm wichtig. Als sie erst kurz zusammen
waren, hat sie ab und zu seine Literaturvorlesungen be-
sucht. Eloquent und offen stand er unten im Hörsaal
und ging ernsthaft und mit Humor auf alle Statements
und Fragen ein. Während sie darüber nachdenkt, wie es
sich anfühlte, frisch verliebt zu sein, fragt er: »Soll ich
dir den Rucksack abnehmen? Sieht schwer aus.«

»Danke, geht schon«, erwidert sie und hängt ihre
Sandalen an einen Außengurt, um die Hände frei zu
haben. »Ist nicht das Schwerste zurzeit«, sagt sie betont
sachlich. Sie will nicht jämmerlich wirken. Die neue

Lucy soll sich nicht selbst leidtun, wenigstens für diesen einen Spaziergang. Sie muss sich zusammenreißen.

Der Wind fährt kräftig durch ihre langen Haare und wirbelt sie herum, sie nimmt ein Gummiband von ihrem Handgelenk und bändigt sie zum Zopf.

»Danke, dass du noch mal zu einem Treffen bereit warst. Ich hab mich sehr gefreut, als deine Nachricht kam«, beginnt er.

»Hast du schon geschrieben.« Sie vermeidet es, ihn anzuschauen, starrt nur auf ihre gehenden Füße, den Sand, die Muschelstücke.

»Lucy, wie geht es dir?«

Er meint die Frage ernst, das hört sie. Was soll sie ihm darauf antworten? Dass sie in einem dunklen Loch festsitzt seit der Entdeckung der Fotos? Dass sich das anfühlt, als wäre die Welt einfach stehen geblieben? Dass sie heilfroh ist, ihre Freundinnen zu haben, die versuchen, sie aufzumuntern? Dass sie ihnen nicht die letzten Urlaubstage verderben möchte, dass sie manchmal mit ihnen lacht, weil keine Tränen mehr kommen? Dass sie ihn heiraten wollte, in der alten Kirche, die so vielen Stürmen Stand gehalten hat? Nur diesem nicht. Dass sie … Nein, Schluss.

»Wie es mir geht? Möchtest du das ehrlich wissen?« Er nickt.

»Ich fühle mich, als sei etwas in mir gestorben, und ich habe keine Ahnung, wie es weitergeht. Verstehst du das?«

»Ja«, sagt er leise. »Ich weiß. Es ist meine Schuld. Und ich würde alles darum geben, dass wir das zusammen herausfinden. Glaub mir. Aber ich weiß nicht wie, Lucy. Kannst du dir nicht vorstellen, dass es irgendwie noch einen Weg gibt für uns?«

Er weicht einer Krabbe am Boden aus, und einen Moment berühren sich ihre Finger. *Wie warm sie sind,* denkt Lucy, am liebsten würde sie einfach seine Hand nehmen und festhalten, aber das geht nicht.

»Nein«, sagt sie gegen den Wind. Die Vorstellung von Vince und dieser Mia lässt sie nicht los, gräbt sich tief und tiefer in ihr Herz hinein, da kann man kein Pflaster draufpappen und fertig. »War es das, was du mich dringend fragen wolltest: wie es mir geht?«

Vince schüttelt den Kopf. »Nein. Obwohl, im Grunde schon, allerdings … Komm, lass uns hinsetzen.« Zögerlich deutet er auf eine trockene Fläche im Sand vor ihnen.

Lucy nickt, nimmt ihren Rucksack ab und stellt ihn zwischen sie beide. Dann setzt sie sich, zieht die Knie an und stülpt den Baumwollstoff des neuen Kleids darüber.

»Also?«, hakt sie schnell nach. Denn sie weiß nicht, wie lange sie es noch erträgt, so nahe bei ihm zu sein.

Vince dreht sich zu ihr und schaut sie an. »Ich wollte dich noch etwas anderes fragen, nach …« Er zögert und fährt sich nervös übers Kinn. »…nach deinen Plänen wegen der Hochzeit. Rieke hat mir davon erzählt, an dem Abend, als sie anrief. Sie meinte, du hättest hier auf Sylt unsere Hochzeit organisiert. Stimmt das?«

»Mach dir keine Sorgen, ich konnte alles stornieren, ist also mit keinerlei Kosten verbunden, wenn du darauf hinauswillst. War sowieso eine Schnapsidee, das Ganze«, stößt Lucy verletzt hervor. Dass sie das Brautkleid nicht mehr abbestellen konnte und es sowieso nicht übers Herz gebracht hätte, verschweigt sie.

Touché! Das trifft ihn. Er verzieht das Gesicht. Sie weiß, dass das gemein und kindisch ist und eigentlich auch nicht ihre Art. Aber die Worte kommen einfach aus ihrem Mund, wie von selbst. Wenn sie daran denkt, dass sie wie eine Bekloppte über die halbe Insel gerannt ist, Sonja, Mado und Rieke überallhin geschleppt hat, um heimlich ihre und Vince' Traumhochzeit zu organisieren, ihn damit zu überraschen, in der festen Überzeugung, er würde sich darüber freuen. Während er sich in Wahrheit mit einer anderen Frau vergnügt hat. Wie konnte sie bloß so dumm sein! Sie schämt sich richtig, mit ihm darüber zu reden, weil sie jetzt weiß, wie blöd die Idee war.

»Wieso hast du das gemacht, Lucy?«

»Was? Den ganzen Kram wieder abgesagt? Das fragst du nicht ernsthaft.« Sie beißt sich auf die Zunge und drückt die Hände fest in den Sand.

»Nein. Ich meine, unsere Hochzeit geplant, ohne mit mir zu sprechen?« Sein Blick ist prüfend und nachdenklich.

»Warum ich, anstatt Urlaub zu machen, den Tag organisiert habe, der der schönste in unserem gemeinsamen Leben hätte werden sollen? Warum ich dich überraschen wollte, eine Heirat in die Hand nehmen, die du gar nicht wolltest? Willst du mir das vorwerfen?« Sie schafft es nicht, diesen ironischen, vorwurfsvollen

Unterton zu lassen. »Tja, was machen Menschen nicht alles aus Liebe!«

Lucy atmet die frische Salzluft ein, in der Hoffnung, sich zu beruhigen, was ihr misslingt. Ihr fehlt mehr und mehr die Kraft dagegenzuhalten. Sie schaut aufs Meer, spürt Vince' forschenden Blick.

»Na gut.« Sie beginnt leise zu erklären. »Am ersten Tag hier bin ich zum Meer gelaufen, und da war dieser eine Augenblick.« Sie beobachtet die Wellen, um bei sich zu bleiben und sich von ihren Gefühlen nicht überwältigen zu lassen. »Ich weiß nicht, was es war, aber plötzlich war da diese Erkenntnis, das Gefühl, dass es so sein soll – auch wenn du jetzt lachst …«

»Ich lache nicht«, sagt er.

»Jedenfalls habe ich uns vor mir gesehen, dich und mich, und gewusst, dass es richtig ist. Einfach so. Unsere Hochzeit …« Lucy winkt ab und atmet in kurzen Zügen. Jetzt nur nicht losheulen. »Dieses Gefühl, dass auf Sylt vielleicht alles stimmen könnte, weit weg von unserem vollen Alltag, den vielen Verpflichtungen und ewigen To-do-Listen. Dass es an einem anderen Ort besser passen würde, wo es nur darum geht, Vince und Lucy zu sein, nicht Dozent an der Uni und Inhaberin eines Cafés. Und so zu heiraten, ganz pur, am Meer … das wär's, habe ich gedacht.«

»Das ist schön«, stimmt er ihr gerührt zu. Vince zieht ebenfalls die Beine an. »Nur Lucy und Vince, Vince und Lucy. Klingt richtig gut.« Er sucht ihren Blick. »Das hatten wir lange nicht.« Er hat recht, aber das sagt sie nicht. »Ging es dir dabei tatsächlich um *uns*? Ich meine, um unsere Hochzeit, wolltest du wirklich *mich* heiraten?«

Lucy kann nicht fassen, dass er so etwas fragt. »Was soll das? Als wüsstest du das nicht!«

»Es tut mir alles unfassbar leid, Lucy, aber ich fürchte, ich war immer unsicher, ich beginne wirklich erst jetzt richtig zu verstehen, um was es dir ging.« Er schüttelt den Kopf, nimmt einfach ihre Hand und hält sie fest. Sie zuckt, lässt es aber zu.

»Deinen Wunsch zu heiraten. Warum dir das so furchtbar wichtig war. Dieser Traum mit allen Details, der war viel zu groß und heilig, und vor allem war er auch schon längst da, als wir beide uns kennengelernt und ineinander verliebt haben. Wie eine verdammte alte Liebe. Wie ein Kerl, der dich schon vor mir gekannt hat und den du lange vor mir gewollt hast.«

Er setzt sich schräg hin, sodass seine Knie fast an ihre Füße stoßen, dabei lässt er ihre Hand los. Auf einmal spürt sie die Leere in sich noch stärker als zuvor.

»Weißt du, ich bereue es sehr, dass wir beide nie darüber gesprochen haben, was es damit auf sich hat. Ich die ganze Sache lieber verdrängt habe. Heute werfe ich mir das vor, aber für mich hat es sich angefühlt, als spielte ich nur eine Art …«, er sucht nach dem passenden Wort, »… Statistenrolle. Ich hatte das Gefühl, dieser Traum in deinem Kopf ist größer als ich, größer als unsere Liebe. Als sei ich dabei weniger wichtig als ein schönes Kleid, die beste Location, die Blumen, whatever, Lucy. Auch jetzt stand bei dir alles schon fest, nur *ich* wusste nichts davon. Wie irgendein Gast.«

Ungläubig schaut sie ihn an, es tut ihr weh, dass Vince so etwas sagt. Wie kann das sein, dass er nicht gespürt hat, dass es immer nur um *ihn* ging, um sie beide. Dass es vor ihm noch nie einen gab, mit dem sie sich diesen Traum hätte vorstellen können. Und das nicht nur für den einen perfekten Tag, sondern für alle Zeiten.

»Wie kannst du das bloß denken? Natürlich ging es immer um dich. Seit diesem Morgen, an dem wir uns zum ersten Mal begegnet sind. Du bist der Mann, mit dem ich leben ...«, sie stockt, »... wollte. In guten und verdammt noch mal auch in schlechten Zeiten. Den ganzen langen Weg wollte ich mit dir gehen, Vince, bis wir zwei alt und grau sind.« Erschöpft stützt sie den Kopf in die Hände und fährt wieder hoch: »Stattdessen hältst du eine andere Frau im Arm. Was, um Himmels willen, gibt es daran nicht zu verstehen?« Auf einmal fühlt sie sich so leer, aber auch erleichtert, dass es jetzt raus ist, dass sie das ausgesprochen hat.

»Das ist okay, Lucy, aber bitte, versteh du mich auch, wenigstens ein bisschen. Du hattest diesen Traum schon als kleines Mädchen, wie konnte ich da wissen, dass du tatsächlich mich meinst?« Er schaut sie flehend an. »Mein Gott, Lucy, wie konnten wir es nur so weit kommen lassen? Das ist doch verrückt. Je mehr du die Details geplant hast, diese Sendungen geguckt und Heftchen studiert hast, der ganze Braut- und Hochzeitskram, desto mehr wuchs in mir das Gefühl, es ginge dir eben nur um das weiße Kleid und diesen Hokuspokus drum herum. Je näher dieses Hochzeitsthema

rückte, desto weiter weg von dir habe ich mich gefühlt.«
Er schaut sie an, als würde er gerade erst bemerken, dass
sie heute Dunkelbau trägt.

»Woher du das wissen solltest? Hokuspokus nennst
du das?«

»Du weißt, wie ich das meine.«

Sie schluckt.

»Mensch Lucy, ich hatte einfach eine beschissene
Angst, dass ich da dabei auf der Strecke bleibe, unter-
gehe zwischen Brautmoden und Tischdeko.«

»Wie kommst du nur darauf?«, stammelt sie fassungslos, direkt vor ihr seine graublauen Augen mit den
Lachfältchen, die sie so mag … Sie kann gar nicht glauben, welche Richtung ihr Gespräch nimmt. Auf einmal
geht es gar nicht um diese Mia, es geht um Vince und
sie, um ihre Leben. Im Schnelldurchlauf sieht sie Situa-
tionen aus ihrer Beziehung vorbeiziehen. Wann hätten
sie anders abbiegen müssen?

»Vielleicht weil ich selbst das alles gar nicht brauche.
Ich hätte mir unsere Hochzeitsfeier, wenn … dann
immer ganz anders vorgestellt: vor allem wir zwei und
das, was uns verbindet. Ein Tag, an dem wir uns feiern
und die Leute einladen, die uns wirklich am Herzen
liegen. Ohne Schickimickizeug, einfach herzlich und
echt. Das wäre es gewesen. Für mich. Von mir aus barfuß am Strand oder irgendwo auf einer grünen Wiese,
dich, dein Lachen – mehr brauch ich nicht zum Glück.«

Von der See erfasst sie ein schneidender Wind. Der
Himmel ist inzwischen ein undurchdringliches Grau.
Die Surfer springen über die Wellen. Lucy hält die Luft

an. Seine Traurigkeit und ihre hängen ebenfalls wie dicke schwarze Wolken über ihnen und bewegen sich nicht vom Fleck, im Gegenteil, sie werden größer und dunkler, je länger sie reden. Der gemeinsame Schmerz über die vertane Chance wächst und wächst.

»Das entschuldigt nichts, Lucy, das weiß ich. Aber vielleicht verstehst du jetzt ein bisschen auch, was in mir vorging.« Vince' Stimme bricht fast. Er räuspert sich.

»Du hast jedes Recht der Welt, auf mich wütend zu sein.« Vince macht eine Pause, dann ergänzt er mit fester Stimme: »Ich wollte, dass du weißt, bevor ich morgen fahre, wie unsagbar leid mir das alles tut und dass ich von Herzen hoffe, dass du mir irgendwann verzeihen kannst.«

Auch wenn Lucy eigentlich bewusst war, dass er abreisen wird, und sie ihm ja sogar selbst ins Gesicht gesagt hat, dass er nach Hause fahren soll, tut es ihr in dieser Sekunde unglaublich weh. Aber eine andere Lösung fällt ihr nicht ein.

»Ich muss noch etwas wissen. Und du antwortest ehrlich?«, wagt sie sich vor, auch wenn sie innerlich daran zerbricht.

»Natürlich.« Er sieht überrascht aus.

»Diese Mia.« Lucy bringt die Frage kaum heraus. »Liebst du sie?«

Er rückt näher zu ihr. »Das mit Mia ist vorbei. *Du* bist mein Zuhause, Lucy, meine Heimat.«

Solche Sätze kann nur Vince aussprechen, ohne dass sie kitschig daherkommen, beinahe wissenschaftlich wirken sie bei ihm, wie eindeutige, unwiderlegbare Tatsachen. *Gewesen*, vollendet sie seinen Satz dennoch für sich. *Ein Zuhause, das es nicht mehr gibt.*

»Mit Mia fühlte es sich leicht an, weißt du. Sie ist ein Mensch, der den Moment lebt, im Hier und Jetzt. Es klingt für dich vielleicht verrückt, aber ich mochte das Bild, das sie von mir hatte. Und ich habe auch etwas gelernt über mich. Nämlich dass ich anders bin, dass ich sehr wohl eine Vergangenheit habe und Wünsche für die Zukunft …« Er stoppt.

Sein letzter Satz hallt in ihr nach. Sie kann ihn nicht greifen, versteht nicht, was er bedeutet. Für sie bedeutet. Er wartet auf eine Reaktion von ihr, schaut sie an. Sie stützt die Hände auf den Rucksack und legt ihren Kopf darauf. Vince streicht ihr einmal zart übers Haar, gibt ihr einen Kuss auf die Wange, und sie lässt es zu. Sie hat keine Worte mehr, es gibt nichts mehr zu sagen.

»Danke, dass du gekommen bist, Lucy. Ich bin froh, dass wir noch mal geredet haben.« Vince steht auf, klopft sich den Sand von den Beinen.

Sie nickt. Leise erwidert sie: »Ich auch.«

»Okay, dann geh ich jetzt. Kommst du mit?«

Geh nie den gleichen Weg zurück, den du gekommen bist, alte Reisebloggerweisheit, hört sie Rieke sagen und versteht zum ersten Mal, was der Satz bedeutet. Traurig schüttelt sie den Kopf.

Er scheint zu verstehen. »Mach es gut, Fee«, sagt er mit seiner warmen Vince-Stimme. »Bis dann«, erwidert Lucy.

Vince dreht sich um und geht, dieses Mal quer durch

den Sand, die Schuhe in der Hand, mit großen Schritten, um die Strandkörbe herum, hoch zu den Treppen.

Lucy setzt sich auf. Mit all den Worten in sich, die sie beide gesagt haben, und dem Gefühl, ebenfalls Fehler gemacht zu haben, an dieser furchtbaren Misere nicht unschuldig zu sein. Zuhause, Heimat, Vergangenheit, Zukunft. Wie Blitzlichter tauchen die Begriffe in ihr auf.

Sie beobachtet die Kitesurfer in der Ferne über die Wellen springen. So leicht sieht das aus, wie sie verschwinden und wieder auftauchen. Auf und ab. Sie dreht sich zum Strand, Vince ist nicht mehr zu sehen. Möwen drehen kreischend ihre Runden. Ihr Rufen holt sie aus allen Gedanken. Die Natur bahnt sich ihren Weg, die Flut kommt. Kalt werden ihre Zehen vom zurückfließenden Wasser umspült.

#dieliebeindermuschel

Lucy ist nach dem Frühstück nach Keitum aufgebrochen. Beim Aufwachen wusste sie einfach, dass sie heute in den kleinen Ort muss, wo die Trauung sein sollte. Rieke hätte sicher wieder gesagt: »Das grenzt an Masochismus«, und sie davon abgehalten, aber sie war zum Glück noch im Tiefschlaf.

Ganz friedlich liegt das Kapitänsdorf mit den Reethäusern, Bruchsteinmauern, verschnörkelten Gartentoren und Hortensienhecken vor ihr, als sie mit ihrem Auto durch die leeren Straßen fährt und schließlich vor der alten Basilika auf dem Hügel anhält. Auch hier oben ist es menschenleer. Nur der Wind ist zu hören an diesem klaren, frischen Morgen. Lucy hält einen Moment inne. Heute hat sie das Gefühl, sie muss einen Schlusspunkt setzen, um in eine neue Richtung zu gelangen. Sie hofft, die Atmosphäre in dem jahrhundertealten Gotteshaus kann ihr dabei helfen.

Sie zieht an der massiven Holztür und lässt sie hinter sich ins Schloss fallen. Das Echo hallt im hohen Raum nach. Im Inneren ist es dunkel und still. Lucy geht nach vorne zum Altar und setzt sich in dieselbe Bank wie vor ein paar Tagen. Sie schließt die Augen. So sicher ist sie sich gewesen, dass Vince der Richtige ist und sie bald heiraten würden.

Sie merkt erst, wie ihr die Tränen übers Gesicht rinnen, als eine raue Stimme zu ihr sagt: »Nimm man, Deern. Sonst kommt die Flut heute noch früher zurück.«

Lucy schreckt hoch. Vor ihr steht eine alte Frau mit Besen, die ihr ein Taschentuch hinhält. Lucy nimmt es dankbar an und beobachtet, wie die Frau sachte weiterfegt, leise über den Steinboden schlufft, hinüber zu den Kerzen, die sie neu auffüllt. Dann nimmt sie den welken Strauß aus der Vase auf dem Altar und ersetzt ihn durch rosa Rosen, Margeriten und blühendes Silbergras. Beim Anblick der Blumen im Licht der Morgensonne, das zögerlich durch die Scheiben fällt, fließen ihre Tränen erneut.

Die Frau hört ihr Schniefen und setzt sich neben sie auf die Bank.

»Das Leben ist wie das Meer, mal sanft wie ein Lamm, und dann wieder so stürmisch, dass man sich fürchten mag.«

Die alte Frau schaut geradeaus zum Altar, spricht langsam und mit Bedacht, wie jemand, der bewusst einen Schritt vor den anderen setzt. Lucy fühlt sich verstanden, die Worte der Frau berühren sie, werfen jedoch auch neue Fragen auf.

»Und woher weiß man, welcher Weg der richtige ist, ob man eine gute Entscheidung getroffen hat? Was soll man denn tun, wenn das Vertrauen in einen Menschen weg ist, wenn man einfach nicht mehr weiterweiß, auch nicht, ob der andere einen aufrichtig liebt?«

»Das, was man immer machen sollte, min Deern.«

Lucy schaut ihre Banknachbarin fragend an. »Und das ist?«

»Auf sich selbst vertrauen. Auf sein Gespür. Das haben die Kapitänsfrauen von Keitum jahrhundertelang getan, wenn ihre Männer auf hoher See waren und sie nicht wussten, ob und wann sie wiederkehren würden. Dann ist das Einzige, was bleibt, das eigene Leben und das, was du fühlst.« Die Alte klopft sich mit der runzeligen Hand auf die linke Brust, da wo das Herz ist, dann beugt sie sich zu ihr, greift Lucys Hand und legt sie auf deren Herz. »Genau hier!«

Lucy spürt ihren eigenen Herzschlag.

»Die Frage ist doch nie, wer dich liebt. Die Frage ist: Liebst du?« Die Alte lächelt.

Lucy holt tief Luft, sie wird ruhiger und ruhiger.

»Jeder Mensch ist sein eigener Hafen«, sagt die Alte dann und ergänzt schmunzelnd: »Ihr jungen Leute wisst so viel von der Welt und doch so wenig vom Leben.«

Einen Augenblick verharren sie so zusammen, mit den Händen auf ihren Herzen.

»Na also«, sagt die Frau schließlich und steht auf. Sie nimmt ihren Besen wieder in die Hand und fegt in der gleichen Geschwindigkeit den Flur entlang, wie sie eben gesprochen hat. Kurz hält sie inne und zieht aus ihrer Schürzentasche ein paar Muscheln. Mit steifen Fingern streift sie diese hin und her, bis sie ein zartrosa Exemplar findet, das sie Lucy reicht.

»Mit der Liebe«, sagt sie, »ist es wie mit den Muscheln. Du kennst doch diese großen, die man sich ans Ohr hält. Und bestimmt auch die Klookschieter, die behaupten, man höre darin nur sein eigenes Blut rauschen. Dumm Tüüg.« Die Frau schüttelt den Kopf und lächelt wieder. »Es ist doch ganz egal, was wir zu wissen glauben: Wir halten die Muschel ans Ohr und hören das Meer. Immer das Meer. Weil es da ist.«

Sie nimmt ihren Besen und verschwindet in der Sakristei. Lucy stellt sich eine Riesenmuschel vor, so eine, wie ihre Eltern sie früher auf der Kommode stehen hatten. Weiß, mit Rillen in vielen Beige- und Braun-tönen. Sie weiß sofort, wie geheimnisvoll es sich jedes Mal anfühlte, das Ohr daran zu drücken. Und natürlich hörte sie darin jedes Mal die Wellen heranrauschen. Sie muss lächeln, das erste Mal seit Tagen, ohne diesen schweren Kloß auf der Brust zu spüren. Wie schön die Blumen da vorne in der Vase aussehen. Die verspielte weiße Spitzendecke, die darunter liegt, passt wunderbar dazu.

Auf einmal kann sie das wahrnehmen.

Lucy bleibt noch einen Augenblick sitzen, schaut nach oben zu den Kronleuchtern der Seefahrer, von denen Rieke erzählt hat. Schließlich steht sie auf, tritt aus der Bank. Beim Gang zurück schweift ihr Blick hinauf zur Orgel, auf der bald wieder gespielt wird, vielleicht am Samstag bei einer Inselhochzeit. Wer weiß.

Als sie aus der Kirche kommt, hat sie das Gefühl, dass sich irgendetwas verändert hat. Sie geht zu ihrem Auto und steigt ein. Dann sieht sie es. Der Regen hat aufgehört, und die Sonne scheint. Der Himmel leuchtet nun besonders blau.

Im Handschuhfach piept ihr Handy. Sie beugt sich rüber und zieht es raus. Zwei Anrufe in Abwesenheit von Sonja, zwei von Mado, drei von Rieke und eine Nachricht von Vince:

Bevor ich fahre, schicke ich Dir noch unser Lied. Du sagst ja immer, es sei meins, aber die Wahrheit ist: Ich liebe es so, weil es mich an Dich erinnert. Und auch wenn ich nachher abreise, sollst Du wissen, dass ich immer derjenige sein will, der da ist, wenn Du fällst. Und dass ich die Hoffnung nie aufgeben werde, dass wir vielleicht doch noch das sinkende Boot nach Hause bringen können. Wie in dem Song.

Lucy drückt auf *Play*, dreht die Lautstärke höher und fährt los. »Falling Slowly« erfüllt den Wagen. Nichts ist so sicher wie die Veränderung, darüber hat sie noch nie nachgedacht. Auch nicht über das Meer in der Muschel. Es ist einfach da, genau wie die große Liebe. Ganz egal, was war und sein wird. Letztlich zählt, was sie fühlt.

#inallerletzterminute

Als Lucy vor der *Frischen Brise* das Auto zum Stehen bringt, kommt Sonja angerannt und reißt die Fahrertür auf. Im selben Augenblick strecken Mado und Rieke von der Beifahrerseite die Köpfe ins Auto.

»Mensch, Lucy, wo warst du denn?«, ruft Sonja.

Und Rieke: »Wir haben uns solche Sorgen gemacht!«

Lucys Blick wandert von links nach rechts und zurück.

»Keine Abtauchaktionen mehr, das hast du uns versprochen.« Mado klingt streng, sieht aber ganz blass aus.

»Ich wollte euch bloß nicht wecken, darum bin ich allein nach Keitum in die Kirche gefahren.«

»Was wolltest du denn da?« Sonja schaut sie entgeistert an.

»Beten?«, setzt Mado ungläubig nach.

»So was in der Art.« Lucy lacht, und ihre Freundinnen runzeln verständnislos die Stirn.

»Du warst dort, wo du heiraten wolltest? Das ist mir zu hoch. Zum Nachdenken? Und geht es dir jetzt besser?«, fragt Rieke.

»Du hast rein zufällig deinen Ex getroffen, und ihr habt euch versöhnt, so wie du lächelst«, kommt es misstrauisch von Mado.

»Leider nein!« Lucy zuckt mit den Schultern. »Er reist gleich ab.« Sie schaut auf die Uhr am Armaturenbrett. 08:56 Uhr. »Vielleicht ist er bereits am Bahnhof oder sitzt im Zug nach Hamburg ... Dabei hätte ich ihm unbedingt noch etwas sagen müssen. Schlechtes Timing, was?«

»Anrufen?«, schlägt Rieke vor.

Doch Lucy wehrt ab: »Das ist nichts fürs Telefon, dafür muss ich ihn sehen.«

»Da kann man wohl nichts machen.« Rieke streichelt ihren Arm.

»Ihr habt doch gestern lange genug geredet«, wundert sich Mado.

Lucy seufzt. »Ach, wisst ihr, ich hatte eine Erkenntnis. Aber ist egal, er ist bestimmt längst weg.«

»Das lässt sich herausfinden«, meint Sonja. »Wie heißt noch mal die Pension, in der er abgestiegen ist?«

»*Ankerglück*«, sagt Lucy.

Rieke nestelt mit Daumen und Zeigefinger ihr Smartphone aus den engen Shorts und ruft die Nummer an. »Moin, mein Name ist Rieke Müller, könnten Sie mir bitte sagen, ob Vincent Mai, einer ihrer Gäste, schon abgereist ist?« Sie stellt das Handy laut, damit alle mithören.

»Ich kann Ihnen leider keine Auskünfte über Gäste erteilen«, sagt eine stoische Frauenstimme.

»Könnten Sie mich dann vielleicht bitte mit dem Herrn verbinden?«

»Geht leider nicht. Kein Telefon auf dem Zimmer. Wir sind eine Pension und kein Grand Hotel.« Dann murmelt die Frau: »Und auch nicht die Auskunft.«

Mado nimmt Rieke das Handy aus der Hand. »Verehrteste, wäre es Ihnen vielleicht möglich, als guten Service ihres Hauses zum Zimmer von Herrn Mai zu gehen und anzuklopfen? Jetzt! Es ist wirklich dringend. Eine Familienangelegenheit.«

»Eigentlich nicht, aber so oder so würde es nichts bringen.«

»Warum denn nicht?«

»Wenn Sie es unbedingt wissen möchten: Der Gast hat vor zwanzig Minuten ausgecheckt. Moin.« Dann ist nur noch ein langes Tuten zu hören.

»Scheiße!«, entfährt es Rieke.

»Hätte ich nicht treffender feststellen können.« Mado zuckt ratlos die Achseln.

»Schau mich an.« Sonja fixiert Lucy. »Okay Liebes, jetzt mal Tacheles: Musst du ihn dringend sprechen? Ist es sozusagen lebenswichtig? Liegt dir noch etwas an Vince?«

Lucy nickt heftig: »Ja! Ja! Dreimal ja!«

»Und am Telefon geht das nicht?«

Lucy schüttelt den Kopf. »Nein! Ich muss ihm in die Augen sehen.«

»Das wollte ich hören! Rutsch rüber«, ruft sie ihr zu.

Lucy klettert auf den Beifahrersitz, und Sonja springt auf den Fahrersitz.

»Los!«, brüllt sie den anderen zu, die daraufhin schnell hinten Platz nehmen. »Das wäre doch gelacht. Ich habe schon in allerletzter Minute ganze Schulklassen in Züge verfrachtet, meine Kinder durch geschlossene Theatertüren, in volle Arztpraxen und rechtzeitig zu lebenswichtigen Hockeyspielen gebracht – da werden wir zu viert ja wohl einen einzigen Kerl einholen.«

Gekonnt schießt sie rückwärts aus der Parklücke, wendet den Wagen und rast los, als würde sie auf Sylt nicht Kitesurfen lernen, sondern heimlich für die Rallye Monte Carlo trainieren. Irene und Friedbert, die in diesem Moment von ihrer Morgenrunde mit Herrn Bödefeld zurückkommen, reißen den Königspudel zur Seite und springen in den Straßengraben.

»Sonja!«, schimpft Mado und krallt sich am Türgriff fest.

»Sorry!« Sonja winkt aus dem Fenster. »Anschnallen, Ladys!« Dann rast sie die Straße entlang nach Westerland.

Nahe dem Bahnhof stoppt sie mit quietschenden Reifen. »Jetzt bist du dran, Lucy. Lauf!«

Lucy reißt die Tür auf und rennt los, vorbei an den Skulpturen der »Reisenden Riesen im Wind«, um zwei verdutzte Taxifahrer herum, rüber zu dem alten Backsteingebäude. Vor den Türen zu den Gleisen muss sie zwei Geschäftsmännern ausweichen und kann gerade noch bremsen, um nicht über deren Rollkoffer zu stolpern. Sie fängt sich, läuft weiter, ihr weißer Rock schwingt hin und her. Halt. Hastig checkt sie die Anzeige, »Niebüll« Gleis 2.

Ein Zug steht auf dem Gleis. *Bitte, bitte, lass ihn noch nicht weg sein.* Sie schaut sich um, sucht hektisch das Gleis ab. Von der Bahnhofshalle sieht sie die Freundinnen hinterherkommen und ihr stürmisch zuwinken. Sie läuft weiter, im Slalom zwischen Rollkoffern und Reisetaschen hindurch, vorbei an Wartenden und Menschen, die sich zum Abschied umarmen.

Plötzlich sieht sie ihn. Er steht in der Schlange zum Einsteigen. Sie drängelt sich an der Schaffnerin vorbei. »Vince!«, ruft Lucy. Das Blut pocht in ihrem Kopf, er darf nicht einsteigen. »Vince«, flüstert sie, »fahr nicht.«

In diesem Moment dreht er sich um. Hat er sie bemerkt? Lucy schöpft neue Kraft. Andere Passagiere ziehen an Vince vorbei in den Waggon, er tritt einen Schritt zur Seite, sie erkennt seinen ungläubigen Blick.

Dann steht Lucy vor ihm und ringt nach Worten.

»Du darfst noch nicht fahren! Ich muss dir was Wichtiges sagen, das musst du unbedingt wissen … Ich liebe dich, egal, was war und sein wird.« Das will sie ihm sagen, seit sie aus der Kirche gekommen ist und das Lied im Auto gehört hat.

»Lucy, was machst du hier? Ich dachte …«, stößt er erstaunt hervor. Er lässt den Rucksack auf den Boden fallen und schließt sie in die Arme. Sie halten sich, so fest sie können, neben ihnen zischt die Bahn, Leute überholen sie murrend, weil sie mitten im Weg stehen.

Sie spürt seine Tränen auf ihrer Wange, Tränen der Erleichterung, der Freude.

Er löst sich von ihr und schaut sie an. »Ich liebe dich auch, Lucy Baumeister. Ich wusste gar nicht, wie sehr!«, stößt er hervor und schüttelt dabei den Kopf, mit feuchten Augen und wuscheligen Haaren, als könne er nicht fassen, dass sie beide hier stehen. »Wie …« Er überlegt kurz und ergänzt lachend: »…wie diesen zischenden Zug, weil er zum Glück ohne mich abfährt.« Dann küsst er sie.

»Und ich liebe dich wie das Meer in der Muschel«, sagt sie lachend.

»Das musst du mir erklären.« Er lächelt.

»Mach ich, später, es gibt noch so vieles, über das wir reden müssen, Vince. In Ruhe. Einverstanden?«

»Und wie! Fee. Meine Blumenfee.« Wieder nimmt er sie in den Arm.

»Was ist nun? Wollen Sie noch mit?«, brüllt die Schaffnerin gegen den Zuglärm.

Er dreht sich zu ihr um und schreit in der gleichen Lautstärke: »Auf keinen Fall!«

Sie pfeift schrill. Doch für Lucy klingt es wie der schönste Ton der Welt.

»Halleluja!«, ruft Sonja euphorisch, die sie mit den anderen beiden endlich eingeholt hat, während Lucy und Vince sich wieder umarmen und küssen.

»Das müsste man eigentlich fotografieren …«, schwärmt Rieke und zückt ihre Kamera.

»Untersteh dich!«, sagt Sonja.

»Lass sie doch. Dann schreib drunter: *#bahnhofohne-*

abfahrt« oder #mussliebeschönsein«, kommentiert Mado trocken. Aber ihre Augen verraten, wie sehr sie sich mitfreut, das kann Lucy sofort erkennen, als sie sich lachend zu ihr umdreht.

#dasgeschenkausdemmeer

Rieke sieht, wie Irene van der Ulmen zwei Designerstühle aus der Galerie auf den Vorplatz in die Sonne schleppt. Im Hundesalon ist offenbar Aufbruchsstimmung angesagt. Durch die Glasfront sind die ausladenden Bilder von Hunden, Herrchen und Frauchen in ein fast unwirkliches Nachmittagslicht getaucht. Jedes Mal wenn sie hier vorbeischaut, kann Rieke es nicht fassen, auch ihre eigenen Bilder an der Wand zu sehen. Wie eine Fata Morgana kommen sie ihr vor. Meistens blinzelt sie ein paarmal, um dann glücklich festzustellen, dass es tatsächlich ihre Fotos sind.

»Hallo, ihr beiden!« Fröhlich betritt sie den Laden und schiebt schnell ein »Sorry, ihr drei« nach, als sie Herrn Bödefelds strengen Blick bemerkt. Mado hat recht, dieser Hund hat echt was Menschliches oder Übersinnliches. Sie bückt sich und wuschelt ihm über die königlichen Pudellocken, was er sofort mit einem Schnüffeln der feucht-kalten Schnauze goutiert. Irene und Friedbert packen zusammen. Auf vielen Körbchen, Leckerlipackungen, Miniumhängen im Friesennerzstyle, gestreiften und karierten Kuscheldecken sowie Dekoartikeln aller Art prangen pinkfarbene *Sale*-Schildchen mit Heulsmileys. Friedbert füllt Umzugskisten, die in wenigen Tagen mit in ihr neues Domizil im Süden sollen. Sie haben ihr gestern erzählt, dass es die Toskana wird, ein kleines Anwesen in der Nähe von Siena, wo sie ihren Lebensabend verbringen wollen. Eigentlich schade, dass die beiden abreisen, Rieke hat die überdrehten Hundemaler inzwischen richtig ins Herz geschlossen.

»Schön, dass du da bist, Rieke! Lust auf einen Pott Kaffee?« Irene zeigt auf eine riesige Tasse, auf der ein Mops im Segelboot thront.

»Ja gerne.« Sie grinst bei dem Anblick.

»Dann nimm doch noch einen Stuhl mit nach draußen, Häsle. Friedbert und ich wollten uns sowieso gerade ein Frischluftpäuschen gönnen.«

Dieser winkt kopfüber aus einer Umzugskiste und setzt, wieder oben, seine geliebte Kapitänsmütze auf. »Sehr geehrte Kollegin, wir machen die Schotten dicht und setzen die Segel, wie du siehst. Schön, dass du dich an Deck blicken lässt.«

»Ich habe noch ein paar Minicards drucken lassen. Die Gäste bei der Finissage mochten sie doch so gerne, die wollte ich euch vorbeibringen. Ihr könnt sie gerne weitergeben. Ich leg sie auf den Tresen.«

»Prima! Wir wurden in den vergangenen Tagen oft nach deiner Kunst und deinen Kontaktdaten gefragt. Und so viele Kunden hatten wir, um ehrlich zu sein, lange nicht. Fast schade, dass wir aufhören, wir hätten richtig zusammen durchstarten können«, sagt Irene augenzwinkernd. »Aber das Leben ist eben ein ewiger Fluss.« Sie seufzt.

»Nicht traurig sein, Irenchen, wir zwei bringen dafür den Italienern bei, wie man einen ordentlichen Friesengeist trinkt! Und lassen im Olivenhain die Klabautermänner tanzen«, muntert Friedbert seine Frau auf.

Rieke freut sich riesig, dass ihre Fotos so gefragt sind. Beschwingt schnappt sie sich einen Stuhl.

Seit dem großen Gefühlskino von Lucy und Vince am Morgen ist ohnehin klar, dass dieser Tag einen fetten Glückshashtag im Kalender verdient hat. Sie geht raus und stellt den Stuhl neben die anderen beiden in die Sonne. Die Szene am Bahnhof werden alle sicher nie vergessen, die Bilder sind ihr ins Gedächtnis eingebrannt. Das Schicksal hat es mit einer von ihnen richtig gut gemeint.

»Lass uns die Seeluft genießen, solange wir sie noch um uns haben«, sagt die Malerin und kommt im Batikwallekleid hinterher. Rieke sieht, dass sie ganz gerührt ist vor der Abreise. Bestimmt ist es nicht einfach, nach all diesen Jahren die Insel zu verlassen.

»Möchten die Damen einen Nachmittagssnack à la Friedbert?«, ruft ihr Mann von drinnen.

»Unbedingt, Liebster«, flötet Irene, und Rieke hofft, dass er nicht die Leberwurstkekse für Vierbeiner servieren wird. »Claas hat uns verraten, dass du überlegst, die Galerie und den Salon zu übernehmen.« Als sie Riekes erstaunten Blick bemerkt, gibt sie zu: »Ich weiß, ich weiß, Dienstgeheimnis, Datenschutz und Konsorten, schon klar, das sollte er sicher nicht erzählen, und du hast dich auch noch nicht entschieden, wie er meinte. Aber Friedbert und ich gehören ja quasi zum Hotel und zur *Frische-Brise*-Familie. Fast schon zum Inventar.« Sie lacht und klopft sich das Kleid aus wie einen eingestaubten Sessel. »Weißt du, Rieke, wir wollten dir gerne unbedingt sagen, bevor wir gehen: Wir könnten uns zwischen List und Hörnum keine bessere Nachfolgerin vorstellen als dich.«

Sie tätschelt ihr dabei liebevoll die Hand. Rieke wird rot, sie fühlt sich überrumpelt, aber auch geehrt, dass sie ihr diese Verantwortung ohne Weiteres zutrauen.

»Also, die Lage ist die«, Rieke räuspert sich und nimmt einen Schluck von dem starken Kaffee aus der Mopstasse, der eine verdächtige Alkoholnote nach Rum oder Küstennebel in sich trägt. Prompt muss sie heftig husten. »Na, na, immer langsam mit den kleinen Pudeln.« Irene, die neben ihr Platz genommen hat, klopft ihr fürsorglich auf den Rücken. Dann trinkt sie selbst kräftig aus ihrem Becher. »Herrlich.«

»Eigentlich weiß ich noch gar nicht, was ich von dem Angebot halten soll«, sprudelt es aus Rieke heraus. »Ich bin keine Unternehmerin, nicht mal eine Künstlerin. Bisher hat es mich nie lange an einem Ort gehalten, daher auch der Blog *#riekeknipstdiewelt*, das ist eher mein Ding …« Sie pustet an der dampfenden Tasse und starrt hinein. Kaffeesatz müsste man lesen können, um zu sehen, ob Entscheidungen richtig sind und was die Zukunft bringt. Denn das Loslassen scheint ebenso schwierig wie das Ankommen, wie Rieke an Irenes melancholisch umherschweifendem Rundblick erkennen kann.

»Papperlapapp! Mädchen!«, poltert da Friedbert auf Frau-Antje-Clogs aus Holz heran. »Mit dem Bleiben ist das so eine Sache, ich sach mal, wahrscheinlich war einfach noch nicht der richtige Ort dabei. Nimm mich: Viele Jahre war ich ein waschechter Globetrotter, aber die Kunst, eine Insel und diese fantastische Frau neben dir haben mich zum sesshaften Menschen werden lassen. Wer hätte das damals gedacht?« Friedbert stellt jeder von ihnen einen Teller mit Torte auf den Schoß. »Keiner!«, gibt er sich selbst die Antwort und Irene einen leidenschaftlichen Kuss. »Friesentorte«, erklärt er Rieke dann, »mit das Beste, was dieses schöne Eiland zu bieten hat. Findet Herr Bödefeld übrigens auch. Apropos, wenn einer das alles hier festhalten kann«, er macht eine ausladende Handbewegung, »dann bist du das. Hast du dir schon mal die Fotos da drinnen angeguckt?« Damit scheint für ihn das Wichtigste gesagt, denn er plumpst zufrieden dreinblickend auf den dritten Stuhl.

»Die Leute sind wirklich hingerissen von deinen Motiven«, bestätigt seine Frau, »und diese interessanten Kreuze – wie heißen die Dinger noch mal? –, die sind der Clou, da können wir zwei nicht mehr mithalten.« Sie schneidet mit der Gabel ein Stück Torte ab und fragt mit vollem Mund: »Oder hält dich was oder wer in Hamburg?«

»Hashtags«, beantwortet Rieke die erste Frage und wägt dann aufzählend ab: »Ich wohne in einer WG, aber meine beiden Mitbewohner haben ihr eigenes

Leben, wir sehen uns gar nicht oft. Ich reise viel und fotografiere. Nun ja, und ich hab meinen Job im Call-center, der sichert meinen Lebensunterhalt. Und meine besten Freundinnen leben in Hamburg.«

»Aha, also die Mitbewohner sind es nicht. Und reisen tust du gerne, bist ungebunden. Deine drei Damen vom Grill kommen dich bestimmt hier besuchen, scheinen ja echte Syltliebhaberinnen zu sein«, entkräftigt Friedbert mit geschlossenen Augen, das Gesicht zur Sonne gewandt, ihr Argument. »Hamburg ist nicht weit, ein Hundesprung sozusagen, das schafft man für ein Wochenende locker! Im Urlaub sowieso, und bestimmt reisen sie zu jeder Vernissage von dir an.« Friedbert klopft Herrn Bödefeld den Rücken, der schon die ganze Zeit neben ihnen liegt und die Szene aufmerksam verfolgt.

Sofort rattert bei Rieke das Kopfkino, wie sie sich alle vier genau hier treffen und auf neue Ausstellungen anstoßen. Eine Wand würde sie blau streichen, für Schwarz-Weiß-Bilder, und vorne könnte sie tatsächlich einen Shop einrichten, mit Hashtagshirts und -tassen und vielleicht bedruckten Kissen in maritimem Look und Retropostkarten. Sie sieht plötzlich alles vor sich.

»Und wir kommen dich natürlich auch besuchen. Mit einer Kiste Sangiovese oder Vino Nobile zum Anstoßen.« Friedbert lacht brummend und nimmt Irenes Hand. »Nicht wahr, Irenchen? Dann fällt dir der Abschied nicht so schwer.«

»Bleibt mein Job im Callcenter«, hält Rieke dagegen. »Ich will dir ja nicht zu nahe treten und weiß nicht genau, wie viel man da verdient, wirtschaftlich gesehen kann ich dir jedoch garantieren: Die Touristen auf Sylt geben gerne Geld aus für besondere Dinge. Und um ehrlich zu sein, haben wir fast täglich Anfragen für deine Fotos. Das hatten wir mit unseren Hundeporträts selten.«

»Tut mir leid«, sagt Rieke mitfühlend.

»Muss es nicht, Liebchen«, betont das Paar van der Ulmen im Duett. »Wir leben gut von Auftragsarbeiten und dem Salon.«

Dass ihr zudem ein interessantes Angebot vom Hotelchef vorliegt, ein Riesenfotoauftrag sogar, der sie die erste Zeit über die Runden bringen könnte, mag sie den beiden jetzt nicht verraten. Sie spürt, dass ihre Entscheidung von etwas anderem abhängt, nicht von einer finanziellen Absicherung, und dass sie diese alleine treffen muss.

»Also, ich sehe nicht, was es da lange zu überlegen gibt. Wer nicht wagt, der nicht gewinnt«, fasst Friedbert zusammen.

Das kann Rieke nicht abstreiten, er hat recht, und die Idee ist sehr verlockend. Warum nicht mal was Neues wagen und irgendwo bleiben?

»Reisen kannst du doch auch von hier aus, wenn dir dann überhaupt danach ist. Denn bis man alle Winkel auf Sylt entdeckt hat, braucht es seine Zeit«, findet Irene. Und dann fällt ihr plötzlich was ein: »Mensch Friedbert, du Dösbaddel, wir haben ja ein Geschenk für unsere junge Kollegin. Das hätten wir fast vergessen!«

Mit wehendem Kleid läuft sie in den Salon, um ebenso zügig zurückzueilen. Strahlend kommt sie auf Rieke zu, hält ihre geschlossene Faust über Riekes Hand.

»Augen zu! Hand auf!«, fordert sie aufgeregt, was Rieke augenblicklich tut, und dann lässt Irene etwas hineinplumpsen. Rieke starrt auf das kalte, raue Ding und kann nicht glauben, was sie da sieht.

»Das haben wir heute Morgen bei unserem Spaziergang am Strand gefunden, Bödefeldchen hat es ausgegraben, nicht wahr, mein Bester.« Liebevoll tätschelt sie den Hund.

»Es ist ein Hühnergott. Gibt nicht viele davon, und er soll Glück bringen. Das kannst du gut gebrauchen, haben wir gedacht. Wir haben uns und genug davon.« Irene und Friedbert lächeln Rieke erwartungsvoll an.

»Ich glaub, ich träume! Ihr ahnt ja nicht, was mir das bedeutet! Das ist total verrückt – woher wusstet ihr, dass ich seit Tagen so einen Stein suche, seit wir hier sind, eigentlich sogar noch länger ...« Rieke dreht den Hühnergott hin und her, öffnet und schließt ihre Faust immer wieder. Aber der Stein ist echt. Und bleibt in ihrer Hand. Sie kann es nicht fassen. Feierlich erhebt sie sich und fällt Irene und Friedbert um den Hals.

»Wussten wir nicht! Purer Zufall, Mäusle.« Irene schüttelt ihre üppigen Locken.

»Das ist wie ein Zeichen. Unglaublich!«, freut sich Rieke.

»Kann man wohl meinen«, kommentiert Friedbert, der sich lässig wieder hingesetzt und mit geschlossenen Augen der Sonne zugewandt hat. »Weil es keine Zufälle gibt, Irenchen, das weißt du doch. Beim Klabautermann. Nu, denn würd ich mal sagen: Galerieschiff ahoi, und volle Kraft voraus!« Dabei imitiert er laut eine Schiffssirene, sodass ein paar Spaziergänger stehen bleiben und irritiert zu ihnen rüberschauen.

»Du kannst ja drüber schlafen, ihr fahrt doch erst morgen, nicht wahr?«, sagt Irene.

Rieke kann weiterhin nicht fassen, welche Wendungen dieser Tag nimmt. Erst die Versöhnung von Lucy und Vince, und jetzt bekommt sie tatsächlich einen Hühnergott geschenkt! Der Stein in ihrer Hand wird immer wärmer, je länger sie ihn hält, er fühlt sich großartig an.

»Dass Frauen immer über was schlafen müssen, ts-ts«, wundert sich Friedbert schmunzelnd, »ich bin da eher für Ziel ansteuern, Kurs halten und genießen. Nich lang schnacken, Kopp in Nacken!« Er kippt seinen Hundebecher in einem Zug leer, schnappt sich den Rest von Irenes Torte und gabelt das halbe Stück auf einmal in den Mund. »Falls du mehr wissen musst oder Hilfe brauchst an Deck, von alten, erfahrenen Seeleuten«, ergänzt er kauend, »sind wir noch ein paar Tage an Backbord.«

#allesaufanfang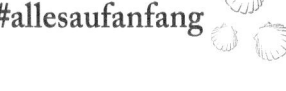

Lucy liegt in Vince' Armen. Sie traut sich nicht, sich zu bewegen, weil sie ihn nicht wecken möchte. Sie versucht, sich jedes Detail dieses Moments einzuprägen: seine warme Hand, die Morgensonne, die golden durch den Spitzenvorhang des kleinen Pensionszimmers schimmert, Vince regelmäßigen Atem in ihrem Nacken.

Den ganzen Nachmittag waren sie zusammen, die halbe Nacht haben sie noch geredet und sich die andere Hälfte geliebt. Sie ist bereit, ihm zu verzeihen, und hofft, dass auch er ihr verzeiht, dass sie sich durch die Jahre und ihren Hochzeitstraum verstrickt und verloren haben. Irgendwann kurz vor der Morgendämmerung müssen sie dann vor Erschöpfung eingeschlafen sein.

Sanft streichelt sie seinen Arm. Dieser Mann ist in ihrem Herzen. Und sollte sie das jemals wieder vergessen, dann wird die kleine rosa Muschel, die auf dem Nachttisch liegt, sie daran erinnern. Im Geiste schickt sie ein herzliches Dankeschön zu der alten Frau nach Keitum, die vielleicht genau in diesem Augenblick wieder die Kirche fegt. Ohne diese Begegnung vor genau vierundzwanzig Stunden wäre sie sicher nicht hier. St. Severin wird für immer und ewig ein besonderer Ort in ihrer Erinnerung bleiben. Die Hochzeit und alles, was damit zusammenhing, hat Lucy ohnehin erst mal weit weggeschoben. Ihr größter Traum hat leider auch viel durcheinandergebracht zwischen ihr und Vince. Und die Hochzeit im Alleingang zu planen war eine überstürzte Schnapsidee. Zum Heiraten gehören in erster Linie zwei, die sich lieben. Wenn sie wieder zu Hause ist, das nimmt sie sich fest vor, schmeißt sie jedenfalls alle Hochzeitsmagazine in die Altpapiertonne.

»Wie können so hübsche Augen am frühen Morgen so ernst schauen?«, murmelt Vince an ihrem Ohr.

»Du bist ja wach.« Lucy dreht sich um und blickt in sein müdes, glückliches Gesicht.

»Dein lautes Grübeln hat mich geweckt.«

Zärtlich knufft sie ihn in die Schulter, er packt ihre Faust und küsst sie, dann klappt er ihre Finger auseinander, einen nach dem anderen, und drückt seinen Mund zärtlich auf ihre Handfläche.

»Habe ich dir heute überhaupt schon gesagt, wie sehr ich dich liebe?«

»Meinst du heute Vormittag oder nach null Uhr?«

»Kannst du dir aussuchen.«

Er küsst sich ihren nackten Arm hoch. Lucy bekommt sofort Gänsehaut. Bei der Erinnerung an ihre Nacht, die schöner und leidenschaftlicher nicht hätte sein können, und mit seinen Lippen überall auf ihrer Haut wird ihr ganz heiß.

»Ich habe Hunger«, sagt sie, bevor Vince weitergehen kann, »auch wenn das ziemlich unromantisch ist.« Vor lauter Reden und Küssen und Lieben haben sie gestern kaum einen Bissen gegessen.

»Wieso unromantisch? Finde ich gar nicht.« Sein Mund ist inzwischen auf ihrem angekommen und bedeckt ihn mit kleinen, immer fordernder werdenden Küssen. »Ich habe auch Hunger, ziemlich sogar.« Leidenschaftlich schiebt er die Decke weg und seinen wohlgeformten nackten Körper auf ihren.

Es ist alles wie neu, als seien sie sich gerade erst begegnet, und gleichzeitig kennen sie sich in- und auswendig. Dieses aufregende und doch tiefe, warme Gefühl lässt Lucys Herz höherschlagen. Zeitgleich knurrt ihr Magen unbarmherzig und vernehmlich. Es hilft nichts, nur Luft und Liebe machen nicht satt, sie müssen wirklich bald etwas essen. Vince lässt sie los, rollt zur Seite und stützt seinen Kopf auf.

»Einverstanden«, sagt er lachend, »überredet. Sollen wir unten frühstücken oder etwas aus der Bäckerei hochholen? Oder lieber bei deinen Freundinnen im Hotel? Es ist ja euer gemeinsamer Urlaub.« Er fischt auf dem Nachttisch nach seinem Mobiltelefon. »Halb zehn.«

»In der *Frischen Brise* kann man sogar bis elf Uhr frühstücken. Wir könnten also jetzt los.«

»Passt doch perfekt. Also go?«

»Wunderbar! Dann hab ich meine Liebsten alle beisammen.« Lucy ist ihm dankbar für diesen Vorschlag, sie möchte tatsächlich gerne ihre Mädels sehen und ihnen live berichten, dass alles gut ist. Erst recht, da sie bald abreisen.

»Hast du denn überhaupt noch Zeit?«, fällt ihr ein.

»Nicht mehr viel, leider, aber wenn ich heute am frühen Abend zurück in Hamburg bin, reicht es.«

Vince hat gestern spontan verlängert, obwohl am Wochenende die Kollegen aus Amsterdam wieder abreisen. Zumindest da muss er unbedingt vor Ort sein und die Gruppe ordnungsgemäß verabschieden.

»Und ein leckeres Frühstück in eurem Sternehotel lasse ich mir nicht entgehen! Ich packe schnell, dann gehen wir.« Mit diesen Worten springt er aus dem Bett, putzt seine Zähne und duscht sich in Windeseile. Während Vince seine Siebensachen aufsammelt, schaut er immer wieder zärtlich zu ihr herüber, wie um sicherzustellen, dass sie wirklich noch da ist.

#hintermhorizontgehtsweiter

Als sie mit Vince das Foyer der *Frischen Brise* betritt, stoppt er sie sanft und küsst sie. Es ist verrückt: Obwohl sie sich schon Jahre kennen, fühlt sich Lucy wie frisch verliebt. Wie er da steht, mit seiner Wildlederjacke und dem verwaschenen Trekkingrucksack. Sie könnte ihn andauernd von oben bis unten abknutschen. Im Vorbeigehen schnappt sie sich an der Rezeption eine Handvoll Himbeerbonbons und schiebt sie Vince in die Jackentasche. »Wegzehrung für die Heimreise«, sagt sie zwinkernd. »Eine Spezialität des Hauses. Sonja kann gar nicht genug davon bekommen.«

»War klar.« Vince lacht.

»Sogar Mado liebt diese Dinger.«

»Das ist allerdings erstaunlich. Wo geht es denn zu deinen drei Herzdamen? Ich würde sie gerne noch in die Arme schließen, bevor ich losmuss. Und du solltest dringend etwas essen, nicht dass du mir umkippst.«

»So schlimm ist es nicht, aber du hast recht: Komm, hier lang!« Lucy gefällt, dass er sie umsorgt. Das hat er lange nicht getan. Die Frau, die die Frühstücksliste abhakt, strahlt sie noch freundlicher an als sonst. Zumindest hat Lucy den Eindruck. Vielleicht ist Glück ja ansteckend, das wäre wunderbar.

»Ich habe einen Gast mitgebracht. Ist das okay?«, fragt sie.

»Selbstverständlich. Ich schreibe es auf Ihre Zimmernummer.«

»Perfekt, vielen Dank!«

»Ihre Begleiterinnen sind auch schon da.«

»Großartig.« Lucy findet heute einfach alles schön, sie könnte die ganze Welt umarmen. Sogar diesen Bulli, der ihr mit einem Riesenstapel voller Pancakes mit Sahne und Beeren obendrauf vom Büfett entgegenkommt. In der anderen Hand jongliert er einen Teller mit Brötchen, Leberwurst, Blutwurst und Schinken. Das konnte nichts werden mit Mado, einer der so viel isst und in dieser Kombi – allein das wäre ein Ausschlusskriterium.

Lucy beschleunigt ihren Gang, Vince an der Hand, und erschreckt ihre Freundinnen, die in ihr Frühstück vertieft sind, mit einem lauten »Buh!«.

Rieke, die mit dem Rücken zu ihr sitzt, fährt herum: »Meine Güte! Willst du, dass mir das Herz stehen bleibt?«

»Ganz sicher nicht!« Lucy nimmt ihre Zimmernachbarin rücklings in den Arm.

»Guten Morgen!«, grüßt Vince fröhlich in die Runde.

»Hey, da seid ihr ja, ihr zwei.« Mado schaut sie erwartungsvoll an.

»Habt ihr es endlich aus dem Bett geschafft?«, fragt Sonja zweideutig. Rieke und Mado grinsen.

Einen Moment herrscht Schweigen am Tisch, was sich für Lucy komisch anfühlt, deshalb überspielt sie die Situation mit: »Darf ich vorstellen? Vincent Mai.« Ein bisschen fühlt es sich ja auch so an wie eine neue Liebe, zumindest anders und noch tiefer kennengelernt haben sie sich. Viele Dinge haben sie übereinander erfahren und hoffentlich für immer und ewig aus dem Weg geräumt.

»Sehr erfreut!«, geht Sonja belustigt darauf ein.

»Das kann man wohl sagen, ganz meinerseits!«, meint Vince und zieht Lucy zärtlich zu sich. Dann begrüßt er jede der drei Freundinnen mit einer herzlichen Umarmung, die sich dafür kurz von ihren Plätzen erheben.

»Wie heißt es gleich, die Liebe ist eine Himmelsmacht!«, stöhnt Rieke und lässt sich, eine Ohnmacht vorspielend, im Sessel zurückfallen.

»Ist so!« Lucy zieht strahlend die Schultern hoch. »Meistens.«

»Wir dachten schon, ihr taucht gar nicht mehr auf, ihr Turteltäubchen.« Mado tut streng, sagt dann aber grinsend: »Los, nehmt auch Platz.«

Sonja klaut einen freien Stuhl vom Nachbartisch, den sie neben Lucys an ihren Tisch stellt, und ein Gedeck gleich dazu: »Greift zu, ihr habt bestimmt Hunger! Und Liebe allein macht ja leider nicht satt. Nicht wahr?«

»Wem sagst du das. Aber essen ohne Liebe ist auch nur halb so gut.« Mado seufzt und starrt Sonjas Riesenmüslischale an. Da würde sie selbst, denkt Lucy bei sich, drei Tage von überleben.

»Holt euch was am Büfett, ihr Lieben, ich fang schon mal an. Heute ist ja mein Abschlusstraining, das wird hart, da muss ich gestärkt sein.« Sonja macht sich genüsslich über ihr großes Müsli mit Nüssen und Ahornsirup her.

»Ich habe leider nicht viel Zeit, ich wollte euch aber unbedingt Hallo sagen, bevor ich fahre, und Lucy wohlbehalten hier abgeben.« Unruhig schaut Vince auf die Uhr und rutscht auf seinem Stuhl hin und her. *Was hat er denn jetzt plötzlich,* fragt sich Lucy irritiert, *eben war doch noch alles entspannt.*

Rieke reicht ihnen den Korb mit Croissants und Schokobrötchen. »Wenigstens was auf die Hand.«

Lucy nimmt dankbar an. Vince zögert, dann nimmt er sich ein süßes Teilchen, lässt es aber auf seinem Teller liegen.

»Ist was?«, fragt Lucy leise. »Musst du los? Mach dir keine Sorgen, ich verstehe das, wenn … Sie warten auf dich an der Uni. Du hattest ja gar nicht geplant, solange zu bleiben.«

»Ja«, unterbricht er sie, »nein! Ich muss, ich will dich etwas fragen.« Hastig schiebt er den gepolsterten Stuhl zurück und steht auf. Lucy wird es ganz komisch. Was hat er bloß?

Vince atmet hörbar aus. Als er sich vorbeugt, einen Löffel nimmt und an die Kaffeetasse klopft, entfährt Rieke ein lautes »Oha!«. Sie tastet nach ihrer Kamera.

»Ja, also … ich möchte etwas sagen. Jetzt, wo ihr alle da seid.«

»Dieser Urlaub wird langsam zu einer Gesprächstherapie …«, kommentiert Mado sarkastisch, doch sie verstummt schnell, denn Vince geht vor Lucy in die Hocke.

»Luzia Baumeister, also, liebe Fee: Ich habe die halbe Nacht darüber nachgedacht, als du neben mir lagst, wie ich es am besten mache.«

»Bitte keine intimen Details«, stellt Mado klar, was Sonja und Rieke mit einem »Schschsch!« abbügeln.

»Die vergangenen Tage waren schrecklich und am Ende auch wunderschön und irgendwie wegweisend für uns beide. Jetzt weiß ich: Du bist das Beste in meinem Leben. Und bevor ich Gefahr laufe, vor Aufregung lauter dummes Zeug zu reden, will ich dich endlich fragen: Möchtest du meine Frau werden und so glücklich mit mir, wie wir es eben hinkriegen? Ein Leben lang? Ich für meinen Teil verspreche dir hiermit: Ich werde alles dafür tun. Auch wenn ich manchmal der größte Idiot von ganz Hamburg bin, hoffe ich von Herzen, du erlöst mich und sagst Ja.«

Lucy bleibt der Mund offen stehen. Tausend Gedanken wirbeln ihr durch den Kopf. Da ist sie, die Frage, auf die sie seit einer Ewigkeit gewartet hat. Ja! Natürlich, schreit alles in ihr. Sie gehört zu Vince und er zu ihr. Sie schaut die Freundinnen an, deren gerührte Blicke so was wie *Los Lucy, komm schon* sagen … Sie spürt, wie eine Welle von Glück auf sie zurollt, und möchte sich am liebsten einfach nur johlend hineinwerfen. Wie Sonja beim Kiten. Aber geht das alles nicht zu schnell nach den letzten stürmischen Tagen? *Die Frage ist: Liebst du? Und ist das Meer nicht in der Muschel und in jedem selbst?*

»Ja! Ja! Ja! Natürlich will ich!«, ruft Lucy.

»Mein Gott, und ich erst!« Vince strahlt sie überglücklich an, in seinen Augen glänzen Tränen.

Sonja und Mado reißen jubelnd die Arme hoch. Rieke schnappt sich eine Margeritenblüte aus der Blumenvase auf dem Tisch und steckt sie Lucy hinters Ohr. Dann schießt sie ein paar Fotos. Lucy lässt sich überschwänglich auf Vince fallen, der aus vollem Herzen lachend rücklings auf dem Boden landet. Er zieht Lucy zu sich und küsst sie. Sie werden es schaffen, da ist sie sich sicher, sie gehören einfach zusammen.

»Leute! Darf ich um eure Aufmerksamkeit bitten?«, unterbricht Rieke nach einer Weile das freudige Durcheinander und klopft ebenfalls mit ihrer Gabel an ihre Tasse. »Weil wir gerade beim Verkünden sind, will ich euch auch etwas mitteilen.« Sie räuspert sich, dann jubelt sie: »Ich mach's!« Rieke blickt nacheinander in die Gesichter ihrer Freundinnen, die sie ratlos ansehen.

»Na, die Galerie! Ich bleibe auf Sylt und ...« Sie zieht ihren Talisman aus der Hosentasche und lässt ihn wie ein Pendel hin und her schwingen. An dem abgewetzten Lederbändchen baumelt neben dem kleinen Stein von damals ein zweiter, größerer Hühnergott. »Schaut mal her!«

»Rieke, das gibt's doch nicht, wo hast du den denn her?« Sonja fasst erstaunt nach dem neuen Glücksbringer, wie um seine Echtheit zu überprüfen.

»Glaubt es oder glaubt es nicht, die van der Ulmens

haben ihn mir gestern zum Abschied geschenkt.« Rieke zeigt mit ihrer Kette rüber zu Irene und Friedbert, die ihren Blick erwidern und breit grinsend mit ihren Kaffeepötten anstoßen. »Herr Bödefeld hat ihn aufgespürt.«

»Wie toll, super, Rieke! Ich fass es nicht!« Sonja drückt sie an sich.

»Ist nicht dein Ernst ... Ohne von deiner Suche zu wissen?« Für Mados Geschmack ist das bestimmt zu viel Fügung und Schicksal auf einmal. »Aber was die Galerie angeht, ich finde es großartig, dass du dich dafür entschieden hast!«, freut sie sich sichtlich mit.

»Diese Insel wird mir langsam etwas unheimlich. Hier tut sich ja in zwei Wochen mehr als zu Hause in zwanzig Jahren«, scherzt Vince.

Das kann Lucy nur bestätigen. »Das ist ja der Wahnsinn«, ruft sie staunend, um dann direkt nachdenklicher zu werden. »Aber was sollen wir denn in Hamburg ohne dich machen?«

»Ich würde sagen: mich so oft wie möglich besuchen, wenn die Insel und ich rufen. Und ich verspreche hoch und heilig und zugleich heiß und innig, euch natürlich im Gegenzug regelmäßig in Hamburg auf den Geist zu gehen. Ich hätte da auch gleich einen Vorschlag für eure Hochzeitsreise – mit Freundinnen-Anhang, versteht sich.«

»Um Gottes willen!«, entfährt es Vince, der Entsetzen vortäuscht, aber ein warmes Lächeln nicht verbergen kann.

»Was dachtest du denn? Die schöne Lichtkönigin gibt es sowieso nur im Viererpack. Das ist der Jackpot.«

Rieke hebt ihre inzwischen leere Tasse hoch. »Also, unterstützt ihr mich?«

»Selbstverständlich! Auch wenn wir dich sehr vermissen werden. Darauf müssen wir anstoßen«, sagt Sonja, »aber mit etwas Ordentlichem.«

»Spitzenidee!« Mado schaut sich suchend um und winkt dann Claas heran, der gerade mit zwei Kellnerinnen spricht und prompt an ihren Tisch kommt.

»Guten Morgen zusammen. Hier ist ja eine Stimmung! Gibt es etwas zu feiern?«

»Und ob, Claas!« Sonja ist so durch den Wind nach diesen ungeahnten Wendungen, dass sie den Hotelchef einfach duzt.

»Ja richtig, und gleich doppelt«, sagt Mado.

Rieke lacht, als sie Claas' neugierigen Blick sieht. »Tja, erstens, die zwei Hübschen hier trauen sich endlich.« Sie deutet zu Lucy und Vince und wirft ihnen einen Kuss zu. »Und zweitens«, fährt Rieke fröhlich fort, »rücke ich dir und den Insulanern in nächster Zeit näher auf den Pelz.«

Jetzt ist der Groschen gefallen, Claas' Gesicht hellt sich auf. »Heißt das, du hast dich entschieden? Du übernimmst unsere Galerie? Das ist ja großartig! Hab ich's doch gewusst!« Er ballt triumphierend die Faust. Begeistert schüttelt er Rieke die Hand. »Willkommen an Bord! Darauf müssen wir sofort anstoßen! Wie wäre es mit ...?«

»Kir Quitte!«, sagen Rieke, Mado, Sonja und Lucy im Chor.

Rieke hält mit einem breiten Grinsen den Daumen

hoch. »Das ist der ultimative Festtagsdrink und unser Lieblingscocktail. Charly weiß Bescheid.«

Claas nickt und lächelt sie an. »Dann sechs Kir Quitte zur Feier des Tages!« Er winkt eine Kellnerin heran.

»Gehen acht?«, fragt Rieke.

»Natürlich.« Claas nickt.

»Wartet kurz!« Rieke läuft rüber zu den van der Ulmens, kehrt mit beiden zurück und drückt dem ausnahmsweise sprachlosen Friedbert ihre Kamera in die Hand. Sie bedeutet den anderen zusammenzurücken, breitet die Arme aus und ruft: »Achtung Foto! Eins, zwei, drei, Wattwurmschiiiiet!«

Friedbert braucht einen Moment zu lange, doch dann kommt der Blitz und hält das Chaos fest. Lucy schaut hoch zu Vince. Der pustet genau in dem Moment ihre Haare aus seinem Gesicht. Claas beugt sich unangekündigt von hinten zu Mado und Sonja herunter. Erstere beißt sich vor Schreck auf die Zunge, als sie Claas' Gesicht neben sich wahrnimmt, und Sonja schreit vor Lachen, als Herr Bödefeld im Galopp auf die entsetzt guckende Rieke zuspringt und ihr mit seiner langen Zunge durchs Gesicht leckt.

#takecare

Mit einem einzigen Zug am Reißverschluss macht Sonja ihren Neoprenanzug zu. Das gibt's ja nicht, er sitzt tatsächlich lockerer an der Hüfte. Am Ende hat sie durch den täglichen Sport doch ein paar Kilos verloren? Eigentlich egal, sie hat Kitesurfen gelernt und den besten Urlaub seit Langem erlebt.

Sonja bindet sich die Haare zusammen, schließt ihre persönlichen Sachen in den Spind und geht nach draußen. Unten am Strand wartet Aiden auf sie. Heute ist ihr letzter Tag. Und Sonja ist so gut gelaunt, sie könnte die ganze Zeit nur singen, tanzen und ihre Freude herausschreien. Was für ein unvergessliches Erlebnis war das vorhin, als Vince Lucy einen Antrag gemacht hat und sie alle zusammen gefeiert haben. Heute Abend geht's bestimmt fröhlich weiter beim gemeinsamen Abschiedsdinner. Mado hat noch ein letztes Date mit Claas. Es ist auch völlig okay, wenn sie früher abhaut, denn das Glück war in diesem Sommer nicht gerade auf ihrer Seite. Und sie wollen sowieso nicht spät ins Bett und sich am nächsten Morgen zeitig auf die Heimreise machen.

Sonja hat vorhin schon das meiste gepackt und dabei gemerkt, wie sehr sie sich mittlerweile doch nach Lola, Edwin, Mina, ihrem Zuhause und sogar ihrer Mutter sehnt. Wenn Mark nicht so unbeholfen im »Alleinsein« wäre mit Kindern und Haus, würde sie sich auch mehr auf ihn freuen. Immerhin ist er jetzt wieder daheim, nicht mehr zum Notdienst im Krankenhaus, und hat ihre Mutter zum Wochenende zurück in ihre Wohnung geschickt.

Bevor sie zu Aiden geht, bleibt sie noch einmal kurz oberhalb der Surfschule stehen und genießt die Aussicht. Der Nordseewind bläst ihr um den Kopf, und sie lässt den Blick über den Strand und das blaugraue Meer schweifen. Sylt inhalieren, bevor sie in die Stadt zurück muss. Der Strand ist unglaublich weitläufig, sodass die Menschen, die sich dort tummeln, fast in der Landschaft untergehen. Sie liebt das sehr, es erinnert sie an ihre Heimat. Im Winter ist es ungemütlich rau, und an sonnigen, warmen Tagen kommt es einem manchmal vor, als wäre man in der Südsee, so weiß, sauber und weich ist hier der Sand.

»Sunny, come on! Was träumst du?«, brüllt Aiden und winkt zu ihr herüber.

»Ich komme!«, ruft sie zurück und freut sich jetzt schon auf die Stunde. Sie fühlt sich stark und energiegeladen.

Aiden hat ihr gestern erzählt, dass heute einige Surfkurse enden und die Surfschule zum Abschied und zum Einläuten des Wochenendes ein kleines Barbecue am Strand ausrichtet. Deshalb hat Sonja beschlossen, nachher noch etwas zu bleiben, bevor sie zu den Mädels ins Restaurant geht.

»Ich hab schon gedacht, du brauchst eine extra Einladung. Ready?«, sagt Aiden, als sie zu ihm stößt.

»So was von«, bekundet Sonja, und Aiden beginnt, ihr Bar und Trapez anzulegen. »Okay, auf geht's.«

Nach ein paar missglückten Startversuchen auf dem Wasser lässt sich Sonja eine halbe Stunde später im für Kitesurfer abgegrenzten Bereich von ihrem Lenkdrachen über die Wellen ziehen. Hochkonzentriert. So vollkommen im Augenblick, fokussiert auf jede Bewegung, den Wind und die Wellen, kitet sie immer weiter. Berauscht von der Geschwindigkeit und dem Bewusstsein, dass sie es wirklich beherrscht, dass ihr das Meer jetzt offensteht und sie eins ist mit allem hier. Plötzlich überkommt sie ein starkes Glücksgefühl. Den Drachen fest im Griff, wird sie noch mutiger, Adrenalin lässt ihr Herz schneller schlagen. In voller Fahrt bringt sie ihn in ein anderes Windfenster, wie sie es von Aiden gelernt hat, hält sich ganz kompakt und erhöht die Körperspannung. Es funktioniert, sie spürt es, der Kite gewinnt an Auftrieb, und jetzt, jetzt, jaaa… steigt er noch höher in die Luft, das Board hebt ab, und Sonja springt.

»Jump!«, hört sie Aiden begeistert rufen, der mit genug Abstand neben ihr kitet.

Ihr Jubeln wird vom Tosen der Wellen verschluckt, bevor sie unbeschadet landet und den Kite kraftvoll, aber mit Gefühl wieder in die gewünschte Position bringt. Ihr Bauch fühlt sich an wie nach einer Achterbahnfahrt, und das Herz schlägt ihr bis zum Hals. Sie ist wie berauscht.

»You got it! Dein erster Jump, und du bist nicht ins Wasser gefallen! Das schaffen nicht viele!«, lobt Aiden und klopft Sonja anerkennend auf die Schulter, als sie am Ende der Stunde zurückgehen. Sie ist wahnsinnig stolz, Aiden ebenso, dauernd macht er Witze, er sei fraglos der beste Surftrainer der Welt.

»Komm, lass uns schnell duschen und umziehen. Dann treffen wir uns beim Barbecue und trinken ein Bier auf deinen Jump, all right, Kitequeen?«, fragt Aiden und legt den Arm um sie. Die nassen Haare fallen ihm locker ins Gesicht, das gerötet ist und seine Karibik-Augen so noch stärker leuchten lässt.

»Hättest du nicht gedacht, was?« Sonja schaut ihn frech an und fasst ihn auch um die Hüfte, Arm in Arm gehen sie weiter bis zum Eingang der Surfschule. Ihr wird bewusst, dass es ihr letzter Tag hier ist, und ein bisschen Trauer steigt in ihr hoch. Schade, dass der Urlaub und der Kurs schon enden.

Wenig später steht Sonja frisch geduscht, im sonnengelben Maxikleid und mit einem Bier in der Hand am Schwenkgrill, etwas unterhalb des *Sunset Beach Cafés*. Liegestühle und Fackeln im Sand sorgen für eine gemütliche Atmosphäre. Sonja spürt nahezu jeden Muskel, doch sie ist immer noch total aufgedreht. Und beim Gehen hat sie nach wie vor das Gefühl, auf den Wellen zu reiten.

Viele Surfschüler und -lehrer sind schon da, um die zwanzig Leute, schätzt Sonja. Sie erkennt Aiden, Jenny und ein paar andere. Die Stimmung ist super – sie spürt, alle haben das Surfen genossen, und eine Ahnung von Abschied hängt in der Luft.

Aiden – jetzt in hellblauen Jeans und Hawaiihemd – stellt sich mit zwei Steakbrötchen in den Händen und seinem Bier unterm Arm zu ihr. »Hunger?« Er reicht ihr eins, etwas Ketchup tropft daraus auf den Sand.

Eins kann nicht schaden, überlegt Sonja, sie hat ziemlich Hunger, und bis zum Essen später im Hotel dauert es noch länger als eine Stunde. »Sehr gerne! Bist der Beste, Aid«, nimmt sie deshalb dankbar an und beißt herzhaft in das Brötchen.

»Sag ich doch.« Er grinst, fischt seine Flasche unter der Achsel hervor und stößt mit ihr an. »Prost, Sunny! Glückwunsch! Great jump! Du warst super heute. Der Kite ist jetzt dein Freund geworden. Hab ich dir das nicht von Anfang an gesagt?«

»Jaaa, hast du. Was glaubst du, wie ich mich freue!« Sonja trinkt durstig. Jemand hat angefangen, Gitarre zu spielen, und sie gesellen sich zu den anderen Surfern.

Sonja fühlt sich sauwohl. Es ist mittlerweile schon ihr drittes Bier, und sie merkt es mehr als sonst nach dem anstrengenden Training heute. Als »Fake Plastic Trees« erklingt, singt sie aus vollem Hals mit. Das Lied erinnert sie an ihre Studentenzeit, an ausgelassene durchtanzte Nächte in schummerigen Kellerclubs mit ihren Freundinnen. Aiden fällt mit ein, und im Duett grölen sie lauthals in den Abendhimmel, der sich am Horizont überm Meer schon orange verfärbt. Aiden fasst sie um die Hüfte, schwingt sie herum, und sie legt die Arme um seinen Hals. Sonja lacht. Wie leicht das Zusammensein mit ihm ist. Es ist so unbeschwert, als würde sie schweben. Und er scheint immer nur im unmittelbaren Augenblick zu leben.

Als der Song endet, rufen alle vehement nach einer »Zugabe«, und der Gitarrist lässt sich das nicht zweimal sagen. Sonja zieht Aiden zu sich und tanzt mit ihm. Den Kopf völlig ausgeschaltet wie früher, als alles noch vor ihr lag ...

Irgendwann schaut sie auf die Uhr, Viertel nach acht. Sie sollte längst weg sein.

»Aiden, entschuldige, ich muss zurück, die Mädels warten im Hotel auf mich.« Bei dem Gedanken an Abschied ist sie nun doch wehmütig, wie gerne würde sie etwas von der Stimmung dieser Tage in ihren Alltag mitnehmen. Sie muss schlucken.

»Jetzt? Ist es schon so weit?«, fragt er überrascht, stellt sein Bier auf den Boden neben eine Fackel. »Ich begleite dich noch ein Stück.«

Schweigend schlendern sie nebeneinanderher zur Surfschule. Dort bleiben sie stehen. Auf der Gitarre erklingt nun »The Blower's Daughter«, melancholisch und sehnsuchtsvoll trägt der Wind die Töne zu ihnen herauf.

»Na komm, Sunny, wir bringen es schnell hinter uns, okay?«, Aiden schaut sie schelmisch an.

»Okay«, sagt sie schlicht und lächelt.

Wie selbstverständlich gehen sie aufeinander zu und umarmen sich fest. *Ich mag diesen verrückten Kerl.* Sie lehnt den Kopf an seine Schulter, und ein Bild kommt ihr in den Sinn: Die Liebe zu Menschen ist nicht wie ein Kuchen, der in zwölf Stücke aufgeschnitten ist, und wenn die verteilt sind, ist nichts mehr übrig. In einem selbst ist ein endloser Speicher von Liebe vorhanden.

Sie löst sich aus Aidens Umarmung, sucht seinen Blick. Dann streichelt sie mit einer Hand sachte über seine Wange. Er schaut sie ernst an. Sie kann gar nicht fallen ... Er hält sie fest. Vorhin ist sie ja auch gesprungen und wieder sicher gelandet. Aus diesem Impuls heraus schmiegt sich Sonja enger an ihn und tut es. Sie küsst ihn. Er erwidert ihren Kuss sofort. Ein endloser, aufregender Kuss. Ein Geheimnis, das nur ihr gehört, ihr ganz allein. Sie genießt bewusst jede Sekunde.

»Willst du jetzt immer noch ins Hotel?«, fragt Aiden neckend, als sie sich voneinander lösen.

Sie lächelt. »Jetzt erst recht, mein Lieber.«

Er nickt verständnisvoll. »Okay. Dann war's das also ... Warte kurz, ich hab noch was für dich. Ich bring dir deine Sachen gleich mit.« Er streichelt ihre Lippen, die nun ein bisschen wund sind vom Küssen. Mit seinen rauen Fingern fährt er die Form nach, dann dreht er sich um und verschwindet in der Hütte.

Sie bleibt wie angewurzelt stehen – verwirrt, euphorisch und verdammt lebendig.

Nach ein paar Minuten kommt er wieder raus. »Hier, Sunny. Ein Geschenk. Zur Erinnerung«, sagt er leise, beinahe zärtlich, und reicht Sonja ihren Rucksack und ein Päckchen, in Zeitungspapier eingewickelt und mit Paketschnur lose verbunden. Sie nimmt es ihm ab. Dabei berühren sich ihre Hände, und ein elektrischer Schlag durchfährt sie.

»Oh. Danke. Ich ...« Ihr fällt nichts ein, was nicht entweder belanglos oder bescheuert klänge.

Er legt ihr den Finger auf den Mund. »Pssst. Don't speak, Baby.«

»Don't touch, Baby«, kontert sie und zwinkert ihm zu. Jetzt muss sie wirklich los, sonst kann sie für nichts mehr garantieren.

Zum Abschied strahlt er sie noch einmal mit seinem

typischen Aiden-Lachen an. »Hey Sunny, weißt du was: Ich hatte echt viel Spaß mit dir! Really.« Und dann, in ernsterem Ton: »Na los, geh schon, verschwinde ...«

»Danke, Aid. Das war das Schönste, was mir seit Langem passiert ist.« Sonjas Stimme klingt zittrig. Am liebsten hätte sie vermieden, dass es irgendwie traurig wird, außerdem hasst sie Abschiede. »Danke ... für alles, mein ich. Mach's gut.«

Er nimmt ihre Hand, zieht sie noch einmal zu sich und gibt ihr einen Kuss auf die Stirn. »Take care, Sunny. Bye.«

Mit diesen Worten in ihrem Kopf und Aidens Päckchen in der Hand macht sich Sonja auf den Weg zum Hotel. Schritt für Schritt zurück in ihr Leben. Und je näher sie kommt, desto bewusster wird ihr, dass sie gar kein schlechtes Gewissen gegenüber Mark empfindet. Sie ist nur dankbar, unendlich dankbar und froh, das erlebt zu haben. Und zwar alles. Sie ist auf den Wellen geritten, wie sie es wollte.

Take care, Sunny.

#enemenemuhundrausbistdu

Nach dem Abendessen sitzt Mado mit Lucy, Rieke und Sonja im Wintergarten der *Frischen Brise* und teilt sich mit ihnen eine Karaffe Holunderlimonade.

Sie schaut zu den Freundinnen und genießt es, sie

alle noch mal so entspannt bei sich zu haben. Lucy hat sich eine Decke umgeschlagen und nippt stumm, jedoch sichtlich selig an ihrem Glas. Rieke tippt irgendetwas in ihr Handy, wirkt aufgekratzt und geschäftig, was Mado gut versteht. Kein Wunder, ihr ganzes Leben wird sich bald umkrempeln, es gibt viel vorzubereiten. Sie scheint nie zu frieren, im Gegensatz zu ihr und Lucy, und hockt da mit Trägertop und ihren Jeansshorts, obwohl es schon ziemlich abgekühlt hat. Sonja ist für ihre Verhältnisse heute Abend eher schweigsam, sieht müde, aber zufrieden aus und hat einen ordentlichen Sonnenbrand abbekommen. Alle sind mit sich und der Welt im Reinen. Nur sie selbst hat in diesem Urlaub eine Bruchlandung nach der anderen hingelegt. War ihr Traum der falsche? Ein bisschen kommt sie sich vor wie in dem alten Abzählreim »Ene, mene, miste, es rappelt in der Kiste, ene, mene, muh, und raus bist du«. Welche Erfolge hat sie vorzuweisen? Keine. Niente. Und morgen reisen sie ab, time out.

Aus den Augenwinkeln sieht sie ein Paar von der Terrasse in den Wintergarten treten. Auf den zweiten Blick erkennt sie Fiete und seine Frau. Der fehlt ihr noch zum krönenden Abschluss. Genervt dreht sie sich weg und tut so, als bemerke sie die beiden nicht.

»Ist das nicht …?«, beginnt Lucy.

»Schscht!«, unterbricht Mado sie und schielt nun doch rüber. Keine Chance, Fiete hat sie bereits gesehen. Er flüstert seiner Frau etwas ins Ohr, diese schaut misstrauisch zu ihnen und geht dann alleine nach drinnen. Fiete nähert sich zielstrebig ihrem Tisch, sucht Blickkontakt mit Mado, die rechte Hand schon leicht zum Gruß erhoben.

»Was will der denn jetzt?«, entfährt es ihr entsetzt.

Da steht er schon vor ihnen. »Guten Abend!«, grüßt er bemüht freundlich in die Runde.

»Hi!«, kommt es von Lucy und Sonja unisono, Mado nickt ihm nur zu, und Rieke, die ihn von der Party am Strand ja etwas besser kennt, sagt zu ihm: »Fiete. Auch noch im Lande?«

»Jaja, aber nicht mehr lange. Wir reisen morgen ab«, antwortet er ihr, reibt seine Hände, dann wendet er sich Mado zu: »Kann ich dich bitte mal kurz sprechen, unter vier Augen?« Er wandert zu ihrem Platz und hockt sich ungelenk vor sie hin. Mado rückt ihren Stuhl ein bisschen herum und lehnt sich vor.

»Äh, Mado. Es … also, es tut mir wirklich leid, wie das mit uns gelaufen ist …«, beginnt er. »Ich hätte dir sagen sollen, dass ich … Ich habe einfach nicht nachgedacht. Na ja, äh … auf jeden Fall möchte ich dir eine angenehme Heimreise wünschen.« Sichtlich erleichtert schlägt er sich mit den Händen auf die Knie, atmet laut aus.

Damit hat Mado ganz bestimmt nicht mehr gerechnet. Seine Entschuldigung freut sie insgeheim schon ein bisschen. Zumindest hat sie nicht alles fehlinterpretiert. »Lass gut sein, ich hab's verkraftet. Das nächste Mal warnst du mich bitte vor«, scherzt sie versöhnlich.

»Ja! Äh … natürlich! Nein, also … Das kommt nicht oft vor bei mir, dass ich mit einer anderen, du weißt schon …«, versucht er zu retten, was noch zu retten ist.

Mado bleibt cool und reicht ihm die Hand. »Na dann, Schwamm drüber! Und tschüss.«

Er steht auf, schlägt ein. »Ja genau, Schwamm drüber«, wiederholt er Mados Worte und sagt lauter auch zu ihren Freundinnen: »Tschüss denn! Und gute Heimfahrt!« Dabei klopft er zum Abschied zweimal auf den Tisch und eilt seiner Frau hinterher.

»So was«, sagt Mado mit einem Funken Genugtuung, »hat der sich doch tatsächlich entschuldigt.«

»Wunder gibt es immer wieder«, fängt Sonja schlagermäßig an zu singen. Alle müssen sie lachen.

»Wann triffst du dich mit Claas?«, fragt Rieke und schaut auf ihr Handydisplay.

»Um zehn.« Mado freut sich drauf, hat aber nach den vorherigen Chaosdates überhaupt keine Erwartungen an den Abend. Am besten nimmt sie alles, wie es kommt. Langweilig wird es ganz bestimmt nicht, das kann sie mittlerweile bei Claas einschätzen. Der One-Night-Stand war eh eine Schnapsidee und passt im Grunde gar nicht zu ihr, sie ist für so was viel zu rational. Länz immerhin würde sich freuen, wenn er es wüsste – die teure rote Reizwäsche kam nicht zum Einsatz, Wirkung verfehlt.

»Was geht dir denn im hübschen Köpfchen herum, Liebes?«, unterbricht sie Sonja. »Nicht noch den Hotelmanager vergessen vor Grübelei!«

»Ich habe gerade gedacht, die rote Unterwäsche hätte ich mir sparen können – war eine alberne Idee. Ich schmeiß sie besser weg.«

»Never!«, protestiert Rieke sofort.

Und Sonja schüttelt den Kopf. »Bist du verrückt, vergiss das mal wieder. Du wirst doch nicht das Tragen schöner Dessous von den Kerlen abhängig machen!«

»Seh ich genauso! Außerdem steht dir Rot super«, bekundet Lucy lächelnd. Dann streicht sie ihr beruhigend über die Schulter. »Es ist nach zehn, Mado. Musst du nicht los? Claas wartet bestimmt schon.«

»Weiß ich!«, sagt Mado ein bisschen zu vehement und holt ihre kleine Tasche hervor, die am Stuhl baumelt. Jetzt braucht sie ihr Ritual. Sie fischt ihren Stick und den kleinen Handspiegel hervor, zieht ihre Lippen nach und wirft einen letzten prüfenden Blick hinein. »Allora. Ich geh dann mal. Habt es noch schön, ja? Bis nachher oder bis morgen.«

»Viel Spaß, Liebes! Du siehst wunderhübsch aus.« Lucys blaue Augen leuchten, und sie prostet ihr zu.

Sonja legt einen Arm um Lucy, ihren Kopf an deren und schließt sich an: »Vor ein Uhr brauchst du übrigens gar nicht zurückzukommen, Schatz. Und wenn ich das Zimmer freimachen soll: Denk an unsere Parole!«

»Sonja!«, ruft Mado empört. Sie wirft einen Blick auf ihre Mädels. »Ich hab euch so lieb, wisst ihr das eigentlich?« Die drei lächeln sie von ihren Plätzen aus an.

»Wir dich erst. Du Granate. Hau endlich ab! Keine Sentimentalitäten vor einem Date!« Rieke knüllt einen Zettel von ihrem Block zusammen, der wie immer vor ihr liegt, und schmeißt ihn Mado hinterher. »Und zu spät kommen ist auch nicht die beste Voraussetzung.«

»Mit Dates habe ich doch sowieso kein Glück«, sagt Mado und verabschiedet sich mit einer Kusshand.

Lautes Stimmengewirr kommt Mado entgegen, als sie die Bar betritt. Im Hintergrund läuft »Tag am Meer« von den Fantastischen Vier. Sie erkennt Claas an der hinteren Ecke des Tresens, der Stelle, die sie am liebsten mag. Er plaudert mit dem Barkeeper und sieht schon von Weitem großartig aus. Bestimmt muss er seine Anzüge extra anfertigen lassen – oder gibt es die für Zweimetermänner von der Stange? Dieses Mal trägt er ein hellgraues Modell mit schwarzem Hemd. Sie drängelt sich zwischen den Gästen hindurch zu ihm.

Kurz bevor sie bei ihm ankommt, hat er sie bemerkt, ein Strahlen zieht über sein Gesicht. Er macht etwas Platz, rückt ihr einen Barhocker zurecht.

»Da bin ich«, sagt sie, als sie vor ihm steht, »etwas spät, aber immerhin.« Sie sieht ihn entschuldigend an.

»Mado, wie schön, dich zu sehen. Und keine Sorge: Die Vorfreude hat mir das Warten versüßt!« Er lächelt wieder und zeigt auf den leeren Barhocker neben sich. Sie legt ihr Täschchen auf den Tresen und setzt sich, hofft, dass es mit ihrem engen Kleid in Nachtblau halbwegs elegant aussieht. Ein Duft von Sandelholz weht ihr in die Nase, als er ihr die Getränkekarte reicht. »Hier. Freie Auswahl, wie versprochen.«

»Danke.« Sie nimmt sie entgegen und verzichtet darauf, ihre Lesebrille herauszuholen. Nach einem Blick beschließt sie einfach: »Gin Tonic.«

»Wunderbar. Darf er nach Sonne und Sommer

schmecken?«, will er galant von ihr wissen und gibt schon dem Barkeeper ein Zeichen.

»Sehr gerne!« Das ist genau das, was Mado jetzt braucht. Claas bestellt, dann dreht er sich zu ihr.

»Ich freue mich, dass du da bist. Wie war euer letztes Dinner bei uns? Konnten dich deine Freundinnen für den Rest des Abends entbehren?«

»Natürlich! Im Gegenteil sogar, sie haben mich eben gedrängt, nicht zu spät zu kommen. Sie wollen heute sowieso eher ins Bett, wir müssen ja morgen recht früh abreisen. Ja, und das Essen war großartig, Charly hat uns verwöhnt«, antwortet Mado direkt. »Ich freue mich auch sehr, hier zu sein, Claas.« Sie grinst.

»Dann bin ich beruhigt«, sagt er, öffnet den Knopf seines Jacketts. »Jetzt erzähl mal von dir. Wie und wo lebst du in Hamburg? Ich bin neugierig. Und kann sehr, sehr gut zuhören!«, wendet er sich ihr zwar skandinavisch-zurückhaltend, aber offensiv zu.

»Gut. Auf deine Verantwortung«, pariert sie amüsiert. Sie beginnt zu erzählen, zunächst stockend, weil sie trotz aller Sympathie auch Aufregung verspürt. Irgendwann wird sie lockerer, weil Claas sie in ein witziges Gespräch verwickelt und mit Fragen animiert, sich Stück für Stück zu öffnen. Die Art, wie er tatsächlich aufmerksam zuhört, und sein ebenso offenes, ehrliches Reden über sich lassen ihre Nervosität und Unsicherheit verfliegen. Genauso wie die Zeit ...

»Ihr habt euch versprochen, keinem davon etwas zu verraten?«, fragt Claas ein paar Stunden später interessiert.

Mado weiß gar nicht mehr genau, wie es passiert ist, aber plötzlich kamen sie auf den Grund ihrer Reise, und sie hat ihm vom »Pakt der geheimen Träume« erzählt. Vielleicht weil Claas ihr so vertraut vorkommt und sie vermutet, sie sehen sich nie wieder.

»Ja, richtig. Wir haben es uns geschworen. Niemand darf es wissen.« Mado zuckt mit den Schultern. »Du bist wahrscheinlich der Einzige! Egal, es ist ja jetzt auch gelaufen. Lucy hat sich mit Vince ausgesprochen, und sie werden heiraten – ihr Traum in Weiß wird wahr.« Sie verdreht die Augen, auch wenn sie sich sehr für ihre Freundin freut. »Sonja hat ihren Kitesurfkurs durchgezogen und ist happy; und Rieke wird hier ein neues Leben anfangen. Ist das nicht total verrückt, das alles in so kurzer Zeit?«

»Wahnsinn. Wirklich spannend. Mir gefällt euer Pakt sehr. Das erinnert mich ein wenig an meine Sommerferien in Schweden im Haus meiner Großeltern am See, da habe ich mit den Nachbarsjungen Blutsbrüderschaft geschlossen. Jedes Jahr haben wir uns gegenseitig irgendeine neue Mutprobe gegeben, um den Schwur zu besiegeln.« Claas blickt gedankenverloren an die Decke, scheint sich an alles zu erinnern, dann wieder zu Mado. »Und du hattest in der Zeit mit einigen Fröschen zu kämpfen?«, fragt er neckend. »Verstehe ich das richtig: Dein Traum hat sich als einziger nicht erfüllt?«

»Ja. War sowieso eine bescheuerte Idee. Fazit: Der erste Kandidat war schwul, der zweite eine Verwechslung, der dritte verheiratet und der vierte null interessiert«, fasst Mado das Fiasko resignierend zusammen.

Claas lacht, legt den Kopf schief und den Finger an den Mund, als würde er überlegen. »Immerhin muss ich dich nun vor keinem mehr retten.«

»Nein, ganz bestimmt nicht! Höchstens *ich* mich vor *dir*«, scherzt Mado und stößt ihm den Ellenbogen in die Seite.

»Flirtest du etwa mit mir?«, fragt er provozierend. »Damit das gleich klar ist: Ich bin kein Mann für eine Nacht. Vergiss es.«

»Ja, Gott sei Dank. Da bin ich aber erleichtert.« Sie prustet los, er fällt sofort mit ein – und sie lachen beide ausgelassen über den Witz.

#ivegotyouundermyskin

Mado betrachtet den Vollmond, er schwebt hoch am schwarzen Himmel. Wie eine Krone hängt er da, herrscht über sein Reich. Grüßt alle, die zu später Stunde noch wach sind. Gerade scheint er durch die leicht geöffnete Terrassentür herein und wirft ein geheimnisvolles Licht auf den dunklen Holzboden der Bar. Die angelehnte Glastür ist die einzige Verbindung zur Terrasse mit den weißen Fliesen, die weiter in den Garten führt, der umsäumt ist von hohen Hecken, Sträuchern und Bäumen – jetzt in der Nacht nur als dunkle Schatten sichtbar. Überall draußen riecht es nach Erde, Lavendel und Rosen – und hinter dem Garten geht es in den Park, wo man sich in seinem Labyrinth fast verlieren kann. Mado kennt inzwischen jeden Winkel und verirrt sich schon lange nicht mehr.

Wie lange sitzt sie nun mit Claas an der Hotelbar? Vier, fünf Stunden? Und noch immer sind ihnen die Gesprächsthemen nicht ausgegangen. Im Gegenteil. Je länger sie sich mit ihm unterhält, desto mehr möchte sie über ihn wissen.

Sie trinkt von ihrem Gin Tonic. Er schmeckt nach Orange, Zitrone, Rosmarin, Meersalz, und sie schließt für einen Moment genüsslich die Augen. Als Mado sie wieder öffnet, verlassen die letzten Gäste die Bar. Ihr Blick fällt auf den Spiegel hinterm Tresen, und sie betrachtet ihr Gesicht im dämmrigen Licht. Ihre großen Augen unter tiefschwarzen Wimpern, bei denen sie immer alle fragen, ob die echt sind, schauen herausfordernd zurück. Sie lächelt.

Da kommt Claas zurück. Sie mag seine Statur, hochgewachsen und stolz. Und seinen Gang. Jeder Schritt wirkt fest und sicher. Schon vom Eingang der Bar aus, bevor er sich wieder zu ihr gesellt, sieht er sie freundlich an. Etwas verschmitzt sieht das aus. Obwohl es gar nicht schwül ist, wird ihr heiß. Nervös rutscht Mado auf dem Barhocker hin und her, rückt ihr Kleid zurecht.

Langsam geht er auf sie zu. Als er vor ihr steht, zieht er sein Jackett aus und hängt es über den Barhocker. Dann öffnet er zwei Knöpfe seines Hemdes und krempelt sich die Ärmel hoch. Er lächelt sie weiter an, sodass sie die Lachfalten um seine Augen zählen kann.

»Müde? Oder hältst du es noch aus? Kommst du

mit?« Seine Stimme klingt wie flüssiger Karamell, warm und weich. Mit jeder Silbe schwingt auch ein heiseres Kratzen mit, etwas Brüchiges, ein Gegensatz zu seinem sicheren Auftreten. Claas hat eine Wirkung auf sie, dass sie sich selbst nicht wiedererkennt.

»Ich bin dabei. Aber wohin?«, fragt sie.

Er sieht sie an, nimmt ihre Hand und zieht sie sanft hoch. »Zum Klavier.« Seine Hand umschließt ihre stark und beschützend. Sie lässt sich führen, sie will gar nicht mehr denken, nichts entscheiden müssen. Er signalisiert dem Barkeeper, dass er ihnen noch zwei Drinks rüberbringen soll.

Sie folgt ihm in den Nebenraum der Bar. Schwere braune Ledersessel stehen dort an kleinen runden Tischen. Der Schein einiger grüner Laternen erhellt den Raum. Sogar hier drinnen spürt Mado die Stimmung der tiefen Nacht. In der Ecke steht das Klavier. Er führt sie dorthin, lässt sie los, küsst vorher jedoch noch ihre Hand – ein zart gehauchter Kuss. Sie lächelt ihn an und macht einen angedeuteten Knicks.

»Voilà. Darf ich dir einen Sessel holen?«, fragt er charmant.

»Danke, nein, ich glaube, ich stehe lieber.« Mado streicht sich über die feuchte Stirn, spürt den Alkohol in ihrem Kopf, alles pulsiert – aber es ist schön … Und eine verdammt lange Zeit ist sie nicht – wie jetzt – einfach nur in einem Augenblick verharrt, ohne zu wissen, wie es weitergeht.

Sie stützt sich mit den Ellenbogen auf die glatte Fläche des Klaviers, besser gesagt ein Flügel, Steinway & Sons, liest sie auf dem schwarz lackierten Ebenholz. Claas nimmt auf dem Klavierhocker Platz und rückt ihn sich zurecht.

Der Barkeeper stellt die beiden Gin Tonics auf einen kleinen Holztisch neben sie. »Ich mache vorne jetzt alles aus, Chef«, sagt er an Claas gewandt und wünscht ihnen eine gute Nacht.

Claas reicht ihr ein Glas, nimmt seins und prostet ihr zu. »Bereit?«

Mado nickt, sie trinken. Ihr wird ganz warm im Bauch, mit jeder Sekunde wird die Spannung unerträglicher.

Er bewegt seine Finger, lockert sie und wendet sich schließlich den Tasten zu. *Elfenbein?*, fragt sie sich, und ihr kommt ein Bild in den Sinn – *ein Flügel wie Schneewittchen, nur ohne Blut.*

Dass dieser Mann auch noch Klavier spielen kann …

Die ersten Töne erklingen in die Stille, sie hält den Atem an. Sie liebt Klaviermusik, schon immer. Kein Instrument spielt sich so in ihr Herz. Auch Claas ist plötzlich wie in einer anderen Welt. Seine eleganten, schlanken Hände spielen die Tasten, als wären sie lebendig: voller Ehrfurcht, leise, dann wieder kraftvoll, melancholisch. Mado spürt das sofort, und es berührt sie tief im Inneren. Sie kann den Blick nicht von ihm lösen.

Auch er schaut beim Spielen immer wieder zu ihr auf, sucht ihre Augen, während seine Hände unaufhörlich über die Tasten wandern. Mado genießt die neue Perspektive, sonst ist sie es, die zu ihm hochschauen muss.

Er spielt mit dem ganzen Körper, bewegt sich zum Takt der Musik, scheint jeden einzelnen Ton ebenso zu fühlen, die Musik wird vollkommen eins mit ihm. Mado erkennt »Over the Rainbow«, »Tom Traubert's Blues« und dann »I've Got You Under My Skin«. Sie sind versunken in den Klängen dieser wunderschönen Melodien aus fernen, längst vergangenen Zeiten. Es gibt nur sie, zwei Menschen, kein Außen, in diesem Raum. Mado verliert jegliches Zeitgefühl. Sie beobachtet Claas weiter, wie er eins ist mit dem Flügel.

Irgendwann hört er mittendrin auf und erhebt sich. Die altmodische Pendeluhr an der Wand zeigt schon fast Viertel nach drei. Er schaut sie an, nachdenklich. Ewig hat er nicht mehr gesprochen. Dann holt er sein Handy aus der Hosentasche. Nach ein paar Sekunden erklingt ein anderes Piano und Lara Fabians Version von »Je suis malade«. Wie in Zeitlupe kommt er zu ihr. Er nimmt ihre Arme, legt sie um seinen Hals und seine Hände auf ihre Hüften. Nun passt kein Millimeter mehr zwischen sie. Ganz langsam beginnen sie, sich zur Musik zu bewegen. Mado schließt die Augen, lässt sich führen und fallen. Genauso hat sie sich ein Rendezvous immer vorgestellt, aufregend und schön.

Claas streichelt ihr über den Rücken, zeichnet vorsichtig ihre Wirbelsäule hoch, bis zu ihrem Nacken, fährt zärtlich über ihre Haare und lässt seine Hand, die vorhin noch über die Tasten geglitten ist, ganz ruhig auf ihrem Nacken liegen.

Als das Lied endet, bleiben sie stehen. Mado geht einen Schritt zurück und schaut ihn an. Die Jahre haben deutliche Spuren in sein Gesicht gezeichnet. Zugleich strahlt er diese Zuversicht aus, die sie fasziniert und alles vergessen lässt. Er nimmt die Hand von ihrem Hals. In seinem Blick liegt so viel Wärme; sie kann sich nicht erinnern, dass ein Mann sie jemals auf diese Weise angeschaut hat.

»Was ist, Mado?«, fragt er sanft. Er hat wohl ihr Zögern gespürt.

»Es ist … weißt du …«, sie stockt, gibt sich einen Ruck. »Also, ich kenne das gar nicht von mir. Und …«

»Ja?«, flüstert er. »Was denn?« Er zieht ihr Kinn zu sich, sodass sie den Blick nicht mehr abwenden kann.

»Ich … ich bin so gerne mit dir zusammen«, gibt sie hilflos zu. »Aber die Liebe und all das Drumherum … Das ist nichts für mich, ich kann das nicht gut.«

»Welches Talent braucht man denn für die Liebe?«, fragt Claas unbeeindruckt.

»Mut vielleicht?« Mado befreit sich von seiner Hand an ihrem Kinn und senkt den Kopf. Traurigkeit über das Ende von Möglichkeiten überkommt sie. Es ist zu spät. Am Morgen reisen sie ab. Und sie kann sich jetzt nicht weiter auf ihn einlassen, die Nähe zu Claas überfordert sie plötzlich.

Da stehen sie nun, betrunken, verloren, liebend irgendwie. Mado kann sich nicht vorstellen, wie sie nachher, in der unbarmherzigen Helligkeit, abreisen soll.

»Hey.« Er umfasst mit beiden Händen ihr schmales Gesicht.

Sie traut sich, ihn erneut anzuschauen. Claas versteht, das sieht sie ihm an. In seinen Augen glitzert es, sie kann die Farbe nicht mehr ausmachen.

»Bleib doch … Bleib. Was hält dich davon ab?«, fragt er sie eindringlich.

»Das Leben«, antwortet sie und merkt im selben Moment, wie dramatisch das klingt. Dann löst sie sich von ihm, dreht sich um und geht.

#moinheißtauchadieu

Noch einmal das Fenster ganz weit aufreißen und mit Lucy auf dem Balkon stehen an diesem Nordseemorgen. Rieke achtet heute auf alles ganz genau: die salzige Luft, die kräftig vom Meer zu ihnen herüberbläst, die alten Bäume, deren Kronen rascheln, die Sonne, die sich ihren Weg durch die Wolken bahnt. Arm in Arm steht sie mit ihrer Freundin am Geländer. Rieke ist hin- und hergerissen zwischen der Vorfreude auf die Zeit, die sie hier erwartet, und der Angst vor der eigenen Courage. Das Zimmer hinter ihnen ist leer wie am Tag ihrer Ankunft. Wie ein unbeschriebenes Blatt Papier oder ein leerer Film in einem alten Fotoapparat liegt die Zukunft vor ihr. Sofort fliegen Bilder durch ihren Kopf, die für Neuanfang stehen. Sie sollte sich einen extra Notizblock zulegen für ihre ganzen Sylter Gedanken und Ideen. Es kommt ihr vor, als lägen zwischen ihrem Ankommen und der Abreise vierzehn

Wochen und nicht Tage, so viel hat sich gedreht und gewendet.

»Es tut mir leid. Wir müssen los, Liebes. Der Autozug wartet nicht auf uns. Du wirst mir so fehlen.« Lucy zieht Rieke zu sich. »Ach, du!« Lucy seufzt.

»Du mir auch, ich werde die anderen beiden instruieren, ab sofort mindestens einmal pro Woche bei dir im Café vorbeizuschauen, wenn ich nicht in der Stadt bin.«

»Keine Sorge, das machen sie bestimmt.« Lucy strahlt, das Bild will Rieke im Gedächtnis behalten, gerade ist ihr nicht nach Fotografieren. Abschiedsszenen sind nicht ihr Ding. Dann hören sie Sonja fluchen.

Alle ihre Gepäckstücke stehen draußen schon bereit für die Abfahrt und versperren den Gang. Mittendrin versucht Sonja verzweifelt, das grüne Ungetüm von einem Drachen zu bändigen und zurück in den schmalen Beutel zu schieben. »Ich gebe auf! Blöder Lucky Loop!«, brüllt sie und verschwindet gehetzt in der offenen Tür.

»Ich glaube, da braucht jemand Hilfe«, meint Rieke. Die Ablenkung nimmt sie gerne an, sonst muss sie gleich heulen. Sie brechen auf und verlassen ihr Zimmer.

Draußen im Flur hängt sich Rieke das grüne Drachenmonster über die Schulter.

»Mit deinen Flügeln sind wir bestimmt schnell durch«, sagt Lucy lächelnd dazu.

Derweil kommt Mado aus dem Zimmer nebenan geschlufft, müde zerrt sie ihren Rollkoffer hinter sich her. Sie ist offensichtlich noch voll im Tiefschlaf, sogar das Frühstück hat sie ausgelassen. »Untersteh dich!«, ruft sie Rieke zu. »Kein Foto!«

»Da hat aber jemand schlecht geschlafen«, kommentiert Rieke amüsiert.

»Oder gar nicht«, bestätigt Sonja von drinnen die Sachlage.

Lucy zuckt mit den Schultern und flüstert Rieke zu: »Wir werden auf der Fahrt rausfinden, was gestern mit Claas los war.« Dann ruft sie lauter für alle: »Wir müssen!«

Von Mado erntet sie nur ein Brummen.

»Was ist eigentlich mit deinen Sachen, Rieke?« Lucy ist voller Tatendrang, sie freut sich auf ihren »Verlobten«, wie sie seit dem Antrag gestern immer wieder betont. Was für ein aus der Zeit gefallenes Wort, findet Rieke, aber zur nostalgischen Lucy passt es.

»Die nehmen wir auch mit runter, ich soll mich an der Rezeption melden, wenn ich so weit bin. Dann kann ich sie später in das neue Zimmer bringen.«

Es ist ideal, dass sie für die Übergangzeit im Hotel bleiben kann, das Zimmer im Personalbereich hat sie sich gleich gestern angeschaut, nachdem sie mit Claas das Vertragliche geregelt hatte. Von hier ist sie schnell in der Galerie, denn bis zur Übergabe gibt es jede Menge zu tun. Und dann kann sie sich später in Ruhe um eine kleine Wohnung oder WG kümmern.

Unten angekommen holt Lucy ihr Auto und fährt es auf einen freien Parkplatz nahe dem Eingang, damit sie einladen können. Rieke beobachtet sie, ihr tut der kurze Moment für sich alleine gut. Sie inhaliert die frische

Morgenluft und geht in Gedanken ihre Pläne durch: Wenn die Freundinnen weg sind, wird sie ihr Zimmer beziehen, anschließend will sie in die Galerie, mit Irene und Friedbert alles besprechen, und vor allem eine große Inseltour machen, mit Hanna – und ihrer Kamera natürlich. Mal schauen, wohin der Wind sie trägt. Ein bisschen fühlt sich das an, als würde sie heute neu an irgendeinem Ort auf der Welt ankommen, den es nun zu entdecken gilt. Wie auf ihren bisherigen Reisen.

»Das Schöne am Norden ist, Moin heißt auch Adieu. Ist euch das schon mal aufgefallen?«, schnackt Sonja in Riekes Überlegungen hinein und tippt sie an. »Wo bist du denn, Schätzchen? Fürs Träumen wirst du zukünftig nicht bezahlt. Außerdem reicht mir eine Gedankenverlorene.« Sie zeigt zu Mado, die hinter ihr geht, und verdreht die Augen. Zwar wie immer schick gekleidet, schiebt diese sich auffällig mürrisch und wortkarg mit Koffer plus großer und kleiner Tasche an ihnen vorbei.

»Warum hat sie ihre Sonnenbrille auf, es ist doch bewölkt?«, fragt Rieke und schaut Mado nach, wie sie versucht, ihr Gepäck in den Kofferraum zu hieven.

Sonja zuckt mit den Schultern. »War wohl sehr spät gestern. Müde. Kater. Kopfweh.«

»Los, alles rein jetzt, ihr Schlafmützen. Beeilt euch!«, ruft Lucy ihnen zu und blickt besorgt auf ihre Armbanduhr.

In diesem Moment kommen die van der Ulmens vorbei, offensichtlich sind sie von ihrer morgendlichen Pudelrunde zurück. Sie winken freundlich. Herr Bödefeld läuft zu ihnen herüber, erst beschnuppert er sie alle, dann bleibt er ebenfalls in ihrem Kreis stehen und hält die Schnauze elegant und fast nachdenklich in die Seeluft, beinahe als würde er meditieren.

Friedbert pfeift ihn streng zurück. »Bei Fuß, Böde!«

»Lass ihn doch, er riecht es eben.« Irene tätschelt ihrem Liebsten beschwichtigend die Schulter.

»Was denn?«, fragt ihr Mann. Seine Gattin antwortet ihm kopfschüttelnd, als sei es das Klarste der Welt: »Na, den Zauber des Neuanfangs. Steckt doch in jedem Abschied.«

Mado beugt sich vor, streichelt dem Hund den Kopf und sieht dabei aus, als würde sie träumen oder jeden Moment einschlafen.

»Wohl wahr«, stimmt Rieke Irene zu. Und denkt ein bisschen wehmütig, auch diese beiden verrückten Künstler samt ihrem Vierbeiner werden ihr bald richtig fehlen.

#verliebt

Mado dröhnt der Kopf, sie kann vor Schlafmangel kaum noch geradeaus schauen, und ihr Bauch tut auch wieder weh, vielleicht hätte sie doch etwas essen sollen. Außerdem hat sie seit ihrem wortlosen Abgang in der Nacht ein richtig mieses Gefühl Claas gegenüber und möchte es am liebsten vermeiden, ihm zu begegnen. Auf und davon, so schnell wie möglich weg von hier, das wäre das Beste. Wieder fährt ein Stich in ihren Magen, sie zuckt leicht zusammen.

Lucys Kofferraum ist schon fast voll, sogar der freie Platz auf der Rückbank ist belegt mit Krimskrams, obwohl Riekes Gepäck auf der Heimreise ja fehlt. Lucy hatte vorgeschlagen, dass Rieke Lucky Loop behalten soll, aber Sonja hat dann doch darauf bestanden, das furchtbare Viech für ihre Jüngsten mitzunehmen. Das Teil liegt jetzt hinten quer und sperrig über den Koffern und Taschen. Mado betrachtet die Gepäcksituation kritisch durch ihre schwarze Sonnenbrille, während Lucy mit Sonja lebhaft plappernd weiter die restlichen Dinge ins Auto räumt und hin und her schiebt. Von den schnellen Bewegungen wird ihr augenblicklich schwindelig.

»Hört mal. Mir ist übel, ich geh kurz rein und hol mir eine Banane vom Büfett«, sagt Mado zu ihren Freundinnen, was Lucy gar nicht registriert und Sonja nur mit einem geschäftigen »Is gut« quittiert. Zum Glück muss sie heute nicht selbst Auto fahren. Mado schleppt sich Richtung Hoteleingang.

»Du wolltest doch nicht etwa einfach so abhauen, oder?« Claas steht plötzlich vor ihr. Ihr Herz macht einen Sprung, obwohl sie gleichzeitig einen starken Fluchtreflex verspürt. Unsicher schaut sie zu ihm hoch, aber sein Blick ist warm und freundlich. Auch er macht einen müden Eindruck, sein Gesicht wirkt für seine Verhältnisse fahl, und unter seinen schönen Augen liegen tiefe Ringe, eindeutig Spuren ihrer langen Nacht. Sie wendet sich wieder von ihm ab, weil sie nicht weiß, was sie sagen soll, stattdessen malt sie mit dem Fuß Kreise in den Kies. Kleine und große. Und schweigt.

»Mado? Hallo?«, fragt er. »Was ist los mit dir? Ich möchte mich gerne richtig von dir verabschieden, du nicht?« Claas legt ihr vorsichtig die Hand auf die Schulter. Bei der Berührung erschauert sie. Sie kann ihn nicht ansehen, und in ihr wirbelt alles wild durcheinander, ihr Gehirn scheint ausgeschaltet. Das macht sie wütend.

»Das geht nicht!«, platzt es aus Mado heraus, und sie schüttelt seine Hand ab.

»Was meinst du?« Claas ist sichtlich irritiert, bleibt aber ruhig.

»Na, du schneist in mein Leben, ohne Vorwarnung, so nett und hilfsbereit, und bringst alles durcheinander!« Sie geht einen Schritt zurück, wie um sich zu schützen. Er will ihre Hand nehmen, aber sie weist ihn erneut schreckhaft zurück.

»Aber Mado, *du* bist in *mein* Hotel gekommen, nicht umgekehrt. Oder etwa nicht?« Er zieht fragend die Augenbrauen hoch, lächelt dabei geduldig.

Mado stockt. »Doch!« Das sagt sie so heftig, dass ihr die Sonnenbrille von der Nase rutscht. Sie nimmt sie ab, steckt sie in ihre Umhängetasche. Ein paar Hotelgäste, die sich gerade mit ihrer Strandausrüstung an ihnen vorbeischlängeln, werfen ihnen neugierige Blicke zu. Claas beobachtet jede ihrer Bewegungen, wie ein Fels in der Brandung steht er da. Sie versucht sich an einem stolzen Augenaufschlag, der misslingt und bestimmt superdämlich aussieht.

»Sag mir bitte, was los ist. Was stimmt nicht mehr

mit deinem Leben? Und warum können wir uns nicht vernünftig verabschieden? Kannst du mir das mal erklären?« Sein Schmunzeln bringt sie noch mehr aus der Fassung.

Mado schaut ihm trotzig in die Augen. »Zum Beispiel mein Bauch!« *Verdammt.* Sie weiß natürlich genau, dass sie sich kindisch verhält, aber sie kann irgendwie nicht anders.

»Dein Bauch?« Claas blickt zur besagten Stelle.

»Er ... er spielt verrückt!« Mado wischt sich über die Stirn, auf der sich kleine Schweißperlen gebildet haben. »Und du bist schuld! Alles in meinem Leben war geordnet, ich hatte alles, aber auch wirklich *alles* im Griff. Okay, fast. Aber immer wenn du in meiner Nähe bist, ist alles ...« Sie bricht ab, sucht nach den richtigen Worten.

Er seufzt. Dann legt er mit einem wissenden Lächeln die Hände auf ihren Arm: »Ich glaube, das mit deinem Bauch ist nicht lebensbedrohlich.«

In diesem Moment gibt Mado auf, denn sie kann nicht mehr gegenhalten. Dafür ist sie zu erschöpft. Und ratlos. Außerdem spürt sie auch, dass er so ein unschönes Ende nicht verdient hat.

»Gut, wenn du es genau wissen willst. Die Sache ist die ...« Sie nimmt all ihren Mut zusammen und zwingt sich zur Besonnenheit. »Claas, ich hatte von unserer ersten Begegnung an den Wunsch, mit dir Zeit zu verbringen. Zeit mit *dir*, weil ich neugierig auf dich war. Ich hatte Lust, dich kennenzulernen und mich mit dir zu unterhalten. Über unsere Geheimnisse, Ängste, unerfüllten Träume, Sehnsüchte, das Glück, einfach alles, was uns so beschäftigt. Mit dir würde ich gerne um die Häuser ziehen, im Regen über eine Wiese rennen oder einen Bungeesprung über einem tiefen Abgrund wagen, eine fremde Stadt erkunden, tanzen, reden, lachen. Den Augenblick feiern.« Jetzt ist es raus, es gibt kein Zurück mehr. »Und dann vielleicht bei Sonnenaufgang an einem Fluss sitzen, die nackten Füße im Wasser baumeln lassen. Oder nachts im Meer schwimmen. Und am Strand zusammen Sandengel machen. Verstehst du, was ich meine? Ich fühle mich verdammt wohl bei dir. Solche Gedanken hatte ich! Und das kann ich mir nur mit jemandem vorstellen, an dem ich ehrlich interessiert bin.« Immer noch wartet er vor ihr gelassen ihre Rede ab – *er läuft nicht weg, sondern steht dort wie ein Baum* –, und erst jetzt merkt sie, wie das Bild auch in diese Situation passt. »Jemand, der einen nicht mehr loslässt …«, ergänzt sie leise. Sie macht eine Pause, schaut ihn fast flehend an. Er hat bisher stumm zugehört, sie die ganze Zeit fixiert.

»Und was ist das Problem daran?«, fragt er. »Das hört sich doch gut an. Wunderschön.«

»Ja. Schon. Aber es macht mir Angst. Unfassbare sogar. Denn das ist mir noch nie passiert, und ich wollte das gar nicht mehr … Jemanden näher an mich ranlassen und all das …« »Mado!«, unterbricht er sie da.

Sie verstummt und schluckt, ihre Wangen inzwischen knallrot. »Was?«

»Silenzio!«, befiehlt er und sieht sie dabei so zärtlich an, dass sie das Gefühl hat, auf der Stelle in Ohnmacht fallen zu müssen. Dann beugt er sich zu ihr herunter, nimmt ihren Kopf zwischen seine großen, warmen Hände und gibt ihr einen Kuss. Und Mado wehrt sich nicht mehr dagegen, es ist jetzt einfach alles egal. Sie küssen sich so leidenschaftlich, dass ihr die Luft wegbleibt.

Fraglos der beste Kuss ihres Lebens.

Irgendwann lösen sie sich wieder voneinander, und er streichelt ihr übers Haar. »Besser?«, fragt er verschmitzt.

Mado lächelt nur müde. Darauf weiß sie keine Antwort.

Claas nimmt ihre Hände und sieht sie an. »Pass auf. Ich bin dabei, mit dir in der fremden Stadt, beim Bungeesprung und nachts am Meer oder sonst wo. Ich mache tausend Sandengel mit dir, wo du es willst. Und ein Sandschloss bau ich dir noch dazu. Jag tycker om dig, Mado Mancini. Punkt. Aus. Ende.«

Mado glaubt, sich verhört zu haben. »Was heißt das?«

»Pssst!«, flüstert er nur. »Das wirst du herausfinden.« Damit zieht er sie an sich und küsst sie ein weiteres Mal.

#neverforgetsurfing

»Ich wusste sofort, dass aus euch was wird! Das habe ich gespürt«, verrät Rieke Mado und Claas verschwörerisch, die jetzt bei den anderen am Auto stehen. Lucy und Sonja schauen sich vielsagend an und lächeln zu dem frisch vereinten Paar hinüber. Dann signalisiert Lucy mit demonstrativem Blick auf ihre Uhr: »So leid es mir tut, aber wir müssen echt los, sonst verpassen wir noch den Zug.«

»O ja, es ist höchste Eisenbahn – im wahrsten Sinne des Wortes! Dalli, dalli! Trennt euch voneinander. Wir sehen uns doch alle bald wieder«, versucht Sonja den Abschied zu beschleunigen.

Lucy wendet sich Rieke zu und drückt sie an sich: »Du wirst mir so fehlen!« Sonja weiß, dass die Freundin sich den ganzen Morgen zusammengerissen und versucht hat, nach vorne zu schauen und sich auf das Wiedersehen mit Vince zu freuen. Aber jetzt sieht sie bei Lucy doch die Tränen übers Gesicht laufen.

»Versprich mir, dass du so bald wie möglich nach Hamburg kommst!«, sagt sie gerade zu Rieke. Diese befreit sich behutsam und gibt ihr einen Kuss auf die Wange. »Natürlich mach ich das, Luzia! Versprochen!«

Lucy wischt sich die Tränen ab und streicht ihrem Küken noch einmal über den Kopf. Dann verabschiedet sie sich bei Claas mit herzlichem Handschlag.

Sonja beobachtet amüsiert, wie Mado, die die ganze Zeit über in seinem Arm war, ihm einen letzten stürmischen Kuss gibt. Schließlich geht auch Mado zu Rieke, umarmt sie lange. »Du schaffst das. Und wenn du Hilfe brauchst, ruf mich an, jederzeit!«, sagt sie mit fester Stimme. »So Leute, bevor ich auch noch heulen muss, jetzt kurz und schmerzlos, macht's gut. Sonja, mach hinne. Auf geht's.« Sie schnappt sich Lucy und führt sie zum Auto. Lucy setzt sich vorne auf den Fahrersitz, Mado neben sie.

Sonja wollte gerne die Letzte beim Verabschieden sein. Rieke schaut sie gerührt und nun auch ein bisschen verloren an. »Schatz, komm her. Wir halten zusammen, nicht vergessen.« Sonja zieht ihre Freundin zu sich. »Das ist die Chance deines Lebens. Ich bin wahnsinnig stolz, dass du dich dafür entschieden hast! Freu dich auf alles, was kommt, ja? Wenn was ist, meld dich. Sonst auch! Und nicht vergessen: Hamburg ist nicht weit, wir sind nicht aus der Welt, okay?«

Rieke kuschelt sich an ihren Hals, murmelt: »Ja, ich weiß. Danke. Mach ich. Grüß alle zu Hause von mir. Auch Marlis. Gute Fahrt …«

Dann reicht Sonja Claas die Hand. »Auf Wiedersehen, und danke für alles! Wirklich alles. Es war superschön bei euch! Wir sehen uns in Hamburg! Ihr seid jetzt schon herzlich eingeladen bei uns – ich koche!«, sagt sie fröhlich.

»Ganz meinerseits, Sonja, es war mir eine Freude und Ehre, euch hier zu haben. Und ich habe ja reichlich davon profitiert«, meint Claas augenzwinkernd. »Ich freue mich sehr auf ein Wiedersehen in Hamburg – aber ich warne vor: Ich esse wie ein Elch!«

»Das schreckt mich nicht ab!«, pariert Sonja und wirft Rieke noch eine Kusshand zu, bevor auch sie zum Wagen geht. Sie nimmt auf der Rückbank hinter Mado Platz und schließt die Tür mit einem lauten Knall. »So. Wir können. Ich bin so weit.«

Lucy atmet hörbar aus und startet den Motor. Sie fahren los, noch langsam. Sonja dreht sich um, Mado kurbelt das Fenster hinunter, streckt den Kopf raus und hebt grüßend den Arm. Rieke neben Claas zu sehen beruhigt Sonja irgendwie, und die zwei folgen dem Auto ein Stück winkend. Lucy hupt laut zum Abschied, beschleunigt etwas. Bewegt schaut Sonja aus dem Rückfenster, sie winkt und winkt und winkt, so lange, bis die beiden, der Parkplatz und der Eingang der *Frischen Brise* immer kleiner und kleiner werden und irgendwann als winziger Punkt ganz verschwinden.

»Tja, da bleibt sie ohne uns zurück, unsere Lütte. Hättet ihr das vor Wochen für möglich gehalten?«, fragt Mado, schließt das Seitenfenster und setzt sich gerade hin.

»Niemals«, antwortet Lucy kopfschüttelnd. Sie stellt ihre Urlaubsplaylist an und gibt mehr Gas. Wie zur Beruhigung summt sie leise mit. Mado lehnt sich mit dem Kopf zurück, ihre Sonnenbrille hat sie wieder aufgesetzt – die nickt bestimmt gleich ein, denkt Sonja.

Sie betrachtet den leeren Sitz neben sich, nur ihr Rucksack und ein paar kleinere Beutel und Taschen liegen darauf – und merkt: Rieke fehlt jetzt schon. Melancholisch wendet sie den Blick aus dem Fenster, lässt die letzten Bilder der Insel auf sich wirken, der weite Strand, die Dünen, das Meer – heute aufgewühlt und graublau –, einige Surfer sind schon draußen.

Pling, pling. Sie greift in die Vordertasche ihres Rucksacks und holt ihr Smartphone heraus, eine Nachricht von Mark:

Liebe Sonni, beste Frau und Mama der Welt, eine gute Heimreise wünschen wir dir! Lola und Mina haben für dich extra einen Kuchen gebacken, und Edwin hat sogar Blumen gepflückt! :) Und ich habe mich extra schick gemacht. ;)
Ich freu mich auf dich.

Sonja muss lächeln. Sieh mal einer an. Beim Gedanken an ihre Familie wird ihr warm ums Herz, und es steigt Freude in ihr auf, obwohl sie auch wehmütig ist, dass diese Reise zu Ende ist. Sie packt ihr Telefon ein und nimmt sich vor, später zu antworten, wenn sie auf dem Festland sind.

Zuerst ist noch eine andere Sache dran. Die hat sie sich aufgehoben bis jetzt. Sie wühlt in ihrer Tasche, holt das in Zeitungspapier eingewickelte Päckchen von Aiden heraus und löst die einfach gebundene Schleife der braunen Schnur. Es ist ein Buch. Auf dem schwarz-weißen Titelbild ist ein Junge im Neoprenanzug und mit einem Surfboard unterm Arm zu sehen, die kurzen Haare verwuschelt vom Wind, der Blick eine Mischung aus Lächeln und Misstrauen, als würde er zum Fotografen sagen wollen: *Hey, was willst du, lass mich, ich muss raus aufs Meer!* Der Junge könnte Aiden gewesen sein. Als sie begreift, was für ein besonderes Buch das ist, steigen ihr Tränen der Rührung in die Augen. Es ist sein zerlesenes altes Exemplar von William Finnegans *Barbarentage*. Überall stehen mit Bleistift Kommentare, Ausrufezeichen oder Kreuze, sind ihm wichtige Sätze unterstrichen oder gelb markiert. Viele Seiten haben

Eselsohren oder Kaffeeflecken. Sogar etwas Sand riesselt heraus, als sie es hochnimmt, und man sieht am welligen Papier, dass das Buch zudem ein paarmal nass geworden sein muss. Ganz vorne schlägt sie es auf –
Riech mal, das Meer, hat er reingeschrieben und eine Widmung.

Dear Sunny!
I'll never forget surfing with you.
See you.
A.
PS: You know where you'll find me – above the sea.

Sie liest die Sätze wieder und wieder, schaut aus dem Fenster. Eine Träne rollt ihr über die Wange.

»Was war das für ein Päckchen, Sonja?«, fragt Lucy von vorne, und sie spürt den prüfenden Blick der Freundin im Rückspiegel. »Sag mal, weinst du …?«

Nun dreht sich auch Mado überrascht zu ihr um, nimmt die Brille ab. Sonja schluckt, die nächste Träne läuft herunter, sie schmeckt salzig auf ihren Lippen.

Dann sagt sie leise, das Buch fest in der Hand haltend: »Ich muss euch noch was erzählen.«

Zwei Monate später

Es gibt so glückliche Tage, da möchte man, dass die Uhren sich nicht weiterdrehen. Am liebsten will man ewig tanzen und lachen oder auch tausend Fotos machen, um jede Sekunde festzuhalten. Weil alles leuchtet. Und leicht ist.

Rieke sitzt im Schneidersitz auf einem alten Korbsessel vor Lucys Gartenhausveranda, einen Drink in der Hand, Kir Quitte natürlich. Mado achtet schon den ganzen Tag akribisch darauf, dass alle Gäste bestens damit versorgt sind. Etwas erschöpft und mit dem Gefühl wohliger Zufriedenheit betrachtet Rieke die Lage von ihrem Posten aus: Wenn das nicht die beste Hochzeit aller Zeiten ist!

Mitten in Lucys Garten stehen drei lange Tafeln mit weißen Leinentischdecken, darüber ein Dach aus Blumengirlanden in den allerschönsten Herbstfarben. Und überall Kerzen, wie Lucy es liebt. Auf den Tischen liegen Kränze aus Hortensien, Astern, Septemberkraut und Beeren. Um die silbernen Kerzenleuchter aus dem Blumencafé ist weißes Schleierkraut gewickelt. Lauter Kreationen der Braut selbst. Die tanzt in diesen Minuten mit Vince im Gras, barfuß und eng umschlungen, zu ihrem Lied »Falling Slowly«.

Die beiden haben sich hier ihr Jawort gegeben, auf der Wiese, vor den Heckenrosen. Stimmiger hätte die Zeremonie nicht sein können. Vince hat recht gehabt, die beiden brauchen gar nicht diesen ganzen klassischen Hochzeitsschnickschnack, wie Lucy ursprünglich glaubte – sie brauchen einfach nur einander. Und ihre Freunde und Familie und natürlich ihre besten Freundinnen, die sich von Herzen mitfreuen. Sie waren dabei, als sie sich mit ihren eigenen Worten versprachen, immer füreinander da zu sein. Schließlich riefen beide ein so entschiedenes, lautes und herzliches »Ja!« in die Welt hinaus, dass sie alle lachen mussten und jubelnd applaudierten.

Rieke ist gestern Abend mit Claas in dessen Auto nach Hamburg gekommen. Es fühlt sich ganz komisch an, plötzlich hier zu sein, irgendwie vertraut und doch wie in einer anderen Zeit. Obwohl nur acht Wochen vergangen sind seit ihrem legendären Sylturlaub, kommt es ihr vor, als lägen Lichtjahre dazwischen.

Auf der Insel ist die Galerie schon frisch gestrichen und zum Großteil eingerichtet. Zum Glück läuft der Shop bereits ziemlich gut, sodass sie kaum hinterherkommt, Souvenirs mit Hashtags zu kreieren, solchen Anklang finden sie. Die erste Fotoreihe für das Hotel mit Wellen, Sand, Dünen, Heide und Himmel ist bereits fertig und ihre erste Einzelausstellung in Arbeit. Seit Tagen überlegt sie, wie sie heißen könnte. Und nun, wo sie hier sitzt und die Szenerie im Spiegel des

Abendhimmels beobachtet, dessen Gold irgendwie alle, Brautpaar und Gäste, in sich zu tragen scheinen, weiß sie es auf einmal: »Liebe, Licht und Meer«. Das ist es. Darum geht es doch, vielleicht bei allem im Leben.

»Du strahlst ja richtig.«

Rieke hat gar nicht gemerkt, dass Mado auf sie zugekommen ist, so in Gedanken war sie. Die Freundin hat sie am häufigsten gesehen in der letzten Zeit. Denn Mado und Claas besuchen sich seit ihrer Abreise abwechselnd an den Wochenenden und sind megaverliebt. Auch heute zieht es die zwei immer wieder zueinander wie Magnete, und alle spüren, wie ernst die Beziehung schon ist. Das kann Mado, die stetige Zweiflerin in Gefühlsfragen, gerne abstreiten, wie sie will.

»Es gibt ja auch genug Grund zum Strahlen, oder?«, antwortet Rieke schließlich und fährt belustigt fort, um Mado aus der Reserve zu locken: »Schau du lieber genau hin, wie das mit dem Heiraten richtig geht. Ihr zwei Turteltäubchen seid vielleicht die Nächsten. Apropos, wann wirft Lucy endlich den Brautstrauß? Ich werde mich extra ducken, damit du ihn fängst.«

»Bist du verrückt! Untersteh dich! Claas und ich, wir kennen uns doch kaum, und außerdem war ich schon einmal verheiratet, das reicht.« Mado tut empört und nimmt einen Schluck von ihrem Drink, aber Rieke sieht das kleine Lächeln um ihre Mundwinkel.

»Is klar«, meint Rieke trocken und sieht schmunzelnd zu, wie ihre Freundin auch jetzt nur Augen für den großen, gut aussehenden Kerl im hellgrauen Anzug hat, der immer wieder ihren Blick sucht, während er mit Sonjas Mutter plaudert und on top die Kinder bespaßt.

»Sogar mit Kindern kann der super!«, konstatiert Rieke augenzwinkernd, als Claas zum x-ten Mal sein Sakko auszieht, um mit einer Schubkarre, darin die johlende Mina und den Schwert schwenkenden Edwin, den Schrebergarten zu umkreisen.

»Nix da, erst ist Lucy dran.« Mado schaut liebevoll zur Braut rüber, die einfach zauberhaft aussieht in ihrem Spitzenkleid – das einzige Überbleibsel der geplanten Sylthochzeit. Es passt perfekt zu Vince' Garderobe, der mit brauner Hose, weißem Hemd und Hosenträgern vor den Altar aus einem alten Holztisch getreten ist.

»Hast du sie jemals so glücklich erlebt?«, fragt Mado.

»Noch nie.« Auch Rieke geht beim Anblick der beiden das Herz auf. Besonders nach allem, was war. Und bei dem Gedanken an die Tage auf Sylt schießt ihr durch den Kopf: *Das haben wir ja ganz vergessen.*

»Mensch Mado, wir haben noch gar nicht unsere Geschenke überreicht! Da müsst ihr mir helfen. Kannst du mal Claas um die Autoschlüssel bitten und Sonja holen? Wo ist die eigentlich?«

»Die hat Mark zum Powertanzen verdonnert, guck dir das an. Hat sie es dir schon erzählt? Bei denen zu Hause hat sich einiges geändert seit unserem Urlaub, was ich super finde: Auch die Kinder haben jetzt ihre Aufgaben, helfen mit, Sonja nimmt sich feste Auszeiten, sogar zum Freiluft-Zumba hat sie sich angemeldet. Und Mark und sie unternehmen wieder öfter was zu zweit. Man sieht richtig, wie gut ihnen das tut.«

»Echt?«, staunt Rieke. »Das hört sich ja super an. Und war längst überfällig.« Weiter hinten hüpft Mark gerade laut singend auf dem extra aufgebauten Dancefloor aus Schiffsdielen herum und hält mit der ausgelassen tanzenden Sonja durchaus mit. Eben zieht er seine schöne Frau, die zur Feier des Tages ein royalblaues Satinkleid mit atemberaubendem Ausschnitt trägt, das ihre Kurven sexy betont, stolz zu sich.

»Genug geknutscht alle«, ruft Rieke, klopft sich auf die Beine und hüpft in Marlenehose und Matrosenpulli lässig vom Korbstuhl, »jetzt ist Freundinnenzeit! Denn man Leinen los!«

Mado lacht. »Du wirst mehr und mehr ein Fischkopp, du redest ja schon wie dein Vorgänger, dieser Friedbert.«

»Ach was, fertig zum Entern!«, albert Rieke und stürmt los. Ohne Widerworte zuzulassen, holt sie Sonja aus Marks Fängen, während Mado sich bei Claas die Autoschlüssel schnappt. Gemeinsam laufen sie zum Parkplatz der Kleingartenkolonie und hieven zwei größere und ein kleineres Paket aus dem Wagen, um sie wieder zurück auf die Wiese von Lucys Garten zu schleppen. Bis zu der Stelle, wo die Männer Holzscheite, Äste und Zweige zu einer Pyramide aufgetürmt haben – auf Wunsch der Braut. Es ist kurz vor Sonnenuntergang. Das Feuer ist bereits angezündet, die Flammen steigen rasch höher und höher. Bänke stehen mit genügend Abstand drum herum, auf dem Boden liegen Decken mit bunten Kissen.

Dorthin entführen sie Lucy und Vince zur Geschenkübergabe. Unter dem Jubel der Freundinnen reißt das Brautpaar das weiße Papier von dem schweren, ausladenden Paket. Zum Vorschein kommen zwei schick gerahmte Großformatbilder. Lucy stößt einen Freudenschrei aus, als sie die Motive erkennt. Es sind die beiden Fotos von der Vernissage, ihr erster Tag am Strand: der Schnappschuss von Lucy mit der Gewissheit in ihren Augen, Vince heiraten zu wollen, und das kurz danach entstandene Selbstauslöserbild, auf dem die vier Arm in Arm in die Linse strahlen. Innig verbunden.

»Ihr seid die Besten!«, ruft Lucy gerührt und hat, wie so oft an diesem einzigartigen Tag, glasige Augen. »Rieke! Du alte Schwindlerin, du hattest sie ja gar nicht verkauft bei der Eröffnung!« Dankbar fällt sie der Freundin und dann den anderen um den Hals.

Auch Vince ist begeistert. »Wunderschön!«, wiederholt er mehrfach, »Alle!«, und kann den Blick gar nicht von den Bildern abwenden.

»Was denkst du denn, Luzia!«, verkündet Rieke. »Natürlich waren die beiden Schätzchen von Anfang an unverkäuflich. Die Braut in spe ist übrigens für dich, Vince, und das da«, sie zeigt auf das Freundinnenporträt, »das ist für dich. Damit du uns immer bei dir hast.«

»Das habe ich sowieso.« Lucy tippt auf ihr Herz.

Um das dritte Geschenk auszupacken und anzuschauen, setzen sie sich auf eine freie Bank vor dem Feuer und stecken die Köpfe zusammen. Lucy streift ungeduldig das Papier ab und wirft es einfach neben sich ins Gras.

Es ist ein Album mit ganz vielen Inselimpressionen, weiteren Schnappschüssen und Stationen ihres Urlaubs. Stürmisch blättern sie gemeinsam darin. »Guckt mal da!«, »Das gibt es ja nicht!« und »Wisst ihr noch?!«. Lachend und johlend betrachten sie die einzelnen Seiten. Rieke schaut ihre Mädels zärtlich an und dann zum Himmel – nicht mehr lange, und die Sonne wird am Horizont hinter der Brombeerhecke verschwunden sein. Inzwischen wissen sie wohl alle genau, dass es auch dort immer weitergehen wird. In diesem Sommer hat die frische Sylter Brise alle Wolken, Sorgen und Zweifel erfolgreich vertrieben. Übrig geblieben ist das Wesentliche: die Liebe. Zueinander und zum Leben.

Auf der anderen Seite des Feuers stehen Vince, Claas und Mark und prosten ihnen fröhlich zu, jeder mit einem Bier in der Hand.

»Ein Glück, dass wir unseren Mittsommerpakt erneuert haben!«, spricht Mado aus, was alle denken.

»Dass wir diese Reise gemacht haben«, ergänzt Sonja und legt einen Arm um die Freundin, »und wortwörtlich auf den Wellen geritten sind!«

»Ja, richtig! So hat doch jede von uns irgendwie ihr Glück gefunden … wenn auch vielleicht anders als zuvor gedacht. ›Schicksal‹ würde meine Ma sagen oder ›Karma‹.« Rieke stemmt die Arme in die Seiten. »Und jetzt mal ernsthaft, Ladys, was machen wir im nächsten Jahr?«, fragt sie herausfordernd. »Wir sollten nicht mehr so lange warten, die Geschichte schreit nach einer Wiederholung. Na? Wohin soll es gehen, was meint ihr?«

»Ganz egal«, sagt Lucy, legt den Kopf an Riekes Schulter und grinst. »Hauptsache dahin, wo die Träume sind!«

»Das ist mal ein Wort. Ich ergänze, eine für alle – alle für eine«, ruft Sonja.

»Und heiß und innig«, vollendet Rieke augenzwinkernd und kramt in ihrem alten, zerknautschten Rucksack. »Ich hab übrigens auch Zettel dabei.«

»Mamma mia! Nicht schon wieder!«, mimt Mado die Verzweifelte. »Muss das sein?«

»Und wie! Unbedingt.« Rieke bleibt standhaft.

»Meinetwegen, gib schon her! Diesmal geht's schnell.« Sonja lässt sich als Erste darauf ein. Sie schnappt sich den Stift, schreibt etwas und liest es laut vor. Die Freundinnen begreifen sofort, nicken sich zu und notieren das Gleiche auf ihren Zetteln.

#weiterträumen.

Dann zählt Rieke »Auf eins, zwei, drei – go!«, und sie zerknüllen ihre Papierchen und werfen sie in hohem Bogen ins Feuer. Mado spricht leise und feierlich den Schwur aus.

Auf dass sie niemals wieder ihre Träume vergessen. Und sich bei deren Erfüllung weiterhin gegenseitig unterstützen.

Komme, was wolle.

Die Flammen flackern, tanzen und sprühen Funken in den Abendhimmel. Wie ein kleines Feuerwerk.

Und zugleich ein Versprechen.

#urlaubsplaylist

1. »Wunderkerzenmenschen«
   Lea
2. »Auf der Reeperbahn nachts um halb eins«
   Hans Albers
3. »Übers Meer«
   Rio Reiser
4. »Westerland«
   Die Ärzte
5. »Girls Just Want to Have Fun«
   Cyndi Lauper
6. »Dann bin ich zuhaus'«
   Gregor Meyle
7. »Falling Slowly«
   Glen Hansard
8. »Surfin' U. S. A.«
   The Beach Boys
9. »Pretty Fly«
   The Offspring
10. »White Wedding«
    Billy Idol

11. »Solang' man Träume noch leben kann«
    Münchener Freiheit
12. »Seasons in the Sun«
    Terry Jacks
13. »Grüße aus der Flut«
    Max Prosa
14. »Denk, was du willst«
    Steiner & Madlaina
15. »Han Solo«
    Spaceman Spiff
16. »Fake Plastic Trees«
    Radiohead
17. »Over the Rainbow«
    Eva Cassidy
18. »I've Got You Under My Skin«
    Frank Sinatra
19. »The Blower's Daughter«
    Damien Rice
20. »Und über uns der Himmel«
    Hans Albers

#ganzherzlichendankaneuch

Mögt ihr auch so gerne Danksagungen wie wir? Rieke würde sagen, sie sind wie ein Schwenk vom Foto ins echte Leben. Für Sonja wären sie die Ruhe nach dem ersten Jump. Für uns sind sie die Bank zum Hinsetzen nach einem langen, kurvigen, manchmal auch steinigen Weg. Also kommt gerne noch ein Stück mit uns.

Unsere vier neuen Freundinnen und ihre Leben, die Hashtags, Hamburg, Sylt und Lucys Garten waren direkt da, eigentlich schon in München vor ein paar Jahren, als wir mit unserer Lektorin erste Ideen austauschten. Die Figuren und ihre Geschichten wurden dann in der Hotelbar weiterentwickelt und schließlich zu Hause geboren, an unseren beiden Schreibtischen und der Luftlinie dazwischen. Hinter uns, den Syltschwestern und ihren Träumen stehen jedoch viele liebe Menschen, die uns unterstützt haben.

Ein riesiges Dankeschön gebührt zuerst unserer weltallerbesten Agentin, der großartigen und bei allem Business so menschlichen Petra Hermanns! Sie glaubt immer an uns, fühlt in jeder Situation mit, macht uns Mut und bahnt unseren Freundinnengeschichten mit ganz viel Professionalität und Herz den Weg.

Dann danken wir unserer wunderbaren und lieben, oben schon genannten Lektorin Kerstin Schaub vom Goldmann Verlag, die mit einem Lächeln im Gesicht »Darlings killen« kann (das Kürzen von Lieblingsstellen) – »Ich hab hier mal ein bisschen aufgeräumt« steht dann am Rand des Manuskripts – und dabei nie die Liebe zum Buch und den Figuren verliert.

Unserer Lektorin Hannah Brosch ebenfalls ganz lieben Dank für ihr ausgezeichnetes Auge, den professionellen Feinschliff und dass sie sich mit uns auf diese turbulente Reise ans Meer begeben hat.

Wir danken auch von Herzen allen Verantwortlichen vom Goldmann Verlag – Programmleitung, Presse/Marketing, Vertrieb, Herstellung, Veranstaltungsteam und Co. –, die uns pushen und helfen, unsere Bücher in die Welt zu bringen.

Ein liebes Merci an unsere Freundin Ellen Pieper, die mit ihrem Sylt-Kennerinnen-Blick alle Seiten gescannt und uns beraten hat, als das Manuskript noch im Rohbau war. Besonders in einer Zeit, in der wir geplante Recherchereisen coronabedingt absagen mussten, war uns das eine große Hilfe.

Außerdem hatten wir einen geduldigen »sportlichen« Berater und Lektor: unserem Freund Christian Ulrich ein riesiges Dankeschön für alle wichtigen Briefings zum Kiten und seine »Liebeserklärung« an das Surfen. Mit ihm hat Sonja gelernt, übers Wasser zu fliegen (Who the … is Aiden?!). Und sein kritisches Prüfen und Feedback speziell zu den männlichen Figuren war auch sehr aufschlussreich … ☺

Danke zudem an alle Freundinnen, die uns regelmäßig mit Fotos und Impressionen von Sylt und der Nordsee versorgten, bis hin zu Videos vom Meeresrauschen und von Kitesurfern, ganz besonders Bea Schulz, Sybille Teyke, Karo Schmandt und Svenja Gloger.

Und natürlich: Herzlichsten Dank an unsere Männer, Volker und Tom, die uns stets den Rücken freihalten und unterstützen, wo es nur geht. Danke auch an unsere Familien und Freundeskreise, die das alles mitmachen! Dieses Mal sogar durch diverse Lockdowns hindurch mit allen emotionalen Aufs und Abs sowie organisatorischen Herausforderungen.

Denn auch das Schreiben ist wie eine Insel. Und jetzt darf unser Roman endlich in die Welt, aufs Meer, in die Strandkörbe, Hängematten, auf Gartenliegen – und wir wieder mit den Füßen aufs Festland.

Leinen los und bis zur nächsten Schreibreise (Friedbert lässt grüßen)... am allerliebsten natürlich mit euch, liebe Leser*innen, an unserer Seite. Denn euch gehören unser innigster Dank und alle guten Wünsche! Dass IHR da seid, unsere Geschichten lest, erwartet, mitlacht, mitweint, mitreist, sie empfiehlt und verschenkt und uns immer wieder sooo herzliche Nachrichten schreibt, Fotos von euch und unseren Büchern postet und, und, und, das ist einfach UNSER GROSSES GLÜCK. Alles Liebe für euch, ganz viel Lesefreude & DANKE! *#weiterträumen*

Von Herzen
eure Stephi & Usch

Autorinnen

Stephanie Jana und Ursula Kollritsch lernten sich durch ihre Arbeit als freie Lektorin bzw. Redakteurin kennen und sind seitdem beste Freundinnen. Die beiden schreiben zusammen herzerfrischende Romane und teilen eine Leidenschaft für Reisen, Lachen und Kirschlikör.

Weitere Informationen unter: www.autorinnenduo.de

Stephanie Jana und Ursula Kollritsch im Goldmann Verlag:

Coco, Sophie und die Sache mit Paris. Roman
Sommerträume auf Sylt. Roman
( beide auch als E-Book erhältlich)

GOLDMANN

Unsere Leseempfehlung

416 Seiten
Auch als E-Book
erhältlich

Maria hat die halbe Welt bereist, nie ein Abenteuer ausgelassen. Dass sie schließlich auf der kleinen Insel Norderney landet, wäre ihr im Traum nicht eingefallen. Doch da ist sie nun – und sie ist glücklich. Maria liebt ihr kleines Strandcafé. Noch mehr liebt sie ihre Familie, die Töchter Morlen und Hannah. Und Simon, Hannahs Vater. Ihr Leben ist randvoll, für Probleme bleibt da keine Zeit. Bis Simon aus dem gemeinsamen Alltag ausbricht und mit Hannah verreist. Plötzlich hat Maria wieder Zeit. Und mit der Zeit kommen die Fragen. Steckt in ihr noch die alte Abenteurerin? Ist sie eine andere geworden? Und wenn ja –wo gehört sie wirklich hin?